Le Monopole de l'Alcool

Les Monopoles en général. — Le Monopole de l'alcool sous ses différentes formes et modalités (Etude générale). — Le Monopole sur l'alcool à l'étranger. — Les divers Monopoles en France.— Les projets de Monopole sur l'alcool.

PARIS

GUILLAUMIN ET Cⁱᵉ

ÉDITEURS DU JOURNAL DES ÉCONOMISTES

RUE RICHELIEU, 14

1904

Le Monopole
de l'Alcool

Le Monopole de l'Alcool

es Monopoles en général. — Le Monopole de
l'alcool sous ses différentes formes et modalités
(Étude générale). — Le Monopole sur l'alcool à
l'étranger. — Les divers Monopoles en France. —
Les projets de Monopole sur l'alcool.

PARIS
GUILLAUMIN ET Cie
ÉDITEURS DU JOURNAL DES ÉCONOMISTES
RUE RICHELIEU, 14

1904

Le Monopole sur l'Alcoo

En France et à l'Étranger

ETUDE GÉNÉRALE

Avant-Propos

La question du Monopole des alcools a pris en France, depuis quelque temps, une importance nouvelle.

Le public cependant ne se fait pas, de cette question, une idée bien nette et il la connaît très imparfaitement. Comment, d'ailleurs, la connaîtrait-il ?

Par les propositions de loi déposées au Parlement ? Mais ces propositions accusent les divergences d'opinion les plus profondes, sur le caractère même du Monopole, sur l'objectif qu'on doit lui assigner, sur l'importance des ressources qu'on peut en attendre ;

Par des publications, par les articles de la Presse politique ou spéciale ? Ils reflètent les mêmes opinions contradictoires ;

Par les conférences publiques ? Faites par les mêmes personnalités, elles participent aux mêmes inconvé-et aboutissent aux mêmes incertitudes. D'ailleurs, il est bien difficile, dans une conférence, de traiter complètement une question aussi complexe ;

Par les discussions parlementaires ? Le Monopole des alcools n'a fait l'objet devant les Chambres que de discussions assez sommaires ; Il a donné lieu à de magnifiques joutes oratoires, mais les opinions les plus contraires y étaient soutenues avec une égale éloquence, sous laquelle ne se dissimulait pas toujours suffisamment la préoccupation dominante de l'idée qui règle l'action politique d'un orateur public. Ebloui, charmé, le public reste troublé, mais non convaincu, ni instruit ;

Par les travaux des commissions parlementaires ou extraparlementaires ? Ces travaux ont invariablement abouti jusqu'à ce jour à des conclusions en apparence contradictoires, les commissions parlementaires se prononçant pour le principe, et les commissions extraparlementaires contre l'application ; d'ailleurs, aucun compte rendu détaillé n'en ayant jamais été publié, le public sait à peine que ces travaux existent.

Cependant, de toutes ces propositions, de ces publications, de ces articles de journaux, de ces conférences, de ces discussions parlementaires et de tous les travaux des commissions qui ont eu à s'occuper du Monopole, il s'est dégagé un certain nombre de vérités qui, mises en évidence, sont de nature à élucider la plupart des problèmes que soulève le Monopole des alcools.

Au moment où la question se pose de nouveau avec un caractère d'intensité qu'elle n'a jamais atteint, il paraît nécessaire de faire ressortir les faits acquis, en les dégageant du fatras des arguments d'ordre purement théorique, philosophique, économique, politique ou social, où ils se trouvent dissimulés, d'étudier le Monopole de l'alcool dans son principe et dans ses applications éventuelles, en se plaçant au seul point de vue des réalités et des contingences, et de rechercher, dans cet ordre d'idées, si ce Monopole peut être organisé en France, soit sous la forme préconisée par les auteurs des propositions dont est saisi le Parlement, soit sous toute autre modalité.

Les Monopoles en général

L'essence même des institutions républicaines est la liberté individuelle, en tant que l'exercice de cette liberté ne devient pas contraire à l'intérêt général.

Pour se développer à leur aise, pour accroître leur prospérité, facteur essentiel de la richesse nationale, l'industrie et le commerce doivent être libres et indépendants. Toute atteinte portée à cette liberté et à cette indépendance les entrave dans leur essor et est une cause d'appauvrissement national.

C'est toujours un grave dommage pour un pays que de lui retirer une de ses industries, d'atteindre un organe essentiel de la vie économique et de tarir une des sources de la prospérité industrielle et commerciale.

Aussi, le Monopole qui s'empare de toutes les formes de l'activité commerciale et industrielle, au profit d'un seul homme, ou d'une seule Société, est-il généralement considéré comme une institution contraire, en principe, à l'intérêt public.

En France, spécialement, la forme démocratique et essentiellement libérale de nos institutions est réfractaire à l'idée de Monopole. Le mot sonne mal aux oreilles françaises ; il leur paraît synonyme d'oppression, de vexations, de renchérissement, d'accroissement du fonctionnarisme au détriment de l'initiative individuelle, de la liberté commerciale et du progrès.

L'Etat est mal préparé à exercer des industries ou à faire certains commerces ; ses agents, si capables soient-ils, perdent fatalement au service de l'Etat les éléments essentiels de toute gestion industrielle, l'intérêt personnel, l'initiative et la responsabilité. Encadrés dans une hiérarchie bien réglementée, ils ne peuvent s'y mouvoir que dans la limite étroite de leurs attributions personnelles, arrêtés dans leurs conceptions individuelles par la centralisation qui réserve au pouvoir central le soin de prendre les décisions. Le directeur nominal d'une manufacture de l'Etat n'est pas libre de mener son établissement à sa guise ; la direction réelle appartient à une administration supérieure, qui impose ses vues d'ensemble, contraires bien souvent à celles du directeur.

Cette organisation décourage les bonnes volontés et réduit les agents du monopole à un rôle passif, exclusif des initiatives individuelles. Aussi, la gestion industrielle de l'Etat est-elle insuffisante et toujours en retard sur les progrès nécessaires et les besoins du public.

D'ailleurs, toute industrie qui n'est pas stimulée par la concurrence, n'a pas un intérêt immédiat à prendre les devants dans la voie du progrès, et à améliorer ses procédés de fabrication ; elle ne se résigne aux dépenses nécessaires que le jour où le public lui fait sentir par un arrêt de la consommation, qu'un effort devient nécessaire.

Cela explique que tout progrès, tout pas en avant dans le domaine industriel, est dû presque invariablement à l'industrie privée, à des chercheurs ou à des savants isolés.

L'Etat est donc un déplorable administrateur, de l'aveu même des hommes de Gouvernement. M. Jaurès a bien prétendu, il est vrai, à la tribune de la Chambre des Députés, que « l'Etat exploite avec une bi :: plus grande largeur de vue que l'industrie privée et d'une façon au moins aussi fructueuse. » Mais il paraît être à peu près le seul de cet avis en France.

« Vous figurez-vous, écrivait M. Thiers (*De la propriété*) cet être chimérique (l'Etat) remplaçant l'unité, la sûreté, la vigilance de l'intérêt personnel dans la direction d'une entreprise industrielle ? »

M. Sadi-Carnot, bien qu'ingénieur de l'Etat, ne se montrait pas plus optimiste quand il disait le 4 février 1875, à la tribune de la Chambre des Députés :

« L'industrie, avec ses mille têtes qui cherchent à la fois et qui ont intérêt à trouver, est nécessairement plus féconde en inventions que l'administration la plus savante. »

Enfin, un ministre en exercice, M. Boucher, n'hésitait pas à condamner officiellement à la tribune, le 23 janvier 1897, les capacités commerciales de l'Etat :

« Toutes les tentatives que l'administration a dû faire en vue de l'exportation des tabacs ont toujours été infructueuses, parce qu'il y avait là un effort commercial à déployer et que *l'Etat ne peut pas déployer cet effort commercial.* »

« Je pourrais, ajoutait-il, citer le monopole des allumettes, mais permettez-moi de le laisser de côté ; *il vaut mieux que je n'en parle pas.* »

Faut-il ajouter que l'Etat, abrité derrière son monopole, ne montre aucun souci des conditions propres à attirer la clientèle ? Celle-ci ne trouve chez l'agent du monopole ni l'attention, ni la déférence, ni l'amabilité qui paraissent indispensables au commerçant ou à l'industriel, pour faciliter l'écoulement de leurs produits.

Bref, parle-t-on de *monopole* à un Français, il se représente à l'instant les tabacs et les allumettes, hors de prix, par rapport aux pays voisins, la taxe des lettres à 15 centimes quand elle n'est que de 10 centimes dans le reste de l'Europe, les allumettes qui se brisent ou ne prennent pas, les cigares qui se refusent à brûler, l'indifférence des débitants de tabacs, les interminables stations dans les bureaux de la Poste ou dans les cabines téléphoniques et l'attitude, correcte en général, mais dépourvue de tout empressement, des fonctionnaires qui se tiennent derrière les guichets.

Aussi l'opinion se montre-t-elle nettement défavorable aux monopoles et à leur organisation.

Comment peuvent se justifier les Monopoles

Il faut donc, pour faire admettre un monopole par l'opinion publique, des motifs puissants, des considérations d'intérêt public ou national de nature à rendre nécessaire et légitime son organisation.

Dans cet ordre d'idées, se justifient les monopoles des monnaies, des postes et télégraphes, du timbre et de l'enregistrement et, dans une certaine mesure, celui des poudres à feu.

On pourrait admettre, pour des considérations analogues, et en principe tout au moins, le monopole des grands moyens de transports, qui fonctionne d'ailleurs à l'étranger et partiellement en France.

Les monopoles fiscaux se justifient moins et ceux qui existent en France et à l'étranger prêtent, à ce point de vue, à la critique : on y reviendra ultérieurement.

L'opinion ne les admet, en principe, que dans deux cas :

— Quand une industrie ou un commerce se trouvent monopolisés *en fait*, entre les mains d'une ou de quelques personnalités, dont la volonté se substitue à toutes les conditions qui règlent normalement les formes de l'activité commerciale, quand cette seule volonté, sans contrepoids, devient maîtresse des prix et des cours, abolissant la concurrence, pour le seul profit d'un intérêt particulier. Alors, l'Etat possède le droit et a parfois le devoir de s'emparer de ce monopole de fait, pour l'exercer au profit des intérêts généraux de la nation.

— Quand l'Etat établit sur un produit un droit de beaucoup supérieur à la valeur commerciale de la matière imposée : Dans ce cas, l'écart entre la taxe et la valeur marchande constitue une prime considérable à la fraude et si le produit de l'impôt doit atteindre un total extrêmement important, l'Etat peut paraître en droit, dans l'intérêt supérieur des finances publiques, de rechercher dans l'organisaion d'un monopole, le meilleur moyen d'assurer la perception de l'impôt et de prévenir les fraudes. Le motif du monopole se trouve ainsi ramené à l'intérêt public.

— Enfin, la doctrine socialiste fait entrer parmi les mesures d'intérêt public, la mise en monopole d'Etat de tous les moyens de production industrielle, mais le bien-fondé de ce dogme, dont l'application suppose l'accaparement de l'industrie et du commerce et la destruction de toutes les énergies individuelles que met en jeu l'intérêt privé, pour placer entre les mains de l'Etat toute l'activité commerciale du pays, en réglant l'industrie et le commerce par des lois et des décrets, ne paraît pas suffisamment fondé ni assez admis par l'opinion publique pour qu'on puisse le considérer comme une vérité d'ordre général, justifiant, à lui seul, la création d'un monopole.

Le Monopole de l'Alcool

COMMENT CHERCHE-T-ON A LE JUSTIFIER

Le Monopole de fait

Le monopole de l'alcool se justifie-t-il, en principe, par des considérations analogues ?

La fabrication de l'alcool est-elle, en premier lieu, monopolisée en fait ?

Il existait, en 1902, 6.993 bouilleurs ou distillateurs de profession et 43.152 bouilleurs de cru assimilés aux bouilleurs de profession, sans compter plus d'un million de bouilleurs de cru non assimilés, dont 594.257 ont travaillé en 1902, d'après les statistiques officielles.

Il est vrai que 26 distilleries seulement ont produit, à elles seules 1.034.473 hectolitres d'alcool sur un total de 1.751.149 hectolitres, mais la production des autres bouilleurs n'en représente pas moins 40 0/0 de la production totale

On ne peut donc dire que la fabrication de l'alcool est monopolisée en fait.

On prétend, il est vrai, que le nombre des petites fabriques industrielles diminue progressivement et que la production se concentre de jour en jour dans les gros établissements ; on a fait valoir que 26 distilleries seulement ont fabriqué, en 1901-1902, des quantités supérieures à 10.000 hectolitres, alors que 42 usines avaient obtenu, en 1896-97, le même chiffre de production ; en réalité, la production des usines, aux abords de la limite de 10.000 hectolitres, varie d'une année à l'autre, selon l'importance des récoltes; ainsi, 14 usines seulement avaient travaillé de 10 à 20.000 hectolitres en 1897, et on en rétrouve 23 en 1898 : que peut-on en conclure, sinon que la seconde année a été plus favorable à la distillerie que la première ?

De même, 10 distilleries seulement ont produit de 10 à 20.000 hectolitres en 1902 ; l'année 1903 s'annonce, au contraire, comme devant être une période de grande activité industrielle ,et il est probable que le nombre des distilleries de l'espèce remontera de 10 à 20 ou 25 peut-être, et même plus puisque plusieurs sucreries se sont transformées en distilleries; on se retrouverait alors sensiblement au chiffre total de 1896-97.

Dans l'ensemble, 5.062 bouilleurs et distillateurs de profession avaient travaillé en 1896-97 ; la statistique en donne 6.993 pour 1902. Comment soutenir, alors, que l'industrie de l'alcool se monopolise ?

Contrairement à ce que l'on a avancé, la grande distillerie ne songe pas à supprimer la petite, surtout l'industrie agricole, et elle n'a aucun intérêt à le faire. Dans bien des cas, la petite distillerie est utile et même nécessaire à la grande, et elles vivent en bonne intelligence. Les grandes distilleries utilisent en général, comme matières premières, les grains et surtout les mélasses, bien moins coûteuses et exigeant moins de dépenses de transformation. Quant aux betteraves et aux substances farineuses, elles sont utilisées surtout dans les distillleries agricoles ; on conçoit facilement que le transport à grande distance de ces matières premières, lourdes et encombrantes, augmenterait sensiblement le prix de revient ; aussi, le grand distillateur préfère-t-il utiliser d'autres matières, mais quand il a épuisé ses approvisionnements de mélasses, et quand le cours des alcools n'est pas suffisamment élevé pour rendre avantageux l'emploi des grains, il a tout intérêt, pour alimenter sa production, à acheter aux distillateurs agricoles leurs flegmes de betteraves ou de substances farineuses, pour les rectifier. Les deux industries, grande et petite, se complètent et s'aident et, si la distillerie agricole a souffert pendant une certaine période, cela tient à ce que l'imprudence du législateur avait mis à la disposition du distillateur des mélasses. dans des conditions si favorables (par l'insuffisance des droits de douane sur des mélasses étrangères et la prime de 14 0/0 accordée aux mélasses intérieures) que le fabricant d'alcool pouvait se procurer de la mélasse à discrétion et n'avait pas besoin de recourir à la betterave. Mais l'augmentation du droit de douane et la suppression de la prime y ont remédié, et la situation deviendra tout à fait favorable à la petite distillerie si les efforts tentés pour généraliser les emplois agricoles de la mélasse sont couronnés de succès.

L'importance de quelques grandes distilleries en cessera-t-elle de s'accroître ? Non pas, mais il en est de même dans toutes les industries. Partout, on s'efforce de réduire la main-d'œuvre et d'augmenter la puissance des moyens de production, afin de réduire les prix de vente et d'étendre les débouchés. C'est la loi du progrès, et quel serait l'avenir de l'industrie, si les fabricants devaient se dire à chaque instant que cette concentration naturelle et nécessaire les expose, même quand elle ne prend pas le caractère d'un monopole, à la dépossession et à l'expropriation ?

L'Alcoolisme

Le monopole de l'alcool se justifie-t-il par des nécessités d'ordre public ?

Tous les partisans du monopole invoquent la nécessité d'arrêter les progrès de l'alcoolisme et affirment que seul le monopole pourra atteindre ce but.

L'éminent docteur Debove, doyen de la Faculté de Médecine, prononçait les paroles suivantes, le 25 octobre, 1903, lors de la distribution des récompenses aux lauréats de la Ligue nationale contre l'alcoolisme et de l'Union française antialcoolique :

« J'ai accepté avec empressement l'honneur de présider votre assemblée ; dans le péril qui nous menace, personne n'a le droit de vous refuser son concours, car nous avons la honte d'occuper le premier rang parmi les nations alcooliques. L'alcool peuple nos hôpitaux, nos maisons d'aliénés, nos prisons. Il dépeuple notre pays en augmentant la mortalité, en diminuant les naissan-

1.

ces, en faisant procréer des enfants qui expient la tare originelle.

« Son action malfaisante s'exerce inégalement dans nos diverses provinces; il est facile de savoir quelles sont les plus atteintes, ce sont celles qui ont le moins de naissances, le plus de criminels, le plus de conscrits refusés à la revision.

« Si les choses restent dans l'état, c'en est fait de notre patrie, et il serait inutile d'entretenir une armée, puisque nous avons à l'intérieur un ennemi qui nous détruirait plus sûrement que ne saurait le faire une puissance militaire. Il serait inutile de faire aucun effort pour l'amélioration morale d'un peuple dont les jours seraient comptés. »

Les jours de la France sont-ils comptés ? Alors, l'Angleterre où l'alcoolisme existe et sévit depuis deux siècles et la Belgique, considérée par ses hommes de gouvernement eux-mêmes comme la terre classique de l'alcoolisme auraient dû disparaître depuis longtemps. Or que l'on compare leur état social avec celui de l'Italie et de l'Espagne, pays où l'on ne consomme guère d'alcool et avec les pays de l'Islam, où l'on n'en consomme pas du tout !

En Allemagne également l'alcoolisme existe et la consommation de l'alcool par tête y est au moins aussi élevée qu'en France ; et pourtant l'Allemagne envahit le monde par toutes les manifestations de sa vitalité intellectuelle, industrielle et commerciale.

Au moment même où M. le docteur Debove ne craignait pas, avec toute l'autorité qui s'attache à sa haute personnalité scientifique d'affirmer que la mortalité augmente, dépeuplant le pays, le *Journal officiel* venait lui donner le plus formel des démentis par la publication des statistiques sur la mortalité.

On y voit que l'année 1902 se balance par un excédent de 83.044 naissances sur les décès, non pas, d'ailleurs, parce que les naissances augmentent, mais parce que la *mortalité diminue*.

L'année 1902 est-elle donc une année exceptionnelle ?

Non, car l'année 1901 avait déjà présenté une situation analogue, un excédent de 72.398 naissances sur les décès, toujours dû à la diminution de la mortalité, et l'année 1902 n'a fait que continuer et affirmer une reprise sur la mortalité, déjà constatée en 1901.

Donc, la mort recule et l'argument principal de M. le docteur Debove disparaît.

L'éminent doyen de la Faculté de Médecine a affirmé en outre que les provinces les plus atteintes sont celles où l'on remarque le plus de conscrits refusés à la revision.

Or, que disent les statistiques ?

Si la Seine-Inférieure occupe le premier rang parmi les départements où l'on refuse le plus de conscrits, le Lot-et-Garonne vient immédiatement après et tous les départements de l'Est se trouvent en dernier lieu précédés par la plupart des départements du Midi.

Dans le même tableau, les départements de grande production industrielle et de grande consommation de l'alcool, le Nord, le Pas-de-Calais, l'Aisne, occupent seulement les 59e, 46e et 48e rangs, alors que le Lot-et-Garonne, les Landes, la Dordogne, le Gers par exemple, pour ne citer que des départements du Midi, où il n'existe pas de grandes villes, se remarquent aux 2e, 4e, 13e et 29e rangs.

Qu'en conclure, sinon que les affirmations des hygiénistes et même celles des plus éminents, ne doivent être acceptées que sous réserves et que le mal n'est peut-être pas si considérable qu'ils veulent bien le dire.

Ce mal existe cependant, de l'aveu général, et le remède, si on parvenait à le définir exactement et à l'appliquer, serait le bienvenu en France.

Mais ce remède est-il bien le monopole des alcools, comme certains le prétendent ? Il importe d'élucider la question, car elle constitue le principal et parfois le seul argument des partisans du monopole.

Qu'est-ce que l'alcoolisme ? Un état morbide que l'on observe chez les buveurs d'alcool. Mais cette maladie provient-elle de la consommation d'alcools impurs en général ou bien de l'abus de la consommation d'alcools quelconques ? Ici commencent les discussions entre partisans et adversaires de l'alcool.

L'alcool est-il un poison, est-il un aliment ? Les deux thèses sont soutenues par des savants également réputés et il semble bien qu'ils aient tous raison et que l'alcool soit à la fois un poison et un aliment, comme la peptone, par exemple, poison à doses massives ou exagérées, aliment quand on les emploie avec discernement et dans des cas déterminés.

On admet généralement que tous les alcools sont toxiques, l'alcool éthylique (le seul consommable) comme les autres, même quand il est pur, seulement il n'est nocif qu'à fortes doses.

La toxicité s'accroît si l'alcool éthylique contient d'autres alcools, propylique, butylique, amylique, tous toxiques, ou d'autres substances nocives elles-mêmes. Ainsi, si l'alcool éthylique est lui-même toxique, même à l'état pur, en ce sens que 98 grammes de cet alcool suffisent pour tuer un chien de 30 livres, le même résultat sera atteint avec 23 grammes seulement d'alcool amylique.

Ces substances nuisibles, qui accompagnent toujours l'alcool éthylique en proportions variables, quand il n'est pas à un état de pureté absolue, ont été classées, par le professeur Joffroy, dans l'ordre et au degré de toxicité ci-après :

Alcool méthylique...................... 0.5
— éthylique (consommable)........ 1.0
— propylique 3.5
— isobutylique 8.0
— amylique 19.0

Autres impuretés principales :

Acétone 2.0
Aldéhyde éthylique................... 10.0
Furfurol 83.0

Tous les spiritueux livrés à la consommation contiennent une certaine dose d'impuretés ; il n'y a donc pas, dans la consommation, des alcools purs et des alcools impurs : tous sont impurs. Le *Manuel pratique des Alcools et Spiritueux*, publié en 1899 par l'éminent chimiste du Laboratoire municipal de Paris, M. Ch. Girard et son collaborateur M. Cuniasse, contient, à cet égard, des indications précises : cet ouvrage donne le résultat de nombreux essais effectués au Laboratoire, dans des conditions de précision scientifique absolues, sur les spiritueux les plus divers et de toutes les provenances ; il exprime le coefficient d'impureté des spiritueux analysés, c'est-à-dire le taux d'impuretés, calculé en milligrammes, pour 100 centimètres cubes considérés à 100 degrés.

I. Alcools industriels

	Impuretés
Alcool d'entrepôt.....................	40.9
— rectifié	20.0
— bien rectifié....................	11.8
— supérieur français.............	6.0

II. Cognacs du commerce

A. Marques renommées :

Cognac X, marque supérieure (composition d'un alcool de vin pur)........	428.5
Cognac X 1 étoile (coupage d'alcool de vin et d'alcool d'industrie).........	168.8
Cognac X 2 étoiles (même coupage)....	196.2

B. Coupages commerciaux :

Cognac à 2 fr. 50 la bouteille..........	144.3
— à 6 fr. la bouteille..............	255.0

C. Alcools industriels aromatisés :

Cognac fantaisie coloré...............	40.0
Cognac vieux fantaisie...............	77.5

III. Eaux-de-vie pures à bouquet des Charentes

A. Eaux-de-vie Champagne (carte du Syndicat) :

1897	394.6
1898	347.2
1899	327.4

B. Eaux-de-vie fins bois 1898 :

Impuretés

Pure 1898.......................... 269.3
La même, coupée avec 10 0/0 d'alcool
d'industrie 235.9

Si, des alcools industriels et des eaux-de-vie de vin, on passe aux autres eaux-de-vie ou spiritueux, on trouve :

Eaux-de-vie de cidre, de...... 661 à 1.298
Eaux-de-vie de marcs de prove-
nance connue, de.......... 1.005 à 1.487
Rhums, de.................. 919 à 932

Ce relevé serait extrêmement significatif, s'il établissait que les spiritueux les plus impurs sont les plus dangereux, car il attribuerait la palme de l'innocence aux alcools industriels et serait la condamnation, au point de vue hygiénique, des eaux-de-vie dites naturelles, y compris les marques les plus réputées. Sans aller aussi loin, on doit tout au moins en conclure que les hygiénistes ne sont pas autorisés à rejeter tous les péchés d'Israël sur les alcools d'industrie (1).

---

(1) Ces messieurs emploient parfois des procédés de discussion assez surprenants.

Les uns se bornent à reproduire, sans commentaires, le tableau suivant, qui présente, d'après MM. Dujardin-Beaumetz et Audigé, le classement des eaux-de-vie dans l'ordre inverse de leur toxicité :

1° Eaux-de-vie de vins, les moins dangereuses, quand elles sont convenablement distillées;
2° Eaux-de-vie de poirés;
3° Eaux-de-vie de marcs de raisins, de cidre;
4° Eaux-de-vie de grains;
5° Eaux-de-vie de betteraves et de mélasses;
6° Eaux-de-vie de pommes de terre, les plus nocives.

Mais ils se gardent de faire remarquer que les trois dernières catégories s'appliquent à des *flegmes*, c'est-à-dire à des spiritueux qui ne sont pas livrés à la consommation avant d'avoir été délivrés de leurs impuretés.

D'autres affirment, à la tribune même de la Chambre, que, pour

En fait, on n'est pas absolument fixé encore sur l'exactitude des rapports qui peuvent exister entre la dose d'impureté et la nocivité réelle des alcools. Les simples hygiénistes entassent statistiques sur statistiques, auxquelles les défenseurs de l'alcool industriel opposent d'autres chiffres, et parfois les mêmes statistiques.

Les uns recherchent, dans la progression de la criminalité, de l'aliénation mentale, des suicides, des armes contre l'alcool industriel ; les autres demandent aux hygiénistes comment il peut se faire que, depuis plusieurs années, les départements qui tiennent la tête pour l'excédent des décès sur les naissances sont : l'Orne, le Lot-et-Garonne, le Gers, le Tarn-et-Garonne, l'Aube, l'Eure, l'Yonne, la Sarthe, c'est-à-dire des pays de production de vins et de cidres, et qu'on y recherche vainement des départements de production industrielle; ils ajoutent que le Pas-de-Calais et le Nord occupent les 46° et 59° rangs seulement sur la liste de classification par département des hommes impropres au service militaire, alors que le Lot-et-Garonne, par exemple, occupe le second ; que le coefficient du Nord, dans la statistique des homicides n'est que de 0,40, alors que la moyenne s'élève à 1,01. Au fond, tout cela ne signifie pas grand'chose, la statistique ressemblant un peu au sabre de Joseph Prud'homme qui servait à défendre les institutions et, au besoin, à les combattre.

L'opinion des savants, des véritables hommes de science est aussi contradictoire que celle des hygiénistes : le cobaye, en dépit de tous les traitements qu'on lui a fait subir, s'est refusé, jusqu'à ce jour, à li-

faire le pseudo-cognac qui se consomme dans les débits parisiens, on mêle à l'alcool le produit de la réaction de l'acide azotique sur des margarines et l'huile de ricin.

Or, en admettant que cette assertion soit exacte, en quoi ce produit de réaction d'un acide sur des huiles peut-il être nécessairement nocif ?

Ne sait-on pas que l'on épure les huiles de bouche en traitant l'huile par l'acide sulfurique et en filtrant sur de la sciure de bois le produit décanté ?

N'obtient-on pas également la glucose, produit couramment employé dans la fabrication de la bière, en faisant agir l'acide sulfurique sur des fécules ou des amidons ?

vrer le secret de l'alcoolisme, et la discussion continue.

Rien de plus instructif que l'historique de cette discussion. Il fut un temps où la thèse des alcools supérieurs, et surtout de l'alcool amylique, sembla prévaloir. Mais une réaction ne tarda pas à se produire, à la suite de débats retentissants entre les savants les plus renommés.

En Suisse, la loi fédérale du 26 décembre 1886, instituant le monopole de rectification imposait à l'État le devoir de ne livrer à la consommation que des spiritueux dépourvus de substances nocives ; on en revint cependant à admettre le maintien d'une certaine dose d'impuretés dans les alcools rectifiés.

En Allemagne, où la loi du 24 juin 1887 laissait au Conseil fédéral le soin de fixer le degré et le procédé de la rectification des alcools, le Dr Lell, dans un rapport officiel très détaillé, où il résumait les opinions contradictoires des savants, conclut que les avantages sanitaires à attendre de la rectification obligatoire « étaient de peu d'importance ». On adopta ces conclusions et la disposition sur la rectification obligatoire fut rapportée.

En Angleterre, les mêmes préoccupations d'hygiène s'étaient fait jour et une Commission spéciale fut instituée par la Chambre des Communes, en vue de rechercher les règlements à appliquer, dans un intérêt sanitaire, à la production et au commerce des alcools. Après avoir entendu les explications des notabilités de la science officielle, et notamment du Dr Bell, partisan de l'épuration rigoureuse de l'alcool, et de M. Samuel concluant à l'utilité d'une certaine dose d'impuretés comme favorisant le développement complet des propriétés digestives de l'alcool, la Commission se trouva plongée dans le plus grand embarras pour se faire une opinion ; aussi évita-t-elle de conclure, se bornant à constater que M. Samuel avait pour lui l'opinion générale et les expériences les plus probantes.

On a assisté en France aux mêmes discussions et aux mêmes contradictions et les savants les plus renommés se sont séparés en deux camps dont l'un tend à condamner en bloc tous les alcools et l'autre va jusqu'à leur attribuer des qualités alimentaires. On se souvient des brillantes passes d'armes qui se produisirent en 1895 à l'Académie de Médecine entre le Dr Laborde, prenant la défense des eaux-de-vie naturelles et attaquant les produits industriels, et le Dr Daremberg, aux yeux duquel les cognacs de grand prix paraissaient plus toxiques que les alcools d'industrie.

La controverse, qui dure encore sur certains points, n'aurait donné aucun résultat positif si le ministre des Finances n'avait eu l'heureuse idée de réunir les combattants les plus notoires, en 1897, dans une Commission extraparlementaire et de leur soumettre la question de l'hygiène au point de vue du monopole des alcools. La Commission nomma une sous-Commission d'hygiène qui comprenait tous les spécialistes : on y trouvait notamment les docteurs Lancereaux et Laborde, de l'Académie de Médecine, fougueux ennemis de l'alcool et, moins hostile, M. Duclaux, l'éminent directeur de l'Institut Pasteur.

Or la discussion, cette fois, donna raison au proverbe : elle engendra la lumière : partisans et adversaires de l'alcool reconnurent qu'ils étaient parfaitement d'accord sur un certain nombre de points essentiels et ils le constatèrent dans un rapport que rédigea M. Duclaux et qui fut approuvé *à l'unanimité.*

Voici qu'elles en étaient les principales conclusions :

— Aucun alcool distillé n'est hygiénique et, au delà d'une certaine limite, l'alcool le plus pur devient dangereux ;

— Dans les alcools livrés à la consommation, même les plus mal rectifiés, l'action nocive des impuretés est loin d'égaler l'action nocive de l'alcool qui les contient ;

— Le danger est plus grand avec les essences, bouquets, etc., qu'on ajoute à l'alcool ;

— On ne peut espérer trouver la solution du problème de l'alcoolisme dans l'amélioration des alcools de distillation ;

— Il faut chercher autant que possible à restreindre l'usage des liqueurs fabriquées avec des bouquets ou des essences (apéritifs, absinthes, etc.)

— Toute réforme qui veut être hygiénique doit s'attacher d'abord et surtout *à diminuer la quantité d'alcool consommé* et en second lieu à en améliorer la qualité.

Au cours du rapport, M. Duclaux définissait, par un exemple typique, toute l'économie des conclusions adoptées : « Dans la limite, disait-il, de la dose d'impuretés recherchée par le consommateur et de la dose qui rendrait l'alcool intolérable pour la majorité des consommateurs, il est facile de faire le départ de l'action nocive due aux impuretés et de l'action nocive due à l'alcool qui leur sert d'excipiant. On trouve alors qu'il y a disproportion évidente entre ces deux actions nocives. Les substances qui constituent les impuretés sont chacune un poison plus actif que l'alcool, 80 fois plus actif, par exemple, pour le furfurol (1). Mais, amenées à l'état de dilution tolérable pour la consommation, elles tombent, comme nocivité, au-dessous de l'alcool qui les contient C'est ainsi, par exemple que pour absorber, dans un rhum, la quantité de furfurol capable de tuer par injection dans les veines, un consommateur devrait boire un demi-mètre cube de liquide ; il serait mort par l'alcool longtemps avant de l'être par le furfurol consommé.

Cela revient à dire, en d'autres termes : on est devenu alcoolique par la quantité d'alcool absorbé avant de le devenir par les impuretés que contient cet alcool et les méfaits de l'alcoolisme proviennent moins des impuretés de l'alcool que de l'importance de la consommation. »

Cette conclusion n'est autre chose que l'opinion généralement admise en Belgique aux yeux mêmes des partisans du monopole :

M. Le Jeune, ministre belge, qui avait pris part aux travaux d'une Commission gouvernementale où figuraient les savants les plus distingués et dont les travaux

---

(1) Le furfurol est la plus toxique des impuretés que l'on rencontre dans les spiritueux consommables.

avaient duré plus d'un an, s'exprimait en ces termes sur la question de l'alcoolisme, après avoir fait remarquer que les alcools consommés en Belgique *sont idéalement purs* :

« La Commission a constaté que les ravages de l'alcool, en Belgique, sont le résultat de la quantité absorbée et ne peuvent être imputés aux impuretés que dans une proportion infinitésimale et pratiquement négligeable. »

Ainsi, voilà un ensemble de points sur lesquels les savants les plus renommés, connus pour leurs opinions contradictoires sur la question de l'alcoolisme, se sont mis parfaitement d'accord. Tous, aussi bien MM. Lancereaux et Laborde que M. Duclaux, et en France comme en Belgique, les ont reconnus comme des faits scientifiquement acquis. Ils ont donc, autant que cela peut être en cette matière, le caractère de vérités scientifiques.

On peut remarquer, d'ailleurs, que depuis 1897, aucun savant ne les a contredites.

La question dès lors, s'éclaircit singulièrement ; elle se résume à savoir si, seul, le monopole des alcools est capable de répondre aux desiderata formulés.

A-t-il seul le pouvoir de restreindre la consommation des alcools ?

Offre-t-il seul, en second lieu, le moyen d'améliorer la qualité des alcools ?

Les moyens susceptibles de restreindre la consommation se limitent aux systèmes suivants :

1° Frapper rigoureusement l'ivresse publique.

2° Soumettre l'alcool à des droits extrêmement élevés.

3° Réduire à l'extrême le nombre des débits d'alcools et limiter la vente dans les débits subsistants.

4° Interdire purement et simplement la vente de spiritueux.

Le premier procédé, même dans les pays où l'ivresse est punie sévèrement n'a pas produit de résultats notables, quand il n'était pas complété par un système de restriction de la vente. En Angleterre, notamment, l'alcoolisme, malgré la sévérité des répressions, n'a pas diminué. En France la loi sur l'ivresse reste à peu près à l'état de lettre morte. Il faudrait pour qu'elle produisît un certain effet frapper durement non pas l'ivrogne, qui est un malade, mais le débitant qui reçoit des ivrognes chez lui et alimente leur vice. Or, si les tribunaux prononcent assez fréquemment des condamnations pour ivresse il est peu d'exemples de débitants atteints par la loi.

Le monopole changerait-il la situation ? Permettrait-il de frapper les débitants, aujourd'hui indemnes ? Comment peut-on croire que les considérations d'ordre divers qui paraissent s'y opposer aujourd'hui disparaîtraient le jour où l'on instituerait le monopole ?

Mais dira-t-on, la situation changerait le jour où la vente au détail monopolisée par l'Etat, serait confiée à des fonctionnaires, payés par appointements fixes et, sans intérêt, par conséquent à augmenter la vente des spiritueux. Le système, appliqué en Russie, n'a pas restreint l'ivrognerie.

Le second procédé a été appliqué aux Etats-Unis et l'est encore en Angleterre ; les Etats-Unis y ont renoncé et l'impôt, fixé pendant un certain temps à 545 francs par hectolitre d'alcool pur, a été ramené à 245, en raison, a-t-on dit, de l'impuissance du système et de ses conséquences financières.

En Angleterre le droit atteint encore 500 francs ; il se combine avec une réglementation étroite de la production, une répression sévère de l'ivresse publique et l'action d'une infinité de sociétés de tempérance. Quel est le résultat ? L'alcoolisme continue à prospérer, en Angleterre, en dépit de l'élévation du droit et des mesures complémentaires.

Le troisième procédé, appliqué sérieusement en Suède et en Norvège, a produit des résultats certains. L'alcoolisme marque un recul sensible et le mal paraît, provisoirement du moins, enrayé. Le système adopté, dit « système de Gothembourg », du nom de la première ville où on l'a appliqué, consiste essentiellement à réglementer sévèrement la fabrication des alcools et à laisser

aux autorités municipales le droit de limiter le nombre
des débits ou de céder ce droit, avec le monopole de la
vente au détail, à des Sociétés de tempérance ou *Samlags*,
dont l'unique objet est de restreindre la consommation
des alcools. Ces Sociétés fixent à leur guise les prix de
vente.

En Norvège le droit de décider si, dans une commune,
la vente au détail sera autorisée et concédée aux *Samlags*
est concédé aux habitants qui se prononcent par voie de
referendum, *les femmes étant comme les hommes, admises à voter*. Il en résulte que dans bien des localités la
vente des spiritueux est absolument interdite.

Enfin l'ivresse publique est sévèrement réprimée.

Grâce à ces mesures, le nombre des débits est tombé
à moins de 250 pour tout l'ensemble du territoire et la
consommation des spiritueux a diminué dans une proportion considérable.

En serait-il de même avec le monopole ?

En Russie, le nombre des débits n'a pas diminué ; ils
sont placés, il est vrai, entre les mains de l'Etat, mais
leurs ventes ne font qu'augmenter.

En Suisse, le monopole ne s'occupe pas des débits,
limitant son action à la vente en gros ; mais le droit de
réglementer les débits et de régler les conditions de la
vente en détail est concédé par la loi fédérale aux cantons, dont certains n'ont obtenu des résultats qu'en
adoptant des systèmes locaux analogues au système
de Gothembourg. Mais le monopole n'y est pour rien.

En serait-il autrement en France et conçoit-on le monopole réduisant le nombre des débits de 500.000 à 500 ?
Tout au plus, les plus audacieux partisans du monopole
envisagent-ils la possibilité d'arrêter l'accroissement du
nombre actuel des débits et de les réduire, par voie d'extinction, à un nombre qui serait fixé par les autorités
locales.

Mais est-il question d'un referendum où les femmes
seraient admises à voter ? Et sans un referendum de ce
genre, comment imagine-t-on que dans les localités où
le nombre des débits est le plus abusif, les autorités
même départementales, oseraient prendre sur elles de

réduire sensiblement le nombre des débits pour le ramener à un nombre susceptible de produire quelque effet sur l'alcoolisme ?

Reste l'interdiction de la vente. Le système fonctionne, on l'a vu, localement tout au moins, en Norvège et dans certains Etats de l'Union en Amérique. Il produit des résultats évidents ; encore constate-t-on que la consommation de boissons dites hygiéniques fortement et spécialement alcoolisées, comme les bières, tend à prendre une grande extension et que l'on voit peu à peu se répandre l'usage de liquides suspects produisant des intoxications diverses.

Mais, en toute hypothèse, supposerait-on un monopole en France s'attachant à interdire l'usage de l'alcool ?

En définitive il n'existe que deux moyens dont l'efficacité ait été reconnue par la méthode expérimentale, la seule décisive, pour restreindre la consommation : ce sont l'interdiction pure et simple et l'extrême limitation du nombre des débits, combinée avec des restrictions apportées à la vente des spiritueux dans les débits mêmes.

Ni l'un ni l'autre de ces procédés ne paraît susceptible d'une application sincère en France pas plus par la voie du Monopole que par tout autre mode de perception.

Aussi, aucune des propositions déposées et connues n'envisagent-elles sérieusement la perspective d'une réduction de la consommation, même celles qui s'appuient exclusivement sur des considérations d'hygiène publique. Une seule y fait allusion ; encore avoue-t-elle qu'on ne peut guère compter sur cette éventualité.

Le monopole est donc impuissant à remplir la première, et de beaucoup la plus importante, des deux conditions formulées par la science.

La question de la nécessité du monopole au point vue hygiénique étant tranchée, il peut paraître inutile de rechercher si, du moins, il serait capable de remplir, à l'exclusion de tout autre procédé, la seconde condition, l'amélioration des spiritueux consommés. On le fera néanmoins, afin d'examiner si, tout au moins sur ce point, les affirmations des partisans du monopole sont fondées :

Il convient de remarquer d'abord que si le rapport Duclaux, approuvé par toute la science, établit une distinction au point de vue de la nocivité entre les alcools, et les spiritueux composés avec addition d'essences et de bouquets, il n'en fait aucune, au même point de vue, entre les alcools industriels et les eaux-de-vie naturelles, ordinaires ou supérieures. Les secondes contiennent d'ailleurs une dose d'impuretés de beaucoup supérieure à celle des premières et même en admettant, dans l'hypothèse la plus favorable aux eaux-de-vie naturelles, que la dose d'impuretés ne correspond pas exactement à la nocivité, il n'existe, à cet égard, aucune certitude scientifique autorisant à excepter les unes de formalités qui seraient imposées aux autres.

Donc, en fait, ce monopole qui rechercherait l'amélioration des alcools, au point de vue de l'hygiène, devrait imposer des conditions de pureté aussi bien aux eaux-de-vie naturelles qu'aux produits industriels.

Or, le monopole, en Suisse, dispense toutes les eaux-de-vie naturelles de la rectification et des conditions de pureté exigées des autres spiritueux. Bien mieux, il admet que les alcools industriels livrés au public puissent contenir une certaine dose d'impuretés et il livre à la consommation des flegmes simplement dilués et qui n'ont même pas été rectifiés.

La question ne se pose pas en Russie, où il n'existe pas d'eaux-de-vie dites naturelles, mais en France, aucune des propositions de monopole, même celles qui paraissent les plus sévères, ne prévoient la rectification des eaux-de-vie de vin, de cidre, de fruits, etc. A peine celle de M. Jaurès comporte-t-elle, au dire de son auteur, la distillation assurant la pureté des eaux-de-vie dans une certaine mesure, ce qui laisse des doutes sur la réalité de l'épuration.

D'ailleurs, on ne conçoit guère qu'il soit possible de rectifier nos eaux-de-vie, car ce serait les priver du goût, de l'arôme qui fait toute leur réputation et toute leur valeur.

Le monopole est donc impuissant, en France, à remplir exactement, même la moins importante des deux conditions exigées par la science dans l'intérêt de l'hygiène.

Est-il au moins indispensable, pour assurer la pureté des alcools industriels ? Des partisans du monopole, les uns affirment que l'industrie privée ne peut fournir des alcools suffisamment épurés, ce qui est contraire à l'évidence et ne supporte pas la discussion.

Les autres prétendent que les alcools, bien rectifiés par l'industrie privée, seront dénaturés et sophistiqués par les intermédiaires et qu'il faudrait une organisation de contrôle, coûteuse et vexatoire pour constater et réprimer cette fraude.

En quoi la rectification organisée par le monopole pourrait-elle y obvier ? L'eau-de-vie rectifiée par le monopole ne serait-elle pas exposée aux mêmes aléas, même si les débitants la recevaient en bouteilles fiscales ? Ne faudrait-il pas déboucher ces bouteilles pour la vente au petit verre et alors la bouteille ne deviendrait-elle pas une sorte de petit tonneau des Danaïdes alimenté par la fraude ? Et pour y obvier ne faudrait-il pas recourir au contrôle, aux perquisitions, aux prélèvements d'échantillons, aux expertises absolument comme si l'État se bornait, sans monopole, à organiser un simple contrôle hygiénique ?

Le monopole n'obtiendra donc rien, à ce point de vue, que l'on ne puisse obtenir sans monopole.

En résumé, un monopole des alcools est incapable de restreindre la consommation des alcools en France autrement que ne pourrait le faire une simple augmentation de l'impôt, ni même d'améliorer, d'une façon générale et suffisante, la pureté des spiritueux, autrement que ne pourrait le faire l'organisation d'un contrôle hygiénique.

Il ne répond donc, à ce point de vue, à aucun des deux desiderata exprimés par la science et est, en conséquence, doublement inutile.

On paraît même fondé à dire que, loin de servir les in-

térêts de l'hygiène publique, le monopole ne peut que
leur être défavorable.

D'une façon générale, en effet, les conceptions du monopole d'Etat et celles de l'hygiène publique s'accordent
difficilement dans l'application.

Il y a soixante ans, la Russie connaissait déjà depuis
deux siècles le monopole des alcools qu'elle avait expérimenté sous toutes ses formes ; il se produisit alors,
sous le règne de l'empereur Nicolas Ier, un mouvement
très prononcé de l'opinion publique pour mettre un
frein au vice de l'ivrognerie, si répandu dans les classes
populaires russes ; on créa des sociétés de tempérance ;
l'administration financière se hâta de les interdire ; les
municipalités prirent des résolutions pour défendre
l'usage des spiritueux, sauf à l'occasion des fêtes de famille et pour les usages médicaux ; le pouvoir central
annula invariablement tous les arrêtés municipaux.

Aujourd'hui encore, et après la réorganisation du monopole et l'adoption du système de vente de l'alcool en
petites bouteilles fiscales qu'il est interdit de déboucher
à l'intérieur du débit de vente, le ministre des Finances
russe, après avoir autorisé la création de nombreuses
maisons de tempérance, où il ne se vend que du thé po-
pulaire et du pain, semble vouloir en combattre les
efforts, en autorisant les acheteurs de l'alcool du monopole, par une décision récente, à aller boire les eaux-
de-vie dans ces maisons de tempérance.

Aussi les hygiénistes de Russie, contrairement à ceux
de France, sont-ils devenus tout à fait hostiles au monopole et réclament-ils instamment l'adoption du système
de Gothembourg. Les exigences financières s'y opposeront assurément.

En Suisse, le Gouvernement a toujours respecté les
impuretés des alcools dits naturels. Du moins, le monopole poursuivait-il à l'origine l'épuration complète des
alcools industriels. Mais le public n'ayant pas accepté
la saveur insipide des eaux-de-vie provenant d'un simple coupage d'alcools rectifiés, les recettes du monopole
baissèrent dans de telles proportions que l'administration du monopole n'hésita pas à modifier son orientation

2

et à conserver dans ses produits une certaine dose d'impuretés.

En France, l'exemple du monopole des tabacs établit
également que le Gouvernement, en possession d'un
monopole, se préoccupe peu de la question d'hygiène,
quand les finances de l'Etat sont en jeu. Le tabac prête,
au point de vue de l'hygiène, aux mêmes critiques que
l'alcool : Il existe aussi des ligues d'hygiénistes contre
l'abus du tabac et elles sont présidées également par des
notabilités qui, chaque année, dénoncent aux pouvoirs
publics tous les méfaits de l'herbe à Nicot.

Ces hygiénistes ont cependant leur monopole, un
monopole idéal, intégral, organisé sous la forme
la plus complète que l'on puisse imaginer. L'Etat qui le
possède est le maître d'essayer, s'il le désire, les vertus
curatives du monopole en matière d'hygiène et de chercher à restreindre la consommation du tabac. A-t-il jamais songé à le faire ? Le monopole du tabac rapporte
300 millions et le Gouvernement cherche toujours à
augmenter cette recette plutôt qu'à la restreindre.

Tous les monopoles, d'ailleurs, tendent à perdre de
vue leur objectif initial, quand l'intérêt fiscal entre en
jeu. Que l'on considère le monopole des postes et télégraphes : En principe, il ne devrait servir qu'à assurer,
dans l'intérêt général, le service des correspondances ;
tous les bénéfices de l'exploitation devraient être utilisés
dans l'intérêt direct des correspondants. Il semble avoir
eu ce caractère dans les débuts, même en France,
mais aujourd'hui, l'intérêt fiscal ayant parlé, les postes et télégraphes contribuent pour 50 millions à alimenter le budget. Et c'est pour ce motif que seul,
entre tous les peuples d'Europe, le Français paie 15 centimes pour l'affranchissement de ses correspondances !

Si les faits acquis comportent en eux quelque ensei-
gnement, il apparaît que dans le cas du monopole de
l'alcool, l'intérêt de l'hygiène ne tarderait pas à céder
le pas à l'intérêt fiscal.

Enfin, les efforts mêmes des hygiénistes ne peuvent
que rendre dangereuse, au point de vue de l'hygiène

organisation du monopole. On a tellement accusé les spiritueux actuels de tous les méfaits, on les a tellement représentés comme la source de tous nos maux, en offrant le monopole comme le seul remède possible, que le consommateur serait forcément amené à croire que l'alcool fourni par le monopole ou vendu sous son contrôle, serait exempt de tous ces inconvénients et on a peine à croire que les agents de l'Etat chercheront à le détromper. Tel qui boit un petit verre aujourd'hui, avec l'appréhension de l'alcoolisme, en absorbera deux ou trois ne pouvant imaginer que l'alcool monopolisé par l'Etat et vendu sous sa garantie, puisse offrir quelque danger.

La consommation de l'alcool ne pourra donc que s'accroître et par là augmenteront les méfaits de l'alcoolisme.

Bref au point de vue de l'hygiène, le monopole est à la fois inefficace, inutile et même dangereux. La question de l'alcoolisme ne pourrait être résolue que par une organisation analogue au système de Gothembourg et, à son défaut, un simple contrôle hygiénique, qui fonctionne déjà pour les spiritueux livrés à la marine, donnerait autant de résultats que le monopole.

On a donc pu dire, avec raison, que la question de l'alcoolisme n'a rien à voir avec le monopole de l'alcool.

La nécessité économique

Le monopole de l'alcool se justifie-t-il comme nécessité d'ordre économique ?

On a fait valoir à ce sujet les menaces de l'alcool de synthèse et la nécessité de protéger l'industrie agricole nationale contre le danger de la concurrence de l'alcool chimique.

M. Astier, qui a basé une proposition de monopole sur cet argument, fait remarquer qu'en présence d'une situation analogue le Parlement n'a pas hésité à défendre l'industrie du sucre en proscrivant la saccharine. Pourquoi, dès lors ne pas adapter un remède du même genre à des situations analogues ? Ne suffirait-il pas, le cas échéant, de proscrire l'alcool de synthèse pour défendre l'alcool industriel ? La mesure ne paraît pas suffisante à M. Astier, mais le motif de cette insuffisance ne ressort clairement ni de la lecture de sa proposition ni de l'exposé des motifs qui la précède, ni des explications que M. Astier et le co-signataire de la proposition, M. Chaigne, ont fournies soit à la tribune de la Chambre, soit au sein de la Commission extra-parlementaire.

D'ailleurs, si la saccharine était un danger réel et immédiat pour l'industrie du sucre, on ne saurait en dire autant de l'alcool de synthèse, dont la production n'est pas sortie encore du domaine du laboratoire. On ne peut donc considérer le monopole comme une mesure indispensable et urgente alors qu'elle ne servirait qu'à combattre un danger n'existant encore que dans les alambics des chimistes.

D'autres considérations ont été invoquées encore dans le même ordre d'idées de protection économique ; on a dit que le monopole est indispensable pour défendre, soit la petite industrie agricole contre la grande distillerie, soit la production des eaux-de-vie dites naturelles contre les progrès de l'alcool industriel. Il y aurait beaucoup à dire sur la situation respective des producteurs d'alcool et on aura l'occasion de le faire au cours de cette étude ; mais même si l'on venait à admettre la réalité du mal et l'utilité du remède, on n'aperçoit pas comment pourrait procéder le monopole autrement qu'au moyen de différenciations dans les prix d'achat, c'est-à-dire de primes ou de détaxes déguisées. Or, des primes directes ou des taxes différentielles produiraient absolument le même effet, avec des garanties supplémentaires d'égalité devant l'impôt, que pourrait ne pas présenter le monopole.

Il n'y a donc pas lieu de s'arrêter à des considérations de ce genre, qui n'établissent pas la *nécessité* du monopole.

La Nécessité fiscale

L'écart entre la valeur intrinsèque de l'alcool et le montant de l'impôt dont il est frappé justifie-t-il la consttitution d'un monopole dans l'intérêt de la perception des droits ?

Les cours de l'alcool industriel oscillent actuellement aux abords de 35 francs, ce qui représente environ 40 francs par hectolitre d'alcool pur ; le droit de consommation, fixé à 220 francs représente donc un peu moins de 6 fois la valeur marchande du produit.

Encore la proportion tombe-t-elle à 3 fois seulement et même bien au-dessous, si on envisage, non plus les alcools d'industrie mais les alcools de vin, les rhums, kirchs, liqueurs, eaux-de-vie naturelles et à bouquets, etc., etc.

Montesquieu, que les partisans du monopole citent à l'appui de leur thèse, admettait la nécessité du monopole quand l'impôt dépassait de 17 à 18 fois la valeur de la matière imposée ; mais il qualifiait de *déraisonnable* une taxe si excessive.

Le rapport de la taxe à la valeur marchande de l'alcool est de beaucoup inférieure à la limite énoncée par l'auteur de l'*Esprit des lois* ; il faudrait que l'impôt fût de 700 francs par hectolitre au lieu de 220 francs, en ce qui concerne les alcools d'industrie seulement et aux environs de 2.000 francs pour les eaux-de-vie fines, pour que l'écart justifiât, d'après Montesquieu, la création d'un monopole.

A vrai dire, l'argument n'a qu'une valeur relative, celle d'une opinion personnelle, et celle de Montesquieu n'a pas arrêté le législateur quand il s'est agi d'organiser le monopole sur les tabacs et sur les allumettes, monopôles dont le produit net, représentant l'impôt, n'est guère que de trois à quatre fois la valeur du produit ; aussi doit-on chercher ailleurs les motifs qui pouvaient rendre nécessaire le monopole sur l'alcool.

L'essentiel, en l'espèce, est de savoir si le monopole est *indispensable* pour assurer la perception des droits actuels sur l'alcool.

L'élévation du droit de consommation sur ce produit, de 156 fr. 25 par hectolitre d'alcool pur à 220 francs, votée le 29 décembre 1900 a produit des mécomptes graves. Le chiffre total des quantités imposées au droit de con-

2.

sommation qui atteignait 1.782.891 hectolitres en 1900 est tombé en 1901 à 1.346.635 hectolitres et à 1.258.949 en 1902. La différence est donc de 523.942 hectolitres représentant 30 0/0 de diminution environ et 115 millions. d'impôts.

Les partisans du monopole attribuent ce déficit à la fraude qui aurait augmenté dans d'énormes proportions, surexcitée par la nouvelle prime de 64 francs résultant de l'augmentation du droit ; mais ils ne peuvent fournir aucune preuve décisive à l'appui de leur opinion.

Les autres estiment qu'il existe au déficit deux causes, l'une accidentelle, l'abondance exceptionnelle des dernières récoltes du vin qui a favorisé la consommation des boissons hygiéniques au détriment de celle de l'alcool, l'autre, normale, résultat de la diminution constante qui a presque toujours suivi, dans tous les pays, une augmentation trop brusque du montant de la taxe (1). On peut remarquer, d'ailleurs, que si la consommation apparente a diminué sur les spiritueux qui font l'objet des fraudes courantes, pratiquées chaque jour, c'est-à-dire les fraudes sur les esprits et les eaux-de-vie, elle n'a pas moins diminué sur les spiritueux qui se prêtent infiniment moins aux opérations illicites, les absinthes, les amers, les liqueurs, les fruits à l'eau-de-vie.

---

(1) En Angleterre, le droit de 557 fr. 30 établi en 1820 fit baisser de près de 50 0/0 l'importance des quantités imposées. Au contraire, la réduction, de 557 fr. 30 à 333 fr. 60 provoqua une augmentation de 90 0/0. En 1861, une majoration de tarif de 20 0/0 seulement entraîna un déficit de 14 millions.

Aux Etats-Unis, le droit en 1864 passe successivement de 163 fr. à 408, puis à 545 fr. 26; les recettes baissent de 40 0/0. Aussi se résoud-on à ramener le tarif à 136 fr. 30 en 1868 et depuis cette époque on n'a procédé qu'à des relèvements progressifs pour ne pas compromettre le produit de l'impôt.

En France, mêmes causes, mêmes effets. La taxe est élevée en 1860 de 60 à 90 francs; les quantités imposées fléchissent de 20.000 hectolitres. En 1871, on porte le droit à 150 fr. La consommation tombe de 1.014.000 hectolitres à 755.000 et ne reprend son ancienne importance qu'en 1875. Il était facile de prévoir que le même phénomène se reproduirait en 1901 après la majoration du droit.

Quantités d'alcool pur soumises au droit de consommation en 1902 et en 1900 :

	1900	1902	Diminution	Quotité p. 0/0
Esprits.......	59.677	44.157	15.20	26.60
Eaux-de-vie ...	708.028	381.778	326.250	29.40
Bitters, amers.	41.824	24.943	16.881	40.40
Absinthes.....	238.407	167.954	70.523	29.60
Liqueurs......	83.329	58.671	24.658	29.60
Fruits à e.-d.v.	10.018	7.939	2.079	20.70

Ainsi, les absinthes et les liqueurs baissent exactement dans les mêmes proportions que les eaux-de-vie et
plus fortement que les esprits, et les amers accusent
une dépression bien plus considérable, bien qu'assurément la fraude la plus active, la seule fraude pour ainsi
dire, se pratique sur les esprits et les eaux-de-vie. Et qui
oserait soutenir que la fraude a contribué à restreindre
la consommation apparente des fruits à l'eau-de-vie ?

Enfin, la production a diminué parallèlement à la consommation, la production industrielle fléchissant à
677.500 hectolitres et celle des eaux-de-vie de cru de
93.371 hectolitres ; il est bien peu vraisemblable que la
production clandestine ait alimenté la consommation
d'un jour à l'autre, dans une si large mesure.

La dépression générale a donc une autre cause que la
fraude et on doit l'attribuer, pour la plus grosse part,
à une dérobade de la consommation.

Cette diminution persistera-t-elle ? On a vu souvent,
après des crises analogues, la consommation reprendre
sa marche ascendante. Dans le cas contraire, par quelle
vertu spéciale le monopole aurait-il pour effet d'amener
le consommateur à reprendre ses anciennes habitudes ?
Mais, dit-on, le monopole supprimera du moins, non
seulement les fraudes qu'a pu faire naître la prime créée
par la majoration du droit, en décembre 1900, mais encore celles qui existaient antérieurement et dont l'importance est énorme, si on en croit les partisans du monopole.

La Fraude sur les Alcools

L'énormité de la fraude sur l'alcool ! C'est là encore un des arguments favoris des hygiénistes et des amateurs de monopole. Il faut donc élucider la question aussi complètement que possible.

Quelle est l'importance de la fraude sur les alcools en France ?

On a avancé, à cet égard, les chiffres les plus divers et les plus dissemblables.

L'administration des finances s'est toujours refusée à admettre un chiffre supérieur à 25 ou 30 millions.

M. Pascal Duprat, au nom de la Commission de 1880, s'exprimait en ces termes :

«Les uns portent les quantité d'alcool qui échappent aux perceptions du fisc à 1/5 seulement, d'autres à la moitié; les plus exagérés hasardent la proportion des 3/4. La majorité de ceux qui se sont prononcés donne l'estimation de 1/3.

Si l'on considère que l'alcool imposé s'élevait à cette époque au chiffre de 1.314.000 hectolitres pour un total d'impôt de 221 millions, on voit que l'évaluation oscillait entre 265.000 et 985.000 hectolitres avec une majorité pour 438.000 hectolitres et entre 45 et 164 millions d'impôt, la majorité se prononçant pour 75 millions environ.

La Commission du budget de 1887 opinait pour le huitième, chiffre encore inférieur à l'opinion la plus modérée de 1880 et M. Guillemet, en 1899, adoptait ce chiffre, qui représentait alors 300.000 hectolitres pour 47 millions de francs.

Mais d'autres allaient infiniment plus loin et bien au delà même des évaluations les plus élevées de 1880. Ils parlaient de 200 millions et même au delà.

M. Claude (des Vosges) estimait que la fraude enlève au Trésor une somme égale à celle que le Trésor reçoit, ce qui représenterait actuellement, 1.259.000 hectolitres et 277 millions de droits fraudés !

Mais quelle preuve M. Claude apportait-il à l'appui de

cette opinion ? Il se bornait à invoquer sa conviction personnelle et absolue (1).

Lors de la dernière réunion de la sous-Commission extra-parlementaire du monopole, M. Chaigne, co-signataire d'une proposition, évaluait de 100 à 200 millions les sommes que l'on pouvait récupérer sur la fraude, or 100 à 200 millions de francs, à 220 francs par hectolitre représentait de 455.000 à 910.000 hectolitres d'alcool pur ! La marge est considérable entre les deux chiffres. M. Astier, au contraire, ne va pas au delà de 300.000 hectolitres, soit 66 millions.

---

1) On trouve rarement des calculs à l'appui de ces évaluations ; quand il en existe, ils présentent le plus souvent des erreurs matérielles surprenantes: en voici deux exemples :

En 1892, M. L*** (on a remplacé les noms par des initiales afin d'éviter les personnalités) évaluait la fraude sur les seuls alcools de cidre à 84.297.000 francs, raisonnant ainsi :

La récolte moyenne des cidres est de............	13.381.000 hect.
Il faut déduire : 1° l'exportation................	11.000 —
2° les quantités imposées.....................	4.910.000 —
3° les quantités régulièrement distillées........	160.000 —
Soit......................	5.081.000 —
La différence.....................	8.300.000 —

représente donc les quantités distillées sans déclaration, lesquelles, au degré moyen de 6° 5 fourniraient en fraude, à la consommation 439.500 hectolitres d'alcool pur, à 156 fr. 25 par hectolitre, la perte pour le Trésor atteint bien 84.297.000 fr.

Mais M. L... avait oublié une chose; c'est que la majeure partie des cidres est consommée en nature par le récoltant, et que, ne circulant pas avec un passavant, elle ne figure pas dans les quantités imposées. Ses évaluations étaient donc entachées d'une erreur capitale.

Deuxième exemple :

La même année, les statistiques officielles évaluaient à 50.000 hectolitres la fabrication présumée des bouilleurs de cru, en alcool obtenu sous le couvert du privilège et qui n'avait pas acquitté l'impôt. Cette estimation pouvait paraître bien faible: M. G... n'hésitait pas à la porter à 600.000 hectol. plus 400.000 hectol représentant, d'après lui, les fraudes en matière de vinage. En définitive, les opérations clandestines à la propriété auraient porté sur 1 million d'hectolitres d'alcool pur ! On s'imagine difficilement l'énorme quantité de matières premières, le mouvement de produits fabriqués et l'importance de l'outillage qu'aurait comportés un pareil chiffre de production, obtenu sans que l'administration eut été à même de la connaître, et d'en tenir compte dans ses statistiques, sinon de la réprimer.

En réalité, personne ne peut se flatter d'être exactement fixé sur l'importance de la fraude en France. On se voit donc forcé de raisonner d'après des probabilités et des apparences ; à ce compte, on peut trouver des éléments d'appréciation plus significatifs que de simples affirmations, dans la comparaison des quantités imposées en France et dans les pays voisins.

En Angleterre, par exemple, la perception de l'impôt s'opère, de l'avis général de tous ceux qui connaissent la législation fiscale de ce pays, dans des conditions qui excluent, à peu près complètement, toute idée de fraude. Or la consommation de l'alcool en Angleterre s'élève à 2 litres 70 environ d'alcool pur par tête et les Anglais ne passent pas précisément pour un peuple sobre ; l'alcoolisme y sévit comme chez nous et l'Angleterre, sous ce rapport, n'a rien à nous envier. La consommation soumise à l'impôt atteint en France, aujourd'hui, 3 litres 26 d'où il faut conclure déjà que nous buvons individuellement plus d'alcool que nos voisins.

Mais peut-on bien admettre que nous en buvons deux ou trois fois plus ? C'est cependant la conclusion à laquelle on aboutirait si on tenait pour valables les évaluations extrêmes de MM. Claude et Chaigne, car en doublant la consommation imposée, selon l'avis du premier ou en lui ajoutant 910.000 hectolitres on arrive à une consommation réelle de 2.170.000 à 2.520.000 hectolitres représentant une quantité de consommation par tête de 5.7 à 6.6 soit un peu plus de deux fois et un peu moins de trois fois le chiffre de la consommation anglaise.

Qui oserait faire à nos ouvriers l'injure et l'injustice de dire qu'ils sont 2 ou 3 fois plus alcooliques que les ouvriers anglais ?

Il faut donc se défier des exagérations et baser son opinion sur des éléments d'appréciation rationnels.

Le moyen le plus sûr consiste d'abord à examiner dans quelles conditions et à quelle phase de l'existence fiscale de l'alcool peut se produire la fraude.

Elle peut s'exercer :

— A la production, c'est-à-dire soit chez le distillateur

clandestin, soit chez le producteur industriel soumis à la surveilance de la Régie, soit chez le bouilleur de cru exempt de ce contrôle.

— Chez les intermédiaires, liquoristes, marchands en gros et débitants ;

— Chez le simple particulier ;

— A diverses phases de l'existence légale de l'alcool à la faveur des tolérances prévues par la loi ou accordées par l'administration ;

— A la dénaturation des alcools.

On envisagera successivement toutes ces hypothèses.

Distilleries clandestines. — Les distilleries clandestines ont constitué, assurément, dans le passé, un élément de fraude assez important. Mais leur capacité de production est assez limitée, puisque de grandes exploitations industrielles ne sauraient se dissimuler longtemps à l'attention du fisc. Les moins importantes même et les mieux dissimulées finissent toujours, par le fait des dénonciations inévitables, à être découvertes et le danger consistait surtout en ce que, tenues souvent par des hommes de paille, elles se reconstituaient ailleurs, aussitôt découvertes et saisies. La loi du 30 mars 1903 y a coupé court en plaçant la fabrication, la vente, la possession et l'emploi des alambics sous le contrôle permanent de la Régie. Sans doute, les distilleries clandestines existant encore pourront subsister jusqu'au jour où elles auront été découvertes; mais comme la loi punit sévèrement aujourd'hui non seulement la fabrication frauduleuse, mais même la possession d'appareils non déclarés, les distillateurs clandestins courent des risques beaucoup plus importants, qui les engageront peut-être à cesser leurs opérations. En toute hypothèse, il ne peut plus se créer à l'avenir de nouvelles distilleries clandestines et la fraude de ce chef se trouve radicalement arrêtée.

Distillateurs de profession et bouilleurs assimilés. — Cette classe de producteurs est soumise à un régime de surveillance plus ou moins sévère, selon l'importance de la fabrication.

Dans toutes les grandes distilleries, la Régie se tient en permanence, le jour et la nuit. La distillation et la rectification se font en vases clos et scellés ; aucune quantité d'alcool n'échappe à la vérification des agents du fisc du moment où la matière première entre dans les appareils jusqu'à celui où l'alcool achevé, sort de la distillerie, accompagné d'un titre de mouvement régulier. Divers moyens de contrôle viennent renforcer cette surveillance effective et on peut dire que pas une goutte d'alcool n'est produite, sans que la Régie l'ait inscrite dans ses comptes. Toute fraude est impossible, en principe du moins, dans ces établissements. En fait on n'en constate pour ainsi dire jamais.

Or, la production de ces distilleries placées sous la surveillance permanente de la Régie, représente environ 70 0/0 de la production totale, soit 1.300.000 hectolitres environ, en 1902, sur 1.886.754.

Les distilleries industrielles agricoles sont placées sous un régime de surveillance intermittente, mais les garanties sont analogues, car la distillation se fait en vases clos et les flegmes ne peuvent être extraits des bacs scellés, où ils coulent au sortir des appareils, sans que la Régie soit présente et prenne en compte ces spiritueux. Le fabricant ne serait admis à ouvrir les bacs que dans le cas où la Régie ne serait pas venue procéder à l'opération et le cas ne se présente jamais.

Les autres distilleries enfin, sont, d'une part, les établissements industriels où la Régie n'a pas jugé à propos, en raison du peu d'importance de la fabrication, d'installer un service de permanence ; d'autre part, les distilleries de vins, marcs, fruits et les brûleries de bouilleurs de cru assimilés aux bouilleurs de profession par la loi du 30 décembre 1900, en raison de la puissance de production de leurs appareils. Elles ont produit en 1902, 231.532 hectolitres d'alcool de vins, marcs et fruits et 70.000 hectolitres approximativement d'alcool de provenances diverses, soit en tout 300.000 hectolitres environ.

La garantie fiscale y repose sur des déclarations gé-

nérales faites par les fabricants relativement à la mise
en œuvre des matières premières et de leur rendement
en alcool et à la déclaration du produit de la distillation,
lequel est pris en charge dans les comptes de la Régie.
Des recensements et des inventaires permettent à l'administration de reconnaître la situation des comptes et
elle possède également divers moyens de contrôle d'une
efficacité relative. Ce régime qui a eu pour but, à la fois,
de ne pas imposer aux petits distillateurs un contrôle
rigoureux qui aurait eu un caractère vexatoire en raison du peu d'importance des fabrications, et d'éviter a
la Régie des dépenses de contrôle exagérées, laisse évidemment à désirer au point de vue de la garantie *absolue* ; mais il a paru sans doute suffisant à l'administration car, possédant la faculté, aux termes de la loi,
d'exercer un contrôle *rigoureux* par l'installation de
compteurs, elle n'a jamais cru devoir y recourir.

Si on jugeait nécessaire d'exiger un supplément de
garantie, il serait facile, sans la nécessité d'un monopole, de renforcer les réglements ou même d'appliquer
simplement la disposition des règlements actuels qui
prévoit l'installation des compteurs.

*Bouilleurs de cru non assimilés aux bouilleurs de pro-
fession.* — Cette catégorie comprend les bouilleurs que la
puissance de production de leurs appareils n'assimile
pas, de par la loi du 29 décembre 1900, aux bouilleurs de
profession.

La loi du 31 mars 1903 les divise en deux classes :
ceux dont les propriétés ne représentent pas une capacité de production supérieure à 50 litres d'alcool pur et
qui peuvent distiller sans contrôle (amendement Morlot) ; en second lieu, les bouilleurs qui peuvent produire
davantage. Les premiers ne sont astreints qu'à une
déclaration de fabrication et la Régie n'intervient, chez
eux, que pour sceller et desceller leurs appareils.

Quant aux seconds, ils sont soumis à des régimes
spéciaux, selon qu'ils distillent dans leur domicile, soit
par eux-mêmes, soit au moyen d'un appareil ambulant,
ou qu'ils font distiller, dans un local ou un emplacement public ou privé, déclaré à la Régie.

3

Ces bouilleurs ne sont soumis, en principe, qu'à deux contrôles : l'un avant les travaux de distillation et l'autre après les opérations ; mais il semble que l'article 7 du décret du 19 août 1903 reconnaisse le droit à la Régie de surveiller aussi les opérations de la distillation pendant la marche des travaux. La garantie du fisc consiste dans une prise en charge provisoire de l'alcool présumé, d'après le volume des matières premières reconnues à l'inventaire et leur rendement minimum probable, et dans la constatation du produit effectif après les travaux de distillation, les manquants reconnus sur la prise en charge primitive pouvant être soumis aux droits. Le bouilleur est obligé, en outre, de tenir divers carnets sur lesquels il vise, au fur et à mesure, ses opérations successives.

Il faut remarquer que le récolement porte seulement sur les alcools fabriqués l'année précédente et sur les vins déclarés pour la distillation et disposés à part du reste de la récolte ; de même l'inventaire, après les travaux, ne s'exerce que sur les alcools fabriqués, et le reste, s'il y en a, des vins déclarés pour la distillation.

La garantie de l'Etat est donc bien relative, car on conçoit que le bouilleur ait la possibilité d'alimenter son alambic avec des vins ou fruits non déclarés et de soustraire une partie des eaux-de-vie obtenues.

La garantie devient meilleure si le bouilleur fait distiller à l'alambic banal, où les matières premières et l'alcool peuvent être surveillés de plus près par la Régie.

En toute hypothèse, la loi accorde aux bouilleurs une franchise de 10 0/0 sur leur fabrication, pour leur consommation familiale, avec minimum de 20 litres d'alcool.

On aperçoit donc que la fraude peut s'exercer chez le bouilleur de cru, au moyen de l'alcool que les uns fabriquent sans contrôle (cas de l'amendement Morlot), et que les autres parviennent à soustraire à la prise en charge, ainsi qu'au moyen des garanties allouées en franchise pour consommation de famille.

Marchands en gros et liquoristes. — Toute quantité d'alcool qui entre dans le magasin d'un marchand en gros ou d'un liquoriste, est suivie par la Régie à un compte particulier, et le négociant est comptable envers le Trésor des droits qu'elle représente. Il sera donc obligé de payer les droits si la boisson vient à disparaître. Comment un marchand en gros ou un liquoriste pourraient-ils pratiquer la fraude ? En dehors des moyens extrêmement limités que peuvent leur donner les tolérances légales pour pertes naturelles en magasin, question qui sera traitée plus loin, on ne peut admettre que l'hypothèse d'alcools reçus en fraude et expédiés de même. Encore faut-il, pour se livrer à ces opérations, que les marchands en gros se procurent l'alcool nécessaire à l'opération, et où pourraient-ils le faire, sinon chez le distillateur ou le bouilleur de cru ? La fraude du négociant, dans ce cas, se ramène donc à celle du producteur.

Débitants. — On doit tenir le même raisonnement en ce qui concerne les spiritueux que le débitant peut recevoir et écouler en fraude ; il lui faut d'abord la matière première, et alors, l'opération délictueuse se rapporte à celle qui a été commise par le fournisseur de l'alcool, un bouilleur de cru, dans la plupart des cas. Quant à la fraude exclusivement personnelle au débitant, elle ne peut consister qu'en une fabrication clandestine, non pas avec des alambics dont la Régie suit actuellement l'existence et l'emploi, mais avec les appareils distillatoires très simples, que chacun est à même d'organiser avec des ustensiles quelconques, convenablement disposés. Ses bénéfices actuels le dispensent de recourir à ce procédé incommode de production, mais ses intérêts l'amèneraient sans doute à le faire, le jour où les droits sur l'alcool seraient démesurément augmentés, ou si le Monopole venait à s'emparer d'une notable partie de ses bénéfices.

Simples particuliers. — Comme le débitant, le simple particulier n'a pas grand intérêt, aujourd'hui, à opérer des distillations clandestines, et on peut considérer que, personnellement, il ne fraude pas ; une seule considération pourrait l'amener à le faire, ce serait une élévation considérable du prix de vente des spiritueux ; les distillations ménagères et clandestines pourraient alors prendre quelque extension.

Fraudes autorisées par les tolérances légales. — Ces fraudes sont celles qui pourraient se pratiquer à la faveur des exemptions des droits accordées par l'Etat sur les quantités d'alcool qui ne sont pas livrées en fait à la consommation, pertes naturelles et coulages chez les distillateurs et les marchands en gros, déchets de fabrication et de rectification chez les distillateurs et les liquoristes, allocations pour creux de route, pertes matérielles.

Le total des quantités allouées à ce titre, en 1902, s'élève à 106.285 hectolitres, correspondant à 23 millions environ.

Ces déperditions sont fatales et inévitables, aussi bien à la fabrication, que dans les entrepôts et en cours de route. Si l'Etat se fait lui-même producteur, entrepositaire et transporteur, il les subira pour son compte ; s'il conserve à la production et au commerce de gros leur indépendance relative, telle qu'elle existe aujourd'hui, il ne pourra faire autrement que de leur accorder les mêmes concessions. Tout au plus pourrait-il en restreindre le taux des allocations et encore convient-il de remarquer qu'une réduction a déjà été faite en 1897 sur les déductions accordées aux marchands en gros et aux distillateurs pour leurs manquants de magasins.

Il ne reste donc pas une marge importante pour la fraude, en admettant qu'elle puisse se produire, ce qui reste à démontrer.

La dénaturation des alcools. — Il a été dénaturé, en 1902, 326.660 hectolitres d'alcool, qui ont été exonérés du droit de consommation, s'élevant à 74 millions environ. La dénaturation, en tant qu'opération consistant à rendre l'alcool inconsommable, est étroitement surveillée par les agents de l'Etat et la fraude consiste essentiellement à revivifier l'alcool pour le faire rentrer dans la consommation. Elle se pratique donc, non pas chez le dénaturateur, mais chez le client. Que l'Etat vienne à monopoliser la dénaturation, comment pourra-t-il s'opposer à la revivification chez l'acheteur ? Quel moyen pourra-t-il imaginer qu'il ne pourrait employer aujourd'hui, sans monopole ? Le seul obstacle à la revivification, consiste dans l'emploi d'un bon dénaturant. Si la science parvient à le découvrir, le monopole n'y sera pour rien.

On verra d'ailleurs que la Régie ne paraît pas avoir eu à constater des fraudes importantes en matière de dénaturation en 1902.

En définitive, il paraît ressortir de l'exposé qui précède :

Que la fraude par distillerie clandestine, qui a pu avoir une certaine importance, doit disparaître à bref délai ;

Que la fraude ne peut guère s'exercer dans les grandes distilleries industrielles, ni dans les petites distilleries agricoles ;

Que la Régie la considère comme peu dangereuse dans les grandes distilleries industrielles soumises à sa surveillance et qu'on peut y remédier par une simple réglementation :

Qu'elle est peu à redouter chez les simples particuliers pas plus que sur les opérations qui pourraient se pratiquer à la faveur des tolérances légales.

Qu'elle trouve un terrain propice chez le bouilleur de cru ;

Que les fraudes chez les intermédiaires, marchands en gros ou débitants se ramènent à celle de leur fournisseur présumé, le bouilleur de cru ;

Que si on peut la redouter en principe à la dénaturation des alcools, le seul remède consiste dans l'emploi d'un meilleur dénaturant.

Ces déductions raisonnées correspondent-elles bien à la réalité ? On peut tout au moins les soumettre à une certaine épreuve :

Une publication officielle, le *Bulletin des Contributions Indirectes* publie deux fois par mois le compte rendu sommaire des principaux procès-verbaux rapportés tant par les employés de la Régie que par les autres agents, gendarmes, employés d'octroi, qui verbalisent à sa requête.

Or voici ce qui ressort de ces comptes rendus pour les années 1901, 1902 et les 9 premiers mois de 1903.

Sur 467 affaires que mentionne le *Bulletin* :

1 concerne une fraude constatée dans une distillerie soumise à la surveillance de la Régie,

25 des distilleries clandestines, dont 21 à Paris,

287 des fraudes à la circulation sur les 3/6 et eau-de-vie de bouilleurs de cru dont :

174 dans le Midi.
75 dans l'Est.
33 dans l'Ouest.
5 dans le Centre
5 des fraudes sur les spiritueux composés, liqueurs, rhums, absinthes.
10 affaires diverses, difficiles à classer, huiles, expéditions inapplicables, etc.
3 en matière de poudres à feu.
10 en matière d'allumettes.
125 de tabacs.
Total : 467.

On ne saurait, assurément, tirer de ce relevé des conclusions formelles ; toutes les petites fraudes notamment, qui se pratiquent soit en pays de bouilleurs de cru par infiltration de la propriété dans les débits, ne figurent pas dans les comptes rendus du *Bulletin*. On peut néanmoins en tirer quelques indications générales :

Ce qui frappe, en premier lieu, c'est d'une part l'absence de fraudes en matière d'alcools dénaturés ainsi que dans les grandes distilleries exercées par la Régie et dans les régions de grande production industrielle ; c'est ensuite l'énorme proportion des fraudes en pays de bouilleurs de cru ; enfin la proportion très élevée aussi des fraudes en matière de tabacs.

La seule fraude dont il est rendu compte pour une distillerie exercée concerne une brûlerie de vins du Midi.

Dans les distilleries clandestines on n'a saisi en tout

que 39 hectolitres d'alcool, la moyenne de chaque saisie ne dépassant pas 150 litres.

On a déjà fait remarquer qu'une *grande* distillerie clandestine ne saurait se dissimuler longtemps (1).

Les saisies en pays de bouilleurs de cru dans le Midi consistent en trois-six ou en eaux-de-vie, la plupart du temps transportés au moyen d'engins frauduleux.

Dans l'Est ce sont presque exclusivement des eaux-de-vie de marcs et dans l'Ouest des eaux-de-vie de cidre.

La fraude sur les tabacs se remarque quelquefois sur des tabacs en feuilles, à la culture, mais dans l'immense majorité des cas, sur des tabacs achevés de provenance étrangère. Bien entendu, le *Bulletin des Contributions Indirectes* ne rend pas compte des saisies effectuées par la douane.

On voit, en résumé, que les conclusions tirées de l'étude des conditions dans lesquelles la fraude peut et doit se produire, se trouvent confirmées par une sorte de preuve expérimentale et il s'en dégage, avec une grande apparence de vérité, que la fraude générale sur les alcools se résume à peu de chose près, à celles que peuvent pratiquer les bouilleurs de cru, c'est-à-dire la fraude sur les eaux-de-vie de cru. On peut ainsi plus facilement en évaluer l'importance.

Atteint-elle 100 à 200 millions comme l'affirment couramment les partisans du monopole, c'est-à-dire les bouilleurs parviennent-ils à écouler en fraude de 450 à 900.000 hectolitres d'alcool pur ? Il suffit d'énoncer ces chiffres pour en faire ressortir l'invraisemblance.

Les quantités d'eau-de-vie de cru produites sous le contrôle de la Régie se sont élevées en 1902 à 232.000 hectolitres, si on y ajoute 900.000 hectolitres que les bouilleurs aurait écoulés en fraude, la production en eau-de-vie de cru s'élèverait en réalité à plus de 1.100.000

---

(1) Pour le même motif, les distillateurs clandestins ne mettent guère en œuvre que des vins. La distillation de mélasses, grains, etc., nécessiterait un matériel de fermentation ou de saccharification, et un certain personnel, ce qui laisserait peu de chance à la distillerie de rester longtemps clandestine.

hectolitres ; elle dépasserait toutes les années de plus
grande prospérité, même celles de la période de 1840 à
1850 où, sans la concurrence des alcools industriels,
elle s'élevait à 815.000 hectolitres en moyenne seulement ; elle égalerait presque la production des alcools
industriels.

Si on se contente d'ajouter à la production officielle
de 232.000 hectolitres 450.000 hectolitres représentant
100 millions seulement de droits fraudés, on arrive encore à une production totale de 682.000 hectolitres d'alcools de cru. A ce compte, la distillerie de cru accuse-
rait encore une prospérité supérieure à celle qui a précédé l'apparition du phylloxéra.

Les évaluations des partisans du monopole sont donc
en contradiction formelle avec les affirmations des représentants de la viticulture et de la distillerie de cru
et il semble bien que la vérité se trouve plutôt du côté
de ces derniers, car il n'est pas possible d'admettre
qu'une production aussi considérable, nécessitant des
matériels vinaires énormes et des transports incessants
puisse échapper dans une mesure aussi complète à
l'attention du fisc.

On ne peut donc, si on raisonne un peu, admettre les
estimations arbitraires des défenseurs du monopole et
il semble que la vérité, dégagée des exagérations en
sens contraire, se trouve dans la moyenne des opinions
exprimées par M. Pascal Duprat en 1880, c'est-à-dire aux
abords du cinquième de la consommation imposée,
c'est-à-dire que la fraude peut représenter une perte de
55 millions pour le Trésor, correspondant à 252.000 hectolitres d'alcool pur.

Le monopole pourra-t-il récupérer les sommes frau-
dées, dans quelle mesure, et est-il seul à même de le
faire ?

La fraude en premier lieu, est appelée à se restreindre elle-même par le seul fait des dispositions de la loi
du 31 mars 1903.

On a déjà vu que cette loi aura pour conséquence de
faire disparaître les distilleries clandestines ; elle con-

trariera également dans une très forte mesure, les opérations illicites des bouilleurs.

La surveillance de la Régie s'étendra, à l'avenir, sur les opérations d'un nombre bien plus grand de producteurs ; quant aux autres, à ceux dont la production reste libre et affranchie des droits, ils n'auront plus la même facilité qu'autrefois de dissimuler leurs opérations. Ce qui faisait jadis la difficulté de la surveillance et de la répression, c'est que la Régie ignorait où et chez quels bouilleurs se trouvaient les appareils à distiller et quels étaient les bouilleurs qui brûlaient leurs récoltes. A défaut de ces indications, la surveillance devait s'éparpiller sur tous les territoires de production et sur un million de producteurs, et elle s'exerçait nécessairement au hasard. Par cela même, elle donnait peu de résultats. La loi du 30 mars 1903 a profondément modifié la situation. La loi oblige tout bouilleur qui possède un appareil à le déclarer et comme l'appareil doit se trouver sous scellés en dehors des périodes de fabrication, comme la Régie a le droit de venir reconnaître si cette obligation est observée ; enfin, comme tous les bouilleurs, sans exception, sont tenus à déclarer leur fabrication et que la Régie doit intervenir pour desceller et resceller les appareils dont il sera fait usage, elle sera à même de connaître à la fois quels sont les cultivateurs outillés pour produire de l'alcool et quels sont ceux qui distilleront réellement.

Aussi saura-t-elle où l'on travaille, où se trouve l'alcool, et sa surveillance, au lieu de s'éparpiller et de se diriger au hasard pourra s'exercer, de l'extérieur tout au moins, sur les bouilleurs de cru suspects de se livrer à la fraude et sur ceux qui par la disposition de leurs propriétés ou le voisinage des débits peuvent être enclins à le faire.

Il est donc certain que la nouvelle loi aura pour conséquence de limiter la fraude des bouilleurs de cru.

Veut-on aller plus loin encore et assurer une rentrée plus complète de l'impôt en soumettant toute la production au contrôle de l'Etat ? En quoi le monopole est-il nécessaire pour cela ?

La plupart des propositions de monopole ne touchent pas à la situation des bouilleurs de cru et elles respectent leurs privilèges. Voudrait-on, au contraire, comme le demandent certains, prendre des mesures plus complètes et abolir les avantages dont bénéficie encore le producteur ? Alors que ne le fait-on dès maintenant ! On prétend que les pouvoirs publics sont impuissants aujourd'hui à réprimer la fraude ; que les nécessités électorales s'opposent aux mesures extrêmes, mais qu'une fois le monopole établi, le Gouvernement frapperait impitoyablement tous les fraudeurs. Comment admettre, cependant, que les Pouvoirs publics pourront et voudront faire demain ce qu'ils ne peuvent ou ne veulent faire aujourd'hui ? S'ils doivent, demain, combattre rigoureusement la fraude, s'ils jugent devoir et pouvoir, demain, établir l'égalité de tous devant la loi et devant l'impôt, qui les empêche de le faire dès aujourd'hui et en quoi le monopole leur est-il nécessaire ?

Pense-t-on enfin que le monopole même s'il accomplissait cette réforme, peu vraisemblable, aurait le pouvoir de faire rentrer dans les caisses de l'Etat la *totalité* des sommes que la fraude lui enlève ?

Non pas, car en dépit de tout ce qu'il pourra faire, la fraude existera toujours. Son ingéniosité saura toujours tourner la loi, sauf à emprunter des formes nouvelles.

Il semble, à lire certains exposés de motifs, que le monopole aurait pour conséquence d'abolir la fraude et d'assurer la perception sur la totalité du produit consommé. Quelle erreur !

Chaque mode de perception, quel qu'il soit, présente son côté faible que la fraude, plus ingénieuse que le fisc, s'empresse d'exploiter. Les monopoles n'échappent pas plus que toute autre organisation à cette tare. Le tabac et les allumettes sont monopolisés en France ; la fraude à laquelle ils donnent lieu est-elle donc indifférente ? Ne se pratique-t-elle pas avec une certaine intensité à l'intérieur pour les allumettes et à la frontière pour les tabacs, bien que les monopoles organisés sur ces matières soient des monopoles complets, intégraux, s'emparant de toutes les formes de la production et du commerce ? N'a-t-on pas dû employer notamment pour combattre la fraude, à la frontière, sur les tabacs, des moyens législatifs extrêmes, en ce qu'ils sont contraires au principe de l'égalité devant l'impôt, la mise en vente de tabacs à prix réduit dans une certaine zone frontière ? Et cependant, ni cette législation spéciale, ni la surveillance incessante de la Douane, ni celle de la Régie ne sont parvenues à empêcher une infiltration intense des produits étrangers. N'existe-t-il pas aussi des fraudes importantes sur les tabacs en feuilles, à l'intérieur des plantations, si surveillées soient-elles ?

On a vu précédemment que, sur les 462 procès-verbaux importants dont le *Bulletin des Contributions Indirectes* donne le compte rendu, de 1901 à 1903, les saisies de tabacs entrent, à elles seules, pour 125 affaires, soit plus de 25 0/0 ! Et encore n'est-il pas question des incessantes saisies de la Douane dans les zones de la frontière. Quand on voit un monopole complet dont l'organisation a été singulièrement facilitée par l'unité de la matière première, par la limitation des régions de culture, exposé encore à ce point aux entreprises de la fraude, on peut se demander comment le monopole des alcools, dont la constitution et l'exploitation présenteraient bien d'autres difficultés, pour les motifs les plus divers, pourrait bien se soustraire aux aléas du même genre.

En résumé, si l'on évalue au chiffre raisonné de 50 millions le préjudice causé au fisc par la fraude, si même on porte cette évaluation à 100 millions, on doit admettre que les mesures édictées par la loi du 30 mars 1903 feront entrer, au bas mot, le quart de cette somme dans les caisses du Trésor, et qu'un autre quart pourrait être acquis par un complément de mesures, sans que le Monopole soit, en quoi que ce soit, nécessaire. Il faut admettre encore qu'en dépit de toutes les mesures, la fraude existera toujours, même avec le Monopole, et qu'il n'est pas excessif d'en évaluer l'importance à un quart encore.

Resterait, en définitive, un quart, que l'on pourrait considérer comme la reprise particulière du Monopole sur la fraude, soit 25 millions par an, au maximum. Mais il faut mettre en regard les frais considérables d'organisation et d'exploitation, qui grèveraient le budget d'une somme assurément supérieure (1). Le Monopole ne percevrait donc aucun bénéfice et se traduirait peut-être par un déficit d'exploitation.

Veut-on aller plus loin et admettre, avec M. Chaigne, une fraude invraisemblable de 200 millions ? Alors, la part du Monopole, dans la reprise de la fraude, s'élèverait à 50 millions. Qu'en resterait-il, comme bénéfices nets, après avoir déduit l'amortissement des dépenses de premier établissement et les frais d'exploitation ? Un profit insignifiant et insuffisant pour compenser les inconvénients du Monopole.

Donc, si le Monopole ne doit avoir pour but que la reprise de l'Etat sur la fraude, le Monopole n'offre aucun avantage qui puisse compenser ses nombreux inconvénients et il est parfaitement inutile.

---

(1) Les frais d'exploitation du monopole des tabacs s'élèvent à 32 millions, déduction faite des achats, et il n'y a plus de frais d'amortissement à payer.

LE MILLIARD DU MONOPOLE

Le Monopole, source d'énormes revenus et instrument nécessaire des grandes réformes

De tous les arguments dont se servent les partisans du monopole pour produire une vive impression sur l'esprit du public, le plus important, avant même peut-être celui de l'alcoolisme, consiste à représenter le Monopole comme une source énorme de revenus, permettant au législateur de réaliser de grandes réformes fiscales, économiques ou sociales.

Quand on a parlé du *milliard* du monopole, l'imagination voit surgir immédiatement tous les avantages que cette manne considérable pourrait apporter à ceux sur qui elle se dispenserait.

On s'adresse surtout aux classes laborieuses de la campagne et de la ville afin de préparer l'opinion de la masse électorale et de se la rendre favorable ; aux uns on parle de protection des industries agricoles, de constitution de syndicats agricoles, avec l'aide de l'Etat, de suppression du principal de l'impôt foncier sur les propriétés non bâties exploitées par leurs possesseurs, aux autres on fait miroiter la suppression des octrois, l'organisation aux frais de l'Etat des caisses de retraite ouvrières, etc.

Si bien que dans la plupart des vœux favorables exprimés par les conseils généraux, à la requête des amis du monopole, on voit formuler cette réserve que le monopole devra être organisé en vue de bénéfices importants et que ces bénéfices devront être consacrés soit à la suppression du principal de l'impôt foncier, soit à la suppression des octrois.

Considérée à ce point de vue, la question change d'aspect.

Du moment où le monopole ne consistera pas uniqu[e]
ment à assurer une meilleure perception de l'impôt a[c]
tuel — ce à quoi, on l'a vu, il est d'ailleurs impuissa[nt]
— du moment où son objectif consistera à procurer [à]
l'Etat, dans un but quelconque, des ressources nouve[l]
les, bien plus considérables, on peut admettre qu[e]
l'Etat, dont les intérêts seront devenus beaucoup plu[s]
importants, cherche à les sauvegarder par des mesu[
res d'exception.

La prime offerte s'accroîtra dans de fortes proportion[s]
elle triplera d'importance si on escompte le milliar[d]
prévu et se chiffrera par 600 francs pour chaque hect[o]
litre d'alcool pur soustrait à l'impôt ; de tels béné[
fices en perspective surexciteraient l'imagination d[u]
fraudeur dont l'ingéniosité revêtirait toutes les forme[s]
la fraude se généraliserait et elle s'exercerait à toutes le[s]
phases de l'existence industrielle et commerciale d[e]
l'alcool. On peut considérer alors que l'Etat, pour dé[
fendre le revenu public, serait en droit de s'emparer d[e]
la matière imposable menacée et de la détenir, sou[s]
toutes ses formes, jusqu'au moment où elle aurait ac[
quitté l'impôt.

Les objections de principe passent dans ce cas a[u]
second plan, mais il subsiste une infinité d'inconvé[
nients et de difficultés d'ordre général ou particulier. O[n]
va en aborder l'examen.

Les Revenus du Monopole

Ces ressources nouvelles et considérables que devrai[t]
rapporter le monopole, où l'Etat les prendrait-il ?

Certains parlent simplement de récupérer les somme[s]
illégitimement acquises par la fraude ; on a vu précédemment ce qu'il fallait penser à cet égard, de l'extrême
exagération des évaluations et de l'impuissance du
monopole à trouver un bénéfice sensible dans la répression de la fraude actuelle. L'Etat devra donc s'adresser
soit au consommateur, soit au producteur, soit à l'intermédiaire.

Le consommateur. — On ne peut imaginer que deux hypothèses :

Ou bien la consommation restant la même, on attend le bénéfice d'une forte majoration du taux des taxes sur l'alcool ;

Ou bien la taxe restant la même on escompte une très forte augmentation de la consommation.

Dans le premier cas, la taxe actuelle étant de 220 fr. par hectolitre et le produit de l'impôt de 275 millions il faudrait au moins doubler ou tripler la taxe, soit la porter à 450 ou 700 francs par hectolitre pour obtenir un revenu allant de 600 millions au fameux milliard du monopole.

Certains partisans du monopole admettent volontiers ces chiffres et ne les trouvent pas exagérés, citant l'exemple de l'Angleterre, où existe une taxe de 500 fr. sans que le revenu de l'Etat en soit compromis ; ils omettent de faire remarquer : d'une part qu'il n'existe pas en Angleterre de bouilleurs de cru, ni de producteurs d'eaux-de-vie naturelles ; une forte partie de l'impôt est perçue à l'importation et le surplus à la production, les industriels étant soumis à une réglementation d'une sévérité exceptionnelle et les fraudes punies sans aucun ménagement. Ils se dispensent encore de faire ressortir que la taxe de 500 fr. a été instituée progressivement, par étapes, afin de ne pas troubler la consommation et après une première expérience fâcheuse d'augmentation brusque qui avait produit des effets déplorables au point de vue fiscal. En 1820, le droit, élevé sans transition à 557 fr. 30, aboutit à un tel mécompte que dès 1825 on le ramenait à 333 fr. 60.

Toute majoration brusque et importante de taxe a toujours produit des résultats analogues.

Aux Etats-Unis, porté, au cours d'une même année, en 1864, de 163 fr. à 408, puis à 545 fr. 26, le droit occasionna dans les perceptions une chute de 40 0/0. Il fallut, là encore, ramener le droit à 136 fr. 30 en 1864 pour rétablir l'équilibre dans les recettes et depuis lors on n'est arrivé au tarif actuel de 245 fr. 36 qu'après avoir passé prudemment par l'étape de 190 fr. 84.

Mécompte analogue en France, où l'augmentation du droit, en 1871, de 90 à 150 fr. fit tomber le chiffre des quantités imposées de 1.014.000 hectolitres à 755.000 et où un accroissement de taxe de 66 0/0 se traduisit par une augmentation de 8 0/0 seulement des recettes. Il fallut quatre années pour revenir à une consommation normale.

Les résultats de la loi du 29 décembre 1900, qui a porté le droit de consommation sur l'alcool de 156 fr. 25 à 220 francs (soit une augmentation de 63 fr. 75, représentant les 40 0/0 de l'ancienne taxe) n'ont fait que confirmer une fois de plus cette règle économique.

Le droit de consommation a produit au tarif de 156 fr. 25 en 1899 et 1900 :

1899......................	299.887.000
1900......................	306.607.000
Soit, en moyenne......	303.247.000

en 1901 et en 1902, au tarif de 220 fr.

1901......................	324.075.000
1902......................	300.958.000

Pendant les 8 premiers mois de 1898, 1899 et 1900, au tarif de 156 fr. 25.

1898......................	192.063.000
1899......................	194.145.000
1900	200.013.000
Moyenne......	195.407.000

Pendant les 8 premiers mois de 1901, 1902 et 1903, au tarif de 220 fr.

1901......................	221.772.000
1902......................	197.535.000
1903......................	210.907.000

Ainsi l'année 1902 est en diminution de 2.289.000 fr. sur la moyenne des 2 années qui ont précédé l'augmentation de la taxe alors qu'elle aurait dû produire logiquement un excédent supérieur à 120 millions.

Les 8 premiers mois de 1903 accusent un excédent de

15 millions 1/2, alors que logiquement il aurait dû être de 78 millions.

L'équilibre se rétablira-t-il peu à peu, à la faveur surtout des nouvelles réglementations sur les alambics et les bouilleurs de cru ? C'est le secret de l'avenir. Mais si une majoration de 64 francs (soit de 40 0/0) a fait baisser les recettes normales d'un tiers pendant la première année et d'un quart pendant les deux années suivantes, si le produit de l'impôt tarde si longtemps aujourd'hui à reprendre sa marche normale, à quel mécompte ne doit-on pas s'attendre le jour où la taxe serait doublée ou triplée ?

Toutes les probabilités tendent à établir qu'une moins forte majoration donnerait les mêmes effets qu'en Angleterre en 1820 et aux Etats-Unis en 1864, c'est-à-dire que le produit de l'impôt tomberait brutalement pour ne plus se rétablir.

Que deviendraient alors les gros bénéfices escomptés ?

Sans doute, on est parvenu, en Angleterre, par une progression lente, à faire supporter au grand consommateur d'alcool, l'ouvrier, le lourd impôt de 500 francs. Mais il touche des salaires plus élevés et est peut-être moins surchargé qu'en France par les impôts généraux.

La condition de l'ouvrier français est peu comparable en général à celle de l'ouvrier anglais ; il dispose de ressources bien moindres et il semble bien qu'il consacre aujourd'hui, à ses dépenses de cabaret, presque tout ce dont il peut disposer en sus de ce qui est strictement nécessaire à son entretien et à celui de sa famille : Comment pourrait-il supporter la surcharge d'impôt que lui imposerait, si sa consommation ne fléchit pas, le doublement ou le triplement de la taxe ?

Il faut remarquer, en outre, que l'incidence de l'impôt sur l'alcool se répartit très irrégulièrement sur l'ensemble du territoire français : le Nord, l'Ouest et Paris fournissent au droit de consommation la partie de beaucoup la plus importante de ses revenus. Aussi l'impôt actuel pèse-t-il déjà très lourdement sur ces régions. Que serait-ce, le jour où la charge se trouverait doublée et triplée ? Et peut-on croire que les mêmes régions ne fléchiraient pas sous une telle surcharge ?

Si d'ailleurs, contre toute probabilité, la consommation ne s'effondrait pas, si l'ouvrier persistait à consommer autant d'alcool en payant un chiffre d'impôt deux à trois fois plus élevé, pense-t-on qu'il accepterait volontiers et sans récriminations la situation qui lui serait faite ? La consommation dans les débits représente environ les 4/5 de la consommation totale de l'alcool. Ainsi, si le monopole doit procurer un supplément de ressources de 300 millions, par exemple, minimum des prétentions de la plupart de ses partisans, le consommateur au petit verre ou celui qui s'approvisionne au litre dans les débits, auront à fournir pour leur part, environ 250 millions. Verrait-il d'un bon œil la classe aisée ne contribuer à la réforme que pour l'autre cinquième, c'est-à-dire pour le quart seulement de la charge qui lui serait, à lui, imposée ?

Pour quel profit, demandera-t-il, en faveur de qui lui réclame-t-on, à lui en particulier et à lui seul, pour ainsi dire, ce sacrifice énorme ? Afin de réformer l'impôt foncier, lui dira l'un ; pour la suppression des octrois, ajoutera l'autre ; pour favoriser la création des Syndicats agricoles ajoutera le troisième, c'est-à-dire, en définitive, pour des intérêts qui lui paraîtront en général, bien éloignés et étrangers aux siens.

C'est pour vous-même, lui dira-t-on enfin, afin de vous assurer des retraites dans l'avenir. Peut-être en sera-t-il plus affecté encore. De tous ceux qui ont fait miroiter à ses yeux, jusqu'ici, la perspective des retraites ouvrières, les uns l'ont entretenu dans l'idée que les patrons et l'État feraient tous les frais de la réforme ; d'autres, plus prudents, cherchent à le convaincre qu'il devrait y participer par quelques versements directs, la part principale incombant à l'État et aux patrons. Au fond il espère bien n'avoir à y contribuer pour rien. Quelle attitude prendra-t-il, quand il croira comprendre qu'on l'a trompé, que la part prédominante de l'État se composera presque exclusivement de l'impôt qu'il aura payé lui-même au jour le jour sur sa consommation d'alcool et que la création des Caisses de Retraites ouvrières se fera pour la plus grosse part à ses frais ?

Quelle rancune n'éprouvera-t-il pas alors contre les hommes politiques qui auront imaginé cette combinaison et contre le Gouvernement qui s'y sera prêté et peut-être même envers les institutions politiques elles-mêmes qui ont permis de la réaliser ? Bien imprévoyant serait celui qui introduirait dans l'âme des classes ouvrières ce ferment de dépit et de colère !

Se place-t-on dans la seconde hypothèse et sans augmenter le montant de la taxe, espère-t-on réaliser de gros bénéfices avec l'aide du consommateur, par une augmentation démesurée de la consommation ? Si l'alcoolisme, comme le prétendent les hygiénistes, nous conduit à grands pas à la ruine et à la dégénérescence ou si seulement, dans une opinion plus modérée, il fait en France des progrès dangereux dont il convient de se préoccuper et si le danger, comme l'affirme la science, avec une unanimité parfaite, provient surtout de l'accroissement de la consommation, à quelles calamités ne doit-on pas s'attendre le jour où la consommation de l'alcool se trouvera triplée ou même doublée !

Le monopole des alcools devient, dans cette hypothèse, un véritable méfait social, et tous les partis doivent être unanimes à le proscrire.

Bref, le monopole ne doit pas et ne peut pas demander au consommateur les ressources importantes qui justifieraient son existence.

Le producteur. — Les réclamera-t-il donc au producteur, c'est-à-dire au grand industriel ? Au producteur agricole ? au petit distillateur ? au bouilleur de cru enfin ?

L'Etat cherchera-t-il à s'emparer de leurs bénéfices ?

Les bénéfices des grands industriels ne sauraient fournir des ressources considérables. M. Jaurès les évaluait dans l'ensemble, à la tribune de la Chambre, le 26 février 1903, au 10 pour cent de la valeur brute du produit fabriqué, et cette évaluation qui n'a pas été contestée, peut être prise pour base de discussion.

Or, en 1902, les 26 distillateurs qui produisent chacun plus de 10.000 hectolitres d'alcool pur ont fabriqué au total 1.034.473 hectolitres d'alcool, qui à 40 fr. par hectolitre environ représentent une valeur de 41.380.000 francs. Leur bénéfice à raison de 10 pour 100 aurait donc à peine dépassé 4 millions. Si on admet que l'État s'en empare, même sans indemnité, on se trouve bien loin des centaines de millions que l'on espère.

S'agit-il des producteurs agricoles et des petits distillateurs ? Ils ont produit, en 1902, 620.471 hectolitres d'alcools industriels et 96.205 hectolitres d'alcools de vin, marcs ou fruits.

Si on applique aux premiers le mode de calcul précédant et aux seconds un prix moyen de 100 francs par hectolitre et on obtient comme bénéfices :

620.471 à 40 fr............. valeur	24.818.840
96.205 à 100......................	9.620.500
Total	34.439.340
Bénéfice à 10 0/0...................	3.443.934

Le produit est insignifiant encore, relativement du moins, et même en le doublant, en le triplant il n'entrerait que pour peu de chose dans les gros bénéfices à attendre du monopole.

D'ailleurs, loin de songer à s'emparer des bénéfices du petit distillateur, la plupart des auteurs des propositions déposées cherchent à consolider la situation de ces producteurs, en offrant d'acheter leurs alcools à des prix plus rémunérateurs que les cours actuels. Il ne faut donc pas compter sur des bénéfices.

Restent les bouilleurs de cru. Il ne peut être question ici de bénéfices, à proprement parler, si réellement l'alcool est employé à la consommation familiale ; dans le cas contraire, le bénéfice, c'est le produit de la fraude.

On a établi précédemment combien est exagérée l'estimation qu'en font habituellement les partisans du monopole et comment celui-ci serait impuissant à récupérer les sommes soustraites au Trésor à moins de réformes radicales dont la réalisation se heurte à des difficultés de tout genre, que le monopole ne peut avoir la vertu spéciale de résoudre. Mais veut-on admettre cette invraisemblable hypothèse que le bouilleur, privé de tous ses privilèges et franchises ne pourra plus frauder ? Qui peut garantir alors que le bouilleur de cru brûlera autant quand sa production sera atteinte par le monopole et frappée de taxes très élevées et quand il n'aura plus, pour distiller, l'appât des bénéfices que lui procure aujourd'hui la fraude ?

Qui peut croire sérieusement que le bouilleur voudrait faire les frais de la réforme et consentirait, si réellement il se procure par la fraude 50, 100, 200 millions ou même davantage, à les verser bénévolement dans les caisses de l'Etat ?

Il préférerait certainement laisser la charge aux autres contribuables. De plus, étant données les dispositions dont les bouilleurs de cru ont toujours fait preuve, on peut imaginer par quelles agitations, par quelles manifestations politiques se traduirait leur mécontentement. Aussi, la plupart des auteurs des propositions de monopole s'abstiennent-ils de demander aux bouilleurs de cru le sacrifice de leurs avantages actuels ; ils persistent à leur accorder la franchise de l'impôt sur une certaine portion de leur production, le 10 0/0 d'après les uns, 50 litres par bouilleur d'après les autres. Il serait tout à fait illusoire d'espérer alors que le monopole récupérerait sur le bouilleur les ressources que la fraude enlève à l'impôt.

Il faut donc renoncer à demander aux producteurs, industriels ou bouilleurs de cru, de faire les frais de la réforme.

Les intermédiaires. — Restent, en définitive les intermédiaires.

On compte, d'après les dernières statistiques, 28.405 marchands en gros et liquoristes, et 477.547 débitants, y compris ceux de Paris.

Le chiffre brut de leurs bénéfices est assurément très élevé et, en raison du grand nombre de ces commerçants, le bénéfice net représente aussi une somme considérable. Atteint-elle 100 millions, en profits *bruts*, pour les marchands en gros et 500 millions pour les débitants, comme on l'a affirmé ? On l'examinera ultérieurement. Toujours est-il que ce gros chiffre paraît plein d'attrait pour les partisans du monopole. Mais comment s'en emparer au profit de l'Etat ?

On peut concevoir deux combinaisons :

Ou bien on les exproprierait sans indemnité, comme l'a fait le gouvernement russe quand il a organisé son monopole sur les alcools ;

Ou bien on les exproprierait en les indemnisant, ainsi qu'on l'a toujours fait eu France dans les cas analogues.

Peut-on envisager l'hypothèse d'une expropriation sans indemnité ?

« On peut bien concevoir, disait Léon Say en 1887, que par l'effet d'une concurrence déloyale soutenue par les lois et l'argent des contribuables, l'Etat puisse ruiner certaines industries, accaparer la clientèle des commerçants et s'approprier des bénéfices appartenant légitimement à d'autres, sans les indemniser ; mais ce serait commettre un abus de pouvoir auquel un Parlement libre ne saurait se prêter. »

La Russie l'a fait, dira-t-on, mais la Russie est un pays de pouvoir absolu et encore le Gouvernement, qui prétendait ne pas devoir d'indemnités à un commerce de droit commun, a-t-il cru devoir tenter de se justifier devant l'opinion publique en faisant ressortir qu'il s'agissait de s'approprier non pas des bénéfices *légitimes*, mais des bénéfices scandaleux acquis par les moyens les plus répréhensibles. En France, les régimes monarchiques eux-mêmes redouteraient de commettre un acte de ce genre ; le Gouvernement de 1810 ne l'a pas osé quand il a organisé le monopole des tabacs. L'opinion se prêterait bien moins encore aujourd'hui à une expropriation qui prendrait le caractère d'une véritable spoliation.

On indemniserait donc les commerçants. Mais sous quelle forme ?

Leur accorderait-on une indemnité totale et défini-

tive ? Ou procéderait-on par voie d'obligations trentenaires ? Dans le premier cas, la somme globale de l'indemnité représenterait un chiffre énorme, car il faudrait y comprendre, non seulement l'indemnité de
dépossession mais encore la valeur des stocks qui, rien
que pour les quantités en possession des marchands en
gros, s'élèverait au moins à 800 millions, d'après des estimations que l'on n'a pas contestées. Ce serait une opération considérable ; elle grèverait lourdement nos
finances et le budget du monopole, réduisant pour longtemps à peu de chose les bénéfices de l'exploitation.

Dans le second cas, si l'on procède par voie d'obligations trentenaires, de deux choses l'une ; ou bien les
indemnités annuelles représenteront à peu près exactement les bénéfices des commerçants, et alors quel
sera le profit du monopole ? Ou bien les indemnités
seront très sensiblement au-dessous des bénéfices annuels et le commerçant se verra forcé de rechercher
dans une autre branche du commerce, le complément
de ressources qu'il ne possédera plus. L'obligation
trentenaire alors remplacera moins encore, à ses yeux,
le capital disponible qui lui serait nécessaire pour acquérir un autre fonds et que l'indemnité globale lui
aurait procuré.

Ainsi, l'indemnité elle-même, sous la seule forme que
l'énormité de la somme totale permette d'envisager,
n'empêchera pas le mécontentement ; de toutes façons,
le commerçant se jugera spolié et sa rancune se traduira sous la seule forme qui lui paraîtra devoir être
sensible à ceux qu'il considérera comme responsables
de la spoliation, c'est-à-dire sous la forme de l'agitation
et des manifestations politiques.

Or, les marchands en gros sont 28.000 et, chez eux ou
autour d'eux est une foule de courtiers et d'ouvriers
qui subiraient, dans une certaine mesure, la répercussion du préjudice dont se plaindrait le marchand en
gros. Les débitants, cabaretiers, cafetiers, etc., sont
477.547, chiffre que double au moins le personnel de
garçons de café ou de cabaret. On a calculé que près
de 2 millions d'hommes vivent du commerce des boissons.

L'Etat qui s'emparerait, même avec indemnité, du bénéfice total des intermédiaires, créerait donc, du jour au lendemain, 2 millions de mécontents, tous électeurs, s'occupant tous, plus ou moins et traditionnellement, de politique, en raison même de leurs relations habituelles et dont les dispositions, favorables ou défavorables, pèsent d'un certain poids, dans cet ordre d'idées.

Enfin, privés du droit de vendre des spiritueux, les commerçants se rabattraient sur d'autres boissons de tout genre dont ils s'efforceraient de répandre l'usage par tous les moyens possibles, les vins, les cidres et les bières, les sirops, les orangeades ou citronnades, les vins coupés de sirops et d'eau de seltz, etc. Devenus les concurrents et les adversaires du monopole, ils s'empresseraient d'organiser contre les spiritueux une campagne active, bien plus efficace que celle des hygiénistes. Sans doute la santé publique y trouverait son compte, mais que deviendraient, dans l'aventure, les ressources du monopole ? Et à quels expédients ne devrait-on pas recourir, le jour où d'énormes trous apparaîtraient dans le budget ?

Ces difficultés d'ordre à la fois financier et politique, rendent donc bien aléatoire au point de vue fiscal et très dangereuse au point de vue politique, une mainmise complète sur les bénéfices des intermédiaires

La plupart des partisans du monopole ne se le dissimulent pas, semble-t-il. Aussi imaginent-ils, en général, une sorte de cote mal taillée, d'après laquelle le commerçant conserverait la disposition de son établissement et la direction de son commerce, se contentant de devenir le représentant attitré du monopole et touchant de ce chef des remises sur les ventes, remises très inférieures, bien entendu, à ses bénéfices actuels.

Dans cette hypothèse, le bénéfice fiscal du monopole dépendrait surtout de la façon dont seraient réglées les indemnités accordées pour la dépossession partielle. S'il n'en était alloué aucune, ou si le commerçant, privé d'une partie de ses bénéfices, sans compensation suffisante, se trouvait dans l'impossibilité, en fait, d'exercer

son commerce, le monopole équivaudrait à une spoliation déguisée, qui ferait plus de mécontents encore, et
qu'un régime républicain ne saurait admettre.

Bref, des ressources nouvelles et considérables ne
peuvent provenir que des intermédiaires. Mais alors,
on se heurte, dès le premier examen, à des difficultés
considérables et à de graves inconvénients d'ordre général.

Il convient d'examiner maintenant les difficultés particulières et les inconvénients spéciaux qui peuvent provenir de la forme sous laquelle on peut envisager l'application et l'organisation du monopole des alcools.

L'ORGANISATION THÉORIQUE DU MONOPOLE

Les diverses formes de Monopole

Le monopole de l'alcool peut se concevoir sous des formes très variées :

Depuis le moment où la matière première est mise en œuvre, jusqu'à celui où le produit arrive sous sa forme définitive à la consommation, les alcools subissent une ou plusieurs transformations ; dans le cas le plus fréquent autrefois, mais devenu le plus rare, une simple distillation de la matière première, vins, cidres, marcs ou fruits, suffisait en général, pour amener l'eau-de-vie à son état définitif. Il n'en est plus de même avec les progrès de la fabrication industrielle et de la préparation des liqueurs et spiritueux composés, absinthe, amers, ainsi que des eaux-de-vie d'imitation. Alors, la distillation qui sert de base à la production des eaux-de-vie industrielles, des flegmes, se complète par une rectification, qui a pour but d'éliminer la majeure partie des impuretés nocives et par une transformation chez le liquoriste, le fabricant des spiritueux composés ou le marchand en gros.

Ainsi, l'alcool au cours de son existence, passe en général, par les phases successives de la distillation, de la rectification, de la transformation, de la vente en gros et de la vente au détail.

Selon que l'État s'emparera de la totalité des formes industrielles ou commerciales que revêt l'alcool aux diverses phases de son existence, on peut concevoir également diverses formes de monopole, plus ou moins complètes, monopole intégral ou monopoles partiels de fabrication, de rectification, de vente en gros, de vente en détail.

Dans ces diverses formes, on peut imaginer encore des modalités variées ; ainsi, l'Etat peut s'emparer seulement d'une partie de la production en laissant l'autre indépendante, combinaison qui ne présente plus, à vrai dire, le caractère essentiel d'un monopole ; il peut encore soit exploiter lui-même, soit rétrocéder son droit exclusif à des particuliers agissant pour son compte.

Quant il s'agit d'alcool, il est rare qu'un monopole, un système de monopole, se présente avec une forme bien nette et répondant à une définition déterminée ; car l'idée de monopole n'est pas en matière d'alcool, une chose simple : On extrait l'alcool, en France, ou on peut l'extraire d'une infinité de matières premières, dont la culture est répandue par tout le territoire ; il ne suffit donc pas, comme en matière de tabacs, d'envisager les intérêts d'une seule classe de producteurs, bien définis, et relativement peu nombreux, et d'un produit fabriqué qui n'a à peu près qu'un seul débouché, mais de toucher à ceux d'un nombre extrêmement considérable de producteurs et d'industriels de tout genre ; la fabrication de l'alcool revêt toutes les formes, depuis la plus simple jusqu'à la plus perfectionnée et la majeure partie des producteurs, les bouilleurs de cru, au nombre de plus d'un million, jouissent de temps immémorial de privilèges ou d'avantages auxquels ils attachent un prix extrême et dont la dépossession présente, au point de vue politique, des difficultés que l'on n'a pu surmonter jusqu'à ce jour ; enfin, le commerce des alcools s'exerce sous toutes les formes et occupe au moins 2 millions d'électeurs.

L'importance du commerce de nos grandes marques d'eaux-de-vie et de liqueurs, le renom qu'elles ont acquis à l'étranger et le soin de conserver cet élément de prospérité et de réputation nationales, créent à l'organisation d'un monopole des difficultés d'un autre ordre. Enfin, l'industrie et le commerce de l'alcool touchent à des intérêts parallèles d'une extrême importance : au point de vue agricole, assolements, engrais, alimentation du bétail, utilisation des résidus ou produits défectueux ou avariés ; au point de vue industriel, intérêts de la potasserie, de la parfumerie, de la vinaigrerie, de la teinturerie, de la chapellerie, de la fabrication des alcools d'éclairage ou de chauffage, des levures, couleurs et vernis, éthers, explosifs collodionés et chloroformés, tanneries, produits chimiques, etc.

Si l'on considère, en outre, qu'il s'agit d'augmenter considérablement, de plusieurs centaines de millions, les revenus de l'Etat, en évitant à la fois d'accroître la consommation de l'alcool, ce qui serait funeste au point de vue social, et de soulever contre nos institutions politiques une coalition de colères et de rancunes qui pourrait devenir dangereuse, on conçoit à *priori* combien il doit être difficile et délicat de résoudre le problème consistant à savoir sous quelle forme on pourrait pratiquement constituer un monopole de l'alcool.

On conçoit aussi que, lorsqu'il s'agit d'une question aussi complexe, mettant en jeu tant d'intérêts agricoles, viticoles, industriels, commerciaux, sociaux, fiscaux et politiques, on ne saurait s'en tenir à des affirmations sans preuves ou à de vagues considérations philosophiques ou dogmatiques.

Il faut donc examiner toutes les formes du monopole applicables à l'alcool et définir comment et dans quelle mesure elles sont à même, de préférence à tout autre système fiscal ne présentant pas les inconvénients généraux du monopole, de procurer à l'Etat les ressources nouvelles et considérables que l'on attend de la réforme, sans nuire aux intérêts nationaux qu'il importe de sauvegarder.

Le Monopole Intégral

La première forme qui se présente à l'esprit est celle du monopole *intégral*, c'est-à-dire du monopole qui s'empare de toutes les manifestations de l'activité industrielle et commerciale de l'alcool. Dans cette hypothèse, l'Etat possède seul le droit de cultiver la matière première, de la transformer et de vendre le produit fabriqué. Il comprend donc à la fois, la culture, la fabrication et la vente, avec toutes leurs modalités.

On ne connaît pas d'exemple d'un monopole aussi absolu.

Dans la forme la plus complète qui existe, le monopole des Tabacs, l'Etat ne cultive pas lui-même ; il se borne à réglementer et à surveiller la culture ; ce monopole a rapporté à l'Etat 334 millions de bénéfices nets, en 1902. C'est un gros chiffre assurément, aussi provoque-t-il, ainsi que le moyen permettant de l'atteindre, l'admiration des partisans du monopole.

Qui en souffre, disent-ils ? Qui s'en plaint ? Quel impôt se perçoit-il plus aisément et donne-t-il des résultats comparables ?

De fait, l'argument est de nature à frapper les imaginations. Mais en admettant qu'il ne comporte aucune réplique, il reste à savoir si le système qui donne en matière de tabacs des résultats excellents, tout au moins en apparence, peut recevoir son application en matière d'alcool.

Or, il paraît déjà impraticable dans sa base essentielle, dans les procédés qu'emploie l'Etat pour limiter et surveiller la culture de la matière première, le tabac :

Il n'est pas permis, au premier venu, de cultiver le tabac ; il faut l'autorisation de l'administration, autorisation difficilement accordée, et la possession d'un seul pied de tabac par une personne non autorisée, suffit pour l'exposer à des poursuites judiciaires et à une amende. La culture n'est admise qu'en certaines régions bien délimitées dans un certain nombre de départements, et elle est l'objet d'une surveillance sévère et incessante : chaque producteur ne peut cultiver qu'un certain nombre de pieds et il reste soumis à la surveillance continuelle des agents du monopole, depuis le jour où il ensemence jusqu'à celui où l'Etat prend livraison du tabac.

Comment pourrait-on concevoir un système analogue pour l'alcool? La matière première de l'alcool se trouve partout, dans la betterave, dans les pommes de terre, dans les substances farineuses, les blés, les maïs, les orges, les fruits de tout genre, cultivés ou sauvages, dans toutes les tiges et racines sucrées et même dans la cellulose de toutes les plantes ligneuses. Pour organiser un monopole de culture analogue à celui des tabacs, il faudrait que l'Etat s'emparât de toute la vie agricole de la France.

Pour le tabac, la question était d'une simplicité extrême : une seule plante comme matière première, ne pouvant guère recevoir d'autre emploi et dont la culture était peu répandue : il a suffi de l'interdire là où elle s'éparpillait, de la limiter et de la contenir dans des centres de culture plus importants, afin de permettre et de faciliter la surveillance.

La matière première de l'alcool, au contraire, se cultive partout, sur toute l'étendue du territoire et on la trouve dans tous les champs, dans tous les vergers, dans tous les jardins; si elle peut servir à fabriquer de l'alcool, elle entre surtout et de préférence, sous sa forme naturelle, dans l'alimentation générale, dont elle constitue le facteur le plus important peut-être.

Comment imaginer que l'Etat pourrait dire à l'agriculteur: « Tu ne cultiveras plus de blé ici et de vigne là; tu ne planteras plus d'arbres fruitiers; ou bien, si je t'autorise à le faire, tu ne pourras ensemencer que telle superficie en blé et ne planter que tant de ceps de vignes ou d'arbres à fruits et je viendrai surveiller à toute heure tes travaux et ta récolte? »

La seule énonciation de cette hypothèse montre combien elle est absurde.

L'Etat pourrait-il tout au moins limiter son action à quelques sources d'alcool et dire par exemple : « On ne fera plus d'alcools qu'avec la betterave; on ne cultivera plus de betteraves que pour la distillerie et je limiterai et surveillerai cette culture, comme je limite et surveille celle du tabac » ?

Impossible encore de s'arrêter à cette supposition, car la betterave sert surtout de matière première à la fabrication du sucre; en outre il paraîtrait à la fois injuste et puéril d'accaparer la culture des betteraves en laissant libre celle de toutes les autres sources d'alcool.

Ces considérations, auxquelles on en pourrait ajouter une infinité d'autres, suffisent pour établir que le système du Monopole des tabacs ne peut être exactement appliqué à l'alcool.

Personne d'ailleurs, n'a jamais songé à le faire.

Tout au plus peut-on admettre, en principe, que l'Etat se réserve le droit exclusif de transformer en alcool la matière première qu'il achèterait au cultivateur.

Alors le monopole cesse d'être intégral, comme celui des tabacs, il devient un monopole de fabrication et de vente et on tombe dans un système également connu en France, le monopole des allumettes dont il est difficile de citer les résultats à titre d'exemple.

Le Monopole de fabrication et de vente

Dans ce système, la culture et le commerce de la matière première restent libres. L'Etat se borne à acheter les substances nécessaires à la fabrication de l'alcool et il se réserve le droit de procéder seul à cette opération ainsi qu'à la vente du produit fabriqué.

L'Etat devient donc le seul producteur et seul vendeur de tous les spiritueux et il se substitue à tous les producteurs et à tous les commerçants d'alcool qui existent actuellement.

Or, ils sont une infinité et ils produisent et vendent des produits infiniment variés.

On comptait en France, en 1902, 6.093 distillateurs ou bouilleurs de profession, 43.152 bouilleurs de cru assimilés aux distillateurs de profession, 1.137.328 autres bouilleurs de cru, dont 594.257 auraient distillé en 1902, 28.405 marchands en gros, 477.547 débitants, soit environ 1.700.000 producteurs ou négociants intéressés, sans compter leurs familles et leurs ouvriers ou employés.

Ils fabriquent ou vendent les spiritueux les plus variés, alcools de mélasse, de betteraves, de grains divers, de pommes de terre, de vin, eaux-de-vie, de cidres ou de poirés, de fruits divers, de marcs et d'autres substances encore, liqueurs des espèces ou genres les plus variés, absinthes, amers, etc., le tout représentant au total près de 2 millions d'hectolitres d'alcool pur par an.

Cette simple émunération fait ressortir déjà quelle colossale entreprise serait, pour l'Etat, un monopole *complet* de fabrication et de vente qui se substituerait à plus d'un million de producteurs et à plus de 500.000 commerçants, en indemnisant les uns et les autres d'après les principes inscrits dans notre code et en rachetant tous les stocks.

Cette entreprise est-elle réalisable, dans quelle mesure et par quels moyens?

La première condition, dans un monopole de ce genre est de pouvoir interdire la fabrication à tout autre que l'Etat.

On a pu le faire pour le tabac parce que sa fabrication était peu répandue et qu'elle n'intéressait, en somme, que la culture d'une seule plante, mais la situation est bien différente pour la production de l'alcool.

Aucun pays au monde n'offre à cet égard une aussi grande diversité de production.

La production. — Les départements du Nord fournissent les alcools industriels de mélasses, de betteraves, de grains et de genièvres.

L'Est donne les kirschs, les eaux-de-vie de prune et de noyaux, les eaux-de-vie de marc.

L'Ouest prépare les eaux-de-vie de cidres et de poirés.

Le Midi, les eaux-de-vie ordinaires.

Le Sud-Ouest enfin les grandes eaux-de-vie de marque dont la réputation s'étend dans tout le monde.

La grosse production industrielle, qui distille surtout des mélasses de sucrerie se trouve à peu près cantonnée dans le nord de la France ; elle peut comprendre une cinquantaine de fabriques qui ont produit, en alcool pur :

En 1900 .... 707.000 hectolitres
En 1901 .... 1.007.000 —
En 1902 .... 915.000 —

elle intéresse surtout les départements sucriers, la Somme, l'Aisne, le Nord, le Pas-de-Calais.

Voici d'ailleurs la production, pour 1902 :

Somme................	275.000 hectolitres
Aisne................	264.000 —
Nord................	161.000 —
Pas-de-Calais...........	154.000 —
Seine-et-Oise...........	21.000 —
Seine-et-Marne.........	17.000 —
Bouches-du-Rhône......	9.000 —
Puy-de-Dôme...........	9.000 —
Côte-d'Or..............	4.000 —

La distillation des betteraves est surtout une industrie agricole pratiquée, dans un nombre à peu près constant, de 150 à 200 petites usines.

Ses produits ont été de :

En 1900.........	973.000 hectolitres
En 1901.........	579.000 —
En 1902.........	521.000 —

Voici la production des principaux départements, pour 1902 :

Nord	179.000 hectolitres
Seine-et-Oise	65.000 —
Pas-de-Calais	64.000 —
Seine-et-Marne	63.000 —
Oise	45.000 —
Côte-d'Or	20.000 —
Charente-Inférieure	19.000 —
Aisne	18.000 —
Deux-Sèvres	17.000 —

D'autres départements produisent également de l'alcool de betteraves, les Ardennes, l'Eure, l'Eure-et-Loir la Haute-Garonne, l'Isère, le Jura, le Loir-et-Cher, la Marne, le Puy-de-Dôme, la Somme, le Tarn, l'Yonne.

La distillation des grains, mi-industrielle, mi-agricole, occupe 200 usines environ qui ont produit :

En 1900.........	562.000 hectolitres
En 1901.........	269.000 —
En 1902.........	219.000 —

On a distillé les grains, en 1902, dans :

Le Nord	67.000	hectolitres
La Seine	41.000	—
La Somme	38.000	—
Seine-et-Oise	3.355	—
Seine-Inférieure	19.500	—
Pas-de-Calais	15.000	—

et, pour une moindre importance dans l'Aisne, les Ardennes, les Bouches-du-Rhône, la Loire, la Marne, la Meurthe-et-Moselle, la Meuse et la Vienne.

Il peut être intéressant de connaître aussi la nature et les quantités relatives des grains employés ; en voici le tableau, en quintaux métriques :

	Orge	Seigle	Avoine	Maïs	Divers	Total
1900	216.158	369.235	218	1.046.003	113.191	1.744.805
1901	112.009	298.426	105	393.894	90.650	895.084
1902	113.233	287.247	92	204.313	146.956	751.841

Quant à la production des alcools de pommes de terre, elle est insignifiante ; elle a fourni à peine 245 hectolitres en 1900, 41 en 1901 et 0 en 1902.

On peut récapituler la situation des alcools d'industrie dans le tableau suivant :

	Nombre de distillateurs	Mélasses	Betteraves	Graines	Pommes de terre	Total
1900 ....)		797.000	973.000	562.000	245	2.352.000
1901 .... }	450	1.007.000	579.000	269.000	41	1.855.000
1902 ....)		915.000	521.000	219.000	9	1.655.000

La production des eaux-de-vie dites naturelles, c'est-à-dire qui proviennent du vin, des fruits, des marcs, bien moins importante comme quantités, l'est infiniment plus pour la qualité des produits fabriqués ; elle intéresse à peu près tous les départements du Midi, du Centre, de l'Est et de l'Ouest.

On a fabriqué, en 1900, 1901 et 1902, sous le contrôle de la Régie, en hectolitres d'alcool pur :

	1900	1901	1902
Eaux-de-vie de vins	97.353	272.403	73.985
— de cidre et poiret	4.229	4.224	2.198
— de marcs, lies, etc	14.895	19.283	19.327
— de fruits	2.217	800	417
— d'autres subst.	856	693	278

Enfin, la Régie évalue aux chiffres ci-après, les quantités qui auraient été fabriquées en 1902, en dehors de son contrôle chez les bouilleurs de cru, dispensés de toute surveillance :

	1900	1901	1902
Eaux-de-vie de vins	52.054	58.563	31.760
— de cidre et poiré	42.814	110.996	31.411
— de marcs, lies, etc	78.565	95.610	60.910
— de fruits	30.930	20.757	11.524
Totaux ..	204.363	285.926	135.614

S'il faut en croire la plupart des auteurs de propositions de monopole et aussi la majorité des personnes qui se sont occupées de la question, ces dernières évaluations seraient bien au-dessous de la vérité, car si on évalue avec eux l'importance de la fraude des bouilleurs de cru à 100 millions de francs d'impôt soustrait par an, on doit en conclure qu'en dehors des quantités qu'ils consomment personnellement, ils écoulent en fraude environ 500.000 hectolitres d'alcools de vins ou de fruits (1).

Il paraît vraisemblable qu'en réalité la production actuelle à la propriété doit osciller entre 390 et 400.000 hectolitres.

---

(1) Certains ne reculent pas devant les évaluations de 200, 300 et 400 millions de fraude; alors la production illicite des bouilleurs de cru devrait s'élever à 750.000, 1.500.000 ou 2 millions d'hectolitres et arriverait ainsi à égaler et même à dépasser la production industrielle. On a fait précédemment remarquer que cette hypothèse est tout à fait invraisemblable.

Enfin, la production des eaux-de-vie de vin prend un caractère tout particulier dans les Charentes et l'Armagnac. Les produits y acquièrent du fait de la qualité des crus et aussi des soins donnés à la fabrication, une qualité et une valeur exceptionnelles.

Etant donnée cette situation de la production en France, peut-on admettre que l'Etat puisse interdire d'une façon absolue la distillation à tous les producteurs? Il apparaît déjà comme hors de discussion que le monopole ne saurait entreprendre, avec chance de succès, la préparation des eaux-de-vie de grande marque. Il existe dans l'Armagnac, plusieurs régions de culture, donnant toutes des produits différents. Dans les Charentes, la diversité des crus devient extrême et l'on y trouve toutes les diversités des grandes eaux-de-vie, les fines champagne, les borderies, les bois qui font la gloire de la région et jouissent d'une réputation aussi universelle que justifiée; il existe pour ainsi dire autant de variétés précieuses que de vignobles et la valeur du produit dépend non seulement de la qualité particulière du vin mais surtout de l'habileté professionnelle du producteur, de son expérience résultant de la parfaite connaissance de sa matière première, de la façon de la mettre en œuvre et de surveiller les opérations de la distillatin ; le perfectionnement des appareils de distillation n'a pour ainsi dire aucune influence sur les résultats, tout dépend de l'expérience du producteur ; cette expérience est innée et presque instinctive chez le producteur charentais et toute la science des ingénieurs du monopole ne saurait y suppléer. Bref les grandes eaux-de-vie tirent surtout leur valeur de la production individuelle, et s'il a fallu y renoncer, dans une certaine mesure, à une époque où les ravages du phylloxera avaient trop réduit les récoltes pour que les opérations particulières fussent encore possibles, on tend de plus en plus à revenir aux saines pratiques qui ont établi et consacré la réputation des produits des Charentes.

Aussi est-il illusoire d'espérer que l'Etat serait à même de fabriquer des eaux-de-vie comparables et d'imposer du jour au lendemain en France et à l'étranger, sa arque particulière et officielle après avoir supprimé les grandes marques actuelles.

Le monopole de fabrication ne peut donc être *général et complet* et il comporte au moins une exception, non plusieurs, car on peut assimiler aux grandes marques d'eaux-de-vie, les grandes marques de kirchs et de liqueurs.

Des impossibilités analogues ou tout au moins les plus graves inconvénients résulteraient, dans l'hypothèse du monopole de fabrication, des nécessités particulières de l'agriculture et de la viticulture.

La distillerie agricole des betteraves et des grains rend de grands services à l'agriculture et, dans tous les pays, on songe plutôt à l'encourager qu'à lui apporter des restrictions ; si on compte à peine 200 distilleries agricoles en France, il en existe 4.000 en Allemagne à la faveur d'une législation prévoyante et en Russie, le monopole a été organisé et il fonctionne avec la préoccupation dominante de leur être utile.

En France, la question prend, à l'heure actuelle, un intérêt particulier en raison de la crise que traverse la production du sucre et qui tend à fermer aux cultivateurs du Nord une partie importante de leurs débouchés. Or la culture de la betterave n'a pas pour but exclusif la production du sucre et de l'alcool ; les agriculteurs la considèrent aussi comme la base de l'assolement et d'une culture alternée qui leur permet d'obtenir des rendements très élevés en céréales ; ils trouvent encore dans les déchets de la distillation ou de la sucrerie, de la nourriture pour leurs bestiaux et de l'amendement pour leurs terres. La distillerie agricole est donc, pour le cultivateur du Nord, le complément fréquent et nécessaire de son exploitation rurale et on ne saurait sans les plus graves inconvénients, lui retirer cet instrument de prospérité culturale.

L'État organiserait-il, pour y obvier, des distilleries dans les régions intéressées ? Alors les frais de transport à la distillerie d'une matière première aussi encombrante et aussi lourde que la betterave et le retour à la propriété de l'alcool et du bas produit ou résidus, priveraient l'agriculteur du plus clair de son bénéfice.

Dans un ordre d'idées analogue on a pu dire que la distillation sert de soupape à la viticulture, permettant dans les années d'abondance, de dégager le marché des stocks sans emploi.

En temps normal, elle donne au vigneron le moyen de tirer un bon parti de ses marcs et de ses lies et d'utiliser les vins trop faibles ou ceux qui viennent accidentellement à s'avarier.

Dans l'ouest, on a vu la récolte des cidres dépasser, parfois du double, les besoins de la consommation. Or, le cidre ne se conserve pas d'une année à l'autre. Que feraient donc les récoltants de l'excédent de leur production, s'ils ne pouvaient le distiller ?

Sans doute, on peut imaginer que la vente des excédents de production puisse être négociée avec le monopole, car la surproduction se dessine généralement à l'avance, mais il n'en serait pas de même avec les vins en danger d'avarie, car le viticulteur n'aurait pas le temps, pour ces vins, de fournir des échantillons, d'attendre une adjudication et de patienter jusqu'à ce que l'appareil distillatoire pût les traiter à leur tour. Qui sait même si l'Etat voudrait s'en rendre acquéreur ? Ne disait-on pas, dans une proposition de loi, qu'il serait interdit de distiller ces vins ? La situation du viticulteur, dans ce cas, deviendrait déplorable et il regretterait amèrement de ne plus avoir son alambic, où il peut distiller ses vins à son heure et attendre à loisir une occasion favorable pour vendre l'alcool obtenu.

Au surplus, il ne suffit pas d'interdire la distillation ; il faut surtout être à même de l'empêcher, en fait. Or, quelles que soient les mesures prévues ou à prévoir, main-mise sur les alambics, pénalités rigoureuses, surveillance, et à moins de placer un agent du monopole en permanence chez chaque récoltant, on ne voit pas comment on pourrait empêcher le producteur d'eaux-de-vie de cru de passer outre à l'interdiction et de distiller quand même s'il croit avoir intérêt à le faire. S'il ne peut distiller avec un alambic, il le fera avec un chaudron auquel il adaptera un tube quelconque en forme de serpentin et qui sait si la production chimique de l'alcool ne lui donnera pas le moyen avant peu, d'obtenir de l'alcool par des procédés plus simples encore ?

Supposons que l'État parvienne à résoudre ces difficultés ou qu'il se résigne à les subir. Il lui restera à organiser le monopole de la fabrication.

Les expropriations. — Il faudra, en premier lieu, ayant interdit aux producteurs de distiller, qu'il rachète leurs établissements ou qu'il les exproprie et les indemnise et qu'il rachète également leurs stocks en alcools.

« La propriété, dit la déclaration des Droits de l'homme, est inviolable et sacrée ; nul ne peut en être privé, si ce n'est lorsque la nécessité publique, légalement constatée, l'exige évidemment et sous la condition d'une juste et préalable indemnité. »

Le code civil n'a fait que paraphraser cette déclaration dans son article 545.

« Nul ne peut être contraint de céder sa propriété, si ce n'est pour cause d'utilité publique et moyennant une juste et préalable indemnité. »

Le parti socialiste lui-même admet l'expropriation et M. Jaurès rappelait récemment à ce sujet la parole de Marx : « Je voudrais bien que nous puissions indemniser. C'est encore avec l'indemnité que la révolution sociale coûterait le moins cher. »

L'État devrait donc indemniser tous les producteurs d'alcools.

Les producteurs industriels ou assimilés étaient, on l'a vu précédemment, 50.000 en 1902, dont 6.003 bouilleurs et distillateurs de profession et 43.152 bouilleurs de cru assimilés. A quel chiffre peut-on évaluer la valeur de leurs usines et de leur matériel, ainsi que l'indemnité en rapport avec les bénéfices de l'exploitation.

Adoptant les résultats d'une enquête faite en 1894 par l'administration des Contributions Indirectes, M. Clémentel, rapporteur, au nom de la Commission du budget, d'une proposition tendant à l'organisation d'un monopole complet, évaluait à 169 millions au maximum, le 26 février 1903, à la Chambre des députes, les frais de rachats et les indemnités aux distillateurs de profession seulement ; d'autres ont parlé de 200 à 300 millions et si l'on admet avec M. Jaurès que les bénéfices annuels de la distillation industrielle s'élèvent à 7 millions environ, on n'arriverait pas loin, comme indemnité rationnelle et équitable d'un chiffre de 150 à 200 millions. C'est déjà une somme importante ; mais la grosse difficulté ne réside pas là ; elle consisterait surtout à savoir sous quelle forme et dans quelle mesure il faudrait indemniser les bouilleurs de cru.

Il y a d'abord les 43.152 bouilleurs assimilés aux bouilleurs de profession, il y a aussi plus d'un million de bouilleurs de cru dont la production n'était soumise à aucun contrôle avant 1903. Sans doute, la loi du 31 mars 1903 permettra d'avoir quelques renseignements sur l'importance de cette production, mais comment évaluera-t-on le bénéfice du bouilleur ? Bien souvent, ce bénéfice consistait dans la prime que lui offre la fraude et l'Etat ne saurait décemment en tenir compte. Le bouilleur considérera donc toujours comme non équivalente l'indemnité qui lui sera offerte, en admettant qu'on lui en offre une.

Se présenterait-elle sous la forme d'une pension de retraite, comme le propose M. Jaurès ?

Alors deux hypothèses : ou bien la pension sera assez importante et elle grèvera lourdement le budget, annihilant les bénéfices du monopole ; ou bien elle n'atteindra qu'un chiffre modique ; alors le bouilleur de cru persistera à se croire lésé et restera mécontent ; il n'en acceptera pas moins la pension, mais il continuera à distiller en fraude.

Lui ferait-on envisager la perspective d'un écoulement avantageux de ses récoltes grâce au monopole, on se heurte alors à des difficultés d'un autre genre, aux difficultés de l'organisation et des achats.

Avant de les aborder, il convient de dire que le rachat des stocks en alcool représenterait, d'après l'administration, une dépense de 493 millions. Or, si l'on peut prévoir que la question des indemnités de dépossession pourrait se régler par voie d'obligations trentenaires, sans ouvrir le grand livre de la Dette publique, le même mode de paiement ne serait pas applicable au rachat des stocks en alcool. Il faudrait nécessairement régler les reprises au comptant ou tout au moins dans un délai très limité.

Que l'on suppose maintenant l'Etat ayant réglé les indemnités de dépossession ; il lui restera à organiser son monopole, à installer ses usines et son matériel. Comment y procédera-t-il ? Concentrera-t-il la production industrielle, agricole ou vinicole dans un petit nombre de fabriques ou bien en installera-t-il dans tous les centres de production ? La première hypothèse n'est guère admissible, car elle ne tient pas compte des nécessités économiques ; il en résulterait une gêne considérable pour le cultivateur, obligé de transporter, en perdant un temps précieux et à grands frais, la matière première jusque dans les usines centrales. L'Etat prendrait-il ces frais à sa charge — et il devra toujours le faire soit directement, soit indirectement par la majoration du prix d'achat ? — Alors, l'organisation deviendrait extrêmement coûteuse.

L'Etat installerait-il, au contraire, une infinité de petites distilleries dans tous les territoires de culture, un alambic banal, par exemple, dans chaque canton ? se figure-t-on, comme le laissait entrevoir M. Rouvier, ministre des Finances, avec quelque apparence de sympathie, les bouilleurs ambulants du monopole, fonctionnaires de l'Etat, circulant dans les campagnes avec leur alambic ? alors, indépendamment des gros frais de première installation, surgirait la question du fonctionnarisme, de la foule d'employés nécessaires pour les opérations matérielles, la surveillance et la comptabilité en matière et en deniers.

Il y aurait encore et bien plus importante, à tous les points de vue, la question des achats !

Les achats. — L'Etat est donc devenu producteur et commerçant; en cette double qualité, il devra, sous peine de mécomptes commerciaux et fiscaux des plus graves, se plier aux goûts du consommateur; il s'y est résigné pour le tabac; bien plus encore devra-t-il le faire pour l'alcool, — car le tabac n'a pas de concurrents sérieux, et on ne peut guère le remplacer par autre chose; tout au plus peut-on se dispenser de fumer ; mais on peut boire autre chose que de l'alcool ; le vin, la bière, le cidre guetteront les défaillances de l'alcool pour se substituer à son usage et si le consommateur ne trouve pas, dans les produits du monopole, les boissons auxquelles il est habitué, et qu'il préfère, il se montrera sans doute plus disposé à obéir aux suggestions des hygiénistes.

L'État ne saurait donc s'imaginer qu'il remplacera l'infinie variété des spiritueux actuels par deux ou trois types d'une eau-de-vie quelconque ; il devra fabriquer des kirschs, des eaux-de-vies diverses, de prune, de cidre, de marcs, des cognacs, des genièvres et des liqueurs de toute espèce ; il faudra donc qu'il achète de tous les côtés des matières premières de tout genre.

Comment le fera-t-il. Des difficultés vont surgir, provenant :

— Du choix de la matière première ;
— De la forme des achats.

Comment l'État répartira-t-il ses achats entre les matières nécessaires à la production des alcools industriels et celles qui devront fournir les eaux-de-vie naturelles ? Les intérêts de 1.500.000 producteurs vont se trouver en jeu, intérêts le plus souvent opposés et contradictoires.

Chacun comptera voir trancher la question à son profit, les producteurs de betteraves, grains, etc., parce qu'ils espéreront que l'État sera amené par la force des choses, à travailler au prix de revient le plus avantageux ; les producteurs de vins, cidres et fruits parce qu'ils se fieront à la puissance de leur nombre et à l'influence électorale qu'elle leur donne.

Si l'on ne considère qu'une région déterminée, l'État, par exemple, donnera-t-il la préférence à la mélasse sur la betterave, à l'orge sur la pomme de terre ou au maïs sur le blé ? Achètera-t-il les vins de préférence aux cidres, les marcs de préférence aux vins ou la production viticole de telle région plutôt que celle de telle autre ?

On peut prévoir une lutte extraordinaire, des flots d'intérêts opposés se ruant les uns contre les autres ; et si la culture des tabacs donne lieu aujourd'hui à d'ardentes rivalités entre départements voisins, on peut imaginer ce qui adviendra lorsque le Nord. l'Ouest, l'Est, le Centre, le Midi se disputeront à l'envi les faveurs du monopole. Ne peut-on craindre que dans ces conflits d'intérêts, dont la solution pourrait être laissée dans une grande mesure à la discrétion du Gouvernement, les considérations d'ordre politique ne prennent le pas sur les véritables intérêts de l'agriculture ? Et ne verrait-on pas fleurir en France aussi la pomme de terre électorale ?

Une fois la question du choix de la matière première réglée, l'Etat devrait procéder à ses achats. Comment les ferait-il ? Par adjudication, ou par contrats directs, de gré à gré ? Les deux modes d'achats présenteraient, au cas particulier, de graves inconvénients ; le premier aboutit ordinairement au triomphe du gros producteur sur le petit ; procéderait-on, afin d'éviter cet inconvénient, par petites adjudications, par lots minimes! Alors que de complications et que de frais, quand il s'agirait d'acheter des matières premières, vins, cidres ou fruits dont la culture est répandue sur toute la surface du territoire ! De toute façon, d'ailleurs, il y aurait des producteurs éliminés.

Que feraient-ils alors de leurs betteraves impropres à la sucrerie, de leurs grains défectueux, de leurs vins trop faibles ou gâtés, de leurs marcs ou de leurs lies dont ils se trouveraient dans l'impossibilité de trouver un autre emploi ? Pour les premiers, ce serait la ruine pure et simple; quant aux autres ils s'efforceraient évidemment d'en tirer parti par des distillations clandestines.

Procèderait-on par voie d'achats directs ; alors c'est, bien plus encore, la possibilité de toutes les ententes suspectes, de tous les marchés électoraux, de toutes les suspicions et intrigues, d'autant plus à craindre qu'un fonctionnarisme débordant envahirait les campagnes.

Pourrait-on exiger du petit récoltant, qui passe quelques hectolitres de vin ou de cidre ou des fruits à la chaudière qu'il se présentât dans les bureaux du monopole, souvent éloignés? Il préférerait ne pas se déranger et distiller en fraude par des moyens quelconques. Il faudra donc qu'une infinité d'agents du monopole parcourent les campagnes pour aller traiter à domicile, ce qui augmentera singulièrement les frais généraux du monopole. Si cette perspective ne déplaît pas à quelques hommes politiques qui y voient le moyen d'accroître les moyens d'action d'un gouvernement de l'avenir, elle effraiera par contre ceux qui considèrent comme un péril social le développement exagéré et toujours croissant du fonctionnarisme et des dépenses publiques.

Quoi qu'il en soit, les marchés de gré à gré, par accords directs, laisseront toujours, tout comme l'adjudication, une foule de mécontents, qui crieront au scandale et à l'injustice et chercheront à tirer parti par la fraude des matières premières qu'ils n'auront pu livrer au Monopole.

Enfin quels que soient les avantages offerts par l'Etat, la majorité des bouilleurs de cru restera toujours hostile. Si on en juge par l'âpreté des discussions qui viennent d'avoir lieu à la Chambre des députés et des difficultés qu'éprouve le Gouvernement à appliquer une loi laissant aux bouilleurs de cru, indépendamment du droit de fabriquer eux-mêmes et à leur domicile, une certaine allocation d'alcool en franchise pour leur consommation de famille, on peut juger de l'accueil qu'ils feront à un système qui les dépossédera à la fois de l'un et de l'autre.

Si importants que soient les avantages concédés, ils ne compenseront jamais ceux que la fraude peut procurer au bouilleur. Le bénéfice atteint actuellement 60 à 70 francs par hectolitre d'alcool pur et toute majoration de l'impôt ne pourra que l'augmenter. Aucune combinaison fiscale ne procurera jamais au bouilleur le même bénéfice. Alors se pose ce dilemme : ou bien le Monopole sera à même d'empêcher la fraude et le bouilleur, privé de ses bénéfices actuels, sans compensation suffisante à ses yeux, manifestera son mécontentement par la voie de l'agitation politique : ou bien le Monopole sera impuissant à empêcher la distillation clandestine ; alors le Monopole croulera par la base et les produits importants que l'on escompte s'évanouiront.

En définitive, un pays de vergers et de petites propriétés ne se prête pas au monopole de la fabrication des alcools.

Ce monopole est impraticable dans les régions de production des grandes eaux-de-vie et il le paraît également dans toutes celles qui produisent les eaux-de-vie naturelles. Son organisation présenterait les plus graves inconvénients au point de vue économique et politique. Au point de vue fiscal même, ses résultats demeureraient très incertains, aucune disposition pratique n'étant à même d'empêcher les bouilleurs de cru et même les simples particuliers de distiller en fraude.

Le Monopole de fabrication restreint aux alcools d'industrie

Toute la difficulté provenant des eaux-de-vie naturelles, on peut se demander s'il ne serait pas possible de se borner à monopoliser la fabrication des alcools industriels.

Dans cette hypothèse, le privilège des bouilleurs de cru se complète et se précise, en ce sens que le cultivateur de betteraves, de grains, etc., se trouvera privé des droits maintenus au producteur de vins, de cidres ou de fruits.

Au point de vue de l'application, l'Etat n'aura plus à se préoccuper que du rachat des grandes distilleries et des distilleries agricoles et les dépenses de ce chef seront bien moins importantes ; mais toutes les difficultés subsisteront, limitées dans un champ moins étendu. Concentrera-t-on la fabrication dans de grandes usines en sacrifiant les intérêts de la culture ? Organisera-t-on, avec des frais plus grands et un nombre important de fonctionnaires, un grand nombre de petites usines à proximité des cultures ? L'agriculteur ne se trouve pas moins privé des facilités qui lui paraissent aujourd'hui nécessaires.

Le monopole donnera-t-il la préférence à la mélasse, à la betterave, aux grains ? Traitera-t-il par voie de marchés ou d'adjudications ? On retrouvera, dans des limites plus restreintes, les inconvénients économiques et politiques signalés précédemment.

Sans doute l'organisation du monopole de la fabrication restreint aux alcools industriels ne se heurte pas, comme celle du monopole complet, à des obsta les absolument infranchissables, mais quels avantages procurerait-il en définitive ?

Au point de vue fiscal, en obtiendrait-on les grosses ressources que l'on recherche ? On a vu que la fraude sur les alcools d'industrie n'existe pas à proprement parler, toutes les fabriques d'alcools industriels étant placées sous le contrôle vigilant de l'administration.

Il est facile de la prévenir absolument en complétant, si on le juge nécessaire, les règlements actuels. Si on cherche le revenu fiscal dans l'augmentation de l'impôt, point n'est besoin du monopole pour surtaxer les alcools industriels ; il suffit de les frapper à la sortie des usines de production ; on le fait déjà aujourd'hui pour percevoir la taxe de fabrication destinée à compenser les primes accordées à la dénaturation ; rien n'est donc plus simple et plus facile, et le monopole n'aboutirait qu'à rendre la perception bien plus onéreuse.

Au point de vue hygiénique, veut-on assurer la pureté des alcools fabriqués, il suffit d'interdire la livraison pour la consommation de bouche, des alcools qui ne présenteraient pas des conditions de pureté déterminées ; le monopole n'est pas du tout nécessaire ni même utile à cet effet.

Veut-on poursuivre un but économique, favoriser le développement de la petite industrie agricole au détriment de la grosse production industrielle ? Le résultat peut être obtenu, bien plus simplement et à moins de frais qu'au moyen du monopole, par la voie de primes directes accordées à la distillerie rurale.

Dans cet ordre d'idées, on laisse entrevoir aux viticulteurs que l'Etat en possession du monopole de la fabrication des alcools industriels, profiterait de sa situation pour s'attacher à limiter cette production de façon à favoriser celle des eaux-de-vie naturelles ? Comment peut-on admettre qu'un monopole fiscal, tenant en main la source la plus importante d'un énorme revenu, se risquerait à abandonner ce revenu certain dans l'hypothèse d'une compensation qui resterait incertaine puisque l'Etat ne serait pas le maître de la production des eaux-de-vie naturelles ?

Bref, le monopole de la fabrication limité aux alcools d'industrie n'offre aucun avantage, à aucun point de vue.

Enfin on a pensé qu'en vue d'éviter tous les inconvénients qui résultent de l'organisation d'un monopole de fabrication et de l'achat des matières premières, il suffisait, tout en proclamant le principe du monopole de rétrocéder aux producteurs le soin de fabriquer pour le compte de l'Etat, qui limiterait et surveillerait la production. Si cette solution fait disparaître une partie des inconvénients d'ordre fiscal, elle ne résoud pas les autres difficultés. Limiter la production, en privant le propriétaire du droit de fabriquer, c'est toujours l'empêcher d'utiliser ses récoltes au mieux de ses intérêts ; la difficulté augmenterait peut-être encore avec un distillateur opérant pour le compte de l'Etat et privé de l'initiative que le monopole laisserait peut-être à ses agents directs. D'ailleurs cette combinaison ne solutionnerait pas la question des bouilleurs de cru qui reste dominante.

En définitive, le monopole de la fabrication des alcools devient sans utilité et ne présente que des inconvénients, si l'Etat n'est pas à même d'accaparer la fabrication qui placera dans ses mains toute la matière imposable, lui permettant de l'utiliser à son gré et de la frapper intégralement de l'impôt.

C'est pourquoi cette forme de monopole ne trouve guère de défenseurs en France et n'a été adoptée nulle part à l'étranger.

C'est pourquoi aussi la Commission extraparlementaire de 1903, composée des spécialistes les plus compétents, a repoussé, à l'unanimité, le monopole de fabrication.

Le Monopole de rectification et de vente

Puisqu'il n'est ni possible, ni utile de monopoliser la fabrication des alcools, doit-on et peut-on établir le monopole de la rectification, c'est-à-dire s'emparer de l'alcool, dès sa sortie des appareils distillatoires et avant toute autre transformation ?

Dans cette hypothèse, le producteur ne pourrait fabriquer que des eaux-de-vie de premier jet, l'Etat se réservant le monopole de leur rectification.

Les eaux-de-vie naturelles exemptes du monopole. — Ce monopole ne saurait, d'ailleurs, s'appliquer aux eaux-de-vie naturelles provenant de la fabrication des vins, cidres, fruits, marcs, etc. La rectification leur enlèverait tout ce qui constitue leur valeur, la dose d'impuretés, de non-alcool, qui leur donne le bouquet, la saveur spéciale qui plaît à l'amateur. Qui consentirait à acheter à grands frais des eaux-de-vie de vin ou de cidre, si, par suite d'une épuration, leur goût venait à se rapprocher de celui des eaux-de-vie, infiniment moins coûteuses, provenant d'un simple coupage d'alcools industriels ? Personne n'a songé, en Suisse, où existe un monopole de rectification, à l'épuration des eaux-de-vie naturelles et, en France, les monopoleurs les plus ardents n'ont jamais imaginé un système qui nivellerait toute la production industrielle ou naturelle et réduirait à l'état de vague et insipide eau-de-vie neutre la production des eaux-de-vie de vins, de cidres, de marcs, des cognacs et des armagnacs, des rhums et des kirchs.

Ainsi, les 50.000 bouilleurs ou distillateurs qui ont produit des eaux-de-vie naturelles, sous le contrôle de la Régie, en 1902, et le million des autres bouilleurs de cru échapperaient au monopole de rectification.

Ce monopole ne peut donc se concevoir que limité à la rectification des alcools d'industrie.

Alcools d'industrie. — Comment l'Etat organiserait-il son monopole ?

Il commencerait par interdire à tous les industriels de produire autre chose que des flegmes, se réservant le droit exclusif de rectifier ces produits imparfaits.

Il exproprierait les usines actuelles de rectification, monterait ses propres usines et achèterait aux producteurs les flegmes qu'il rectifierait pour restituer aux producteurs, livrer au commerce ou vendre lui-même les alcools rectifiés.

Expropriations. — A quel chiffre s'élèverait le montant des expropriations et indemnités ?

Voici comment l'évaluait, il y a quelques années, un journal très compétent dans la question des distilleries :

« Il est probable, disait-il, que les usines qui seront choisies comme raffineries d'alcools par l'administration du monopole ne seront pas directement indemnisées de la perte de leur existence indépendante. Si leur outillage de rectification, de réservoirs d'entrepôt, de production de vapeur, de filtration, etc. est insuffisant pour l'importance de la production journalière, ou bien l'Etat se chargera de leur complément, ou bien les propriétaires l'opéreront à leurs frais. Dans l'un ou l'autre cas, ce sera une question d'entente facile à résoudre. Le complément d'outillage pourra se trouver en grande partie dans les usines expropriées. Comme les usines choisies par l'Administration seront certainement les plus importantes, celles qui ont une ancienne clientèle, l'Etat trouvera chez elles tous les renseignement utiles sur les qualités que recherche cette clientèle. Il y aurait donc un avantage considérable pour le monopole à utiliser les connaissances professionnelles et commerciales des grands distillateurs, devenus rectificateurs pour le compte de l'Etat.

Cet apport technique, cette connaissance approfondie des besoins commerciaux ont une valeur très importante; ils constituent la marque, la prime de vente obtenue au prix de longs efforts et de lourds sacrifices. S'il y avait une expropriation pure et simple, une importante indemnité ne pourrait être refusée sans déni d'équité ; ce serait une spoliation. Mais, si les distilleries en question deviennent des usines de rectification à façon, il est possible de concevoir que l'Etat, au lieu de débourser en capital immédiat l'importance de l'indemnité, attribuera par hecto d'alcool livré une remise assez forte pour couvrir graduellement les indemnités dues. Il y a donc là matière à entente sur la forme à donner à l'indemnité, qu'elle soit représentée par une somme immédiatement versée ou par un supplément de prix attribué à la rectification.

Pour les distilleries, donc, qui deviendraient raffineries d'alcool pour le compte du monopole, le chiffre des indemnités serait moindre que dans le cas d'expropriation pure et simple, et il pourrait être reporté sur plusieurs années et compris dans les frais d'exploitation. L'Etat serait, en outre, exonéré de dépenses considérables de création d'usines nouvelles et des écoles qui en sont fatalement la conséquence

Mais les trois quarts des distillateurs-rectificateurs représentant environ la moitié de la production devront être expropriés de tout outillage affecté à la rectification, indemnisés de la valeur de leurs primes de vente, des brevets acquis, de la perte de clientèle, etc., etc. Ces indemnités seront nécessairement déterminées par une commission mixte, comme dans toutes les expropriations. Pour cette catégorie d'usines, il faudra absolument donner l'indemnité en capital immédiat ; on n'aurait pas la faculté, par exemple, de majorer le prix d'achat des flegmes qui leur seraient achetés, de manière à compenser leurs pertes ; les fabricants ne pourraient accepter ce mode de paiement. En effet, ils ne profiteraient en aucune façon de cette majoration ; le prix de vente, fixé pour leur contingent, étant connu, les fournisseurs de matières premières leur imposeraient un prix rigoureusement proportionnel à ce taux de vente, et ce seraient les matières premières qui jouiraient de la majoration, c'est-à-dire de l'indemnité. C'est un fait absolu : quand les cours s'élèvent, le prix des matières premières, betteraves, mélasses, augmente proportionnellement.

Il est difficile de prévoir quelle serait l'importance globale des indemnités à payer immédiatement pour la prise de possession par l'Etat de la rectification des alcools et ses conséquences ; mais pour la rectification seule, par le système qui vient d'être indiqué, elle sera probablement supérieure à 50 millions.

Il est peut-être utile de détailler sommairement cette somme de 50 millions ; on a supposé que la moitié de la production industrielle, en chiffres ronds 1.100.000 hectos, sera rectifiée dans les usines existantes, avec lesquelles il y aurait des moyens d'entente et possibilité, dans certains cas, de répartir l'indemnité en la confondant avec les dépenses de l'exploitation. Cette catégorie est laissée en dehors du calcul, et cependant il y aura probablement de fortes compensations immédiates en argent à donner ; mais, d'autre part, l'Etat aura à son actif les appareils des usines expropriées.

L'autre moitié, 1.100.000 hectos, soit 1.222.000 hectos à 90°, aura droit à une indemnité de 5 fr. à 6 fr. par hecto produit pendant les cinq dernières années ; c'était le taux proposé par M. Guillemet, soit, en chiffres ronds, 34.000.000. L'outillage dépendant de la rectification de ces 1.222.000 hectos représentera au moins 8 à 10 millions ; enfin, il faudra indemniser les fabricants pour leurs marchés en cours, leurs achats de brevets, etc., etc. ; il faudra indemniser les directeurs, ingénieurs, chefs de bureau qui perdront leur situation professionnelle, qui ne pourront se placer dans une autre industrie qu'ils ne connaissent pas.

Nous avons maintenant à envisager la situation qui sera faite aux producteurs de flegmes. Il convient d'abord de les diviser en distillateurs de betteraves, de mélasses, de grains ou matières amylacées quelconques. Il est certain que le monopole refusera d'acheter les flegmes provenant des mélasses et grains étrangers ; ce serait à cette condition, évidemment, que le groupe agricole donnerait l'appui de son vote au monopole.

Il est clair que si l'on refuse de faire participer au contingent les usines qui travaillent des matières premières étrangères, celles-ci devront liquider, par le fait du monopole ; il faudra donc les exproprier. On devra, au minimum, consacrer 25.000.000 à cette expropriation, tant pour la valeur des usines que pour indemnités de suppression d'industrie, de pertes d'emplois, etc., etc.

En résumé, on peut approximativement évaluer les débours en numéraire à effectuer par l'Etat pour la seule fabrication de l'alcool à :

1° Expropriation de la moitié des rectifica-
tions ....Fr. 50.000.000
2° Expropriation des usines travaillant des
matières premières étrangères 25.000.000
3° Dépenses de complément d'installation,
de création de réservoirs-entrepôts, de
constructions, etc., au moins............ 15.000.000

Ensemble ....Fr. 90.000.000

Cette évaluation paraît très raisonnable, car elle admet l'hypothèse, la plus favorable à l'Etat, d'une entente directe avec les grandes usines de rectification.

La situation n'est plus tout à fait la même aujourd'hui, car le nombre des usines qui travaillent des matières étrangères a fort diminué; néanmoins, il ne semble pas que le chiffre total des indemnités puisse rester bien au-dessous de 90 à 100 millions : en effet, la plupart des usines qui rectifient et distillent simultanément ne pourront subsister si la rectification est séparée de la distillation ; la rectification y constitue l'élément véritable et essentiel de la production, et tout vient s'y résumer. Comment admettre que l'Etat puisse équitablement dire aux distillateurs-rectificateurs : « Je ne vous dois qu'une indemnité partielle, puisque je n'exproprie qu'une partie de votre industrie », alors que cette expropriation partielle entraînera, en fait, la ruine de toute l'exploitation ?

On peut supposer que, devant la juridiction compétente, les distillateurs dépossédés partiellement feraient, au besoin, valoir ces considérations et il est probable, si on en juge par les précédents, que l'Etat se verrait obligé d'accorder une indemnité basée sur l'expropriation totale.

Dans cette hypothèse, l'indemnité totale approcherait sans doute de 100 millions.

Rachat des stocks. — Le monopole de la rectification suppose nécessairement le rachat des stocks de l'industrie et du commerce, afin de soumettre à la rectification les spiritueux qui n'auraient pas antérieurement subi cette opération, surtout si le but qu'on lui assigne se base sur des nécessités d'hygiène publique.

Il est extrêmement difficile d'évaluer l'importance des rachats, car il faudrait connaître, non seulement le stock en alcools d'industrie mais encore celui des spiritueux de mélange. Tout au plus peut-on affirmer que la dépense s'élèverait à un chiffre considérable, entre 50 et 100 millions au moins.

Achat des flegmes. — Si l'on suppose toutes les questions préliminaires réglées, il reste à savoir comment et dans quelles conditions les flegmes produits par l'industrie privée passeront des mains du producteur dans celles de l'Etat chargé de les rectifier.

Sans doute il serait assez logique que, n'expropriant pas les distilleries tout en leur supprimant leurs débouchés actuels, l'Etat leur assurât l'écoulement intégral de leur production. Mais on ne saurait supposer qu'il en sera ainsi.

L'Etat ne peut pas se mettre sur les bras des quantités dont il n'aurait pas l'emploi. Or, il est clair que si la loi fixe, pour les alcools achetés aux producteurs, un prix d'achat avantageux c'est-à-dire supérieur à celui qui résulterait du jeu naturel de l'offre et de la demande, chacun s'efforcera de produire le plus qu'il pourra et l'Etat, seul acheteur de la production, ne saura que faire des quantités dont il sera tenu de prendre livraison. Il devra donc nécessairement proportionner ses achats aux besoins réels de la consommation en imposant une limite à la production.

Cela posé, l'Etat effectuera-t-il ses achats au fur et à mesure que les besoins se manifesteront ? Pour lui, ce serait le plus sûr, car il éviterait ainsi les erreurs et les mécomptes auxquels on est toujours exposé lorsqu'on opère sur des prévisions faites à longue échéance. Mais alors sur quelles données l'industrie réglera-t-elle sa production ? Un fabricant ne peut pas travailler à l'aventure, produire sans savoir s'il aura le placement des quantités qu'il aura fabriquées. Aujourd'hui le distillateur se règle, en dehors des cas exceptionnels qui l'obligent à distiller à l'improviste, sur la situation du marché, sur les cours actuels et les prévisions de hausse ou de baisse que comportent l'état des stocks et l'apparence des récoltes. S'il s'est plus ou moins trompé, il en est quitte pour subir des prix plus ou moins inférieurs à ceux sur lesquels il avait compté, mais, au prix de quelques concessions, il peut toujours trouver un acquéreur, parce que le commerce profite de la circonstance pour constituer des approvisionnements. L'État resterait étranger, sans aucun doute, à toute spéculation de ce genre, et limiterait ses achats aux besoins d'une période bien déterminée. Que ferait alors le producteur de flegmes des quantités que le monopole, son unique acheteur, lui laisserait pour compte ?

Il est évident que l'industrie ne peut pas s'accommoder de pareilles incertitudes, vivre d'une existence aussi précaire. Il faudra donc procéder par achats proportionnés aux besoins présumés de la consommation, pour toute la durée d'une campagne ; car il ne suffit pas que le fabricant soit fixé sur l'importance qu'il peut donner à sa fabrication ; il faut qu'il puisse assurer l'approvisionnement de son usine et passer des marchés avec les cultivateurs qui ont, eux aussi, besoin d'être fixés sur l'étendue qu'ils doivent donner à leurs ensemencements.

D'ailleurs, en opérant de la sorte, l'État, à son tour, se trouve exposé à des mécomptes. Il ne lui est pas facile de prévoir, une année à l'avance, quelles seront pour l'année suivante, les demandes de la consommation, car il ne sait pas dans quelle mesure cette consommation sera alimentée par les eaux-de-vie naturelles qui échappent à son monopole. Il suffira d'une récolte abondante de vins ou de cidre pour déjouer ses prévisions.

Mais cette difficulté se complique de bien d'autres encore.

Dans quelle forme l'État fera-t-il ses commandes ? Sera-ce à l'amiable ou par adjudication ? Ici apparaî-

tront de nouveau tous les inconvénients déjà signalés
à l'occasion du Monopole de fabrication :

Si les commandes se font à l'amiable, comment les
répartira-t-on ? Comment fera-t-on pour échapper à l'ac-
cusation de favoriser tel ou tel industriel, telle ou telle
portion de territoire ? Que de compétitions d'intérêts
vont surgir ! Les passions politiques, les rivalités électorales se donneront libre cours.

Le député bien en cour s'efforcera de faire augmenter
le contingent de son arrondissement, et le candidat offi-
cieux laissera entendre à l'industriel, électeur influent,
qu'il lui fera réserver une bonne part dans les commandes du monopole. Pour couper court aux intrigues et
aux suspicions, décidera-t-on de proportionner les commandes à la production de chaque usine pendant les
années qui auront précédé l'institution du monopole ?
Ce serait consolider ainsi une situation respective que,
dans ces conditions normales, mille circonstances diverses, l'esprit d'initiative des uns, l'inertie et la routine des
autres pourraient modifier. En présence d'une importance exagérée des stocks, des industriels, mieux avi-
sés, que leurs confrères, auront-ils jugé à propos de
ralentir, d'interrompre même provisoirement leur fabrication ? Est-il admissible que pour cette raison, ils se
voient indirectement dépossédés de leur industrie, tandis que leurs confrères, qui, par l'extension impru-
dente donnée à leur fabrication, auront contribué à faire
naître la crise, se trouveraient récompensés de leur im-
prévoyance ?

Une autre question se pose : si les commandes se font
à l'amiable, sur quelles données s'établiront les prix ?

Fixera-t-on, par exemple, un prix d'achat uniforme,
par hectolitre d'alcool pur, pour tous les flegmes sans
distinction, quels que soient leur degré, leur proportion
et la nature de leurs impuretés, les matières premières
dont ils proviennent ? Ou bien y aurait-il des prix différents pour les flegmes de grains, de betterave et de mélasse, et ces prix seront-ils sujets à des majorations ou
à des réfactions, suivant que les produits livrés seront

supérieurs ou inférieurs en qualité à des types déterminés ?

Prendra-t-on pour base les prix de revient ? Dans ce
cas, on peut s'attendre à voir les producteurs élever des
prétentions excessives, en affirmant qu'ils seront ruinés
si l'on n'y fait pas droit. Les intéressés sont habiles à établir, avec toutes les apparences de la sincérité, des prix
de revient fortement majorés, et rien n'est plus difficile
que d'en démontrer l'exagération ; on en fait l'expérience chaque fois que les tarifs de douane sont en discussion. D'ailleurs, les prix de revient varient d'une région
à l'autre et même d'un industriel à l'autre. Un prix d'a-
chat uniforme, fixé d'après la moyenne des prix de revient, pourrait être avantageux pour les uns et onéreux
pour les autres. Et pourtant, est-il possible de fixer des
prix différents, suivant les conditions de production particulières à chaque région ? Ce serait tomber dans l'arbitraire et provoquer d'incessantes réclamations. Il faudra donc, sans doute, adopter un prix uniforme, en le
fixant assez haut pour que tout le monde y trouve son
compte. Alors, les intérêts du Trésor seront complètement sacrifiés, et que deviendront, dans l'aventure, les
produits si escomptés du monopole ?

Pour échapper à tous ces embarras, va-t-on recourir
au système de l'adjudication ? Adjuger les fournitures
à ceux qui soumissionneront les prix les plus bas ? On
aura beau fractionner les lots, on n'empêchera pas une
ou plusieurs Sociétés fortement constituées d'accaparer
la majeure partie des commandes. A l'abri du monopole
de l'État, on verra se constituer des monopoles privés.
Ce sera la disparition des petites distilleries agricoles,
dont on paraît vouloir, cependant, favoriser le développement. Réussirait-on à empêcher ces accaparements ?
Il y aura toujours des industriels qui, n'ayant pas obtenu
de commandes, se verront condamnés à l'inaction ; les
capitaux engagés dans leurs établissements resteront
inactifs. Tant pis, dira-on, pour ceux qui ont voulu se
réserver une trop large part de bénéfices ! Soit, mais
d'autres intérêts fort respectables se trouveront, du
même coup, injustement lésés. Un cultivateur approvi-

sionne une distillerie et n'en a pas d'autres à sa portée.
Est-ce de sa faute si l'industriel auquel il a affaire a mal
établi ses calculs en faisant sa soumission ? Cependant,
le voilà obligé de renoncer, pour une année au moins, à
une culture qui était nécessaire à son assolement et à
l'entretien du bétail. Des contrées entières pourront se
trouver privées, du jour au lendemain, d'une ressource
qui leur est précieuse.

Au surplus, dans toutes les hypothèses, il arrivera
qu'un cultivateur pourra se voir refuser, par la sucrerie,
par exemple toute une récolte de betteraves avariées ou
d'une qualité ne répondant pas aux conditions du contrat de vente. Que fera-t-il de sa récolte, s'il n'a pas la
possibilité d'en tirer parti par la distillation ?

Le monopole de rectification risque donc, comme celui de la fabrication, de bouleverser toutes les conditions économiques de la production agricole.

Dans quel but ? Pour quel profit ?

But et inutilité du monopole de rectification. — Après
avoir acheté les flegmes au producteur, en passant par
toutes les difficultés que l'on vient de signaler, que fera
l'Etat de ces flegmes ? Il les rectifiera.

Pourquoi et dans quel but ?

On a surtout allégué la nécessité de lutter contre l'*alcoolisme*, en mettant à la disposition du consommateur
des spiritueux convenablement épurés. Sans revenir sur
les arguments qui ont été précédemment fournis pour
démontrer l'impuissance d'un monopole en l'espèce, on
fera remarquer, en premier lieu, qu'il paraît bien inutile
de rechercher, en principe, une épuration aussi rigoureuse des alcools industriels si le monopole doit en arriver, par la suite, comme en Suisse, à lancer dans la consommation des flegmes non rectifiés et simplement coupés d'eau-de-vie ou d'alcool rectifiés; il est tout aussi inutile d'exiger une extrême pureté des mêmes alcools d'industrie, si on n'impose pas la même obligation à toutes
les eaux-de-vie de cru de mauvaise qualité obtenues par
la distillation de vins, de cidres, de marcs, de lies ou de
fruits avariés, au moyen d'appareils rudimentaires.

En second lieu, si l'on persiste à vouloir des alcools d'industrie possédant un degré de pureté très élevé, rien de plus facile que d'arriver à ce résultat par une réglementation aussi simple à imaginer qu'à appliquer, consistant à imposer à l'industrie l'obligation de ne livrer à la consommation que des alcools répondant à des conditions déterminées et dont la pureté aurait été reconnue avant la sortie des usines. On a bien objecté que cette réglementation devrait se compléter par des mesures de contrôle compliquées et vexatoires chez les intermédiaires ; or, même avec le monopole le plus absolu, ce contrôle serait également nécessaire. Dans les monopoles des tabacs et des allumettes, les agents de contrôle, les employés de la Régie passent une grande partie de leur temps à vérifier, chez les débitants, agents du monopole, s'ils n'ont pas altéré les produits livrés par l'Etat ou substitué des marchandises de fraude. Comment croire qu'il en serait autrement avec le monopole de l'alcool ?

On a prétendu aussi, dans les débuts, que l'industrie privée n'était pas à même de livrer des produits convenablement rectifiés, mais on a dû renoncer à cet argument, si bien que certains partisans du monopole proposent de confier à l'industrie privée le soin de rectifier les flegmes achetés par l'Etat.

Au point de vue de l'hygiène, le monopole de la rectification est donc complètement inutile : il suffirait d'interdire à l'industrie, dont toutes les opérations sont surveillées par l'Etat, de livrer à la consommation des alcools qui ne répondraient pas à des conditions de pureté déterminées.

Au point de vue économique, on a dit que le monopole de rectification permettrait de protéger la petite industrie agricole contre la grande distillerie, qui tend à l'absorber ; on a démontré précédemment que cette crainte est tout au moins exagérée, car le nombre et l'importance des véritables distilleries agricoles, n'a pas sensiblement diminué parce que la grande distillerie, qui ne trouvera plus à l'avenir, à utiliser les mélasses de méventes dans des conditions aussi favorables, a intérêt à ménager la distillerie agricole qui lui fournit des flegmes à rectifier dans les périodes de chômage.

On a représenté encore la distillerie agricole comme se trouvant sous l'étroite dépendance des usines de rectification. Si la situation est bien telle, qui empêche les petites distilleries de se grouper et de monter une ou plusieurs usines de rectification à leur compte ?

D'ailleurs, le mode d'achat généralement employé s'oppose à l'exploitation. Le rectificateur achète sur la base de la mercuriale officielle journellement établie sur les divers marchés. Est-ce que cette base des prix de vente n'offre pas autant de garanties, sinon plus, que la fixation arbitraire d'un prix d'achat quelconque par le monopole ?

Le jour où les distillateurs n'auront plus le choix de l'acheteur, ils seront livrés, pieds et mains liés, à la discrétion de l'Etat. Celui-ci fixera-t-il des prix avantageux, comme le laissent entrevoir les partisans du monopole ? Il le fera peut-être, jusqu'au jour où des nécessités budgétaires s'y opposeront ; alors, il supprimera tous avantages et recourra à l'adjudication. Or, on sait que la plupart des adjudications se donnent à des prix à peine supérieurs aux prix de revient. Et que deviendront les distillateurs qui n'auront pu souscrire ?

L'Etat ne saurait favoriser vraiment la distillerie agricole qu'en lui payant ses flegmes à des prix élevés, et on a dit précédemment à quels inconvénients et à quelles difficultés devaient donner lieu les achats et la répartition des commandes ; le moyen le plus simple et le plus loyal de favoriser l'industrie agricole, si on jugeait indispensable de le faire, consisterait à lui accorder des primes directes sans s'exposer à tous les inconvénients et à tous les aléas d'un monopole.

Le monopole de rectification paraît donc tout à fait inutile, sous ce rapport.

Tout porte à croire au contraire qu'il exercerait, au point de vue économique, une action néfaste :

En premier lieu, il arrêterait l'essor industriel et les progrès de la distillerie. On s'efforce depuis quelques années d'arriver à la production de flegmes contenant le moins d'impuretés possible, afin que la rectification puisse se faire d'une façon plus complète.

Beaucoup de travaux ont été faits dans cette voie et on a déjà obtenu des résultats remarquables ; on étudie les conditions de la fermentation normale, l'emploi des levures pures et des levures acclimatées, l'action de certains agents antiseptiques capables de tuer les organismes qui se développent à côté des levures en déterminant les fermentations secondaires, origine des *mauvais goûts*, et il est permis d'espérer que tant d'efforts aboutiront à d'heureuses solutions.

La rectification de l'alcool aux mains de l'Etat enlèverait tout intérêt à cet important problème. Les distillateurs y sont extrêmement intéressés aujourd'hui, car les alcools très bien épurés bénéficient de primes parfois élevées s'élevant de 3, 5, 10 francs et au delà, par hectolitre au-dessus du cours normal, mais ils n'y verront plus aucun avantage avec le monopole puisqu'il leur suffira de livrer à l'Etat des flegmes de bonne qualité courante.

Enfin le monopole de rectification soulève la grosse *question des alcools dénaturés.*

L'extension des emplois industriels de l'alcool dénaturé constitue, de l'aveu général, l'avenir de la distillerie industrielle et la sauvegarde de la protection des alcools de cru. Si on doit refouler peu à peu la consommation des alcools d'industrie, pour faire une place plus grande aux eaux-de-vie naturelles, on ne pourra le faire, sans léser trop gravement des intérêts considérables, qu'à la condition d'ouvrir un large débouché aux emplois industriels de l'alcool. Or, à cet égard la question du prix de revient des alcools devient prépondérante.

Aussi longtemps que l'alcool dénaturé dépassera sensiblement le prix des pétroles et de leurs essences, c'est-à-dire s'élèvera trop au-dessus des cours de 40 francs, il est illusoire d'espérer que sa consommation prendra une extension sérieuse. Or, si l'Etat, pour favoriser l'industrie agricole, paie les flegmes à des prix de faveur, correspondant à des cours de 40 à 50 francs pour l'alcool à 90 degrés, on ne voit guère comment il pourra revendre ces flegmes, après les avoir rectifiés et dénaturés, à un prix qui permettrait à la consommation de l'alcool dénaturé de sortir du *statu quo*.

A ce point de vue le monopole de la rectification sera donc nettement nuisible.

Reste enfin le *point de vue fiscal* dont l'importance domine toute autre question, puisqu'il s'agit — il convient de ne pas le perdre de vue — de procurer de grosses ressources à l'Etat pour réaliser de grandes réformes de tout genre.

Comment le monopole de rectification parviendrait-il à ce but ?

En permettant de reprendre sur la fraude des sommes importantes ? Or on sait que la fraude sur les alcools industriels n'existe pas pour ainsi dire.

En s'emparant des bénéfices des rectificateurs ? Ils s'élèvent au maximum, d'un avis général, à quelques millions à peine et les dépenses d'organisation, les frais généraux du monopole, les faveurs accordés à l'industrie agricole n'en laisseraient rien subsister.

Y voit-on enfin le moyen d'asseoir la perception d'une grosse majoration d'impôt destiné à fournir les centaines de millions qu'on attend du monopole ? Le même résultat serait atteint, bien plus simplement, avec autant d'efficacité et sans monopole, en se bornant à frapper l'alcool de l'impôt dès sa production dans les distilleries industrielles toutes soumises à la surveillance de l'Etat et où la fraude est pratiquement ou peut être rendue tout à fait impossible par un simple complément de la réglementation actuelle.

En définitive, le monopole établi à la rectification paraît, à tous les égards, complètement inutile ; il ne présente aucun avantage que l'on ne puisse acquérir par des moyens plus simples, moins onéreux et dépourvus des inconvénients généraux et particuliers que l'on peut reprocher au monopole.

6

Monopole d'achat, de transformation et de vente

Impraticable à la fabrications sous la forme complète, rempli d'inconvénients et inutile si on le restreint à la vente des a. cools d'industrie, plus incomplet et inutile encore à la rectification, le monopole doit-il et peut-il être organisé avec avantages, au moment où le produit fabriqué quitte le lieu de production ?

En d'autres termes, l'Etat a-t-il intérêt à monopoliser l'achat et la vente des alcools fabriqués ?

Il va de soi, en effet, que la forme de monopole dite « monopole de vente », a pour base le monopole de l'achat, ou à quoi pourrait bien servir au commerce de conserver le droit d'acheter les spiritueux s'il n'a pas le droit de les revendre ?

Le monopole de vente peut d'ailleurs être envisagé sous plusieurs modalités :

L'Etat peut acheter et vendre toute la production des spiritueux, alcools d'industrie et alcools de cru ou seulement, comme en Suisse, une seule catégorie de spiritueux.

Il peut, une fois en possession des uns ou des autres, ou de la totalité. se réserver le droit de les vendre en gros, dans le même état, ou après les avoir transformés, le cas échéant, et préparé des eaux-de-vie d'imitation, des liqueurs, des apéritifs, etc.

Il peut encore se réserver le droit exclusif de vendre aux débitants les spiritueux de tout genre.

Enfin, il peut se réserver le droit exclusif de vendre au détail dans des établissements tenus par ses agents.

Les achats

Acheter tout l'alcool pour le revendre, la chose paraît toute simple au premier abord; elle soulève, en réalité, une foule de difficultés.

Eaux-de-vies naturelles. — Il y a d'abord la question de l'achat des eaux-de-vie de cru. On a vu précédemment que la diversité de ces eaux-de-vie est extrême et que l'on ne peut songer à en interdire la fabrication. L'Etat pourrait-il faire un choix parmi toutes ces eaux-de-vie, prendre les unes et rejeter les autres ? Ou bien adopter seulement quelques types d'un prix déterminé afin d'imposer ces types au pubic ?

La chose ne paraît pas possible ; si l'Etat achète ses eaux-de-vie au producteur, il faut qu'il les prenne telles qu'elles sont. Tout au plus pourrait-il, en obligeant les producteurs, les petits producteurs, au moins, à concentrer leur fabrication dans un local commun, obtenir une diversité moindre dans ses achats. Mais on a dû reconnaître, ces temps derniers, que pour le moment, les Chambres sont peu disposées à imposer cette obligation au bouilleur de cru et celui-ci moins disposé encore à s'y soumettre. Or, il faut rester dans le domaine des probabilités. Donc, l'Etat aurait à acheter une diversité extrême d'eaux-de-vie, de types et de prix les plus variés ; elles proviendraient, pour ne prendre que les qualités les plus ordinaires, soit de vins trop faibles, soit de vins avariés, soit de lies, soit de marcs ; et, dans chaque catégorie, elles posséderaient, en raison de la matière première, de l'appareil employé, des soins apportés à la fabrication, plus ou moins de qualités correspondant à des prix divers.

Impossible d'imposer un type quelconque pour les achats, car il serait extrêmement rare que la production fût à même de fournir une eau-de-vie correspondant exactement à ce type.

On n'aperçoit donc pas la possibilité de procéder autrement que par marchés directs.

D'autre part, peut-on admettre qu'un producteur, pour vendre quelques dizaines de litres d'eau-de-vie à l'Etat, soit obligé d'entreprendre deux fois un voyage dans les bureaux du monopole, une première fois pour offrir son eau-de-vie et la seconde fois, en cas d'accord, pour livrer sa marchandise ? Si on veut l'y obliger, ou bien il se dispensera de brûler, ou bien il ne brûlera que pour sa consommation de famille et, dans les deux cas, il lui restera une rancune tenace qui se traduira dans ses bulletins de vote.

Le monopole, au contraire, ira-t-il conclure ses marchés au domicile du producteur, il faudra alors une véritable armée de nouveaux fonctionnaires, dégustateurs et acheteurs, qui envahiront les campagnes et seront pour le monopole une source de dépenses énormes.

On retombera en outre dans tous les inconvénients qui ont été précédemment signalés, prix arbitraires, intrigues et suspicions, tout ce qui peut déconsidérer un Gouvernement et un régime. Ce n'est pas tout :

L'État, seul acheteur et seul vendeur, devra, pour faire acte de bon commerçant, tenir compte à la fois du goût et de la bourse de sa clientèle. Or si le consommateur serait assez disposé, assurément, à préférer les bons produits de cru aux spiritueux d'imitation, cette préférence est limitée, en fait par les ressources modiques du grand consommateur, l'ouvrier des villes et des campagnes. Or les eaux-de-vie de cru sont infiniment plus chères que les alcools d'industrie, de sorte que la consommation des premières se trouve limitée par la question préjudicielle du prix ; il en résulte que l'État, s'il veut être bon commerçant, ne pourra prendre, tout au moins pendant une période difficile à déterminer, que la quantité d'eau-de-vie naturelle actuellement réclamée par la consommation.

Or cette quantité est à peu près constante, tandis que la production des eaux-de-vie naturelles présente des écarts considérables d'une année à l'autre, selon que la récolte des vins et des cidres a été de plus ou moins bonne qualité, car le récoltant ne brûle guère que la partie de sa récolte dont il ne peut se défaire en nature, à cause soit d'une surproduction, soit d'une insuffisance de qualité.

Le tableau ci-après permet de se rendre compte de ces variations :

	Récolte en vins	Eaux-de-vie fabriquées à la propriété (Alcool pur)
1875	83.836.000	301.000
1878	48.720.000	157.000
1880	29.677.000	25.000
1892	29.082.000	67.000
1893	50.070.000	159.000
1898	32.282.000	76.000

II

	Récolte en vins	Eaux-de-vie fabriquées à la propriété (Alcool pur)
1879	25.770.000	84.000
1880	29.677.000	25.000
1891	30.139.000	51.000
1892	29.082.000	67.000
1897	32.351.000	107.000
1898	32.282.000	76.000

Dans la première partie, la production des eaux-de-vie para t en rapport direct avec la récolte, dans la seconde on remarque une interversion des rapports ou des écarts sans autre explication que l'influence des récoltes de qualité défectueuse.

On aperçoit par là, combien il est difficile à l'Etat, sinon de fixer le chiffre de ses achats d'après les exigences de la consommation, du moins de faire coïncider ce chiffre avec les résultats de la production.

On peut admettre que dans les années déficitaires en alcool il soit à même d'absorber la totalité de la production, s'il s'entend avec le producteur, mais que fera-t-il et que feront les producteurs s'il y a pléthore ?

Espère-t-on que l'Etat achètera en toute hypothèse toute la production ? Que fera-t-il lui-même de la portion qui excédera les besoins de la consommation, si le public, en raison du prix plus élevé des eaux-de-vie naturelles, refuse d'augmenter sa consommation ? Les conservera-t-il en magasin en attendant une année déficitaire ? Le commerce le fait et profite de la circonstance pour se constituer des stocks, mais l'Etat consentirait-il à immobiliser aussi son capital et à faire les dépenses d'entrepôt et de personnel que nécessiteraient le magasinage et les soins à donner aux eaux-de-vie ?

Ou bien, achèterait-il à livrer ultérieurement ? Dans ce cas c'est le producteur qui se trouverait embarrassé de ses eaux-de-vie.

La situation s'aggravera encore si l'Etat, pour favoriser la viticulture, ou pour tout autre motif, lui achète les eaux-de-vie à un prix avantageux, alors la surproduction deviendra la règle, surtout dans les années où la récolte sera trop abondante ou manquera de qualité.

Que fera le monopole, le jour où on lui jettera sur les bras, à l'improviste, 7 ou 800.000 hectolitres d'eaux-de-vie de cru, dont il n'aura pas la vente ?

On ne conçoit guère un monopole d'Etat consentant à s'exposer à ces difficultés et à ces aléas.

Alors privés de la certitude de livrer à l'Etat leurs excédents de production et privés de la faculté de les vendre au commerce, les viticulteurs et la viticulture se trouveront parfois dans la situation la plus critique.

Il y a, enfin, la question, primordiale en France, des grandes eaux-de-vie. L'Etat pourrait-il bien les acheter pour les revendre ? En admettant même que l'achat en fût possible, la vente par monopole présenterait des inconvénients capitaux.

Le renom universel de nos grandes marques d'eaux-de-vie constitue une richesse effective et morale à laquelle il serait tout à fait néfaste de porter atteinte. Or que deviendrait le commerce de ces eaux-de-vie entre les mains du monopole ? Le temps n'est plus où nos grands produits n'avaient pas de concurrents à l'étranger. Les pays producteurs d'eaux-de-vie et même des pays de production industrielle comme l'Allemagne, imitent à l'envi nos grandes marques et cherchent à nous supplanter sur tous les marchés extérieurs ; il faut, pour lutter contre cette ardente concurrence, toute l'habileté, toute l'activité, toute l'intelligence, toute la science commerciale, toute la connaissance des situations économiques locales que déploient les agents, à l'étranger, de nos grandes marques françaises, excités à la fois par l'amour-propre et par l'intérêt personnel. Comment croire que le monopole s'y emploierait aussi utilement ?

L'Etat, tout le monde le reconnaît, est un mauvais commerçant et un exportateur plus déplorable encore ; M. Boucher, ministre du Commerce, n'hésitait pas à le déclarer publiquement à la tribune en 1897.

Ce serait donc une inconcevable imprudence de lui

confier la mission de vendre les eaux-de-vie de marque et d'en maintenir le renom et les débouchés à l'étranger.

On peut en conclure que nécessairement les grandes eaux-de-vie devront rester en dehors du monopole et que l'achat des eaux-de-vie naturelles présente lui-même de très grandes difficultés.

Laissera-t-on les eaux-de-vie naturelles en dehors du monopole d'achat ? On tombe alors dans un système analogue aux monopoles suisse ou russe, selon que l'Etat monopolisera la vente en gros ou y joindra le monopole de la vente en détail.

Alcools d'industrie. — Si l'Etat monopolise l'achat des alcools d'industrie, il pourra, soit acheter à la fois les alcools rectifiés et les flegmes, sauf à faire rectifier ceux-ci dans des usines particulières ou dans celles du commerce, soit se borner à acheter les alcools rectifiés, en exigeant que *tous* les flegmes passent, au préalable, au rectificateur.

La seconde combinaison a, en général, les préférences des partisans du monopole ; elle manque cependant de logique ; tous les alcools n'ont pas besoin d'être rectifiés. En Suisse, le monopole ne rectifie même pas tous les alcools destinés à la consommation de bouche ; les distilleries agricoles lui livrent des flegmes à degré élevé, ne possédant qu'une dose d'impureté telle qu'on peut la réduire, par un coupage avec de l'alcool industriel épuré, à un taux qui n'est plus considéré comme nuisible pour la santé publique ; sans aller aussi loin, on doit admettre que la rectification est tout à fait inutile pour les flegmes de haut degré alcoolique, obtenus actuellement au moyen d'appareils perfectionnés et que l'on destine à la dénaturation pour les usages industriels. Il serait absurde de les rectifier pour les dénaturer ensuite ; de même pour les alcools impurs destinés à la parfumerie bon marché.

Il paraît donc logique d'envisager seulement la première hypothèse, celle de l'Etat achetant flegmes ou alcools rectifiés pour transformer soit lui-même, soit à façon, le cas échéant, ceux de ces produits qu'il livrerait à la consommation.

Il va de soi que l'Etat ne pourrait acheter toute la production des alcools industriels, car cette production, qui peut s'alimenter à toutes les sources, n'aurait plus de limites. Il devra régler ses achats sur les besoins de la consommation.

Comment répartirait-il ses achats entre les usines ?

Par adjudication ou par achat direct ? L'adjudication aurait ici l'inconvénient capital de provoquer sûrement la coalition des capitaux et de provoquer un monopole de fait entre les mains de quelques grands distillateurs.

Les contrats directs seraient donc préférables tout en continuant à présenter, à un moindre degré, il est vrai en raison du nombre plus restreint de fournisseurs, les inconvénients déjà signalés.

Mais d'autres difficultés sont à prévoir :

Si l'Etat, d'accord avec les hygiénistes, fixe un maximum d'impuretés au-dessous duquel tous les alcools seront admis et livrés à la consommation, établira-t-il un prix unique pour tous les produits présentant les conditions de pureté requise, ou bien, se plaçant dans les conditions actuelles des rapports existant entre le commerce et la distillation, accordera-t-il des faveurs et des primes aux alcools qui offriront un degré de pureté très élevé.

Tout dépendrait, sans doute, de la forme même du monopole d'achat et du but qu'il poursuivrait; s'il se proposait de transformer lui-même les alcools d'industrie, sans doute jugerait-il suffisant et préférable au point de vue fiscal, d'adopter un type unique, bien que moins parfait, du moment où son titre de pureté serait suffisant. Si, au contraire, il se propose de laisser au commerce spécial le soin de transformer les alcools, il lui sera tout à fait indifférent de payer des primes aux rectificateurs, du moment où il aura la certitude d'en faire supporter la charge définitive au transformateur.

Dans la première hypothèse, tous les progrès de la distillation se trouveraient arrêtés du coup.

Le distillateur-rectificateur se bornerait à un rôle quasi machinal ou tout au moins rechercherait moins la perfection du produit que le moyen de réduire son prix de revient.

La plupart des distillateurs-rectificateurs dont les produits sont primés, subiraient d'ailleurs un préjudice très sérieux ; pour arriver à cette perfection dans le résultat, il a fallu qu'ils montent leurs établissements en conséquence, qu'ils apportent des perfectionnements considérables dans les procédés et le matériel de la fermentation, de la distillation et de la rectification, si bien que les frais de rectification au lieu de s'élever à 4 ou 5 francs seulement par exemple, atteignent 10, 20 ou 30 francs ; la prime sert alors à couvrir l'excédent de prix de revient et les usines ne vivent que grâce à la prime dont bénéficient leurs produits.

Ces distillateurs paraîtraient donc fondés à réclamer une compensation.

Une autre difficulté pourrait provenir de la surproduction.

Si les rapports actuels des distillateurs qui rectifient avec l'industrie agricole ne se modifient pas, les rectificateurs qui auront passé un contrat avec le monopole traiteront eux-mêmes avec la petite industrie. Or une surproduction peut se produire accidentellement, soit chez le distillateur rural, soit chez le rectificateur, mais surtout chez le premier, soit qu'il n'ait pas déterminé assez exactement la superficie de culture devant correspondre à une production déterminée en alcool, soit qu'il ait obtenu des rendements imprévus, soit encore, qu'il se sera vu obligé de distiller, pour l'utiliser, une récolte qui devait recevoir, en principe, une autre destination. Que fera-t-il, dans ce cas, de l'excédent de production ? Inutile de songer à l'exportation, les marchés étrangers étant encombrés par les produits des nations voisines, obtenus à des prix de revient qu'on ne peut atteindre en France. Les conservera-t-il ? Alors il devra arrêter sa fabrication ou la limiter l'année suivante et alors que fera-t-il de sa matière première ?

Mais il y a des difficultés plus sérieuses encore ; elles

commenceront quand il s'agira d'emmagasiner les alcools achetés et de leur donner une destination.

La revente simple

Dans le cas le plus simple, le monopole se contenterait de revendre en gros les alcools tels qu'il les aurait reçus, laissant au commerce actuel le soin de les transformer et de les vendre aux détaillants.

Son rôle se réduirait alors à celui d'un simple dépositaire et son organisation ne serait autre que celle de magasins généraux. L'Etat devrait organiser des magasins généraux dans chaque région pour y entreposer toute la production de l'année. On calculait en 1897, qu'elle représentait 250.000 tonnes de marchandises et nécessiterait par quinzaine 146.000 hectolitres de futailles. Le monopole assumerait naturellement la charge de toutes les manipulations, des pertes et des freintes. Il lui faudrait un énorme matériel et un personnel important, pour aboutir, en définitive, à créer à grands frais un rouage commercial de plus entre la production et le commerce de gros.

On peut se demander où l'Etat y trouverait un avantage.

Au point de vue hygiénique, il lui est tout aussi facile de vérifier la pureté des alcools livrés au commerce industriel avant la sortie des établissements producteurs, s'il juge à propos de le faire.

Au point de vue fiscal, quel but pourrait-on bien poursuivre ? Assurer la constatation ou la perception de l'impôt au passage de l'alcool dans les magasins du monopole ? Ou profiter de ce passage pour le frapper d'un supplément de taxe ? C'est tout aussi facile à réaliser si on le désire, dans les établissements de production, puisque la Régie surveille de près ces établissements et y contrôle toutes les expéditions d'alcool.

Alors à quoi bon ce rouage nouveau, onéreux et inutile ?

La fabrication des spiritueux composés et la vente

On comprend mieux, en principe, que l'État, dans un prétendu intérêt d'hygiène, ou dans un but fiscal, veuille se réserver le droit de manipuler lui-même les alcools d'industrie pour les transformer en spiritueux composés, eaux-de-vie d'imitation ou liqueurs et apéritifs, avant de les livrer au commerce de gros ou de détail.

L'alcool d'industrie, en effet, ne se consomme pas tel quel ; il ne viendra à l'idée de personne, en France tout au moins, de boire du trois-six dilué; ce produit, nécessairement insipide, ne rencontre pas d'amateurs, et il faut qu'il passe par les mains d'un intermédiaire qui le transforme en spiritueux susceptibles de flatter plus ou moins, et à des titres divers, le palais exigeant du consommateur.

L'État se chargera-t-il de cette transformation en employant pour cela des *bouquets* inoffensifs, au lieu des essences moins innocentes, dont le commerce fait usage, dit-on ? Voilà donc l'État se livrant aux manipulations qui constituent la spécialité des négociants de spiritueux.

Or, entre la pure eau-de-vie de cru, l'armagnac et le cognac authentiques, vendus à prix d'or, et les cognacs d'imitation, de consommation courante, constitués par l'addition à l'alcool industriel, d'une essence ou bouquet quelconque, il existe toute une échelle de produits intermédiaires, d'eaux-de-vie de coupages constituées par le mélange, en proportions variables, d'alcool d'industrie à des eaux-de-vie très fruitées de l'Armagnac et des Charentes. Il y a aussi des produits mixtes obtenus en repassant des trois-six neutres avec des alcools de vins, de lies, de marcs, de vinasses. Toutes ces eaux-de-vie, bien entendu, se vendent sous l'étiquette de cognac ou d'armagnac.

La préparation des eaux-de-vie complètement artificielles, c'est-à-dire dans lesquelles il n'entre pas d'alcool de vin, est, elle-même, extrêmement compliquée.

Il y entre des infusions de thé, de bois de réglisse, de chêne vert, de brou de noix, de vanille, de coques d'amandes grillées, du rhum, de la mélasse de canne, du caramel, des esprits de fruits et d'autres ingrédients encore, dont il serait trop long de citer les noms.

On ne voit pas bien les agents du monopole se livrant à toutes ces manipulations longues, délicates, qui constituent un art véritable.

Encore ne parle-t-on que des eaux-de-vie proprement dites, des imitations de cognac ou d'armagnac. Mais l'alcool d'industrie se consomme encore sous bien d'autres formes. On en fait des rhums, des kirschs, des genièvres de fantaisie, enfin, toute la gamme, si variée, des liqueurs. Pour faire arriver son alcool, jusqu'au consommateur, de manière à supprimer les intermédiaires, — et c'est sur cette suppression que repose toute l'économie du système, — faudra-t-il que l'Etat entreprenne toutes ces fabrications ? Ce serait lui assigner un rôle auquel il ne paraît guère préparé et dont vraisemblablement il s'acquitterait fort mal. Voilà, en tous cas, qui compliquerait singulièrement l'organisation du monopole. Et puis n'y aurait-il pas quelque chose de choquant à voir l'Etat devenir fabricant de simili-cognac ou de liqueurs d'imitation ?

Il est tout au moins une fabrication que le monopole ne saurait entreprendre sans les plus graves inconvénients pour le renom commercial de la France, celle des grandes liqueurs de marque universellement connues, à l'étranger aussi bien qu'en France. En admettant même que l'Etat expropriât les fabricants, et s'assurât le concours de leur personnel, il ne saurait déployer l'intelligence et l'activité commerciales des commerçants actuels, surtout dans les efforts que nécessite la prospérité du commerce d'exportation; tout ce qui a été dit à ce sujet, en ce qui concerne les grandes eaux-de-vie, est exactement applicable aux grandes liqueurs.

Ceci posé, comment l'Etat pourrait-il organiser son monopole ?

Il faudrait d'abord commencer par exproprier les liquoristes et les fabricants actuels et racheter les stocks.

La question paraît déjà complexe s'il ne s'agit que des liquoristes, mais elle se complique davantage si on con-

...idère que tous les marchands en gros de spiritueux, à ...eu près sans exception, préparent des spiritueux com-...osés, imitations de cognacs, kirschs, rhums, etc., et ...ue ces manipulations constituent souvent la source la ...lus importante de leurs bénéfices.

Les expropriations. — Il faudrait donc exproprier et ...ndemniser, totalement ou partiellement, tous les liquo-...istes, et à peu près tous les marchands en gros.

...Pourrait-on se dispenser de le faire, à l'instar de la ...Russie, ou en se rangeant à l'opinion du ministre ...l'Etat belge, M. Le Jeune ?

...L'Etat russe a exproprié tous les commerçants en spi-...ritueux, au moment où il a organisé son monopole, et ...ne les a pas indemnisés. Mais les deux situations n'ont ...aucun rapport : le commerce des alcools, le commerce ...n gros surtout, n'a jamais été libre en Russie. Depuis ...1863, ont fonctionné successivement dans ce pays, le mo-...nopole intégral de la vente en gros et au détail, puis le ...monopole de la vente en gros et enfin le régime de la fer-...me, c'est-à-dire le monopole privé placé entre les ...mains des fermiers généraux. A peine le commer-...ce a-t-il joui d'une liberté relative, d'un semblant ...d'indépendance, pendant trente ans, de 1863 à 1893, ...mais il est resté soumis, pendant cette période, à un ...régime de surveillance d'une extrême sévérité. Aussi ne ...présentait-il aucun attrait pour les négociants sérieux, ...dont l'intelligence et l'activité demandent à s'exercer ...sans contrainte et était-il tombé, peu à peu, d'une façon ...générale, entre les mains de personnages louches, prêts ...à toutes les sujétions, plus usuriers que commerçants, ...et employant tous les procédés pour réaliser des béné-...fices.

...On comprend que dans ces conditions, le gouverne-...ment russe ne se soit fait aucun scrupule pour les priver ...d'une liberté qui n'existait pas en fait et de bénéfices qui ...ne paraissaient pas acquis par des procédés fort honnê-...tes. C'est d'ailleurs ce motif qu'il a invoqué pour se dis-...penser de toute indemnité. Enfin, l'opinion publique ...était plutôt hostile que favorable au commerce des spiri-...tueux, et lui eût-elle été sympathique, le Gouvernement russe, en ce pays de pouvoir absolu et sans contrôle, aurait pu ne pas en tenir compte.

En France, le commerce de gros jouit de sa liberté, de temps immémorial; s'il y existe, comme partout, quelques tares individuelles, sa réputation d'honnêteté défie les critiques, et nos ministres, en toute occasion, se sont empressés de le reconnaître à la tribune de nos Chambres.

Quant à M. Le Jeune, ministre d'Etat belge, il s'est tiré avec une désinvolture singulière, d'un cas embarrassant : « On soulève aussi, a-t-il dit, une question d'argent. Le monopole est un remède trop coûteux; pour l'établir il faudrait indemniser les spéculateurs expropriés de leur trafic.

« Comme si l'empoisonnement pouvait jamais être un droit ! La loi, en défendant, par mesure de salut public, une pratique meurtrière, n'exproprie pas ceux que sa tolérance enrichissait. »

L'argument, par l'emphase du style, paraît d'autant plus faible que dans le même discours, M. Le Jeune déclarait que l'on consomme, en Belgique, un alcool « idéalement pur ». Aussi le ministre d'Etat belge n'a-t-il pas été prophète dans son pays, et le monopole sur l'alcool, dont il s'était fait l'ardent protagoniste, n'a eu aucun succès.

En France, pays de liberté et de justice, la mesure qui exproprierait les marchands en gros et les liquoristes sans indemnité, serait considérée comme une spoliation et soulèverait la conscience publique. Si même on considère, comme on l'a prétendu en Russie, qu'un commerce de droit commun ne constitue pas une propriété aux termes stricts de la loi, on ne fera jamais admettre à l'opinion, chez nous, que l'Etat ait le droit de priver toute une classe de commerçants de ses moyens d'existence, sans leur accorder une indemnité d'expropriation (1).

Il faudra donc indemniser.

---

(1) Surtout au moment où l'on se propose d'indemniser les bureaux de placement dépossédés.

Or, les indemnités s'élèveraient à des chiffres considérables. Il existe actuellement 28.000 marchands en gros, se livrant tous plus ou moins, à la préparation, sinon des liqueurs, du moins des autres spiritueux composés. Si on avait à les déposséder complètement de leur commerce, il faudrait leur verser à eux et à leurs collaborateurs, voyageurs, courtiers, comptables, etc., d'après les évaluations admises couramment, une indemnité totale de 800 millions environ. C'est le chiffre qu'envisageait le gouvernement en Allemagne, au moment où il proposait, il y a quelques années, son projet de monopole. Or, l'importance du commerce de gros des spiritueux en France, est, au moins égale à celle du même commerce en Allemagne. D'après d'autres calculs, présentés à la Commission extraparlementaire du monopole en 1897, les bénéfices nets du commerce de gros des spiritueux pourraient être évalués aux abords de 25 millions par an au maximum, ce qui représenterait encore en capital si on y joint les indemnités à verser pour dépossession de matériel et les indemnités aux collaborateurs des marchands en gros, qui se verraient privés de leurs moyens d'existence, un chiffre extrêmement élevé, se rapprochant des 800 millions prévus en Allemagne.

Mais, dira-t-on, on n'aurait, dans ce cas particulier, qu'à payer une partie de ce chiffre, puisque les marchands en gros ne seraient pas dépossédés du droit de vendre des spiritueux, mais simplement de transformer l'alcool d'industrie.

En fait, ce serait les déposséder entièrement, car si la préparation des spiritueux composés représente, dans la majorité des cas, le plus clair de leurs bénéfices, son interdiction mettra le négociant dans l'obligation de renoncer au commerce de tous les alcools.

Ils ne manqueront pas d'ailleurs de faire valoir l'argument devant les juridictions appelées à statuer et si on en juge par les exemples du passé, leurs revendications auraient de grandes chances d'aboutir. On ne saurait oublier qu'à l'occasion de l'organisation du monopole des allumettes, les indemnités de dépossession, prévues par le Gouvernement à 20 millions, se sont élevées, en fait, à 32 millions.

En admettant même que la thèse contraire vienne à prévaloir, et que le chiffre total des indemnités à payer ne s'élève qu'à 3 ou 400 millions, c'est encore un chiffre considérable, auquel il faudrait ajouter la valeur des stocks, évaluée par l'administration à 500 millions environ, sans compter les stocks d'énorme valeur qui se trouvent chez les négociants des Charentes ou les propriétaires assimilés, si on persiste à vouloir comprendre dans le monopole, les eaux-de-vie naturelles et les grandes marques.

On arriverait ainsi à plus d'un milliard et même en n'envisageant que les alcools d'industrie, en nature ou transformés, la valeur de l'indemnité à payer approcherait de ce chiffre.

L'organisation du monopole. — La question des expropriations étant réglée, et les stocks achetés, il resterait à organiser le monopole. Il faudrait d'abord des magasins pour emmagasiner tous les achats, un matériel de fabrication pour la préparation des spiritueux composés, tout un matériel pour les expéditions et un personnel considérable pour assurer tous ces services.

A ne parler que de la fabrication des liqueurs, un rapport établi par le secrétariat de la sous-commission extraparlementaire du monopole en 1897, évaluait à 50, le nombre de fabriques à créer, dont l'importance dépasserait, pour chacune, celle de nos plus importantes manufactures de tabacs ou d'allumettes.

Mais il faudrait préparer aussi tous les autres spiritueux composés, dont la production annuelle est infiniment plus importante que celle des liqueurs.

En outre, quels locaux ne faudrait-il pas pour entreposer les 1.700.000 hectolitres d'alcool, achetés à l'industrie, auxquels on aurait à joindre peut-être 300.000 hectolitres d'alcool de cru, le tout représentant, en liqueurs ou spirituaux naturels ou composés, à une force alcoolique moyenne de 40° environ, 5 millions d'hectolitres de spiritueux ?

Si les marchands en gros actuels continuent à exister,

réduits au rôle de simples intermédiaires entre le monopole et les débitants, on peut admettre qu'il suffira d'un nombre assez limité de grands magasins, où les marchands en gros constitueront leurs approvisionnements; mais si le monopole prévoit la suppression des marchands en gros, ou aboutit en fait à leur disparition, il devra se mettre à la portée des débitants et multiplier les entrepôts dans toute la France. Ce seront alors des frais d'organisation et d'exploitation bien plus considérables encore, et la création d'une véritable armée de fonctionnaires de l'Etat.

Se représente-t-on encore l'importance de la manipulation que représente une quantité de 5 millions d'hectolitres de spiritueux, les soins qu'elle nécessite, le matériel de logement et de transport qu'elle comporte en fûts et en bouteilles, et les dépenses qui en résultent?

En dehors des inconvénients et des difficultés qui proviendront de l'achat des alcools, de leur transformation, des indemnités à payer et des frais considérables d'organisation et de fonctionnement, de l'augmentation enfin du nombre des fonctionnaires, il existe encore des inconvénients d'un autre ordre :

On crée, en premier lieu, un rouage et un intermédiaire de plus entre la production et le consommateur; actuellement le commerce en gros des alcools se cumule souvent avec la fabrication des liqueurs et presque toujours avec la préparation des autres spiritueux composés; en séparant les deux commerces, en plaçant la fabrication d'une part et le commerce en gros de l'autre, on augmente fatalement le prix de revient, et le produit devenu plus coûteux, se vendra moins aisément, à moins que le consommateur ne consente à supporter l'augmentation du prix de vente; c'est dans le premier cas, un mécompte fiscal, et, dans le second, on tombe dans les inconvénients d'ordre général précédemment exposés et qui s'attachent à toute surcharge d'impôt imposée au petit consommateur d'alcool.

Importations et exportations. — Il y a, en outre, la question des difficultés que peut créer l'attitude du monopole en ce qui concerne les importations. Il faut admettre que, devenu producteur, l'Etat se défendra contre la concurrence étrangère, par des droits prohibitifs. Il imposera donc une surcharge considérable aux produits étrangers qui entrent en France, en quantités relativement importantes; les importations se sont élevées en 1902, à 132.000 hectolitres d'alcool pur, chiffre qui correspond sensiblement à la moyenne des dix dernières années.

Si l'Etat, pour défendre son monopole, les frappe de taxes très élevées à l'importation, il s'exposera à des mesures de rétorsion à l'étranger, où nos produits nationaux ont déjà actuellement beaucoup de peine à se maintenir. Si l'Etat se borne, par des mesures quelconques, à entraver le commerce des produits étrangers en France, des mesures analogues seront prises à l'étranger contre nos propres produits.

D'ailleurs, et d'une façon générale, on peut dire que l'accaparement de l'industrie des spiritueux composés, sonnerait le glas de notre commerce d'exportation. On a fait, précédemment, allusion à cette éventualité, mais il importe d'y revenir et d'entrer dans quelques détails, la question présentant un intérêt de premier ordre :

L'exportation. — Nous exportons aujourd'hui de 250 à 300.000 hectolitres d'alcool pur, représentant un chiffre d'affaires supérieur à 100 millions. Notre commerce d'exportation des spiritueux est une des branches de l'industrie nationale que les pouvoirs publics n'ont cessé de défendre avec ténacité. Dans les traités de commerce avec l'étranger, les négociateurs se sont toujours efforcés de stipuler, à ce sujet, des clauses de faveur. Les produits français se retrouvent dans l'univers entier. Nos négociants ont réussi jusqu'ici à composer toute une gamme de produits savamment adaptés aux besoins de leur clientèle; ils ne font pas seulement du cognac pour les riches lords anglais, ils débitent aussi des spiritueux composés à bas prix destinés aux populations indigènes de l'Afrique et de l'Amérique.

Ce commerce d'exportation est un commerce de tradi-

tion spécial, particulier aux exigences de chaque pays
où il a des débouchés; seuls les intéressés le connaissent à fond, et seuls ils peuvent produire les types nécessaires et favorables pour tels ou tels de ces débouchés.

Qu'adviendra-t-il de cette industrie si souple, le jour
où l'Etat, prenant les lieu et place de nos industriels, aura institué un monopole de fabrication dans les cadres
étroits d'une production administrativement réglée ?

L'Etat s'est toujours montré assez pauvre industriel et
déplorable commerçant ; il ne sait produire ni de la
marchandise tout à fait supérieure, ni des articles tout
à fait bon marché, et il a prouvé, avec une évidence in-
déniable, sa complète inaptitude à exporter. Possédant,
par le monopole des tabacs, des moyens de production
exceptionnels, il n'a pas su en profiter pour développer
l'exportation de ses produits, et nos ministres ont dû
proclamer cette impuissance à la tribune.

Il est donc certain que si l'Etat monopolise la production des spiritueux composés et des liqueurs,
c'est une richesse nationale de 100 millions par an
qui s'effondre, et disparaît au profit de rivaux qui
nous disputent avec tant d'âpreté aujourd'hui, notre
clientèle cosmopolite.

Le seul moyen d'éviter ce désastre, est de laisser cette
production spéciale et le commerce d'exportation, entre les mains de ses détenteurs actuels.

Les intérêts publics mis en cause : l'hygiène. — Dans
quel intérêt et pour quels profits l'Etat organiserait-il ce
mode de monopole ?

On a invoqué d'abord l'hygiène publique, la nécessité
de couper court à l'abus d'alcools défectueux comme
matière première et d'essences nocives comme agents de
transformation.

Or, l'emploi des alcools inférieurs est une exception; la totalité, pour ainsi dire, des alcools livrés aux
liquoristes ou aux marchands en gros, sont des alcools
rectifiés et bien rectifiés, et tous les alcools primés en
raison de leur degré de pureté exceptionnel, vont chez
les liquoristes et les fabricants de spiritueux composés.

Quel intérêt les liquoristes auraient-ils à utiliser des alcools de qualité inférieure, pour de bons alcools rectifiés ! La différence des prix par rapport aux bons goûts, est très peu importante, ne dépassant guère 2 à 3 francs par hectolitre et pensera-t-on que pour cette différence, les liquoristes tiennent — il y a évidemment, quelques exceptions comme en toutes choses — à se charger d'une marchandise détestable ?

D'ailleurs, tous les marchés, en général, sont faits d'après des types fixes d'alcools bien rectifiés, contenant infiniment moins d'impuretés que les alcools livrés à la consommation, par exemple, par le monopole suisse.

Quant à la nocivité des essences elle a donné lieu à des accusations bien exagérées. Sans doute, les essences sont nocives, en général, mais la peptone ne l'est-elle pas aussi et cependant on y a fréquemment recours, en thérapeutique. Tout dépend de la dose de la substance nocive, toxique à forte dose et bienfaisante ou tout au moins indifférente à doses minimes.

« Pour les parfums des glaciers, disait M. Picou en 1897, à la Commission extraparlementaire du monopole, on emploie de l'éther butylique, mélangé avec du valérianate d'amyle; il y en a toute une série; vous trouvez cela imprimé dans le dictionnaire de chimie de Würst, dans Baudrimont et Chevalier, dictionnaire des falsifications. Il est évident que si je m'amusais à boire un centimètre cube de valérianate d'amyle, je m'en trouverais mal; mais on emploie un centimètre cube de valérianate pour faire un litre de parfum de framboise (l'alcool est le dissolvant) et, pour parfumer un litre de glace on prend à peu près la valeur d'un demi-centimètre cube de cet alcool; on arrive alors à ses doses infinitésimales, que Baudrimont et Chevalier déclarent inoffensives. »

Le furfurol aussi est un poison d'une violence extrême; on le trouve cependant en quantité appréciable dans tous les rhums et dans la plupart des eaux-de-vie naturelles et le kirsch renferme un autre poison tout aussi violent, l'acide prussique. Pourtant, on ne songe pas à interdire ces spiritueux ou à en exiger l'épuration.

Faut-il donc croire que l'Etat emploierait d'autres essences, des essences tout à fait inoffensives? Les hygiénistes le prétendent, mais sur quelles données scientifiques s'appuient-ils ? Tout au plus l'Etat, s'il se charge de la fabrication, pourrait-il avoir la certitude que les alcools dont il se servira, sont de bonne qualité et que les doses d'essences sont exactement définies pour présenter le minimum de nocivité.

Mais qu'est-il besoin du monopole pour obtenir un résultat analogue ? La régie exerce et surveille tous les liquoristes et tous les préparateurs; rien ne lui est plus facile, avec l'aide d'une réglementation convenable, que d'exiger l'emploi *exclusif* d'alcools bien rectifiés et un maximum d'impuretés dans les liqueurs ou spiritueux fabriqués.

Donc, à ce point de vue, le monopole ne présente aucune utilité réelle.

L'intérêt fiscal. — Serait-il donc indispensable au point de vue fiscal ? A quelle source l'Etat prendrait-il les recettes nouvelles qu'il rechercherait ? La fraude du liquoriste n'existe pas, en fait ; la seule source de revenus nouveaux ne pourrait donc consister que dans une augmentation de l'impôt actuel ou dans la prise de possession des bénéfices des liquoristes ou fabricants de spiritueux composés.

S'il s'agit simplement d'augmenter le droit, le monopole est sans utilité, puisque tous les alcools qui arrivent chez les commerçants ou qui en sortent, sont contrôlés par l'Etat. Il suffirait donc d'augmenter purement et simplement la taxe actuelle.

Quant au revenu total que se procurerait l'Etat en accaparant les bénéfices des liquoristes et préparateurs, il ne saurait en toute hypothèse dépasser le chiffre des bénéfices nets de *tous* les marchands en gros et liquoristes de France, chiffre que l'on a évalué à 25 *millions* par an ; encore faut-il en déduire, d'abord la part que peuvent représenter les bénéfices laissés aux marchands en gros s'il leur est permis de continuer la vente en gros des produits de l'Etat ; en second lieu, l'intérêt du capital versé à titre d'indemnité pour les expropriations totales

7.

ou partielles; l'intérêt ou l'amortissement des dépenses d'installation du rouage nouveau que l'on aura créé; enfin la moins-value qui résultera pour l'Etat, d'un prix d'achat plus coûteux de la matière première, de frais de fabrication toujours plus élevés que ceux de l'industrie privée et d'une gestion commerciale défectueuse.

Que restera-t-il alors comme bénéfices, pour l'Etat ? Quelques millions ? Pauvre compensation, en regard des inconvénients de tout genre du monopole et de la ruine de notre commerce !

Bref, le monopole relatif à l'achat de l'alcool et à sa transformation en liqueurs ou en spiritueux composés, paraît à la fois inutile et dangereux à bien des égards.

La vente en gros, simple

On peut imaginer encore que l'Etat, tout en laissant aux spécialistes la faculté de fabriquer les liqueurs et de les exporter, et en concédant la même latitude aux fabricants de grandes eaux-de-vie, s'empare exclusivement de la partie de la production destinée aux ventes à l'intérieur et se réserve le droit exclusif de vendre en gros tous les spiritueux aux détaillants. Ce serait, dans ce cas, l'expropriation complète du commerce de gros.

Il est inutile de revenir sur ce qui a été dit à ce sujet, en discutant la forme précédente de monopole. On se bornera à faire remarquer de nouveau que l'Etat séparera ainsi d'une façon complète le commerce en gros des vins et cidres et celui des spiritueux qui sont, en général, réunis dans la même main. Or, la vente des spiritueux fournit le plus souvent la partie la plus importante des bénéfices et, réduits au commerce des vins, un nombre important de négociants en gros devront cesser leur commerce. Ainsi se trouveront privés de leurs moyens d'existence une foule d'employés, comptables, maîtres de chais, ouvriers, tonneliers, etc., qui devront chercher ailleurs des occupations, pour lesquelles ils ne sont pas préparés. Le monopole créera donc une foule de mécontents.

Quant aux négociants qui subsisteront, ils chercheront évidemment à exercer dans une voie parallèle, leur activité commerciale, au détriment du monopole, en préconisant la vente de boissons de tout genre, autres que les spiritueux, et il est certain que les produits du monopole s'en ressentiront.

D'autre part, peut-on croire que par le seul fait de l'expropriation, l'Etat pourra réaliser le chiffre des bénéfices atteint aujourd'hui par le commerce de gros ?

Si le commerce en gros des alcools prospère, s'il rapporte des bénéfices à ceux qui l'exercent, c'est grâce à l'activité incessante et à l'intelligence commerciale de tous ceux, courtiers, voyageurs, intermédiaires de tout genre, qui en vivent et qui ont tout intérêt à faciliter l'écoulement des spiritueux.

Les alcools ne sont pas, comme le tabac, un produit unique, que le consommateur ne peut remplacer par autre chose; il a une foule de concurrents, prêts à le supplanter et il a fort à faire pour se défendre contre les efforts des hygiénistes.

L'Etat n'éprouvera-t-il pas des difficultés extrêmes pour trouver dans ses agents, peu préparés à cet office, et indifférents de leur nature, le concours indispensable, intelligent et sans cesse en éveil, que les courtiers et voyageurs prêtent au commerçant ? Et n'en résultera-t-il pas de sérieux mécomptes, au point de vue fiscal ?

On peut d'ailleurs se demander ici encore, quel profit, quel bénéfice, l'Etat pourra bien retirer du monopole de la vente en gros. On chercherait en vain en quoi l'hygiène peut bien y être intéressée.

Au point de vue fiscal, on aurait pu dire autrefois, que le monopole du commerce de gros dans les pays de production viticole, aurait pour conséquence de fermer un débouché à la fraude des bouilleurs de cru. Mais la loi du 31 mars 1903, vient précisément de remplir ce but en empêchant chez les bouilleurs des approvisionnements de quelque importance en alcools, clandestinement fabriqués. Tout autre plus-value au point de vue fiscal, ne pourrait provenir que des bénéfices des marchands en gros accaparés par l'Etat.

Or, ils s'élèvent, on l'a vu, à 25 millions par an au

maximum, et on ne peut admettre que l'Etat, en raison des indemnités de dépossession, des prix de revient plus considérables, de son inaptitude commerciale et de tous les frais qu'il devra engager, puisse arriver à profiter réellement de l'intégralité de cette somme. Il resterait alors, en regard d'un profit de quelques millions, l'inconvénient de supprimer un organe important de la vie commerciale et de créer une foule de mécontents.

On ne peut donc expliquer le but et l'intérêt de cette forme de monopole que par une considération : l'utilité qu'il peut y avoir soit à compléter le monopole de rectification ou d'achat, soit à maintenir un lien entre le monopole d'achat et le monopole de vente en détail, dont il va être parlé.

Auparavant, il reste à dire quelques mots de la combinaison qui consisterait, en vue d'éviter les frais d'expropriation et les indemnités d'usage, ainsi que la création d'entrepôts locaux et tout le personnel qu'ils exigent, à maintenir les marchands en gros, en leur confiant le soin de vendre aux détaillants les produits du monopole.

Les marchands en gros entrepositaires du monopole. — Dans cette hypothèse, le marchand en gros devient un simple entrepositaire de l'Etat, chargé de vendre les spiritueux du monopole à un prix déterminé, moyennant une remise fixée à l'avance.

On peut alors envisager plusieurs cas, selon que la remise sera égale ou inférieure, soit au bénéfice brut actuel du marchand en gros, soit à son bénéfice net.

Si la remise est égale au bénéfice brut, non seulement l'Etat ne retirera aucun profit de son monopole, sinon d'éviter les frais généraux que lui occasionnerait l'installation et le fonctionnement d'entrepôts ; mais ce sera, à proprement parler, un profit négatif.

Si la remise est égale au bénéfice net seulement, il faudra que le marchand en gros prélève ses frais généraux sur ce bénéfice et il subira une perte importante, car ces frais sont considérables ; ils consistent non seulement dans la location des magasins, la manipulation des marchandises, mais surtout dans les frais occasionnés par le placement des spiritueux, frais de voyageurs, de courtiers, etc., grâce auxquels le négociant parvient à placer ses marchandises et à lutter contre les concurrences.

S'il est obligé de prélever ces frais sur une remise qui représentait son bénéfice net actuel, il subira une perte, lui donnant droit à une indemnité correspondante. S'il l'obtient et s'il considère que, même avec un bénéfice réduit, il ne peut se dispenser de détenir les produits du monopole, afin d'être à même de satisfaire à toutes les demandes de sa clientèle, il emploiera son activité à développer, de préférence aux spiritueux, la vente des autres boissons qui lui procureront des bénéfices plus importants. Il ne fera aucun effort pour vendre des alcools et, devenu une sorte de fonctionnaire, il se bornera au rôle strict et à l'attitude indifférente que prennent invariablement les agents des monopoles des tabacs, des allumettes et des poudres à feu.

Qui pourrait dire que la vente des spiritueux ne subira pas, dans ces conditions, une forte dépression, dont auront grandement à souffrir les recettes du monopole ?

L'Etat concédera-t-il ses entrepôts aux négociants par voie d'adjudication, les négociants qui accepteront la plus forte réduction sur le chiffre de la remise devenant adjudicataires ? Alors, les entrepôts de spiritueux tomberont tous entre les mains des gros négociants ou des syndicats, qui pourront seuls être à même d'exercer leur commerce avec des profits très réduits.

Les petits commerçants en gros, les plus intéressants, se verront obligés de cesser le commerce des alcools et le système aboutira à une spoliation des petits, sans aucune indemnité, au profit des gros et de l'Etat. Il sera difficile de faire considérer ce système de monopole comme une réforme démocratique et elle pourra donner lieu à bien des agitations et des mécomptes.

Au point de vue fiscal, on verra d'une part, les négociants qui, pour se parer du titre de « concessionnaire de l'Etat », auront accepté de travailler avec des bénéfices extrêmement restreints et parfois même à perte ; ceux-là n'auront aucun intérêt, ni bénéfices apprécia-

bles, ni, bien que pseudo-fonctionnaires aucun avance-
ment ou avantage matériel, à procurer à la vente des
alcools ; d'autre part, les marchands en gros évincés de
l'adjudication, aigris et hostiles, employant tous leurs efforts à développer la vente des boissons dont le commerce restera libre et cherchant par tous les moyens,
persuasion ou intérêt, à amener les détaillants à entrer
dans leurs vues.

Or il ne faut pas oublier que, dans l'hypothèse où l'on
se place, il s'agit de procurer à l'Etat de grosses ressources permettant de réaliser des réformes de tout
genre. A ce point de vue, il paraît certain que l'Etat
éprouvera du fait du monopole de la vente en gros,
même en concédant l'entrepôt au commerce, de sérieux
mécomptes.

On arrive, enfin, au monopole de la vente en détail.

La vente en détail

Ce système de monopole, qu'il se combine ou non
avec les monopoles de fabrication, de rectification ou de
vente en gros, consiste essentiellement à placer toute la
vente des spiritueux au consommateur entre les mains
de l'Etat. Il présente, *en principe*, des avantages certains.

Au point de vue hygiénique, il permet à l'Etat de ne livrer à la consommation que des produits dont il a véri-
fié l'innocuité ;

Au point de vue fiscal, il assure le maximum de rendement de l'impôt et permet à l'Etat de mettre la main
sur les bénéfices des détaillants ;

Au point de vue social, il fournit à l'Etat le moyen de
contenir la consommation de l'alcool dans les limites
qu'il croit pouvoir fixer.

Ces avantages, si importants, sont-ils réels, ou consti-
tuent-ils seulement des postulats d'ordre théorique correspondant à une conception idéale du monopole, mais
ne pouvant passer dans l'application pratique ?

On va s'efforcer d'élucider ce problème :

Le monopole de la vente au détail peut se concevoir sous deux formes : l'Etat vendant lui-même au consommateur le produit monopolisé ou confiant cette vente au commerce de détail.

La vente directe par l'Etat. — La première forme est celle qui existe en Russie pour le monopole des alcools et en France même pour le monopole des tabacs. Elle comporte essentiellement l'expropriation des détaillants et la reprise de leurs établissements par l'Etat ou la création de débits officiels.

Est-elle applicable en France ?

Il faudrait d'abord déposséder 477.000 débitants, et les indemniser. On ne saurait songer, en effet, à les exproprier purement et simplement comme on l'a fait en Russie. Le Gouvernement russe a pu procéder à son aise à cette opération, parce qu'il disposait d'un pouvoir absolu et sans contrôle, et, en outre, parce qu'en dépossédant les débitants, il accomplissait un acte de salubrité publique, avec l'approbation de l'opinion.

Les débitants russes formaient une catégorie de commerçants louches dont l'usure était le but et le commerce l'instrument et ne voyant dans le débit des spiritueux que le moyen d'enlever au paysan, par les procédés les moins avouables, jusqu'au dernier kopeck, en le réduisant à la plus affreuse misère.

En France, le débitant, sauf les tares inévitables dans toute corporation si nombreuse, est foncièrement honnête et il se borne à faire acte de commerçant ; il est, de plus, électeur et c'est chez lui que se font la plupart des élections. Or, les débitants sont 477.000 et ils font vivre au moins autant de personnes attachées à leurs établissements.

Comment pourrait-on penser à les exproprier purement et simplement sans que nos institutions risquent d'en subir le contre-coup ? Aucun homme politique n'y songe, à vrai dire, si tentante que soit la perspective de s'emparer de leurs bénéfices au profit de l'Etat.

Ces bénéfices, envisagés en bloc, sont considérables, en effet.

Une double enquête effectuée à la fois par deux administrations différentes, les Préfectures et la Régie en
1896 et qui a donné, bien qu'employant des procédés différents, des résultats d'une remarquable concordance,
évaluait ces bénéfices, pour l'ensemble des 435.000 débitants, qui existaient en 1895, à 466 millions ; cela ferait,
pour les 470.000 débitants de 1902 environ 500 millions.
Il s'agit, bien entendu, de bénéfices bruts, dont il faut
déduire les frais généraux de tout ordre ; ces frais sont,
d'ailleurs, importants et leur évaluation présente de
grandes difficultés, car ils varient essentiellement selon
la nature et l'emplacement des débits, la localité, le
genre de clientèle et la nature des liquides vendus.
Atteignent-ils, en moyenne, la moitié des bénéfices
bruts, comme l'affirment les uns ou le tiers seulement
comme le prétendent les autres ?

Personne, à vrai dire, n'en sait rien, mais selon que
l'on accepte l'une ou l'autre évaluation, le total des béné-
ces nets des débitants pourrait varier entre 150 et 250
millions par an. Encore les représentants de la corporation sont-ils peu disposés à admettre que les bénéfices
nets dépassent dans l'ensemble 100 millions et s'il était
de beaucoup supérieur, il y aurait lieu de trouver sur-
prenant qu'aucun commerce ne compte proportionnellement un plus grand nombre de liquidations et de fail-
lites.

Si on admet le chiffre de 150 millions seulement, les
indemnités d'expropriation, calculées d'après cette base,
s'élèveraient en capital, à un chiffre colossal et l'organisation du monopole deviendrait, au point de vue financier, une entreprise énorme ; il faudrait ajouter à l'indemnité de dépossession, les frais des nouvelles installations et le Grand Livre de la Dette Publique contracte-
rait des obligations formidables.

Pourrait-on admettre qu'en vue d'éviter le paiement du
capital, l'Etat remit aux débitants des obligations trentenaires ? Ce système applicable aux gros industriels ou
négociants qui possèdent des ressources importantes, le
paraît infiniment moins quand il s'agit de déposséder
des petits commerçants qui auront besoin d'un capital

disponible et d'argent comptant pour entreprendre un autre commerce si l'Etat s'empare de leurs installations.

Admet-on, au contraire, que les débitants continueront leur commerce actuel, sous la seule condition de ne pas débiter de spiritueux ? l'Etat se verra alors dans l'obligation de procéder à la création d'une infinité de débits nouveaux dans toute la France.

D'ailleurs, même le paiement d'une indemnité en capital ne satisfera pas la majorité des débitants. Cette indemnité, l'Etat ne sera disposé à la calculer que sur les bénéfices provenant de la vente des spiritueux et non sur l'ensemble des bénéfices de l'exploitation ; ce sera donc une indemnité partielle.

Or, un très grand nombre de débitants, la majorité peut-être, tirent de la vente des spiritueux la plus forte partie de leurs ressources. Privés de cette vente, ils ne pourront couvrir leurs frais généraux avec la vente des autres boissons et se verront obligés de cesser leur commerce. Ils n'auront reçu qu'une indemnité partielle, alors que leur commerce disparaîtra, en fait, complètement. Ils subiront ainsi un préjudice certain et l'expropriation créera une foule de mécontents.

Enfin, après avoir exproprié les débitants, il faudra organiser la vente par l'Etat. Comment le monopole y procédera-t-il ?

Le consommateur de spiritueux est exigeant, il a ses habitudes et réclame souvent ses aises, parfois même un certain luxe ; il ne se rend pas ordinairement dans le débit d'alcools, dans le but exclusif de consommer, il y joue aux cartes, au billard et à des jeux divers ; il y lit les journaux et il désire même parfois pouvoir y prendre son repas. Le commerce actuel, très souple, se plie à toutes ces exigences et si l'Etat veut obtenir le même rendement de consommation, il devra recourir aux mêmes procédés. Il n'y a là aucune analogie ni comparaison, à cet égard, avec ce qui existe pour les tabacs ; le fumeur ne consomme pas son tabac dans le débit, il fume à l'extérieur, dans la rue, au café, à domicile ; peu lui importe, pourvu qu'il soit rapidement servi, que le local de vente soit plus ou moins bien installé, puisqu'il ne doit y séjourner que quelques minutes.

Aussi, les débitants de tabacs en prennent-ils à leur aise et leur attitude à l'égard du public fait hausser les épaules à tous les étrangers qui ne possèdent pas chez eux le monopole et trouvent chez les débitants de tabacs dans leur pays, de véritables commerçants, s'empressant à les satisfaire et tenant à les recevoir dans un cadre convenable.

Si donc on espère organiser le monopole de la vente au détail des alcools, comme le monopole des tabacs, on s'illusionne étrangement.

Si le consommateur se voit forcé d'aller acheter ou consommer hâtivement son alcool dans un endroit quelconque, exigu, sans confort et sans commodités, comme le sont à peu près tous les débits de tabacs, il préfèrera, sans doute, dans les villes tout au moins, grandes ou petites, rester fidèle à ses habitudes et fréquenter les cafés où il trouvera ses aises, au risque de ne plus pouvoir y consommer des spiritueux.

L'ouvrier continuera sans doute à boire au petit verre dans le débit d'alcools, mais le bourgeois renoncera à consommer des spiritueux au dehors. L'inégalité de l'incidence de l'impôt sur l'alcool s'accentuera encore au détriment de la classe ouvrière et les recettes du monopole subiront une dépression importante.

L'Etat organisera-t-il, au contraire, la vente de ses alcools avec quelque souci des commodités et des habitudes du consommateur ? Créera-t-il des cafés, des restaurants ? On ne le voit pas bien dans ce rôle et à peine peut-on envisager cette invraisemblable hypothèse.

On se trouve donc placé dans le dilemme le plus embarrassant et il paraît inextricable.

D'ailleurs, en admettant même que l'Etat couvre la France d'une infinité de débits, cafés, etc., pense-t-on qu'il réalisera les bénéfices du débitant actuel ?

D'abord, il montre fort peu d'aptitudes pour le commerce et on ne voit pas par quel miracle ses agents, dont on connaît les principes et les traditions, se transformeront en commerçants dévoués, intelligents, affables et déférents vis-à-vis du public.

De plus, il y a aura la concurrence active, acharnée, des débitants dépossédés, privés d'une partie de leurs ressources et qui s'efforceront par tous les moyens d'orienter leur clientèle vers les boissons non monopolisées qu'ils continueront à vendre.

On doit envisager enfin que la vente exclusive des alcools par les agents du monopole, n'arrêtera pas complètement la fraude. Ce ne sera plus, évidemment, la fraude par quantités massives, mais par infiltration en pays de bouilleurs de cru ou par fabrications ménagères ailleurs.

Le bouilleur écoulera ainsi, litre par litre, les quantités que l'on pourra continuer à lui allouer pour consommation de famille ou celles qu'il fabriquera clandestinement à l'aide d'appareils rudimentaires ; car, si le consommateur des campagnes ne doit plus aller au débit de spiritueux pour y lire le journal ou y faire sa partie de cartes, il préférera, devant consommer chez lui, acheter son eau-de-vie litre par litre en la payant à un prix bien inférieur à celui du monopole.

Il ne faut donc pas trop compter sur les bénéfices que l'Etat pourrait retirer de la suppression de la fraude, en se basant sur le fait que les débits de spiritueux seront devenus établissements officiels de vente.

Qui sait même si elle ne continuerait pas à s'exercer dans les débits mêmes du monopole ?

Sans vouloir trop insister, on fera remarquer que les débitants d'alcool ne seraient, sans doute, comme les débitants de tabacs, que des demi-fonctionnaires qui, le plus souvent, ne tiennent pas eux-mêmes les débits concédés et les font exploiter par des gérants. Or, actuellement l'Etat ne place pas une confiance absolue dans les débitants de tabacs, ou du moins, dans les personnes qui tiennent ces débits pour le compte des véritables titulaires. Il les fait surveiller de très près par la Régie et malgré la difficulté des approvisionnements en tabacs de fraude et l'activité de la surveillance, on constate de temps à autre que la fraude se pratique dans les débits officiels. Dans les régions de la frontière où la fraude sur les tabacs est très active, on trouve souvent chez les contrebandiers des quantités considérables de vignettes de l'Etat, détachées des paquets du monopole et que les fraudeurs ne parviendraient pas à se procurer en quantités importantes sans le concours des débitants de tabacs.

Dans les pays de bouilleurs de cru, le débitant aura à sa portée, sous sa main, un alcool de fraude dont la vente lui procurerait des bénéfices bien plus importants que celle des produits du monopole. Et s'il se laisse aller à la suggestion, il aura pour lui la sympathie de sa clientèle, le Français se montrant toujours disposé à l'indulgence, sinon à la sympathie pour celui qui trouve le moyen de jouer un bon tour à l'Etat.

Le monopole possederait sans doute de meilleures garanties s'il exigeait que les débitants titulaires nommés et commissionnés par l'Etat tiennent eux-mêmes et en personne leurs établissements. Le ferait-on pour l'alcool quand on ne le fait pas pour les tabacs ? Quelles garanties de bonne gestion commerciale présenteraient tous ces fonctionnaires, commerçants improvisés ? Et puis, comment verrait-on, au point de vue politique, cette installation en tous lieux, de 4 à 500.000 fonctionnaires nouveaux ?

En définitive, la vente directe et exclusive de l'alcool par l'Etat, très séduisante en principe, ne donnerait, en fait, que des résultats incertains et son organisation paraît impraticable en France, en raison du nombre énorme de commerçants à exproprier, des difficultés d'installation des établissements de vente et des redoutables conséquences fiscales et politiques que l'on peut envisager.

La vente par les débitants actuels.— Peut-on, pour éviter ces difficultés insolubles, confier la vente des spiritueux du monopole aux débitants actuels ?

Les difficultés et les inconvénients se déplacent sans disparaître.

Dans ce système, l'Etat n'exproprie pas le débitant, il lui impose seulement l'obligation de vendre exclusivement les spiritueux de l'Etat ; il semble donc qu'il évite ainsi, à la fois, le paiement des indemnités et les frais d'installation des débits.

Mais, où trouvera-t-il son bénéfice ? Où prendra-t-il les ressources considérables qui lui permettront de réaliser de grandes réformes ? Livrera-t-il simplement les spiritueux, au débitant, au prix de revient augmenté de l'impôt avec la majoration destinée à produire les ressources supplémentaires ?

Dans ce cas, le débitant, s'il tient à conserver son bénéfice actuel, augmentera ses prix de vente actuels ;

1° de la différence entre le prix des spiritueux vendus actuellement par le commerce de gros et le prix de revient toujours plus élevé du monopole ;

2° de l'augmentation de taxe.

Alors de deux choses l'une, ou bien le consommateur reculera devant l'augmentation, la consommation fléchira et les espoirs du monopole se trouveront déçus ; — ou bien la consommation ne baissera pas, la consommation acceptant la charge nouvelle ; or, on l'a dit, le grand consommateur, c'est l'ouvrier, dont les revenus sont fixes et limités et toute augmentation de ses dépenses pour l'alcool correspondra à une diminution des dépenses pour des objets de première utilité ; résultat déplorable au point de vue social.

Si le débitant veut éviter d'augmenter son prix de vente, ou bien il réduira la capacité de ses petits verres, ou bien il réduira le degré des spiritueux de l'Etat, alors la consommation diminuera et, aussi, les recettes du monopole. Peut-être même recourra-t-il à la fraude, qui le sollicitera et dont, n'étant pas fonctionnaire, il ne se fera aucun scrupule d'écouter les suggestions, s'il en voit la possibilité.

Si l'Etat veut éviter cette éventualité, s'il veut aussi éviter que les boissons spiritueuses, soigneusement préparées qu'il aura vendues subissent une altération chez ce débitant, il sera obligé, comme le proposent certains partisans du monopole, de reprendre chez le commerçant, les visites et les exercices supprimés en 1900 ; de là, mécontentement général du débitant, dont l'augmentation du prix des spiritueux aura accru les difficultés de vente et qui se verra privé, par surcroît, d'une liberté chèrement acquise après près d'un siècle d'efforts.

Le monopole voudra-t-il, au contraire, éviter une majoration arbitraire des prix de vente ? Il imposera au débitant l'obligation de vendre les produits du monopole à un prix déterminé, en lui concédant sur ce prix une certaine remise qui constituera le bénéfice du commerçant. C'est le système adopté par le monopole des allumettes.

On se trouve alors, en présence d'un autre dilemme : ou la remise sera égale au bénéfice actuel du débitant et, alors, la situation ne sera changée en rien et il faudra toujours que les prix actuels soient majorés par la différence du prix de revient et l'augmentation de l'impôt; on retombera dans le premier des cas précédemment discutés ; ou bien la remise sera inférieure au montant des bénéfices nets actuels ; alors, le débitant se trouvera lésé, il récriminera et réclamera une indemnité.

Si l'on adopte, par exemple, le chiffre de remise de 20 %, chiffre maximum proposé par les auteurs de propositons sur le monopole, le préjudice causé au débitant pourra être considérable.

Les bénéfices s'élèvent actuellement, d'après le résultat des enquêtes officielles de 1896, à 56 % du prix de vente en moyenne. Le débitant perdrait ainsi 36 %, c'est-à-dire les deux tiers de son bénéfice. Comment ne serait-il pas en droit de réclamer une indemnité ?

Si l'Etat la lui accorde, voilà ses prévisions de recettes réduites d'autant. S'il la lui refuse, il se fait du débitant un ennemi, au point de vue fiscal et au point de vue politique.

Sans parler des conséquences politiques, il en résultera des graves inconvénients pour les revenus du monopole.

Que le débitant obtienne ou non une indemnité, il devra vendre à l'avenir des boissons sur lesquelles il n'aura plus qu'un bénéfice modéré, en comparaison de son profit actuel.

Comme il voudra tirer de son exploitation commerciale le même revenu, il cherchera à retrouver la différence, soit en développant de préférence la vente des boissons monopolisées, qui lui procureront plus de bénéfices, soit en recourant à la fraude.

L'influence du débitant sur le consommateur, surtout dans les petits débits, n'est pas contestable : c'est grâce à elle que peuvent se répandre et prospérer les nouvelles marques et si le commerce en gros des boissons, qui sera intéressé,à combattre le monopole le jour où la vente des spiritueux lui sera interdite et qui le fera sans doute avec ardeur, met à la disposition du débitant des boissons dont la vente pourra lui procurer des bénéfices importants, il n'aura pas de peine sérieuse à orienter le goût d'une partie de sa clientèle vers la nouvelle voie qui lui sera ouverte. Dans ce cas, une grosse partie des recettes prévues échappera au monopole.

Voudra-t-il recourir à la fraude ? Il trouvera l'alcool à sa portée, par petites quantités tout au moins, qui, incessamment renouvelées, constitueront en fin de compte un gros chiffre ; dans les pays de bouilleurs de cru, le récoltant lui en fournira à discrétion litre par litre, même avec la réglementaion actuelle, même avec la suppression complète du privilège ; son alambic restera au repos et sous scellés, mais il ne lui sera pas difficile d'organiser une fabrication, par des procédés sommaires, comme on l'a déjà dit.

En dehors du pays de production, l'importance de la prime à la fraude qui résultera des prix élevés du monopole, permettra aussi au débitant de trouver des particuliers complaisants qui fabriqueront pour son compte, par les mêmes procédés, en petites quantités renouvelées chaque jour.

Sans doute, ces eaux-de-vie ne seront pas de qualité fameuse ; elles vaudront toujours autant que bien des eaux-de-vie de cru mal préparées avec de mauvais alambics. Et elles seront bien suffisantes pour couper les eaux-de-vie à bas prix du monopole.

Que fera le monopole pour tâcher d'empêcher cette fraude presque insaisissable ?

Le cas est prévu par les partisans du monopole : On rétablira l'exercice chez le débitant, non plus même l'exercice ancien, que les débitants pouvaient éviter s'ils le désiraient et dont étaient exempts en fait, la majorité de ces commerçants, établis dans les grandes villes, mais l'exercice généralisé et aggravé, appliqué chez tous les débitants en tous lieux. Il faudra donc, doubler, tripler, décupler peut-être le personnel de la Régie, qui coûte déjà 33 millions et on fera 477.000 mécontents privés d'une liberté précieuse qu'ils avaient mis près d'un siècle à reconquérir.

Le résultat, au point de vue fiscal restera plus que douteux, et les conséquences politiques pourront être graves pour nos institutions.

Ainsi, de toutes façons, et sous quelque forme que l'on envisage le mode de vente, l'organisation de ce mode de monopole se heurte à de très graves incertitudes, à des difficultés et à des inconvénients de tout genre, d'ordre fiscal et politique.

Monopoles combinés

On s'est placé jusqu'ici dans l'hypothèse d'un monopole intégral dont on a successivement envisagé l'application à la fabrication de l'alcool et des spiritueux composés, à la rectification, à la vente en gros et à la vente en détail avec toutes leurs modalités ; de toutes les difficultés ou impossibilités particulières est ressortie évidemment l'impossibilité générale d'application du monopole intégral.

On peut imaginer aussi d'autres formes, selon que l'on veuille monopoliser séparément chacune des phases de l'existence industrielle et commerciale de l'alcool, ou qu'on veuille les combiner pour former un monopole partiel et complexe. On peut, par exemple, imaginer soit le monopole de la fabrication simple, soit le monopole de la rectification ou celui de la vente en gros celui de la vente en détail, soit le monopole de la fabrition et de la rectification, celui de la rectification et de vente en gros, soit le monopole de la vente en gros et détail.

Mais il est clair que toutes les formes combinées du onopole participent des inconvénients de chaque rme simple considérée isolément et que deux formes mples impossibles à appliquer séparément ne peuvent urnir par leur combinaison une modalité praticable.

Il paraît donc complètement inutile, après l'examen étaillé qui précède, d'examiner et de discuter les fores combinées. On n'aura qu'à se reporter, le cas héant, à la discussion qui concerne chacune des pares dont la combinaison constituera la modalité spéiale.

Récapitulation

Si l'on récapitule tout ce qui précède, on peut dire ue le monopole des alcools présente tous les inconvéients généraux des monopoles en général.

Sa création ne se justifie pas par des considérations ordre public de nature à l'imposer.

La production des alcools n'est pas monopolisée en it.

Le monopole n'est pas indispensable dans l'intérêt de hygiène publique pour combattre l'alcoolisme. Il paait même à cet égard plus dangereux qu'utile, et il xiste d'autres moyens préférables.

Le monopole n'est pas indispensable pour assurer ne meilleure perception de l'impôt actuel. Il n'est pas lus capable de parvenir à ce but que toute autre meure ne présentant pas les mêmes inconvénients généaux.

Si l'on organise le monopole en vue de procurer à Etat d'importantes ressources nouvelles en vue de randes réformes fiscales, économiques ou sociales, es ressources ne pourront ou ne devront provenir ni une reprise sur la fraude actuelle, ni de l'augmentaion de la consommation de l'alcool, sous peine de graes dommages pour l'hygiène publique, ni de charges ouvelles, imposées au consommateur sans de graves

8

inconvénients d'ordre social, ni de l'absorption des bénéfices du producteur d'alcools d'industrie dont le total
s'élève à une somme relativement sans importance, ni
d'une contribution nouvelle réclamée au producteur
d'eaux-de-vie naturelles, le monopole n'étant nullement
nécessaire à cet effet si on croit pouvoir toucher à la
situation des bouilleurs de cru.

Seule, l'absorption des bénéfices des intermédiaires,
marchands en gros et débitants, pourrait fournir des
revenus importants, mais cette mesure se heurte à des
difficultés et à des inconvénients généraux de tout
ordre, fiscal, économique et politique auxquels viennent
s'ajouter des difficultés et inconvénients particuliers
inhérents aux diverses formes ou modalités sous lesquelles on peut envisager l'organisation du monopole :
Le monopole de fabrication, impraticable sur les
eaux-de-vie, présente dans son application, si on le
limite aux alcools d'industrie, des difficultés et des inconvénients d'ordre fiscal, économique et politique et
il est d'ailleurs inutile, ainsi limité ; le monopole de rectification offre des inconvénients et difficultés analogues avec plus d'inutilité encore ; le monopole de la
fabrication des liqueurs et des spiritueux composés
est inadmissible ; le monopole d'achat et de vente en
gros est inapplicable aux eaux-de-vie naturelles et inutile pour les autres alcools s'il ne se complète par le
monopole de vente au détail ; le monopole de vente au
détail est inadmissible s'il comporte la vente directe par
l'État et plein d'aléas et d'inconvénients de tout ordre
si la vente des alcools monopolisés est confiée aux débitants actuels.

Tout au plus pourrait-on envisager comme solution
n'entraînant pas de difficultés d'application péremp-
toires et d'inconvénients majeurs un système qui consisterait à monopoliser l'achat des alcools d'industrie
rectifiés ou non, selon leur destination, aux commerçants
ou transformateurs de tout ordre, marchands en gros,
liquoristes, fabricants de parfumerie, pharmaciens,
dénaturateurs, etc. Mais il ne saurait produire d'autres résultats que le contrôle hygiénique et fiscal

sérieusement organisé à la production, accompagné, si on le juge nécessaire pour les intérêts de la production agricole, par un système quelconque de protection par voie de primes directes ; il n'aurait pour effet réel et personnel que de créer un rouage de plus entre la production et le commerce en gros ou de transformation et d'augmenter le prix de revient, sans aucun profit, pour qui que ce fût.

Bref, le problème du monopole de l'alcool paraît insoluble.

On l'a résolu, dira-t-on, en Suisse et en Russie. On va examiner jusqu'à quel point est exacte cette affirmation :

LE MONOPOLE SUR L'ALCOOL A L'ÉTRANGER

Le Monopole en Suisse

La Suisse a été le premier pays en Europe à organiser le monopole sur l'alcool. La création en remonte à la loi du 23 décembre 1886.

C'est un monopole d'achat et de rectification, laissant libre le commerce en gros et en détail. En outre, il ne s'applique qu'aux alcools d'industrie. Il est donc doublement incomplet.

Le gouvernement fédéral invoquait pour justifier ce monopole des considérations tirées de l'hygiène publique; mais il s'agissait surtout — et personne ne s'y trompait — de remplacer des taxes arrivées à expiration, et de réaliser une certaine unité fiscale, en supprimant les barrières intérieures constituées par les droits cantonaux, les *Ohmgelds*. Quant aux autres considérations invoquées, protection des distilleries indigènes, lutte contre l'alcoolisme, elle formaient le côté décoratif de la proposition, propre à séduire les imaginations, tout en dissimulant le but véritable.

Un autre objectif, dont on parlait peu, l'englobant dans celui de la lutte contre l'alcoolisme, consistait à faire disparaître la multitude de petites distilleries qui, à la faveur du régime de liberté absolue, organisé par la Constitution de 1874, inondait le pays d'alcools abominables (1).

Bref, l'article 1er de la loi du 23 décembre 1886 a donné à la Confédération « le droit de fabriquer et d'importer les spiritueux dont la fabrication est soumise à la législation fédérale ».

---

(1) Il existait 1.022 distilleries agricoles, alors qu'on en compte à peine 160 en France. Une simple réglementation aurait suffi pour remédier en Suisse à la situation.

Cette disposition équivalait à laisser en dehors du monopole la distillation des vins, fruits, baies, lies, marcs, etc., que la législation fédérale, la Constitution de 1874, n'avait soumise à aucune prescription. Une nouvelle loi, en 1900, a limité l'exception à la distillation des fruits indigènes.

Organisation du monopole. — La Confédération achète par adjudication l'alcool nécessaire à la consommation courante.

Dans ces achats, un quart est réservé à l'industrie indigène, qui ne peut d'ailleurs produire beaucoup plus. La loi de 1900, a fixé au contingent un maximum de 30.000 hectolitres d'alcool pur. Le surplus est acheté à l'étranger.

Le monopole achète par lots de 150 à 1.000 hectolitres d'alcool pur à des prix variant suivant l'importance des lots avec avantages marqués en faveur des petites distilleries.

Les contrats de livraison sont établis pour une période assez longue, de quatre à six ans, et la Régie prend à sa charge les frais de transport par voie de fer, ou d'eau.

La fabrication de ces distilleries s'effectue en vases clos et la production est constatée au moyen de bacs mesureurs cadenassés ou de compteurs fournis par le monopole (1).

Les quantités produites en excédent sur le lot ou contingent de chaque usine peuvent être livrées au monopole, à valoir sur l'année suivante.

Tous les alcools livrés sont rectifiés par le monopole s'ils ne remplissent pas les conditions de pureté exigées par la loi. De même les alcools achetés à l'étranger sont refusés à l'entrée en Suisse, à défaut du degré de pureté réglementaire.

Commerce des alcools. — Le monopole centralise ses alcools dans ses entrepôts et les vend au commerce de gros par quantités de 150 litres au moins, à des prix

---

(1) Alors, à quoi bon le Monopole?

variant entre 136 et 143 francs l'hectolitre d'alcool pur, selon l'origine et la qualité des spiritueux.

Le marchand en gros les transforme à sa guise et les vend aux débitants sans aucune formalité, et en toutes quantités; le détaillant ne peut vendre par quantités supérieures à 40 litres; il doit être autorisé par l'autorité cantonale et payer, au profit du canton, une patente annuelle de 100 à 3.000 francs, d'après l'importance de l'établissement; il reste soumis, au point de vue fiscal aussi bien qu'hygiénique, à une surveillance que les autorités cantonales sont chargées d'exercer comme elles l'entendent. Elles en ont profité sur certains points pour organiser un monopole local de vente analogue au système suédois de Gothembourg ou aux Samlags norvégiens.

Montant de l'impôt. Finance de monopole. — L'impôt réel, c'est-à-dire la différence entre le prix auquel le consommateur achète l'alcool et celui qu'il paierait si la fabrication était libre où s'il pouvait s'approvisionner à l'étranger sans passer par le monopole, est d'environ 83 francs par hectolitre d'alcool pur. Sur ce chiffre, le monopole retient pour son compte environ 63 francs. Le surplus représente les primes qu'il accorde, sous la forme d'achat à des prix de faveur, à l'industrie indigène.

L'État perçoit une taxe d'importation ou *finance de monopole* de 80 francs par 100 kilogrammes, correspondant à peu près au chiffre de l'impôt ci-dessus, sur toutes les importations de spiritueux quelconques n'entrant pas dans la catégorie des alcools monopolisés (eaux-de-vie de vins, de fruits, mûres et baies, liqueurs et produits divers).

Résultats du monopole. — Le monopole a atteint son but d'unification fiscale; il est parvenu également à fournir le moyen d'indemniser les cantons du produit des anciens droits locaux. Mais il y a eu certainement de sérieux mécomptes au point de vue des rendements fiscaux prévus à l'origine et aussi en ce qui concerne le recul de l'alcoolisme.

On avait compté au début sur un revenu de 8 millions net ; or le produit de l'impôt n'est jamais allé au delà de

7 millions, tout à fait exceptionnellement en 1898, et il est retombé à 5.031.946 francs, en 1901.

Encore faut-il déduire de ce chiffre la part d'impôt correspondant à l'augmentation de la population, qui est passée de 3.145.000 habitants à 3.327.000.

Le mécompte est donc de 3 millions environ sur 8, soit de 40 %. Que produirait en France, une erreur pareille ? Et que deviendrait le budget s'il venait à se produire un déficit de 400 millions sur une évaluation de 1 milliard ?

Il faut remarquer encore que le déficit eût été bien plus considérable encore, en Suisse, si, effrayé par les résultats financiers de l'entreprise, le gouvernement ne s'était décidé, en 1891, à livrer à la consommation, comme alcools potables, des alcools de pommes de terre, *bruts*, c'est-à-dire non rectifiés et simplement coupés avec d'autres alcools (1). Il entre ainsi, dans la consommation, 17 % d'alcools impurs.

Quant au résultat hygiénique, il est tout aussi discutable. Les partisans du monopole triomphent en faisant remarquer que le taux de la consommation individuelle a baissé notablement, tombant de 8 à 4 %; mais il faut tenir compte d'abord de l'augmentation de la population qui a fait baisser la moyenne; en outre, il convient de remarquer que la moyenne s'applique uniquement, depuis le monopole, aux alcools d'industrie, et il s'agirait de savoir, pour établir si oui ou non on consomme moins d'alcool, ce que représente la consommation demeurée libre des eaux-de-vie de cru; or, il est certain que cette consommation a augmenté; en 1895, la production avait à peu près doublé, passant de 9.000 quintaux à 15.000 et rien ne laisse croire que la progression s'est ralentie.

Le nombre des suicides, des décès attribués à l'alcoolisme, le nombre des aliénés et des épileptiques n'a fait

---

(1) « Il a fallu faire cette entorse au principe, dans l'intérêt de la vente. » Déclaration de M. Numa Droz, ancien président de la Confédération.

que s'accroître. Les suicides ont augmenté de 9 %, les aliénés de 10 %, les épileptiques de plus de 100 %.

La consommation de l'alcool industriel diminue de 60 % et, cependant, l'alcoolisme augmente. Résultat déconcertant pour les hygiénistes !

Faut-il attribuer ce résultat à l'obligation où s'est trouvé le Gouvernement fédéral, dans l'intérêt des revenus publics, de conserver une certaine dose d'impureté dans une partie des alcools du monopole ?

Doit-on, au contraire, accuser le développement et l'abus de la consommation des boissons dont on se plaît à opposer les qualités hygiéniques aux méfaits de l'alcool d'industrie et même de l'alcool naturel ?

Voici ce que disait, il y a quelques jours, un publiciste sérieux, peu suspect de pousser les choses au noir, puisqu'il appartient à un journal, *Le Temps*, qui a toujours accueilli avec une faveur marquée l'idée du monopole Alglave :

« La Suisse, après la France, est la nation qui consomme proportionnellement le plus d'alcool (1). Des statisticiens imputent à l'abus qu'elle en fait 10 ou 11 % de ses décès masculins, 2 % de sa mortalité féminine, un quart des admissions dans ses asiles d'aliénés ou d'épileptiques, la moitié des internements dans ses pénitenciers pour homicides ou crimes sexuels, et en général, cet appauvrissement de la race qui se trahit avec une éloquence effrayante aux examens de ses recrues pour le service militaire... Or, le monopole des boissons distillées, accordé en 1885 à la Confédération, a eu pour résultat de diminuer la consommation de l'eau-de-vie et d'en rendre, à quantités égales, les effets moins délétères. Seulement, l'importation des vins étrangers a doublé depuis la même époque, et le même pays qui absorbait, il y a dix ans, un million et demi d'hectolitres de bière, ne se contente plus à moins de deux millions un quart. Son alcoolisme évolue en conséquence : il met un masque ; plus décent, plus subtil et plus insidieux

---

(1) La Belgique en consomme une proportion plus forte que la France.

qu'autrefois, on a plus de peine à suivre sa trace, et ses victimes le reconnaissent trop tard ; du cabaret il envahit la maison, s'insinue dans les bonnes grâces du chef de famille, assiste la ménagère de ses conseils et de ses encouragements, préside plus souvent qu'on ne croit à l'alimentation des petits enfants. Symptôme significatif: ici comme en Angleterre, c'est réellement chez les femmes qu'il exerce ses ravages avec une violence croissante.

« Faut-il voir dans cet état de choses une conséquence fatale de la réforme de 1885 ? Les auteurs du projet soumis à la décision du peuple suisse ont répondu à cette question en proposant, dès 1894, au nouveau mal un nouveau remède ; 15 cantons et demi-cantons sur 25, représentant les 2/3 de la population, approuvèrent leur dessein, mais cette majorité ne s'est pas retrouvée en faveur de la mesure par laquelle les Chambres ont tenté de le réaliser. La revision de l'article 32 *bis* de la Constitution avait pour objet de restituer aux cantons une compétence qui leur permit de réglementer la vente au détail des boissons fermentées, non plus jusqu'à concurrence de deux litres (minimum fixé en 1887), mais de dix. Il se trouve, en effet, qu'en favorisant cette vente par l'abaissement excessif des limites assignées au commerce libre, en acceptant (selon une métaphore hardie) l'alliance du litre contre le petit verre, on a perdu d'un côté ce que l'on gagnait de l'autre. Les débits dits « de deux litres » ont pullulé dans certains cantons, sans que la clientèle des auberges les eût abandonnées ; soustraits à tout contrôle efficace, ils ont prospéré par la fraude et sont devenus des officines de l'empoisonnement public. « C'est fort possible, a dit le peuple, qui ne pouvait guère en disconvenir (surtout à Berne, à Lucerne et dans les cantons les plus malades), mais est-ce moi qui ai évoqué l'existence de ces lieux de perdition?Si elle m'est fatale, à qui la faute ? Ne me demandez pas de réparer une bévue que vous avez commise ou de me guérir tout seul. » Encouragé par les sociétés de consommation, qui prêchaient pour leur saint, et par un petit nombre d'intransigeants, partisans de l'abstinence totale, il a opposé

226.142 *non* contre 157.751 *oui* au projet de revision tendant à réprimer l'abus des boissons spiritueuses. »

On paraît donc reconnaître, en Suisse même, que le monopole a été une erreur à la fois fiscale et hygiénique.

Un des hommes d'Etat les plus éminents de ce pays, M. Numa Droz, l'ancien président de la Confédération, qui était précisément en exercice au moment de l'organisation du monopole, n'a pas hésité à en faire l'aveu, dans une étude parue dans la *Revue politique et parlementaire*. Il y déclare que le seul avantage du monopole a été de supprimer plus aisément le grand nombre des distilleries qui infectaient le pays (cet inconvénient n'existe pas en France), mais qu'il y aurait tout profit à abandonner le monopole pour revenir au système de l'imposition.

Mais pourquoi, alors, la Suisse conserve-t-elle son système défectueux ?

Ecoutons encore M. Numa Droz :

« Nous vivons dans une époque où, malgré les expériences accumulées, le monopole d'Etat et le protectionnisme exercent encore — on pourrait dire, à certains égards, de nouveau — une grande séduction sur les esprits. Il n'est pas d'ailleurs facile de rompre avec un système qu'on a adopté par entraînement, on ne veut pas en avoir le démenti. C'est pourquoi je ne me flatte pas de ramener la majorité des Chambres suisses à d'autres vues. Mon souhait très modeste est que les faux principes ne fassent pas ailleurs, ou dans d'autres domaines, plus de mal que n'en fait ici le monopole de l'alcool. »

En définitive, ni par ses résultats fiscaux, ni par ses résultats hygiéniques, le monopole suisse ne peut servir d'exemple. S'il a produit des résultats aussi contestables dans un pays où la production des alcools de cru ne présente qu'une importance restreinte, on peut juger ce qui pourrait arriver en France, où l'alcool de cru existe partout, sous toutes les formes et en grande abondance.

Le Monopole en Russie

La Russie a expérimenté de 1867 à 1894, la plupart des procédés de perception connus : — vente directe ; — adjudication du droit de vente en gros et en détail à des Sociétés fermières ; — monopole de la vente en gros exploité par l'Etat ; — abonnement ; — accise (droit sur le produit fabriqué combiné avec des taxes sur les locaux affectés à la fabrication et à la vente).

Le monopole institué par les lois des 2 mai 1895 et 19 février 1896 a été appliqué graduellement et avec un parfait esprit de suite à partir du 1er janvier 1895.

Il convient de remarquer que l'ancien régime de l'accise donnait toute satisfaction au gouvernement au point de vue fiscal. Aussi, n'est-ce pas dans le but d'accroître ses revenus que la Russie a adopté le monopole ; elle s'est proposée d'arracher les paysans russes à un nouveau servage, celui de l'estaminet, à l'exploitation dont le Russe des campagnes, demeuré grand enfant naïf, sans défense, et dominé par son goût des boissons spiritueuses, était l'objet de la part des usuriers qui avaient accaparé le commerce des boissons. Il s'agissait d'empêcher la ruine irrémédiable des populations rurales.

L'émancipation de 1816 avait permis aux paysans d'engager non seulement leur chemise, comme ils le faisaient au temps du servage, si on en croit les historiens, mais encore la valeur de leur travail à venir. Le paysan ne travaillait plus que pour acquitter une dette soigneusement entretenue. Le cabaret était ainsi devenu, dans la vie économique du pays, un agent de désorganisation et de ruine, et l'appauvrissement général de la population agricole ne servait qu'à enrichir des commerçants appartenant, à peu près tous, à la race israélite qui, soumise encore en Russie à un régime d'exception, ne peut que vivre en parasite sur la population.

Cela explique qu'en commençant à appliquer le monopole, au début de l'année 1895, aux quatre premières provinces où, en raison de leur situation géographique et économique, la fraude par introduction ou fabrication clandestine paraissait le moins à craindre, le ministre des Finances se faisait autoriser par l'empereur Alexandre III à étendre sans retard cette application « à toutes les provinces où les Juifs ont le droit de résider, afin d'enlever à ces derniers le commerce des boissons ».

Les rapports officiels présentent le monopole comme « une arme destinée à empêcher la ruine des populations, à la soustraire à la funeste influence des débitants ».

Dans un rapport à l'empereur Alexandre III, M. de Witte, ministre des Finances, définit le monopole « un système au moyen duquel il espère mettre un terme à la fâcheuse influence des débitants de spiritueux sur l'état moral et économique des populations ».

Ces mots suffisent à caractériser le but et la portée de la loi. Ce but a-t-il été atteint ? La prospérité du monopole semble prouver que la consommation n'a pas diminué et que le paysan russe boit autant que par le passé. Mais au moins n'obtient-il plus du détaillant, qui est d'État, ce crédit qui le ruinait autrefois, et s'il dépense autant pour satisfaire sa passion, il a tout au moins l'avantage de boire des produits moins malsains et de voir l'argent que lui coûtent ses boissons alcooliques contribuer aux dépenses que l'État engage dans l'intérêt général, et qui profitent au paysan par répercussion.

Le monopole porte exclusivement sur les produits distillés (esprits et liqueurs). Il est limité à la *rectification* et à la *vente* en gros et en détail avec réglementation de la production.

Production. — La production de l'alcool reste entre les mains de l'industrie privée et les distillateurs demeurent soumis à l'exercice dans les conditions fixées par le régime de l'accise : surveillance permanente, maximum et minimum des cuves de fermentation, entraves apportées à la création de nouvelles usines, etc.

On pose en principe que chaque province soumise au

monopole doit, autant que possible, s'alimenter elle-même. De là, un maximum de production imposé aux distilleries ; aucune d'elles ne doit produire annuellement une quantité supérieure à sa plus forte production annuelle au cours des trois campagnes antérieures à l'établissement du monopole.

Achat aux producteurs. — La Régie locale dresse pour chaque exercice, sous réserve de l'approbation du ministre, un état évaluatif de la vente des spiritueux et détermine ainsi le chiffre de la consommation pour la région et des achats à effectuer.

Les deux tiers de ce chiffre sont demandés à l'industrie de la région et achetés à l'amiable, au prorata de la production maximum des distilleries, avec un minimum de 5.000 vedros par usine (environ 615 hectolitres), pour toute usine dont la production atteint ce chiffre. Le prix d'achat est fixé par le ministre « eu égard aux conditions locales de la production » en tenant compte du coût des matières premières et des frais de production.

Les distilleries de mélasse et celles qui produisent de la mélasse sont exclues de ces achats à l'amiable ; elles ne sont admises qu'à l'adjudication.

Le troisième tiers est acheté par voie d'adjudication ; si l'adjudication n'aboutit pas ou si les prix ne conviennent pas à l'Etat, il complète ses achats à l'amiable.

Les alcools produits et non achetés par l'Etat restent sous la surveillance des agents. Leur écoulement est très difficile, car ils ne trouvent pas de débouchés ; il faut ou les exporter ou les réserver pour les achats de l'année suivante. Les distillateurs ont donc tout intérêt à ne pas exagérer leur production.

Rectification par l'Etat. — L'administration du monopole n'achète que des produits bruts, se réservant de les rectifier elle-même. Elle le fait (1), soit dans des

---

(1) Elle le devrait du moins, mais elle ne se fait pas faute, assure-t-on, de livrer des produits bruts.

fabriques à elle, soit dans des usines privées avec lesquelles elle passe des marchés ; elle vérifie ensuite la
pureté des produits rectifiés, puis les fait diluer, dans
les entrepôts du monopole, pour les ramener à 5 types,
titrant 40°, 42°, 57°, 80° et 92°, vendus en fioles munies
d'étiquettes de couleurs différentes selon les types.

Vente par l'Etat. — L'Etat a monopolisé la vente des
spiritueux en expropriant sans indemnité les marchands en gros et les débitants et il vend au détail dans
des débits tenus par ses agents.

Il accorde, cependant, une permission spéciale de
vente aux buffets de chemins de fer et aux restaurants
des villes et des campagnes sous certaines conditions.

Débits fiscaux. — L'alcool est expédié des entrepôts
de l'Etat, en bouteilles cachetées dans les débits fiscaux,
relevant directement du monopole et tenus par des
agents qui reçoivent un traitement fixe, sans remise
aucune. Ces agents sont en général devenus de petits
fonctionnaires ; ils sont logés et touchent des appointe-
ment fixes. Ils paient la casse et la perte d'alcool.

Les prix de vente au détail sont fixés par le ministre
des Finances.

Il est interdit de consommer sur place et même de
déboucher sur place les fioles achetées. Il ne peut y
avoir de tirebouchons dans les débits.

Les eaux-de-vie sont vendues en fioles cachetées au
sceau de l'Etat et munies d'une étiquette indiquant la
capacité, la force alcoolique et le prix. La capacité des
fioles est de 6 centilitres 15, 12 centilitres 3, 24 centilitres 6, 61 centilitres 5, etc. Le prix est exactement proportionnel à la quantité d'alcool pur.

Buffets et restaurants. — Les buffets de chemins de
fer et les restaurants des villes peuvent vendre les eaux-
de-vie aux consommateurs soit en fioles cachetées, soit
au verre. au prix qu'il leur convient de fixer, mais ils

doivent payer les frais de transport de l'entrepôt de l'État à leur établissement.

Les restaurants de campagne (traktirs) ne peuvent vendre qu'en fioles cachetées et au prix marqué, sans aucune majoration. Ils ne reçoivent à cet effet, de l'État, qu'une rémunération *globale* et annuelle ; ils n'ont donc aucun intérêt à pousser à la vente des spiritueux.

Autres débits. — L'État autorise également un certain nombre de cafés ou de débits, dits *de confiance*, à débiter des eaux-de-vie en fioles ou en détail. Le moindre soupçon de fraude fait retirer ces autorisations. En réalité, ces établissements ne débitent guère de produits du monopole ; ils vendent surtout des eaux-de-vie et liqueurs fines à une classe relativement riche ou aisée.

Liqueurs, spiritueux composés. — Les fabricants russes ne peuvent employer à la préparation des liqueurs que des alcools du monopole ; l'État le leur vend à des conditions spéciales fixées par le ministre des Finances.

Ventes à la commission. — Les débits de l'État et les débits autorisés peuvent vendre à la commission des eaux-de-vie simples ou composées, des liqueurs, etc., provenant des fabriques privées. Les fabricants doivent en demander l'autorisation à l'État. Les produits sont expédiés sur les entrepôts du monopole, en récipients sur lesquels l'administration appose des étiquettes énonçant les prix de vente qui, pour les eaux-de-vie simples, ne peuvent être inférieurs à ceux du monopole.

La commission est payée d'avance à raison de 5, 10 ou 15 pour 100 des prix de vente, selon la nature et l'origine des spiritueux, le tarif le plus élevé étant réservé aux eaux-de-vie communes, produites en dehors de la région du monopole. Ces eaux-de-vie ne peuvent être débitées que dans les débits de l'État.

Les spiritueux étrangers sont affranchis du droit de commission ; ils sont revêtus d'étiquettes, soit au moment de l'entrée, par la douane, soit dans les entrepôts de l'intérieur.

Les comptes entre les fabricants et les dépôts ou débits chargés de la vente sont réglés par les administrations provinciales de l'accise trois fois par an, les 15 janvier, 15 mai et 15 septembre. Les boissons invendues à la fin de l'année dans les débits de l'Etat, peuvent être renvoyées aux fabricants, s'ils le désirent et à leurs frais.

Résultats. — La Russie a obtenu de son monopole, au point de vue fiscal, des résultats très satisfaisants. Ils peuvent se résumer comme suit pour 1901 :

Produit brut encaissé...........Roubles.	384.026.235
Dépenses d'exploitation	113.577.324
Produit net	270.448.911

Le produit net comprend :

Le droit d'accise (à raison de 4 r. 40 par vedro en moyenne)	217.656.059
Le produit net, à proprement parler, du monopole	52.792.852

Le tableau suivant donne la décomposition du produit net en 1900 et 1902 :

	1900	1901
Droits d'accise ....Roubles.	153.640.122	217.656.059
Bénéfices du monopole :		
Sur l'alcool vendu........	35.801.300	51.126.752
Sur les récipients non rendus	215.488	270.010
Commissions perçues	628.411	987.026
Autres recettes	205.321	409.064
Totaux.... Roubles.	130.490.642	270.448.911

Enfin, un dernier tableau met en regard, pour les diverses régions où le monopole a été successivement introduit, les résultats généraux obtenus en ce qui concerne le produit des boissons et les droits de patente

correspondants, avant et après l'établissement du monopole (en roubles) :

Gouvernements de l'Est....	12.368.963	27.966.272
Gouvernements du Sud et du Sud-Ouest	58.656.684	08.755.808
Gouvernements du Nord-Ouest	22.140.089	27.488.056
Gouvernements du Nord et de la Pologne...........	42.760.145	93.110.771
Les 7 gouvernements et la province de la série de 1900	34.003.245	35.180.307
Les 10 gouvernements de la série de 1901 (pour un semestre)	55.886.438	
Totaux	226.715.564	282.501.214

On voit ainsi que le produit de l'année 1901 dépasse de
55.785.650 roubles les produits afférents aux années antérieures à l'établissement du monopole. Il faut déduire
de ce chiffre l'augmentation de dépense occasionnée en
1901 par le renforcement de la surveillance dans les régions soumises au monopole, dépense qui excède de
3.645.450 roubles les frais incombant de ce chef au Trésor avant l'établissement du monopole. Le produit net
de 1901 dépasse donc de 52.140.200 roubles le produit
des droits d'accise et de patente de la période antérieure
au monopole.

A quoi doit-on attribuer ces résultats favorables ? Plusieurs causes y ont contribué.

En premier lieu, le Gouvernement Russe ne recher-
chait pas dans le monopole un avantage fiscal. Il n'a
donc pas eu à augmenter les prix de vente et la consommation n'a pas été arrêtée dans son développement.

D'autre part, il n'existe pas en Russie de production
d'eaux-de-vie naturelles et le peuple ne consomme pas
de boissons hygiéniques à base d'alcool. Enfin, contrairement à ce qui existe en France, le développement de
la vente des vins et des bières est contrarié en Russie

par des impôts assez élevés que le Gouvernement tend plutôt à augmenter qu'à restreindre.

Le consommateur d'alcools n'a donc pas de choix ; il ne peut boire que de l'alcool d'industrie, le monopole le lui vend à d'assez bonnes conditions pour qu'il n'ait pas la tentation d'en fabriquer en fraude et, d'ailleurs, la matière première lui fait défaut.

Au point de vue hygiénique, tout le monde s'accorde à dire que le monopole n'a eu d'autre effet que de déplacer le mal. Le moujick ne s'alcoolise plus à l'intérieur du cabaret, il le fait dans la rue où chez lui, voire même au siège des sociétés de tempérance, depuis que le Gouvernement leur en a donné l'accès !

Aussi, si les hygiénistes en France réclament le monopole, les hygiénistes russes ne veulent plus en entendre parler et ils demandent avec insistance l'adoption d'un régime qui a fait ses preuves, le système norvégien des « Samlags » ou de Gothembourg.

En définitive, le monopole russe ne peut être cité comme exemple au point de vue de l'hygiène, et s'il a réussi au point de vue fiscal, cela tient à un état social, économique et politique, qui n'a pas d'analogue en France.

La liberté commerciale et industrielle n'existait pas, en fait, en Russie, au moment de l'organisation du monopole et on n'a pas eu à la supprimer, à proprement parler.

L'opinion publique se montrait plutôt favorable et, d'ailleurs, le Gouvernement, dans ce pays de pouvoir absolu, aurait pu ne pas en tenir compte. Il n'a pas eu à compter, non plus, avec une représentation parlementaire et il a suffi d'un ukase impérial pour supprimer d'un coup de plume, sans accorder aucune indemnité, le commerce en gros du débit des spiritueux.

Aucune de ces conditions, favorables à l'organisation du monopole, n'existe en France.

Le commerce des spiritueux y est libre, honnête et prospère. Il compte 500.000 électeurs et en fait vivre au moins autant ; c'est une force politique à ménager et on ne saurait le sacrifier d'un trait, sans avoir à compter avec ses représentants, au point de vue commercial et politique. L'importance de notre production en alcools de fruits, le nombre extrêmement considérable de personnes, tous électeurs également, qui y sont intéressées, la coexistence des alcools industriels et des alcools de cru, tout, enfin, crée, en France, des conditions qui ne sont en rien comparables à celles qui ont facilité en Russie l'établissement du monopole et assuré son succès.

LES MONOPOLES PRIVÉS EN SUÈDE ET EN NORVÈGE

On a eu l'occasion, et on l'aura encore, de parler au cours de cette étude des monopoles privés sur l'alcool, organisés en Suède et en Norvège, sous les noms de « Samlags » ou système de Gothembourg. Il paraît intéressant de faire savoir en quoi consistent exactement ces systèmes et quel en est le but, l'organisation et le résultat.

La législation sur l'alcool se présente, en Suède et en Norvège, sous la forme d'un régime destiné à entraver, le plus possible, la vente et la consommation des spiritueux, plutôt qu'à rapporter à l'Etat des ressources importantes.

Elle consiste essentiellement en une réglementation sévère appliquée aux distilleries, et dans la monopolisation de la vente entre les mains des Sociétés spéciales de tempérance, qui s'interdisent tout bénéfice personnel sur la vente des spiritueux.

Elle a pour type le régime que l'on a appelé le système de Gothembourg, du nom de la ville suédoise où il a fonctionné pour la première fois et que l'on a appliqué successivement, avec des variantes locales, à la Finlande et à la Norvège.

On a essayé également, mais sans succès jusqu'à ce jour, de l'introduire en Angleterre.

On l'examinera sous ses deux formes principales, en Suède et en Norvège.

Suède

Le régime actuel a été établi par des lois de 1855, 1860, 1885, et par celle du 31 décembre 1891.

Fabrication des alcools. — Contrairement à ce que l'on observe en Allemagne et dans la plupart des autres pays, la législation suédoise s'est efforcée, de longue date, de supprimer la distillerie agricole et de concentrer la fabrication des alcools entre les mains de gros industriels ou des grands propriétaires fonciers, afin de saisir plus facilement les spiritueux à l'origine, et de pouvoir les suivre dans leurs transformations et leur vente.

A cet effet, toutes les fabriques sont placées sous la surveillance des agents de l'Etat. La constatation des quantités produites se fait au moyen du compteur Liémens, qui donne à la fois le volume et le degré de l'alcool fabriqué.

Il est interdit de distiller du 1er mai au 1er octobre, ainsi que les dimanches et les jours fériés; la production moyenne par jour doit être comprise entre un minimum de 8 hectolitres et un maximum de 60 hectolitres ; elle doit atteindre au moins 97 hectolitres pour la campagne entière, et les excédents ou les déficits sont frappés d'une surtaxe égale à la moitié des droits.

Paiement des droits. — L'impôt est, immédiatement après, liquidé à la charge du fabricant, à raison de 145 francs l'hectolitre d'alcool pur. Les droits afférents à une campagne doivent être payés avant la fin des travaux de fabrication.

La faculté d'entrepôt est accordée pour les quantités qui ne doivent pas être mises immédiatement en consommation.

Les entrepôts sont tous, d'ailleurs, des entrepôts réels, placés sous la clé et la surveillance de la Régie.

Vente des alcools. — Les autorités municipales ont le droit de limiter le nombre des débits et de concéder le droit de vendre les spiritueux au détail à des Sociétés qui sont tenues de répartir l'intégralité de leurs bénéfices nets, à l'exception d'un intérêt de 6/100 du capital, entre les villes et l'Etat, en vue de subventionner les institutions d'intérêt public.

Ces Sociétés sont libres de fixer, à leur gré, le prix des boissons alcooliques, d'où il résulte que le bénéfice relevé par l'Etat et les communes de la vente des spiritueux, ou en d'autres termes, les revenus ou l'impôt qu'ils tirent de la vente en détail des spiritueux est essentiellement variable et dépend de la seule volonté des Compagnies concessionnaires. C'est, assurément, une conception singulière de l'impôt.

La Société concessionnaire a la faculté, comme les municipalités elles-mêmes, de limiter le nombre des débits et d'en fixer les heures d'ouverture et de fermeture. La loi l'oblige d'ailleurs à fermer ses établissments les dimanches et les jours fériés, lui interdit de vendre à crédit et de verser à boire aux mineurs et aux personnes en état d'ivresse.

Conséquences du régime. — L'ensemble des dispositions qui précèdent a eu un double résultat, conforme aux prévisions du législateur ; — d'une part, la plupart des distilleries et les brûleries agricoles ont disparu, gênées par la nécessité d'observer les dispositions relatives au minimum de fabrication, et le nombre des distilleries, qui était de 173.124 en 1830, est tombé à moins de 150 ; — d'autre part, la consommation a baissé de 50/100, et le nombre des débits est tombé à un chiffre infime : il n'est plus que de quinze établissements à Gothembourg, ville de 126.000 habitants, soit 1 par 8.400 habitants.

A Stockholm, où il existait 103 débits en 1877, avant le fonctionnement du nouveau régime, il n'en restait que 87 en 1896, et ce chiffre a encore baissé dans ces dernières années.

Enfin, dans les campagnes, les municipalités ont tellement restreint le nombre des débits, qu'il en est résulté une prohibition à peu près complète.

L'impôt a rapporté à l'Etat, en 1896, environ 20 millions.

Norvège

Le régime norvégien, qui a pris son origine dans la loi du 6 septembre 1845, confirmant et développant les lois de 1840 et 1842, a été définitivement fixé par la loi du 24 juillet 1894, entrée en vigueur le 1er janvier 1896.

Comme en Suède, ce régime a pour base une réglementation sévère des distilleries, et la monopolisation de la vente en détail entre les mains de Sociétés de tempérance ou *Samlag*.

Fabrication. — Le droit de distiller est réservé aux propriétaires de biens fonds et aux personnes considérées comme bourgeois-commerçants (Handelsborgere).

Ils ne peuvent employer d'alambics d'une contenance inférieure à 96 litres, et la moyenne de leur production journalière doit atteindre au moins 14 hectolitres 50 litres.

Les fabriques sont soumises au contrôle permanent de la Régie qui reconnaît chaque jour les résultats obtenus au moyen des compteurs.

L'impôt est liquidé dès l'achèvement des travaux ; il est payable dans les quatre mois qui suivent la clôture.

Son taux atteint 333 fr. 60 (2 couronnes 40 litres) par hectolitre d'alcool pur.

Le distillateur peut placer ses alcools en entrepôt *réel*, sous la clé de la Régie ; les quantités ainsi entreposées doivent être suffisantes pour garantir le montant des droits non encore acquittés.

Vente des spiritueux. — En principe, les distillateurs ne peuvent vendre leurs produits qu'aux Sociétés de tempérance organisées en vue de la vente des spiritueux (Samlag) ou aux exportateurs autorisés à transformer les alcools en vue des usages industriels, scientifiques ou médicaux.

Exceptionnellement, les distillateurs établis avant 1894 peuvent vendre leurs produits à toute autre personne, par quantités supérieures à 250 litres.

Dans les campagnes, la vente en gros, c'est-à-dire par quantités supérieures à 250 litres, ne peut être faite que par les distillateurs et par les personnes qui en possédaient le droit avant 1894. — La vente en détail n'est permise qu'aux personnes munies de licences annuelles accordées par le Gouvernement, sur la proposition des municipalités. Les autorités communales fixent les conditions de la vente.

Dans toutes les villes qui possèdent une administration communale, la population décide par voie de référendum s'il y a lieu d'autoriser la vente des alcools au détail (par quantités inférieures à 250 litres, à consommer sur place ou à emporter). Toutes les femmes âgées d'au moins vingt-cinq ans sont admises à voter.

Si la majorité se prononce pour la vente, la loi spécifie que cette vente ne pourra être faite que par un *Samlag* (Société de tempérance) dont les actionnaires ne pourront recevoir un intérêt supérieur à 5/100 du capital engagé.

Le nombre de débits que peut exploiter le Samlag est fixé par les autorités communales.

Les statuts du Samlag doivent être approuvés par les autorités communales et par le roi ; ils déterminent obligatoirement les genres de commerce qui pourront être exercés concurremment avec la vente des spiritueux, les droits à percevoir des personnes auxquelles le Samlag délivre, pour sa garantie et son contrat, la licence de vendre au détail, toutes autres conditions relatives aux concessions des licences.

Les licences sont accordées, soit aux propriétaires d'hôtels, restaurants, buffets de théâtre, de cercles, de chemins de fer, soit, en petit nombre, à des bourgeois-commerçants autorisés à vendre en quantités inférieures à 35/100 de litre.

Les bénéfices nets du Samlag sont, après prélèvement de l'intérêt de 5/100 sur le capital, répartis à raison de :

15/100 à la commune, 20/100 au Samlag et 65/100 au Trésor public.

Le Samlag est obligé de distribuer sa part entre les Sociétés de tempérance et les autres associations d'utilité publique de la commune et des régions avoisinantes.

Pour éviter que les petites communes ne recherchent dans le revenu du Samlag le moyen de réaliser des œuvres d'utilité publique ou communale et ne poussent indirectement à la consommation de l'alcool, il est décidé qu'aucunes dépenses *auxquelles la commune doit pourvoir autrement* ne peuvent être engagées sur les bénéfices du Samlag.

Enfin, la part revenant au Trésor sert à former un fonds spécial dont la destination sera réglée ultérieurement par une loi.

Vente à bord des bateaux. — Il existe, dans les fiords de Norvège et dans les lacs intérieurs, une circulation intense de voyageurs par bateaux à vapeur. La vente en détail sur ces bateaux est subordonnée à une licence, délivrée après enquête effectuée dans les régions qu'ils parcourent.

La licence ne permet de vendre qu'aux passagers et à l'équipage.

Effets du régime. — La nouvelle législation a produit en Norvège des résultats plus complets encore qu'en Suède. Le droit accordé aux populations urbaines, aux femmes surtout, de décider si, oui ou non, on vendra des spiritueux en détail dans la localité, a amené, dans la grande majorité des cas, la suppression absolue de tout débit de spiritueux.

En définitive, la législation suédoise et norvégienne sur l'alcool, qui repose sur l'organisation des monopoles privés, est la seule qui ait permis d'obtenir de bons résultats dans la lutte contre l'alcoolisme; mais elle suppose essentiellement la méconnaissance systématique de tout intérêt fiscal et politique.

A ce double point de vue, on ne saurait envisager la possibilité de son application en France.

LES DIVERS MONOPOLES EN FRANCE

Le Monopole des tabacs

Pourrait-on trouver des exemples ou des modèles dans les monopoles qui existent en France, tout au moins en toute autre matière que les alcools ?

Il y a d'abord le monopole des tabacs. Les partisans du monopole des alcools le représentent comme un système d'impôt d'un grand rapport, inoffensif et moral et d'un recouvrement très facile.

Les tabacs fournissent à l'Etat, en effet, des ressources considérables, dépassant 300 millions de francs de produit net par an. Mais dans quelles conditions, et par quels procédés ce résultat est-il atteint ?

Le monopole des tabacs existait sous l'ancien regime ; la Révolution l'abolit et il fut reconstitué non pas par un régime républicain, mais par le gouvernement de 1810, en un temps de pouvoir absolu, concentré et puissant.

A ce moment, l'industrie et le commerce redevenus libres depuis peu de temps, n'avaient pas eu le temps encore de se développer, et l'usage du tabac ne s'était pas généralisé comme il l'a fait depuis.

Pour organiser le monopole, le législateur, dès l'origine, a eu recours à des mesures draconiennes, confirmées par les lois du 28 avril 1816, et 12 février 1835 :

Il n'est permis de cultiver le tabac que dans quelques départements et on ne peut le faire qu'en vertu d'autorisations administratives individuelles.

L'Etat fixe le nombre d'hectares à planter pour l'ensemble des cultures par arrondissement, et des commissions instituées dans ces arrondissements intéressés fixent les contingents de chaque planteur de tabac. La culture est soumise à une réglementation et à un contrôle d'une extrême sévérité. Le planteur ne peut excéder de plus d'un cinquième le contingent qui lui est assigné, sous peine d'amende et de déchéance.

L'administration tient le compte des plants de tabac avec une extrême minutie ; le planteur doit livrer l'intégralité des tabacs à l'État, sous peine de pénalités sévères et il est tenu, après la récolte, de détruire toutes les tiges et toutes les souches.

Bref, c'est une sujétion de tous les instants pendant toute la durée de la culture. Qui pourrait songer à imposer une telle réglementation aux producteurs d'alcools de cru ?

L'État fabrique le tabac dans ses manufactures et le vend au public par l'intermédiaire de ses débitants. On ne saurait dire qu'il produit en bon industriel et en bon commerçant, car il est à peine arrivé, après un siècle, à produire des tabacs à peine convenables et de qualité ordinaire. Il est impuissant à livrer des cigares de luxe comparables à ceux qu'il importe. Et cependant, si on en croit les spécialistes, la vallée de la Garonne, la Limagne d'Auvergne, les départements de Meurthe-et-Moselle, de Vaucluse et de la Dordogne, donnent une qualité de tabac qui serait égale, à peu de chose près, à celle du tabac d'Amérique et supérieure à celle des tabacs d'Europe.

Or, malgré ces conditions si favorables, les progrès de la culture du tabac ne font que décroître ; la fabrication reste stationnaire, et un ministre du commerce a dû reconnaître publiquement, à la tribune, en 1897, l'insuffisance radicale de l'État en tant que commerçant et exportateur de tabac.

Cela confirme les inconvénients d'ordre général que l'on s'accorde à reconnaître au monopole, et l'exemple, en dépit des résultats financiers, n'est pas pour encourager à appliquer le système en matière d'alcool.

N'aurait-on pas pu obtenir d'aussi bons résultats fiscaux sans le monopole.

On peut citer à ce sujet l'opinion d'un haut fonctionnaire de l'Etat, qui pouvait en parler en connaissance de cause, M. Catusse, de son vivant, directeur général des Contributions indirectes ; dans sa déposition devant la Commission du Sénat, le 15 février 1895, il disait :

« Le tabac, après deux siècles de monopole, rapporte aujourd'hui
« au Trésor 300 millions. Faut-il faire honneur de cette perception
« au régime seul du monopole ? Je ne le crois pas. »
« Il y a quelques années, je me rappelle qu'étant à Londres,
« pour prendre part à la conférence des sucres, M. Goschen, chan-
« celier de l'Echiquier, m'interrogeait sur les produits du monopole
« du tabac, les prix de revient, le rendement net pour le Trésor ;
« et comme je lui citais, avec quelque orgueil, ce rendement de 300
« millions, il me répondit que ce produit lui semblait peu élevé.
« En Angleterre, me dit-il, l'impôt sur le tabac n'est pas monopolisé;
« son rendement est de 278 millions; une différence d'une ving-
« taine de millions, ce n'est pas trop, dit-il, pour payer les avan-
« tages de la liberté. »

« D'autres hommes d'Etat ont pensé également que, placé entre les mains de l'industrie et du commerce, le tabac aurait été la source, en France, d'une grande richesse commerciale pour le pays et de revenus aussi considérables pour l'Etat. »

Aussi peut-on croire que l'organisation rencontrerait en France, aujourd'hui, des difficultés bien plus grandes et des résistances beaucoup plus fortes qu'en 1810. En Allemagne toutes les tentatives faites pour créer ce monopole ont dû échouer devant l'opposition formelle du peuple allemand.

Quoi qu'il en soit, il est certain qu'il y a peu de rapports entre le tabac et l'alcool, au point de vue du monopole :

D'une part, une source de production unique, une seule plante, dont la culture a pu être limitée et réglementée, un produit qui n'a pas d'analogues et qui n'a pas d'emploi dans d'autres industries.

D'autre part, l'alcool, avec ses sources de production infinies, répandues dans toutes les propriétés, dans tous les vergers, d'une réglementation impossible, est un produit comportant les emplois les plus variés.

Comment penser qu'une réglementation conçue uniquement en vue du tabac pourrait être appliquée à l'alcool ?

Le monopole des tabacs ne peut donc servir, malgré ses résultats financiers, ni d'exemple, ni de modèle.

Le Monopole des allumettes

Que dira-t-on alors du monopole des allumettes que personne ne défend, que tous s'accordent à condamner?

« Il vaut mieux ne pas en parler », disait un ministre à la tribune, en 1897.

Installé, comme celui des tabacs, pour asseoir la perception d'un impôt, il a manqué son but. L'impôt est d'un rendement médiocre (30 millions environ) et les allumettes sont aussi défectueuses que possible. De plus, l'Etat est impuissant à arrêter la fraude. Il semble que dans l'intérêt bien entendu du Trésor, du public et de la liberté commerciale, on devrait revenir à l'ancien régime avec perception de la taxe par l'application des vignettes de la Régie.

Pourquoi ne le fait-on pas ?

Deux anciens ministres des Finances, MM. Doumer et Caillaux l'ont expliqué, paraît-il, à la Sous-Commission extraparlementaire du monopole des alcools, qui fonctionne en ce moment.

M. Doumer a bien eu l'idée de la suppression en 1897 et, s'il ne l'a pas fait, c'est qu'il ne lui a pas paru possible de supprimer un impôt dans un pays où la Dette est si lourde.

Même suppression proposée en 1899, par la Commission du budget.

M. Caillaux, bien que favorable en principe, opina également pour le maintien, en se basant sur la même considération que son prédécesseur.

Il ne paraît donc pas utile d'entrer dans les détails du fonctionnement d'un monopole, universellement condamné, et que personne ne songe à donner en modèle.

Autres Monopoles

Monopole des poudres à feu. — L'Etat s'est également réservé le monopole de la fabrication et de la vente des poudres à feu. Il l'a fait pour deux motifs, dont le premier est devenu sans intérêt. L'un, c'est le désir de ne pas laisser à la disposition du public des mélanges détonants dangereux. L'autre, c'est encore le moyen de percevoir un droit d'accise sur les produits fabriqués.

Ce monopole n'a plus aucune raison d'être.

D'une part, il y a beau temps que la question de sécurité publique n'existe plus, car la fabrication d'autres explosibles bien plus dangereux est remise à l'industrie privée. D'un autre côté, le régime fiscal des poudres semble exiger une prompte modification. Il serait facile, autant que désirable, de lui appliquer la mesure des cartes à jouer et autres produits passibles de l'impôt de consommation. Rien n'est plus aisé que d'assurer cette perception sur les produits fabriqués par l'industrie libre au moyen d'estampilles ou de vignettes. D'ailleurs, l'impôt est en voie de décroissance. Il ne produit plus que 10 millions par an. Il faudrait le réorganiser et l'appliquer à toutes les autres substances similaires, en laissant la liberté entière à la fabrication, l'Etat ne conservant que la préparation de ses poudres militaires.

En tous cas, ce monopole n'a aucun rapport avec celui de l'alcool.

Monopole des postes, télégraphes et téléphones. — Trois autres monopoles, d'une grande importance, sont concentrés entre les mains de l'administration des postes : c'est le transport des lettres, celui des télégrammes et celui des communications téléphoniques.

Quoiqu'il s'agisse, ici, d'entreprises pouvant être faites par l'industrie privée, on concevrait malaisément, dans la situation actuelle des choses, qu'elles soient abandonnées par l'Etat.

Le transport des dépêches et des télégrammes a le caractère d'un service public, intéressant le gouvernement. Il est partout confié à l'Etat. En plusieurs pays, il fait l'objet d'un ministère spécial.

L'Etat retire du monopole des Postes un bénéfice de 50 millions environ par an. En d'autres pays, ce monopole n'a d'autre objet que les intérêts directs du public, et tous les excédents de recettes sont affectés à l'amélioration des services. Cette conception est conforme au principe des monopoles de l'espèce, mais l'Etat, en France, n'en tient aucun compte, poussé par les nécessités budgétaires ; on peut juger par là combien pèseraient peu, si l'on organisait le monopole de l'alcool, les intérêts hygiéniques, économiques ou sociaux, le jour où l'intérêt fiscal ferait prédominer le souci des recettes :

Le monopole ne se justifie guère en ce qui concerne le téléphone, parce que ce service intéresse à peu près exclusivement les particuliers.

Pour 1903, ses produits sont évalués à 18 millions. Or, les dépenses courantes d'exploitation s'élèvent à plus de 8 millions, non compris des annuités d'égale somme pour les dépenses de premier établissement.

Le profit du monopole est nul, quant à présent. L'Etat ne s'en est emparé que dans le désir de favoriser le développement et l'amélioration du réseau qui paraissait trop lentement assuré par l'industrie privée. L'expérience qui se poursuit n'est pas concluante. Il est, au contraire, permis de penser que l'initiative commerciale, bien secondée, aurait produit des résultats supérieurs à ceux que nous constatons. C'est un service très imparfait et qui donne lieu à des plaintes continuelles.

Le monopole des chemins de fer. — Un autre monopole dont la constitution a donné et donne encore lieu à des discussions très animées est celui des chemins de fer de l'Etat.

Au lieu de laisser cette entreprise sous le régime commun de l'exploitation par les Compagnies, on a cru utile d'en charger directement le département des Travaux publics.

Les recettes du réseau sont de 53 millions et ses dépenses de 38 millions. D'où un bénéfice apparent de 15 millions.

Mais ce bénéfice est plus qu'absorbé par l'intérêt des

centaines de millions payés par le Trésor, pour le rachat des voies et la constitution du monopole officiel.

Au point de vue financier, ce monopole est une lourde charge pour le budget. A-t-il des utilités suffisantes au point de vue économique ? C'est une question fort controversée et qu'il ne convient pas de discuter ici.

Autres monopoles. — D'autres monopoles, de moindre importance, ont été constitués au profit de l'Etat, mais ils s'expliquent et se justifient par la nature même des services à accomplir.

Ce sont :

La fabrication du papier timbré, qui a lieu dans les usines et aux frais directs de l'administration;

L'impression des documents officiels par l'Imprimerie nationale;

L'exploitation du *Journal officiel*, qui a été retirée à l'industrie privée, et qui s'effectue directement par les soins du ministère de l'Intérieur.

On peut, semble-t-il, être fondé à conclure, d'après ces explications et ces renseignements, que l'on doit s'attacher avec beaucoup de soin à ne charger le budget de l'Etat que des monopoles dont l'existence est nécessitée par des motifs d'ordre gouvernemental supérieur.

L'Etat se trouve très bien de requérir de plus en plus le concours de l'industrie libre pour ses travaux et ses fournitures militaires. On sait les services qu'en a retirés la marine pour la construction des grands cuirassés. On peut donc se demander s'il ne convient pas de se garder des tendances qui auraient pour résultat la conservation des monopoles inutiles et surtout la création d'autres monopoles nouveaux.

LES PROPOSITIONS DE MONOPOLE

LES PROJETS DE LOI PARLEMENTAIRES

Dans l'examen des propositions de loi qui tendent à l'organisation du monopole de l'alcool en France, on tiendra compte seulement de celles dont l'opinion publique et le Parlement restent actuellement saisis. Il a paru inutile de discuter les projets anciens que leurs auteurs ont paru renoncer à représenter au cours de la présente législature et qui n'ont pas trouvé de répondants pour les reprendre en leur nom.

Afin que la documentation soit complète, on fera précéder chaque discussion du texte de la proposition de loi et de l'exposé des motifs.

Le projet Louis Martin

(Système Alglave)

Texte

Proposition de loi de M. *Louis Martin*, député, tendant à constituer au profit de l'Etat le monopole de la rectification de l'alcool.

EXPOSÉ DES MOTIFS

Messieurs, depuis le jour où la question du monopole de la rectification de l'alcool a été posée devant l'opinion publique, le nombre n'a cessé de s'accroître des citoyens partisans de cette mesure, seule efficace pour enrayer les progrès de l'alcoolisme, et joignant à cet avantage, déjà suffisant par lui-même, celui d'assurer plus d'élasticité à notre système fiscal, de favoriser notre viticulture si éprouvée et de fournir à l'Etat les premiers éléments de ces caisses de retraites pour les travailleurs, si justement désirées.

Nous avons donc cru répondre à un sentiment assez général

en vous présentant la proposition suivante inspirée par la campagne entreprise depuis plusieurs années par M. Alglave, l'éminent inventeur de ce système, en reproduisant l'organisation qu'il a proposée pour la France. Nous n'avons pas besoin d'ajouter, car vous le savez tous, que le monopole de l'alcool fonctionne déjà en Suisse et en Russie d'après les idées de M. Alglave.

En conséquence, nous avons l'honneur de vous soumettre la proposition de loi suivante :

PROPOSITION DE LOI

Art. 1er. — Aucune *liqueur alcoolique* ne peut être livrée aux consommateurs particuliers ni aux débitants et marchands en détail (épiciers ou autres), *sans avoir été au préalable soumise à l'analyse des agents* de l'Etat, chargés de constater qu'elle ne dépasse pas le *maximum d'impureté reconnu inoffensif* pour la santé publique.

Art. 2. — L'impureté des liqueurs alcooliques est définie : la proportion centésimale d'alcool non éthylique ou d'éthers relativement à la quantité totale d'alcools de tout genre que contient la liqueur

Art. 3. — Le maximum d'impureté toléré sera déterminé par un règlement d'administration publique, le Conseil d'Etat entendu, après avis de l'Académie de médecine et du Comité consultatif des arts et manufactures et du Conseil d'hygiène.

Art. 4. — Toute livraison de liqueurs alcooliques, opérée sans ce contrôle hygiénique préalable, dans les cas où il est exigé, donnera lieu contre le vendeur et l'acheteur, à l'application des peines qui répriment la falsification des denrées alimentaires, sans qu'il y ait lieu de rechercher si la liqueur vendue dépasse ou non le maximum d'impureté tolérée. La livraison gratuite de liqueurs alcooliques tombe sous le coup des peines édictées par le présent article.

Art. 5. — Les alcools ou liquides alcooliques destinés à des usages exclusivement industriels et employés dans les usines qui ne fabriquent aucun produit alimentaire ne sont pas soumis à la présente loi, en ce qui concerne le contrôle hygiénique ni l'impôt de consommation tel qu'il sera déterminé plus loin.

Ils sont simplement soumis aux règlements sur la circulation des liquides alcooliques et *acquittent seulement le droit dit de dénaturation.*

Art. 6. — Pour l'application de la présente loi, les *liqueurs alcooliques* sont définies : tout liquide contenant au moins 12 centièmes d'alcool quelles que soient d'ailleurs les *substances jointes à* l'alcool et *quels que soient le nom et la destination du liquide.* — Il est fait cependant exception pour les liquides industriels régis par l'article 6.

Toutefois, un régime spécial pourra être appliqué aux vins naturels contenant de 12 à 18 centièmes d'alcool.

Art. 7. — Après le contrôle hygiénique, l'impôt de consommation sera dû et *les liqueurs alcooliques devront être renfermées dans des bouteilles fiscales spéciales, cachetées et scellées de papier timbré.* Ces bouteilles ne devront avoir dans aucun cas une capacité supérieure à un litre.

Elles constitueront la preuve légale du contrôle hygiénique et du payement de l'impôt.

L'exposition, la mise en vente ou la circulation de liqueurs alcooliques dans d'autres récipients que ces bouteilles fiscales — ou les fûts plombés par la régie conformément à l'article 12 ci-après — donnera lieu à l'application des peines contre la falsification de denrées alimentaires conformément à l'article 4, sans préjudice des poursuites pour fraude en matière d'impôt.

Le remplissage frauduleux des bouteilles quand il sera établi, donnera lieu aux mêmes peines.

Tout agent de la force publique et tout agent de la Régie aura qualité pour constater les contraventions au présent article (1). *Tout particulier pourra les poursuivre.*

Art. 8. — La fabrication et le commerce, soit en gros, soit en détail, des alcools ou liqueurs alcooliques quelconques *restent libres comme aujourd'hui,* sous l'empire des règlement actuels sauf l'obligation de les soumettre au contrôle hygiénique établi par les articles précédents et d'en justifier dans les formes indiquées par l'article 7 du chapitre précédent.

Art. 9. — Nul n'est tenu de vendre à l'Etat les alcools ou liqueurs alcooliques qu'il a produits ou achetés.

Art. 10. — Nul n'est tenu d'acheter ou de consommer les liqueurs alcooliques provenant du monopole facultatif de l'Etat, par exclusion des liqueurs, provenant du commerce libre.

Art. 11. — Tout débitant, épicier ou autre marchand en détail vendant des liqueurs alcooliques est tenu d'avoir en magasin des liqueurs provenant du monopole facultatif de l'Etat et de les vendre le prix tarifé par l'Etat.

Mais il peut également tenir toutes les liqueurs provenant du commerce libre et les vendre le prix qu'il lui convient, en se soumettant au contrôle hygiénique et aux règlements fiscaux actuels.

---

(1) Grâce à l'obligation d'employer une bouteille spéciale très facilement reconnaissable, la fraude du débitant qui aurait réussi à se procurer de l'alcool non taxé deviendrait apparente pour tous ceux qui entrent dans ce cabaret, lieu public. On verra d'ailleurs plus loin (art. 30) que les bouteilles fiscales une fois vidées resteront très peu de temps à la disposition du débitant qui voudrait essayer de les remplir frauduleusement, après vidange, en admettant que le remplissage frauduleux soit facile. Enfin, la régie limitera le nombre des bouteilles de la même espèce de liqueurs que chaque débitant pourra entamer en même temps.

Art. 12. — Le transport des liqueurs alcooliques d'un lieu exercé à un autre exercé ou en douane, se fera dans des fûts d'une contenance quelconque, plombés par la Régie et pourvus de marques très apparentes.

Le transport de liqueurs alcooliques dans des fûts non plombés par la Régie ou la rupture volontaire de ces plombs seront punis des peines édictées contre la falsification des denrées alimentaires, conformément à l'article 7 du chapitre I".

Art. 13. — Le transport des alcools ou liqueurs alcooliques destinés à des usages exclusivement industriels, et exempts à ce titre du contrôle hygiénique, sont soumis aux dispositions de l'article précédent.

Art. 14. — Les liqueurs alcooliques ne peuvent être transportées d'un lieu exercé à un lieu non exercé sans avoir été au préalable soumises au contrôle hygiénique et, par conséquent, mises dans des bouteilles fiscales, preuve de ce contrôle.

Art. 15. — Les commandes de l'Etat devront s'adresser exclusivement à des fabriques ou à des établissements agricoles situés sur le territoire français et dont il a pu surveiller la fabrication. Un *dixième de ces commandes* sera réservé aux distillateurs agricoles, et un *dixième aux eaux-de-vie de vin et de fruits.*

Art. 16. — Tous les producteurs d'alcools ou de liqueurs alcoolisées qui voudront participer aux commandes de l'Etat se feront inscrire à la préfecture de leur département. Le droit de préférence aux commandes de l'Etat sera réparti entre eux proportionnellement à la production de chacun pendant l'année précédente.

Art. 17. — Dans aucun cas, le prix d'achat ne devra descendre au-dessous du chiffre de 36 fr. par hectolitre d'alcool à 90 degrés pour l'alcool brut et 44 pour l'alcool rectifié présentant le minimum de pureté exigé. Les commandes qui n'auraient pas été acceptées à ce prix par les producteurs inscrits conformément à l'article 18 seront mises en adjudication entre les producteurs français.

Art. 18. — L'analyse des liqueurs alcooliques, vendues à l'Etat se fera dans des laboratoires centraux (au nombre de cinq au plus) auxquels on enverra des échantillons cachetés. La livraison ne sera faite qu'après l'analyse des échantillons et leur acceptation.

Les liqueurs alcooliques achetées par l'Etat seront expédiées directement par les vendeurs aux usines de rectification ou aux magasins destinés à leur réception ou à leur manipulation. On y opérera les dédoublements et autres manipulations nécessaires.

Puis, conformément à l'article 7, les eaux-de-vie seront mises dans des bouteilles fiscales, dont les règlements de la Régie détermineront la nature et qui *devront avoir des formes différentes pour les eaux-de-vie destinées aux particuliers et pour celles destinées aux débitants.*

Art. 19. — Les eaux-de-vie mises en bouteilles par la direction des manufactures de l'Etat seront livrées par elle à la direction des contributions indirectes dans les entrepôts d'alcool dont il sera question à l'article 21 ci-après.

Art. 20. — La direction des contributions indirectes conserve la surveillance des débitants et marchands en gros (entrepositaires ou non), conformément aux règlements actuels. (1).

Art. 21. — Le territoire sera divisé en circonscriptions d'entrepôts, et il y aura un seul entrepôt dans chaque circonscription. Un règlement d'administration publique déterminera le nombre des circonscriptions de manière qu'il y en ait *au moins une par chaque canton rural*, et, dans les grosses communes ou villes, un nombre proportionnel à la consommation (2).

Art. 22. — L'entrepositaire ne sera pas un fonctionnaire public, mais un marchand en gros choisi par voie d'adjudication et qui recevra comme rémunération une remise proportionnelle. Le rabais sur le montant de cette remise servira de base à l'adjudication.

Art. 23. — L'entrepositaire restera soumis à l'exercice comme tout autre marchand en gros. Il sera chargé de faire parvenir les bouteilles d'eau-de-vie aux débitants, épiciers, marchands en détail et particuliers de sa circonscription.

Art. 24. — Pour les débitants et marchands en détail exercés, il ne sera pas chargé du recouvrement ; mais il *sera chargé de reprendre les bouteilles fiscales vides*, en se conformant dans cette opération aux instructions de la Régie (3).

Art. 25. — Pour les particuliers, l'entrepositaire sera comptable envers la Régie du prix de l'eau-de-vie, fixé à l'article 27 ci-après, ainsi que du prix propre des bouteilles fiscales.

Le prix des bouteilles — intégralement remboursable au moment de leur restitution après vidange — est fixé à 4 fr., 2 fr. et 1 fr. suivant qu'elles contiendront 1 litre, 1 demi-litre ou 1 quart de litre.

L'entrepositaire est tenu de recevoir et de rembourser les bouteilles vides qu'on lui renvoie (4).

Art. 26. — L'entrepositaire peut employer comme entrepositaires secondaires les débitants de tabac de sa circonscription pour la commune où il n'a pas sa résidence.

---

(1) Toutefois, un règlement d'administration publique simplifiera les règles de l'exercice pour les coordonner avec les principes du régime nouveau. L'exercice ne doit plus consister *que dans l'inventaire des bouteilles, vides ou pleines, dont on connaît le total d'après les registres de l'entrepositaire de la circonscription*, il ressemblera tout à fait à la visite de l'employé du gaz.

(2) Grâce à cette disposition, la plus grande partie des marchands en gros actuels pourront devenir entrepositaires de l'État.

(3) Cet enlèvement se ferait à intervalles très rapprochés, toutes les semaines, dans les débits importants, de manière que les bouteilles vides ne restent pas en grand nombre à la disposition du débitant.

(4) Cet article a pour but de donner un grand intérêt aux particuliers à renvoyer rapidement les bouteilles fiscales aux entrepositaires. Il est imité des pratiques du commerce de détail.

Art. 27. — Le prix de l'eau-de-vie de l'Etat est fixé à 4 fr. le litre *pour le type normal*, qui devra *contenir 40 centièmes d'alcool* (1)

L'Etat pourra livrer aussi à la consommation des eaux-de-vie d'une teneur alcoolique différente et dont le prix, fixé par un règlement d'administration publique, *sera proportionnel, d'après la même base, à leur teneur alcoolique.*

Art. 27 bis. — Les débitants et marchands en détail ne pourront pas vendre les eaux-de-vie de l'Etat au-dessus du prix déterminé par l'article précédent. Ils recevront de l'Etat une remise fixée à 20 0/0 pour les débitants et à 10 0/0 pour les épiciers et autres marchands en détail chez qui on ne consomme pas.

Art. 28. — Les cabaretiers et épiciers exercés payeront les prix ci-dessus fixés au fur et à mesure des ventes constatées par les visites des agents de la Régie (2).

Ils devront payer d'après le tarif fixé à l'article 31 précédent le prix des bouteilles qu'ils ne pourraient pas représenter à l'agent de la Régie et au dixième de ce tarif le prix des bouteilles cassées dont ils représenteraient le col métallique avec les cachets et bandes timbrées.

Art. 29. — Les fabricants ou producteurs de liqueurs alcooliques quelconques restent soumis aux règlements actuels de la Régie, sans autre obligation nouvelle que celle de recevoir, en fûts plombés par l'Etat, les alcools qu'ils transforment et celle de soumettre au contrôle hygiénique soit les liqueurs qu'ils produisent, *soit les alcools qu'ils emploient*, ainsi que les bouquets destinés à les aromatiser.

Art. 30. — Les liqueurs alcooliques qui ne passent point par le monopole facultatif de l'Etat sont soumises à un impôt de consommation fixé à 4 fr. par litre pour les liqueurs contenant 40 centièmes d'alcool et à un chiffre proportionnel pour les liqueurs d'une teneur alcoolique supérieure.

Art. 31. — Conformément aux principes du chapitre 1ᵉʳ, ces liqueurs alcooliques, comme preuve du contrôle hygiénique qu'elles ont subi, doivent être renfermées dans les bouteilles fiscales. Ces bouteilles leur seront remises par la régie, moyennant le payement de l'impôt de consommation fixé à l'article précédent ou l'engagement de payer ultérieurement cet impôt.

Art. 32. — Les fabricants ou producteurs de liqueurs alcooliques

---

(1) Le prix du petit verre resterait fixé à 10 centimes, comme il l'est aujourd'hui presque partout, en fixant la contenance du petit verre à 2 centilitres et demi (ou 40 au litre), ce qui correspond à la moyenne des faits actuels.

(2) Le débitant trouvera donc dans le nouveau système l'avantage d'un crédit entièrement gratuit, puisqu'il ne paye jamais ses liqueurs à l'Etat avant de les avoir vendues et, par conséquent, d'en avoir reçu le prix.

pourront conserver leurs bouteilles particulières et les faire agréer par la régie comme bouteilles fiscales.

Art. 33. — Quand la vente sera faite à un particulier, le fabricant ou producteur sera comptable de l'impôt. Mais *il pourra obtenir un crédit de quatre mois pour le payer.*

Art. 34. — L'impôt de consommation, fixé par l'article 38 ci-dessous, ne sera pas payé par le fabricant ou producteur lorsqu'il expédiera son produit à un débitant, épicier ou marchand en gros exercé dont il devra donner l'adresse. Cette expédition devra se faire par l'intermédiaire de l'entreposeur de la circonscription.

Le destinataire deviendra seul comptable de l'impôt dès l'arrivée constatée de la liqueur.

Si ce destinataire est débitant ou marchand en détail, l'impôt sera payé par lui, conformément à l'article 35, au fur et à mesure des ventes constatées par l'exercice.

Si ce destinataire est marchand en gros et qu'il vende à son tour à un détaillant, la charge sera transmise à celui-ci conformément aux règlements actuels. Quand il revend au contraire à un particulier, il reste définitivement comptable de l'impôt, mais peut obtenir un crédit de trois mois pour le payer.

Art. 35. — Les articles du chapitre précédent relatifs aux prix propre de la bouteille, indépendamment de l'impôt, au payement de ce prix par les particuliers et par les cabaretiers ou épiciers en cas de perte, enfin au remboursement par l'entreposeur après vidange, sont également applicables au présent chapitre.

Art. 36. — Les liqueurs destinées à l'exportation ne seront soumises à aucune taxe. Elles seront expédiées en douane, soit dans des fûts plombés, soit, si elles sont en bouteilles, dans des caisses plombées.

Elles pourront être soumises volontairement aux formalités du contrôle hygiénique, et, dans ce cas, l'Etat y mettra ses marques pour attester le contrôle.

Art. 37. — Tous les bouilleurs de cru doivent déclarer, à la fin de l'année, les quantités qu'ils ont produites.

Art. 38. — Leurs produits ne jouissent d'aucun privilège, notamment au point de vue de la circulation, qui est réglementée comme on l'a vu plus haut.

Art. 39. — Les alambics des bouilleurs de cru seront frappés d'une *taxe directe spéciale au profit de la commune,* qui devra déduire le profit de cette taxe de son contingent personnel mobilier avant la répartition de ce contingent entre les contribuables. Une loi spéciale fixera le montant de cette taxe (1).

_____

(1) Cette disposition a pour but d'intéresser tous les habitants d'une commune à dénoncer les alambics clandestins qui pourraient s'y trouver, car presque tous les habitants des communes rurales sont imposés à la contribution personnelle.

Discussion

Le projet le plus ancien en date et qui a acquis le plus de notoriété est celui de M. Alglave, professeur de science financière à la Faculté de Droit de Paris, lequel s'est fait, depuis trente ans, l'ardent protagoniste, par la plume et par la parole.

M. Alglave, n'appartenant pas au Parlement, n'était pas qualifié pour présenter son projet, sous forme de proposition de loi, à l'approbation des Chambres ; mais un député, M. Louis Martin, s'est chargé de ce soin. Il déclare dans l'exposé des motifs de sa proposition, qu'elle reproduit l'organisation proposée par M. Alglave pour la France.

On discutera donc le système Alglave en discutant la proposition Louis Martin.

Dans le système de monopole Alglave, sous la forme que lui donne M. Louis Martin, la fabrication et la rectification et la vente des alcools et eaux-de-vie, la préparation et la vente des spiritueux composés, l'emploi des alcools dans les industries annexes, l'importation et l'exportation restent libres, nominalement tout au moins.

L'Etat se borne à fabriquer et à vendre les spiritueux composés, en concurrence avec l'industrie et le commerce, et à imposer pour tous les spiritueux, certaines conditions de pureté, ainsi que la vente en bouteilles d'une forme particulière ou bouteilles fiscales, qu'il se réserve le droit de fournir ou d'agréer.

Ce système n'est donc pas un monopole, à moins que ce soit celui de la bouteille fiscale et on ne voit pas pour quel motif M. Louis Martin le qualifie de « monopole de la rectification de l'alcool ».

Les fabricants d'alcool d'industrie continuent à produire comme par le passé, sous les règlements actuels ; ils vendent à qui leur plaît, à l'Etat, au commerce libre, à l'industrie privée, à l'exportation ;

Les fabricants de liqueurs et autres spiritueux composés, eaux-de-vie d'imitation, les négociants en cognacs et le commerce de gros peuvent acheter et vendre à qui bon leur semble ;

Les bouilleurs de cru brûlent leur récolte, sans autre obligation qu'une déclaration annuelle, à la fin de l'année, des quantités qu'ils ont produites et une taxe sur leurs alambics.

Les détaillants, enfin, peuvent acheter aussi bien au commerce libre qu'à l'Etat, avec l'obligation cependant de détenir des spiritueux fabriqués par l'Etat, s'ils veulent vendre de l'alcool.

M. Louis Martin alloue, en outre, divers avantages aux uns et aux autres. Aux producteurs industriels, l'Etat achète l'alcool qui lui est nécessaire à des prix supérieurs aux cours actuels.

Il offre aux marchands en gros d'être entrepositaires pour le compte du monopole et il accorde, indépendamment d'une remise sur la vente des produits du monopole, le crédit non seulement de l'impôt, mais encore de la valeur de cette marchandise.

Les bouilleurs de cru seuls paraissent à l'écart des faveurs de l'Etat, bien que M. Louis Martin dise dans son exposé de motifs qu'il entend favoriser la viticulture.

Enfin, M. Alglave, dont l'auteur de la proposition reproduit les idées (avec quelques réserves imprécises), promet à l'Etat un bénéfice d'un milliard ou au moins 800 millions nets, au lieu du produit de l'impôt actuel 275 millions, et au public les grandes réformes fiscales, économiques ou sociales que permettra cet énorme rendement de l'impôt sur l'alcool, indépendamment de la diminution de l'alcoolisme.

Ces perspectives sont séduisantes et, en compensation, M. Louis Martin demande peu de chose en apparence :

— L'obligation de soumettre à un contrôle hygiénique, avant la mise en vente, tous les spiritueux destinés à la consommation de bouche ;

— L'obligation, après ce contrôle, de placer les spiritueux dans des bouteilles fiscales, de forme particulière, difficiles à remplir une fois qu'on les a vidées ;

— Enfin, une majoration de l'impôt actuel, calculée, afin qu'elle paraisse moins importante à première vue, sur les eaux-de-vie à 40°, au lieu de l'être sur l'alcool pur, cet impôt étant pour les alcools du monopole de 4 francs par litre d'eau-de-vie à 40°, soit 10 francs par litre d'alcool pur, et dont il convient de déduire la valeur de la marchandise (2 fr. 60 au maximum, en moyenne, d'après les enquêtes (1) officielles de 1896 pour l'alcool pur) ce qui remet l'impôt à 7 fr. 60 et de 10 francs également, valeur de la marchandise non comprise, pour les spiritueux provenant du commerce libre.

L'impôt actuel étant de 2 fr. 20, la majoration serait de 5 fr. 40 pour les alcools de l'Etat et de 7 fr. 80 pour ceux du commerce libre, c'est-à-dire de deux fois et demie à trois fois et demie l'impôt actuel.

Pour savoir dans quelle mesure la somme des avantages dépasserait celle des inconvénients ou inversement, il convient d'examiner d'une façon plus complète et plus précise comment se comporterait le système Alglave à l'égard des divers intérêts engagés, industriels, commerciaux, fiscaux, économiques et sociaux.

Distillateurs. — L'industrie de l'alcool, a dit M. Alglave, reste libre et devient protégée. L'Etat lui achètera à des prix avantageux, 36 fr. au minimum l'alcool à 90° et 44 francs l'alcool bien rectifié, les quantités d'alcool dont il aura besoin, et le distillateur restera libre d'écouler le surplus de sa production au commerce libre, à l'étranger et dans les industries annexes.

Quant aux distilleries agricoles, on veut les soustraire à la tyrannie et à l'exploitation des grandes usines de rectification qui font payer, dit-on, pour la rectification, 12 francs ce qui en vaut 4 ou 5.

Si favorable que puisse paraître la situation pour les producteurs, elle comporte cependant des réserves. D'après le système adopté par M. Louis Martin, l'Etat

---

(1) Le prix moyen de la vente en détail a été évalué à 4 fr. 22, impôt ancien de 156 fr. 25 compris, soit environ 2 fr. 60, en déduisant l'impôt.

après avoir réglé le chiffre global de ses achats sur ses besoins, le répartirait en tenant compte de la production de chaque usine pour l'année précédente ; or, cette production n'est jamais constante, sinon dans les grosses distilleries qui travaillent uniquement pour la consommation ; celles-là s'arrangent toujours pour arriver à une production constante ; s'ils n'ont pas fabriqué eux-mêmes assez d'alcool, ils achètent des flegmes et les rectifient, ou même ils achètent ailleurs d'autres alcools rectifiés et leur donnent l'état civil de leur propre fabrication.

Dans les autres distilleries, au contraire, la production n'est pas constante : il y a d'abord celles où la distillation a surtout pour but l'alimentation d'une industrie annexe : potasserie, fabrique de levures, etc., par l'obtention des matières premières, nécessaires à cette industrie ; là, la quantité d'alcool produite varie avec les exigences de l'industrie annexe.

Il y a, d'autre part, les distilleries où l'on se borne à acheter la matière première quand les prix sont avantageux, mélasses, betteraves, grains, et à travailler les matières achetées quelle qu'en soit l'importance. La quantité d'alcool produite y est donc très variable ; elle dépend uniquement de l'importance des achats que le distillateur a pu effectuer, il arrive qu'une année l'industriel travaille très peu tandis que l'année suivante sa fabrication prend une certaine importance, sans qu'il dépende de sa volonté d'y obvier. Le distillateur agricole se trouve dans un cas analogue ; l'importance de sa production dépend de l'abondance et de la qualité de sa récolte et il produit plus ou moins, selon les années.

Le système de répartition des achats prévu par M. Louis Martin, portera donc souvent préjudice à des situations extrêmement intéressantes.

Il faut bien s'attendre, d'ailleurs, à ce que des spéculateurs ne manqueraient pas d'exagérer leur production, par tous les moyens possibles, sauf à en écouler une partie à perte, afin de se réserver pour les années suivantes une proportion beaucoup plus importante, des commandes lucratives de l'Etat. Dans ce cas, les intérêts de la petite production se trouveraient sacrifiés.

Enfin, on peut se demander ce que pourront bien faire les producteurs de leurs excédents de production ?

M. Alglave estimait que l'Etat achèterait environ les trois quarts de la production totale, et que le producteur, à la faveur des prix avantageux qu'il aurait reçus de la partie vendue à l'Etat pourrait faire un sacrifice pour l'écoulement du surplus. Sans doute, mais alors le bénéfice se restreint singulièrement et où, d'ailleurs, le fabricant trouverait-il ce débouché ? L'exportation lui est et lui restera fermée, tous les pays se défendant aujourd'hui par des droits protecteurs, que seuls les spiritueux français de grand prix et les alcools étrangers obtenus à prix de revient très bas permettent de supporter.

D'autre part, les emplois industriels ne peuvent guère s'étendre qu'à la faveur d'une réduction sensible du prix des alcools transformés, et cette réduction dépend moins de la valeur des alcools transformés que de la diminution d'autres frais généraux ; le monopole ne saurait y obvier.

Restent les livraisons au commerce libre ; mais précisément, ce débouché ne tardera pas à se fermer avec le système Alglave; en effet, l'eau-de-vie qui n'aura point passé par les mains de l'Etat ne pourra entrer dans la circulation qu'introduite en bouteilles fiscales, et l'Etat vendra au commerce libre cette bouteille *vide* au même prix qu'il vendra la bouteille pleine d'eau-de-vie de sa propre fabrication.

Cela revient à dire qu'un débitant qui achètera de l'eau-de-vie « de qualité identique » à la fois à l'Etat et au commerce libre, paiera la seconde un prix supérieur au prix de la première de toute la valeur intrinsèque de la marchandise.

Sans doute, les spiritueux de marque, dont l'Etat ne fabriquera pas d'ailleurs l'analogue, pourront supporter cette surcharge, mais il sera impossible au commerce libre d'entrer en concurrence avec l'Etat pour la vente des spiritueux de grande consommation courante.

Le débouché principal actuel de l'industrie des alcools se trouvera donc fermé ; le distillateur ne saura guère où placer ses excédents de production ; il devra vendre à vil prix, et les bénéfices réalisés sur les achats de l'Etat seront vite absorbés et au-delà, par la dépréciation que subiront les alcools invendus.

Enfin, il faut observer que la proposition Louis Martin ne réserve aux distillateurs agricoles que le dixième de ses achats. M. Alglave calculait que l'Etat emploierait, au total, 1.500.000 hectolitres d'alcool pur ; cela ferait un contingent de 150.000 hectolitres seulement pour la distillerie agricole, c'est-à-dire beaucoup moins que la production réelle, évaluée à près du double.

Mais, dit-on, la petite distillerie se verra soustraite à la tyrannie du rectificateur qui exige de lui pour la rectification 12 francs de ce qui en vaut 4.

Cet argument témoigne d'une méconnaissance complète des conditions de vente de la production agricole. Le petit distillateur ne fait pas rectifier ses flegmes, il les vend à l'état brut au rectificateur, sans que le coût de la rectification entre en cause et puisse influer sur le prix d'achat. L'acheteur ne fixe pas un prix arbitraire et personnel. Il achète au cours, cours général et dont la fixation échappant à toute action individuelle, offre autant de garantie au moins au distillateur que celle que lui donnera le tarif forcément arbitraire de l'Etat

Production des eaux-de-vie et alcools naturels. — La proposition Louis Martin ne fixe aucun régime particulier pour les eaux-de-vie naturelles. Elle se borne à spécifier que l'Etat leur réservera un dixième de ses commandes, soit 150.000 hectolitres, d'après les calculs de M. Alglave.

Or, sa production s'est élevée, en ne comptant que les distilleries ou brûleries soumises aux vérifications de la Régie, à près de 400.000 hectolitres en 1901 et à 229.000 hectolitres en 1902 ; il est à présumer qu'elle atteint ou dépasse ces chiffres chez les bouilleurs de cru qui n'étaient pas exercés avant 1903.

On peut donc croire que les trois quarts de la production resteraient pour compte au producteur.

Il les vendra, dira-t-on, au commerce libre ? Sans

doute, mais ils paieront alors un impôt égal au prix de vente total des eaux-de-vie de l'Etat. Or, la production générale des eaux-de-vie ne comprend pas seulement, comme semble le croire M. Louis Martin, d'un côté des eaux-de-vie artificielles à base d'alcool industriel et de l'autre, des fines champagnes à 15 ou 20 francs la bouteille. Il existe encore une foule de produits intermédiaires, eaux-de-vie de vins, de cidre, de marcs ; toutes ces eaux-de-vie ordinaires ont déjà bien de la peine à soutenir la concurrence des eau-de-vie artificielles ; la lutte deviendra impossible si la différence, déjà sensible, des prix de revient, se complique d'une surcharge fiscale, d'une taxe différentielle à rebours.

La production des eaux-de-vie naturelles est donc condamnée à périr, sauf dans quelques régions privilégiées dont les produits ont une qualité et une valeur exceptionnelles.

Enfin, deux arguments encore sont à considérer.

L'Etat achètera son contingent d'eaux-de-vie naturelles, mais dans quelles conditions et à quels prix ? On ne trouve aucun détail, aucune indication ni dans le texte de la proposition de loi, ni dans l'exposé des motifs, qui compte à peine quelques lignes. Opérera-t-on comme pour les alcools industriels, en répartissant le contingent d'après la production de l'année précédente? Mais cette production est essentiellement variable ; elle dépend de la récolte plus ou moins abondante et plus ou moins pourvue de qualité, des vins, des cidres, des fruits et aussi des accidents qui peuvent nécessiter la distillation imprévue des récoltes avariées, etc.

Le chiffre de la production de l'année précédente ne peut donc fournir aucune indication.

La question du prix offre tout autant de difficultés, car rien n'est plus divers et plus variable que le prix des eau-de-vie naturelles.

M. Louis Martin esquive l'une et l'autre des difficultés en les passant sous silence. Cela suffit pour rendre, d'ores et déjà, sa proposition inacceptable.

Il y a, d'autre part, la question du contrôle hygiénique. M. Louis Martin ne fait non plus aucune distinction entre les alcools industriels et les eaux-de-vie naturelles. M. Alglave disait bien qu'il suffirait de savoir que les eaux-de-vie ont été fabriquées avec des matières premières non altérées. Mais cela ne fait que déplacer la difficulté, car il s'agira d'abord d'apprécier la qualité de la matière première et puis, que deviendront les alcools provenant des vins piqués ou aigris, c'est-à-dire précisément ceux dont la production est la plus utile pour le viticulteur ?

Bref, le système Alglave sacrifie absolument et à tous égards, la production des eaux-de-vie naturelles.

Bouilleurs de cru. — M. Louis Martin laisse au bouilleur de cru le droit de fabriquer et de vendre à sa guise sans autre obligation que la déclaration, à la fin de l'année, des quantités produites et une taxe spéciale sur ses alambics.

En réalité, le bouilleur de cru se trouvera dans les alternatives suivantes : ou bien il vendra sa production au monopole, alors en vertu de l'article 15 de la proposition Louis Martin, il devra avoir mis l'Etat à même de surveiller la fabrication de ses alcools au moins pendant un an auparavant ; ou bien il voudra vendre au commerce libre, alors il devra commencer par soumettre ses eaux-de-vie au contrôle hygiénique, puis les placer dans des bouteilles fiscales, que les agents du monopole viendront à domicile revêtir des vignettes légales. Il supportera d'ailleurs, la surcharge d'impôt dont on a précédemment parlé.

Donc, si le bouilleur de cru veut rester libre il n'aura d'autres ressources que de consommer lui-même son eau-de-vie ou de renoncer à la vendre au grand jour et de chercher à l'écouler en fraude. Il ne s'en fera pas faute, sans aucun doute.

Les fabricants de liqueurs et spiritueux composés. — Si le système Alglave sacrifie les eaux-de-vie naturelles, il ne maltraite pas moins l'importante industrie des liqueurs et des spiritueux composés. Les liquoristes pourront continuer leur industrie, mas ils devront acheter la bouteille fiscale pour y loger leurs produits et l'Etat la leur livrera à 4 francs *vide*, tandis qu'il cédera aux détaillants la même bouteille *pleine* de liqueur du monopole au même prix de 4 francs le litre à 40 degrés ; les fabricants de liqueur de grande marque pourront seuls résister à ce traitement, car l'Etat ne fabriquera pas de qualités supérieures ; mais pour toutes les liqueurs de qualité ordinaire, ainsi que pour les eaux-de-vie et cognacs d'imitation, toute concurrence deviendra impossible.

Pour les liqueurs à faible degré, à 25 degrés par exemple, le désavantage de l'industrie libre prendra des proportions énormes.

Aux termes de l'article 27 de la proposition, l'Etat vendra ses produits aux débitants sur la base de 4 francs le litre à 40° et proportionnellement à cette base pour les spiritueux d'autre degré alcoolique ; ainsi, le litre à 25° coûtera seulement 2 fr. 50, sur lesquels le débitant touchera 50 % de remise, le prix de revient sera donc de 2 francs pour le débitant.

Si le commerce libre veut vendre au débitant un litre de liqueur de la même qualité au même degré alcoolique, il ne pourra le faire *même en ne comptant pour rien la valeur de la marchandise*, à moins de 4 francs, prix de la bouteille vide qui lui aura été vendue par l'Etat, car aux termes de l'article 30, l'impôt ne devient proportionnel à la teneur alcoolique, pour les liqueurs ne provenant pas du monopole qu'à partir de 40 degrés, le chiffre de 4 francs étant un minimum.

Comment peut-on croire que le débitant achètera à 4 fr. 50 par exemple, au liquoriste libre, ce que l'Etat lui fera payer 2 francs seulement ?

Le système Alglave équivaut donc, pour le petit liquoriste, à l'expropriation sans indemnité, c'est-à-dire à la spoliation. Seuls les gros fabricants pourront conserver leur industrie.

Marchands en gros. — M. Louis Martin n'est guère plus accommodant à l'égard des marchands en gros de spiritueux. Il les laisse libres, déclare-t-il, mais toujours pour les motifs précédemment indiqués, il leur sera impossible d'entrer en concurrence avec l'Etat pour tous les spiritueux de consommation courante, qui constituent la partie essentielle de leur commerce de spiritueux.

Ils pourront, dit-on, devenir entrepositaires pour le compte du monopole. La proposition comporte en effet, la mise en adjudication des entrepôts du monopole entre les marchands en gros. Il pourra en exister plusieurs dans les localités importantes, mais le système de l'adjudication indique à lui seul que les entrepôts du monopole appartiendront aux plus forts capitaux.

L'entrepositaire, en effet, aura à supporter toutes les manipulations et tous les frais du transport et de la livraison des spiritueux du monopole, logés en bouteilles d'un litre, 1/2 litre et 1/4 de litre ; ces frais seront forcément considérables. Il lui faudra des locaux vastes et un personnel nombreux, ce qui implique déjà une situation commerciale importante. L'Etat accordera à l'entrepositaire une remise correspondant aux frais et à un certain bénéfice et l'adjudication aura pour base le rabais que consentiront les candidats sur le montant de la remise, remise dont M. Louis Martin n'indique pas le chiffre d'ailleurs. On peut imaginer que les adjudicataires qui auront tenu à devenir des concessionnaires de l'Etat, ne réaliseront pas grand profit sur les alcools du monopole ; il faudra donc que leur situation commerciale leur permette de travailler pour ainsi dire à perte sur les spiritueux du monopole.

Les petits marchands en gros se verront donc éliminés de l'adjudication et, par suite, ils ne pourront vendre ni les spiritueux privilégiés de l'Etat, ni les produits surtaxés provenant de l'industrie libre, appelés d'ailleurs à disparaître ; il ne leur restera plus que l'insignifiante ressource de la vente des eaux-de-vie et liqueurs de marque et des autres boissons. Encore se trouveront-ils très désavantagés vis-à-vis des entrepositaires, car le débitant obligé de passer par l'intermédiaire de celui-ci pour s'approvisionner en produits du monopole, sera naturellement amené à lui faire ses autres commandes.

En réalité, le système Alglave aboutit, pour l'ensemble du commerce de gros, à une véritable expropriation sans indemnité, c'est-à-dire à la spoliation. Cela paraît inadmissible.

Débitants. — Il est entendu que le débitant, comme tous les autres industriels, producteurs ou commerçants, reste libre. Mais c'est une liberté d'un caractère tout spécial. Le débitant qui veut vendre des spiritueux devient obligatoirement un demi-fonctionnaire, placé sous la tutelle et l'autorité de l'État, obligé de vendre ses produits et ne pouvant se soustraire à cette obligation.

L'article 11 qui la lui impose est, d'ailleurs, très vague : le débitant, dit-il, est tenu d'avoir en magasin « des » liqueurs de l'État. Que peut-on bien entendre par là ? Si l'État fabrique cent espèces diverses de liqueurs, le débitant devra-t-il les tenir toutes ? Ou bien suffira-t-il qu'il en détienne une seule espèce ? Ou bien l'État sera-t-il encore en droit de lui imposer la détention d'un nombre d'espèces déterminées et un nombre déterminé de bouteilles dans chaque espèce ? Rien n'est précisé à cet égard et, faute de précision, on nage dans l'indécision et l'arbitraire.

Le débitant pourra d'ailleurs vendre également des produits de l'industrie privée ; mais, alcools de l'État ou alcools particuliers, tout devra être en bouteilles fiscales. Le débitant ne pourra vendre les spiritueux de l'État qu'au tarif officiel sur lequel une remise lui sera attribuée. Quant aux produits de l'industrie privée, il les débitera à un prix quelconque. Mais un point reste dans le vague. On suppose, quoique cela ne soit pas dit expressément dans le texte de la proposition, mais une note y supplée, que le débitant pourra vendre au petit verre les produits du monopole, mais à quel prix ? Devra-t-il avoir des petits verres d'une contenance déterminée ? Cette contenance devra-t-elle correspondre à un volume de spiritueux représentant une exacte fraction du prix de vente officiel par litre ?

M. Alglave supposait qu'un litre contenait exactement 40 petits verres et qu'en continuant à les vendre 10 centimes, comme il fait d'habitude, le prix d'un litre reviendrait exactement au tarif officiel de 4 francs. Mais

11

les enquêtes officielles ont démontré que les contenances des petits verres aussi bien que les prix de vente sont essentiellement variables. Alors, comment faire ? M. Louis Martin ne donne aucune explication.

Le débitant recevra de l'Etat, pour ses ventes, une remise de 20 % ; l'épicier et les débitants chez lesquels on ne consomme pas, une remise de 10 %.

Le débitant qui vend à emporter se contentera peut-être d'une remise de 10 %, mais pour le débitant qui vend à consommer sur place, une remise de 20 % ne représente, d'après les enquêtes officielles de 1896, que le tiers environ de son bénéfice actuel. Pense-t-on que s'il lui faut aujourd'hui 50 % de ses ventes pour couvrir ses frais de loyer, de personnel, d'éclairage, d'impôts directs, ses pertes matérielles, coulage, casse, etc., il pourra se contenter de 20 % ?

Songe-t-on que ce bénéfice représente 80 centimes de bénéfice *brut*, pour la vente d'un litre d'eau-de-vie contenant en moyenne 29 petits verres, c'est-à-dire qu'il faudra à un débitant au comptoir avoir servi à boire à 300 clients pour encaisser une recette brute de 8 francs sur laquelle il devra payer tous ses frais généraux ?

Il se trouvera, dans ces conditions, bien peu de gens pour vouloir débiter, de bon gré et sans les plus vives récriminations, l'alcool du monopole, surtout si l'on considère que les casses toujours fréquentes dans la vente des spiritueux en bouteilles seront payées à l'Etat à raison de 40 centimes par bouteille, si le débitant peut représenter l'armature métallique et les bandes de contrôle et à raison de 4 francs dans le cas contraire, et si l'on considère, en outre, que la vente des spiritueux aura pour effet de ramener, chez eux, l'exercice de la Régie, avec tous les inconvénients qu'il entraîne.

Pour leur dissimuler cette conséquence, M. Louis Martin offre au débitant le crédit des droits et de la marchandise. Il paraît assez étrange que l'Etat offre de se faire le commanditaire des cabarets ; mais c'est là une générosité forcée, car il est bien évident que peu de débitants seraient à même de payer au monopole, au comptant les 8 francs qu'il exige pour le paiement d'un

litre d'eau-de-vie commune, contenant et contenu, c'est-
à-dire 800 francs par hectolitre !

En définitive, et même si le débitant accepte la situation nouvelle, il n'en sera pas moins privé de la majeure
partie de ses bénéfices actuels, sans aucune indemnité
correspondante. Le système Alglave aboutit donc, là
encore, à une spoliation et aux mécontentements qui en
résulteront.

Importation, exportation. — L'importation et l'exportation restent libres, mais rien n'indique dans la proposition comment seront traités les spiritueux importés à
leur entrée en France. Leur imposera-t-on aussi la bouteille fiscale ?

Le consommateur. — M. Alglave a prétendu que son
système, bien que devant rapporter un milliard à l'Etat,
ne coûterait rien au consommateur. Or, si l'on ne considère que les produits qui émaneront de l'industrie privée et qui paieront un impôt de 10 fr. en sus de la valeur
du produit. le consommateur aura forcément à payer la
surtaxe représentée par la différence entre la taxe actuelle de 2 fr. 20 et celle de 10 fr., c'est-à-dire 7 fr. 80.

Mais même sur les spiritueux de consommation courante, la charge du consommateur sera également considérable.

Industries annexes. — M. Louis Martin dispense à la
fois du contrôle hygiénique et de l'impôt de consommation les alcools employés par des industries qui ne fabriquent aucun produit alimentaire ; il les frappe seulement du droit de déclaration. Or ce droit est supprimé depuis 1897. Il faudrait donc savoir sous quel
régime seront placées en définitive ces industries, qui
ont employé, en 1902, 327.000 hectolitres d'alcool pur
en franchise et approximativement 20.000 hectolitres
avec paiement du droit de 220 fr.

Tout le calcul de M. Alglave repose sur l'hypothèse
que le consommateur paie le litre d'eau-de-vie à 40°
c'est-à-dire 40 centilitres d'alcool pur à raison de 4 fr.
(40 petits verres à 10 centimes), soit 10 fr. le litre d'alcool pur et que le prix de vente du monopole étant pré-

cisément fixé à ce chiffre. le consommateur continuera à ne pas payer davantage.

Or cette hypothèse est doublement erronée : d'abord. d'après l'enquête officielle de 1896, la vente au petit verre ne représente que le 60 pour cent ue la consommation totale. Quant au surplus, il est acheté en gros. ou au litre dans les épiceries ou débits.

Or le prix du litre d'alcool vendu au litre à emporter n'est pas de 10 francs ; on l'évaluait en 1896 à 4 fr. 12 seulement pour la vente à emporter et en admettant qu'il se trouve majoré, aujourd'hui, de la surtaxe d'impôt votée depuis lors, il s'élèverait aujourd'hui à 4 fr. 75. environ.

Le consommateur qui achète en gros ou à emporter serait donc surtaxé de 5 fr. 25 au minimum par litre d'alcool pur ce qui, sur le 25 pour cent de la consommation taxée actuelle soit 315.000 hectolitres représente une surcharge totale de 165.375.000 fr.

D'autre part, la valeur du litre d'alcool pur vendu au petit verre ne s'élève pas non plus à 10 francs ; elle était à peine supérieure à 7 fr. en 1896 et on doit admettre qu'elle n'atteint pas 8 fr. aujourd'hui ; en payant 10 fr. le consommateur au petit verre se trouverait surtaxé de 2 fr., ce qui représente, sur les 60 0/0 de la consommation totale, une surchage de 151 millions. Cela ferait, en définitive 315 millions d'impôt en plus ; mais ce chiffre, si élevé qu'il paraisse, est encore bien au-dessous de la réalité. Il ne tient aucun compte, en effet, des ventes directes en gros, qui consistent généralement en spiritueux de prix, pas plus que des liqueurs fines, et des absinthes et amers de tout genre, toutes boissons spiritueuses que ne fabriquera pas le monopole et qui auront à supporter toute la différence entre l'impôt actuel 2 fr. 20 et le prix de 10 fr. exigé par l'Etat pour sa bouteille *vide*, soit 7 fr. 80.

Or ces spiritueux représentent d'après les statistiques officielles environ le 25 pour cent de la consommation taxée.

On obtiendrait donc des évaluations plus approximatives en opérant de la façon suivante :

Surtaxe totale sur les absinthes, amers et autres, spiritueux du commerce libre, etc. (25 0/0) 300.000 hect. environ à 7 fr. 80...................... 234 millions

Sur les 959.000 hect. restants 15 0/0 vendus en gros soit 144.000 hect. surtaxés de 700 fr. en moyenne, soit............ 100 —

25 0/0 vendus au détail à emporter soit 240.000 hect. à 5 fr. 25 de surtaxe ou.... 126 —

60 0/0 vendus au détail au verre ou 575.000 hect. à 200 fr. de surtaxe........ 115 —

Soit au total .... 575 millions

Il paraît donc établi que, contrairement aux affirmations de M. Alglave, le consommateur, aurait à supporter une surcharge de 575 millions si le litre d'eau-de-vie du monopole à 40° était vendu 4 fr. et si les spiritueux du commerce libre étaient frappés d'un impôt de 10 fr. par hectolitre d'alcool pur.

On n'insistera pas davantage pour le moment.

Après avoir examiné comment se comporte le système Alglave, Louis Martin à l'égard des intérêts industriels, commerciaux et particuliers, il reste à examiner quelles seraient ses conséquences fiscales, économiques, politiques et sociales.

La question fiscale. — Si le système Alglave a fait tant de bruit, cela tient surtout au fameux milliard que l'on a fait miroiter aux yeux du public.

Pour établir son évaluation, M. Alglave raisonnait de la façon suivante :

La consommation taxée s'élève à 1.500.000 hectolitres d'alcool pur, représentant à raison de 4 francs par litre vendu à 40 degrés, soit 10 francs pour le litre d'alcool pur une recette de 1 milliard 500 millions.

Il convient d'en déduire :

1° Les frais d'achat de l'alcool à raison de 50 francs environ par hectolitre d'alcool pur et les frais de manipulation et de transport, soit 100 francs environ par hecto-

litre d'alcool pur ou pour 1.500.000 hect..   150 millions
   Les remises aux débitants, même au chiffre fort de 20 %, calculées sur le prix de vente, 1 milliard 500 millions, donnent ....   300 millions

   Soit en dépenses........................   450 millions
Reste en bénéfices nets :
1 milliard 50 millions.
   L'impôt rapportant 350 millions à l'Etat, on réaliserait par le monopole un bénéfice net de 800 millions.
   Que faut-il penser de ces évaluations ?
   Si au lieu de calculer comme l'a fait M. Alglave sur la situation qui existait en 1896 on prend pour base les chiffres de 1902, les résultats diffèrent sensiblement. En effet, les quantités taxées sont tombées à 1.260.000 hectolitres et si l'on vient encore à tripler l'impôt on ne peut guère espérer que la consommation reprendra de sitôt son ancienne importance. Si on admet qu'elle se maintiendra, tout au plus, on a alors la situation suivante :

1.260.000 hectolitres à 1.000 fr. 1.260.000.000

Frais de manipulations   126 millions
Remise aux débitants..   252   —
    Dépenses 378.000.000

Reste 882.000.000
Produit de l'impôt actuel à 220 fr......   277.000.000

   Augmentation nette...........   605.000.000

C'est-à-dire que le milliard n'est plus atteint et que le bénéfice net baisse de 200 millions.
   On doit donc raisonner sur 600 millions seulement.
   Ceci dit, pense-t-on que ces 600 millions tomberont du ciel dans les caisses du Trésor ? Il faudra bien les prendre quelque part. On a vu précédemment que si le monopole doit atteindre ce rendement, le consommateur devra en faire les frais dans la mesure de 575 millions environ, c'est-à-dire qu'il aurait à débourser plus de

deux fois la somme qu'il consacre actuellement à l'impôt sur les spiritueux. Or, comment, alors qu'on le représente déjà comme accablé d'impôts, pourrait-il supporter cette surcharge? Les consommateurs de boissons spiritueuses appartiennent pour la plupart à la classe ouvrière et disposent, par conséquent, de ressources très limitées. Comment peut-on croire qu'ils seraient à même de tripler ou même seulement de doubler une dépense déjà si lourde ? Si une simple augmentation de 64 francs en 1900 a réussi à faire tomber la consommation imposée de 1.783.000 hectolitres en 1900, à 1.259.000 hectolitres en 1902, c'est-à-dire de 524.000 hectolitres, soit de 30 % environ, quel ne sera pas le mécompte le jour où l'impôt sera augmenté de 600 francs par hectolitre ?

Le consommateur restreindra donc forcément sa consommation, dans des proportions très importantes.

D'ailleurs, pour retirer du prix de vente de ses eaux-de-vie les 4 francs imposés par le monopole, le débitant devra, soit augmenter le prix du petit verre, soit diminuer la contenance des verres. Il est établi, en effet, que le litre contient en moyenne 29 petits verres seulement, au lieu de 40. Donc, en vendant le petit verre à 10 centimes, le débitant perdrait 1 franc par litre ; s'il porte le prix du verre à 15 centimes, c'est-à-dire augmente de 50 % son prix actuel, le consommateur s'abstiendra ou réduira sa consommation ; s'il réduit la contenance des petits verres de façon à en avoir 40 au litre, et s'il vend le même nombre de verres que par le passé, la consommation se trouvera réduite *ipso facto* du quart. Dans ce cas, le produit net du monopole tomberait de 882 millions, à 660, en principe.

Veut-on admettre, au contraire, avec M. Alglave, que la consommation ne supportera, contre toute vraisemblance, aucune surcharge. Alors, où prendra-t-on les 600 millions ? M. Alglave n'a jamais osé dire que ce serait sur la fraude et on a montré, en fait, qu'après la loi du 31 mars 1903 le monopole n'aurait pas grande influence à cet égard. Alors, il faut admettre que la reprise se fera sur les bénéfices nets des intermédiaires. Comment croire que ces bénéfices puissent fournir un chiffre aussi élevé, alors que, d'après des évalutions, même exagérées, ils atteignent à peine 25 millions pour les marchands en gros et 200 millions pour les débitants ?

Il existe 500.000 débitants ou marchands en gros.

Pour en obtenir 600 millions il faudrait que la quote-part de chacun fût en moyenne de 1.200 francs. Or comment supposer que leurs bénéfices moyens sur la vente des spiritueux seulement s'élèvent à ce chiffre ? La plupart des débitants n'y arrivent même pas pour l'ensemble de leur commerce !

Au surplus, si réellement on devait enlever à ces 500.000 intermédiaires 600 millions de bénéfices se figure-t-on que l'opinion publique admettrait qu'on le fît sans indemniser les dépossédés.

Si, au contraire, l'Etat indemnise, en se conduisant en honnête homme, comme on l'a dit, que deviennent les évaluations de M. Alglave ?

De toute façon et à quelque point de vue que l'on se place, ces calculs ne peuvent donc être tenus pour exacts.

Si l'évaluation des recettes contient, sans aucun doute, des erreurs capitales, celle des dépenses n'est pas moins discutable.

Comme premiers frais d'organisation, M. Alglave ne parle que de l'installation de 2 ou 3 usines de rectification, pour une dizaine de millions environ ; il ne tient compte du rachat des stocks du commerce ni de la première dépense des bouteilles nécessaires à loger tous les alcools rachetés ou produits, ni des frais d'organisation des établissements, où le monopole préparera ses spiritueux composés, ni enfin des indemnités à accorder aux commerçants de tout ordre dépossédés, *en fait* de leur commerce totalement ou en partie.

Le rachat des stocks nécessitera à lui seul une somme extrêmement importante. On l'évaluait à 500 millions en 1894, et il ne semble pas que la dépense serait moindre aujourd'hui.

M. Alglave n'en dit mot. Peut-être se propose-t-il de

frapper seulement ces stocks, antérieurement fabriqués par le commerce, de l'impôt de 10 francs en exigeant leur mise en bouteilles fiscales, après les avoir soumis au contrôle hygiénique.

Le marché se trouverait alors encombré, dès le premier jour, de marchandises qui ne trouveraient plus de débouchés et subiraient une dépréciation considérable. Ce serait un énorme préjudice pour le commerce et la ruine pour un très grand nombre de négociants. Il s'agirait d'ailleurs, de trouver du jour au lendemain le matériel et le personnel pour les analyses et pour le prélèvement des échantillons, le nombre de bouteilles nécessaires, les vignettes, le personnel pour surveiller la mise en bouteille et l'apposition des marques de contrôle.

Si le stock est de 2 millions d'hectolitres par exemple, il faudrait pour la mise en litres seulement 200 millions de bouteilles. Où les prendrait-on ? Et si on les trouvait, qui les paierait ? L'État en ferait-il l'avance ? A 50 centimes au moins par bouteille (car il s'agirait de bouteilles spéciales d'une fabrication difficile, avec capsule métallique, vignette, etc.), la dépense serait de 100 millions. Exigerait-on des commerçants qu'ils en acquittent le montant ? Le plus grand nombre se verrait dans l'impossibilité de le faire.

Il resterait encore à l'État d'ailleurs à payer le personnel indispensable pour assurer la surveillance de cette gigantesque opération.

Si l'on rachète les stocks il faudra en payer la valeur, les emmagasiner, les analyser, les mettre en bouteilles, et la difficulté se déplace sans se diminuer. Pour loger les alcools achetés par le mnoopole, il faut compter sur 150 millions de bouteilles fiscales qui, au prix de 50 centimes, représenteront 75 millions.

D'autre part, M. Alglave, semble croire qu'il n'aura qu'à dépenser quelques millions pour rectifier les flegmes d'achat. Puisque l'État deviendra préparateur des spiritueux composés et des liqueurs ordinaires (et il faut compter que toute production achetée devra être manipulée et transformée, car l'État ne saurait songer

11.

à faire accepter au public un simple coupage d'alcools d'industrie), il lui faudra des installations appropriées, de grandes fabriques, de vastes locaux et un énorme matériel pour l'emmagasinage, la manipulation et la mise en bouteilles fiscales.

Il faudra aussi installer des laboratoires pour les analyses nécessitées par le contrôle hygiénique.

Dans les comptes d'exploitation du monopole des Tabacs, la valeur du matériel, bâtiments, ustensiles, machines, mobiliers, etc., est évalué à 52 millions. Comment admettre qu'il suffira de quelques millions pour les frais de première installation du monopole des alcools ?

Il est probable que pour racheter les stocks et organiser les usines de rectification, les fabriques de liqueurs et de spiritueux composés, les magasins du monopole, et acheter les premières bouteilles, il ne faudrait guère moins d'*un milliard*.

Or les calculs de M. Alglave n'y font aucune allusion.

Enfin, quoiqu'on puisse dire, on se verrait dans l'obligation d'indemniser les intermédiaires. Jamais on ne parviendra à faire admettre aux débitants, pour ne parler que d'eux, que l'Etat puisse leur enlever 36 pour cent de leurs bénéfices, sans les indemniser. Et même en supposant que l'on exagère leur influence politique, il semble qu'elle soit suffisante encore, surtout dans une question où l'opinion publique leur sera favorable, pour empêcher qu'on leur porte sans compensation un aussi important préjudice.

Quant aux frais normaux d'exploitation, M. Alglave les évalue à 63 millions seulement. Le monopole des Tabacs dépense pour le même objet 32 millions par an, mais il n'y a aucune comparaison à établir avec les frais que nécessitera le monopole des alcools. Les frais de manutention des Tabacs sont insignifiants, car il s'agit de produits qui sont fabriqués mécaniquement et subissent peu de transformations, sont faciles à loger et à emmagasiner, qui ne sont pas fragiles, et dont le transport s'effectue à bas prix, en tonneaux rudimentaires d'un coût insignifiant.

Les conditions sont tout autres pour les alcools dont la transformation en spiritueux composés est une opération complexe et délicate quand il ne s'agit pas simplement de leur ajouter un bouquet, dont le logement en bouteilles nécessitera une main-d'œuvre onéreuse, un emballage en caisse très soigné et surtout un transport extrêmement coûteux.

Si l'on admet que le monopole aura à livrer non pas la totalité de la quantité taxée, mais 1 million d'hectolitres d'alcool pur seulement en bouteilles, ce qui représente 2 millions 500 hectolitres d'eau-de-vie à 40 degrés il résulterait des calculs présentés en 1899 à la Commission extra-parlementaire du monopole de l'alcool, tant par la Compagnie des Wagons réservoirs que par la Compagnie Fermière de Vichy que les frais d'embouteillage et de transport coûteraient *à eux seuls*, environ 90 millions.

On voit à quel point sont erronés les calculs de M. Alglave.

Enfin il ne tient aucun compte des remises accordées aux entrepositaires et il ne paraît pas se rendre compte des énormes dépenses du personnel de surveillance qui deviendront nécessaires.

Il faudra, en effet, que non seulement les agents du monopole assurent l'exploitation des manufactures, fabriques et magasins de l'Etat, mais encore qu'ils interviennent, pour ainsi dire en permanence, chez les producteurs de tout ordre, les marchands en gros et les débitants.

Chez les producteurs industriels, il assurera la surveillance comme aujourd'hui, mais avec plus de minutie sans doute, afin de prévenir les soustractions frauduleuses devenues si alléchantes ; chez le bouilleur de cru, il aura à assister, soit à la production et à l'expédition des alcools livrés à l'Etat, soit au prélèvement des échantillons et à la mise en bouteilles fiscales des eaux-de-vie vendues librement ; intervention analogue chez les fabricants de liqueurs, d'eaux-de-vie fines, de spiritueux composés ; contrôle de mises en bouteilles chez les marchands en gros libres, s'il en reste ; enfin intervention continuelle chez les entrepositaires du monopole et les débitants pour constater les ventes.

Si l'on considère que l'intervention de la régie chez les commerçants en boissons se borne aujourd'hui à une visite par trimestre chez la plupart d'entre eux et à une visite par mois chez un très petit nombre, on reconnaîtra qu'il faudrait décupler au moins le personnel de cette administration pour le mettre à la hauteur de sa nouvelle tâche. Or il coûte actuellement 33 millions. Il faudrait de ce chef, une augmentation de dépenses dont on n'ose même évaluer le chiffre.

En résumé, M. Alglave ne se fait qu'une idée extrêmement vague et tout à fait inexacte des frais de tout genre que nécessiterait l'application de son système. Ils s'élèveraient certainement à plusieurs centaines de millions.

Il faudrait enfin compter avec la fraude.

Le fraudeur qui soustrait un litre d'alcool à l'impôt réalise aujourd'hui un bénéfice de 2 fr. 20. Avec le système Alglave, la prime à la fraude serait quadruplée. Dans ces conditions il est à prévoir que l'ingéniosité des fraudeurs se montrerait à la hauteur des circonstances.

Que fait M. Louis Martin pour obvier à ce danger ? Il impose la formalité du plombage pour les envois d'entrepôt à entrepôt, et l'emploi de la bouteille fiscale pour les livraisons à la consommation. C'est la mise en pratique de la théorie de M. Alglave sur la division de la fraude.

Assurément, si la mesure était *pratiquement* réalisable, la constatation des fraudes deviendrait beaucoup plus facile. Mais la bouteille fiscale qui ne peut plus se remplir une fois vide est encore un mythe et M. Alglave lui-même paraît y avoir renoncé ; il compte qu'il suffit de rendre le remplissage plus difficile et facile à reconnaître pour faire obstacle aux manœuvres de fraude. Elle n'en reste pas moins possible, du moment où le débitant pourra avoir quelques bouteilles entamées pour la vente au petit verre et que la proximité du bouilleur de cru lui donnera la possibilité d'alimenter, plus ou moins aisément, ses bouteilles entamées.

Le débitant, à qui le monopole n'accordera qu'une remise insuffisante de 20 pour cent et qui devra, après déduction de cette remise, payer au monopole 8 francs le litre d'alcool pur, s'empressera certainement, s'il peut matériellement le faire même au prix de quelques difficultés et de quelques dangers, d'accepter l'alcool à 5 ou 6 francs qu'on viendra lui offrir ; et on lui en offrira à discrétion.

Des garanties sérieuses ne pourraient provenir que de l'exploitation directe des débits par l'Etat ou, tout au moins, d'un contrôle *très strict* à la production. Or M. Alglave qui réclamait autrefois la suppression complète du privilège des bouilleurs de cru, y a renoncé et la proposition de M. Louis Martin, consacre, ou à peu près, la liberté de la production.

Les bouilleurs ne sont assujettis qu'à une taxe de leurs alambics et à une déclaration générale de leur production, à la fin de l'année. En admettant même que l'on aille plus loin et que les dispostions de la législation de 1903 continuent à être applicables le petit producteur qui verra dans la fabrication de 100 litres d'alcool seulement le moyen de gagner non pas la totalité de l'impôt 1.000 francs, mais 500 francs seulement trouvera bien le moyen de les obtenir, même sans alambic. Son alambic, restera scellé ou travaillera pour une petite production insignifiante, mais avec un chaudron et un bout de serpentin placés dans un coin quelconque de sa propriété, il fabriquera une eau-de-vie de qualité à peu près équivalente, qu'il écoulera par litre dans les débits du voisinage.

A cela M. Alglave a objecté que cette fraude n'a pas d'importance et que seule celle par acquits fictifs ou en quantités assez notables peut compter. Or ce genre de fraude n'existe plus en fait; il a été supprimé par les lois de 1872, de 1873 et surtout par celle du 3 mars 1903. Quant aux petites fraudes, celles que l'on pratique surtout dans l'Ouest et dans les pays de bouilleurs à marcs et qui alimentent les débitants et les simples particuliers par quantités minimes, elles représentent à la longue, quoi qu'en dise M. Alglave, une part importante de l'impôt.

M. Alglave objecte encore que les agents du monopole sauront bien distinguer les eaux-de-vie épurées de l'Etat avec les eaux-de-vie impures du bouilleur de cru. Sans doute, si le débitant ne pouvait vendre que des eaux-de-vie du monopole cette distinction serait possible, mais M. Louis Martin interdit-il au bouilleur de cru de fabriquer des eaux-de-vie comme il le fait aujourd'hui et pense-t-on que l'Etat pourra imposer à l'eau-de-vie de marc, par exemple, des conditions de pureté qui en détruiraient tout le mérite ? Empêche-t-il, d'autre part, le bouilleur de cru de vendre ses eaux-de-vie au débitant, en payant l'impôt ?

Alors, si le débitant peut avoir régulièrement, légalement des bouteilles d'eau-de-vie de cru, impures et entamées, comment l'agent du monopole reconnaîtra-t-il l'eau-de-vie de cru, entrée en fraude, de celle qui aura été introduite au grand jour, sous le contrôle de l'Etat ? Si cette distinction est impossible s'imagine-t-on que l'on *pourra* empêcher le débitant d'avoir une réserve, dans quelque coin de son domicile ou de son jardin, ou chez le voisin, une petite provision d'eau-de-vie de marc ou de cidre qui servira à alimenter ses bouteilles entamées et qu'il remplacera au fur et à mesure avec le concours du bouilleur de cru ?

L'agent du monopole reprendra-t-il, pour rechercher ces fraudes, les procédés d'exercice chers à l'ancienne Régie, le bouleversement des placards, des tiroirs et des paillasses ? Non, puisque M. Louis Martin spécifie que les visites de ces agents seront analogues à la vérification sommaire de l'employé du gaz.

Les précautions prises par M. Louis Martin pour prévenir la fraude ne seront donc pas une garantie suffisante pour empêcher, dans les pays de production, la continuation des abus qui s'y pratiquent déjà. L'énorme aggravation de l'impôt les surexcitera au contraire et il est même à prévoir que l'appât du bénéfice à réaliser donnera naissance à une fraude nouvelle, impossible à réprimer, la fabrication domestique, par les procédés les plus sommaires, au domicile du simple particulier.

Le jour où le consommateur se rendra compte qu'il peut, au moyen de quelques litres de vin, obtenir pour 1 fr. à 1 fr. 50 le litre d'une eau-de-vie naturelle équivalente à celle des bouilleurs de cru et supérieure, avec quelques soins et surtout s'il la laisse vieillir, au produit médiocre du monopole, simple coupage d'alcools d'industrie et qu'il devra payer 4 francs, il pensera sans doute qu'il serait bien naïf d'aller s'approvisionner chez le débitant et il distillera lui-même.

Que deviendront alors les recettes du monopole ?

Enfin, il faut compter que tous les commerçants qui subiront, du fait de l'organisation du monopole un grave préjudice, en deviendront les adversaires acharnés et s'efforceront, par tous les moyens, de substituer la vente des autres boissons à celle des spiritueux.

Bref, pour obtenir du monopole non pas même le milliard dont on a parlé, mais seulement une augmentation nette de 5 à 600 millions sur le produit actuel de l'impôt, il ne faut compter ni sur le consommateur dont on triplerait la charge déjà très lourde, ni sur le commerce dont les bénéfices nets n'arrivent pas au tiers de la somme, ni sur la répression de la fraude dont la limitation, à l'heure actuelle, ne saurait plus fournir un gros chiffre de recettes.

Arriverait-on par la proposition Louis Martin, à un supplément de recettes de 200 millions, obtenus moitié sur le consommateur, moitié sur les intermédiaires ? Il faudrait en déduire les frais considérables, et que n'a pas prévus l'auteur, nécessités par les indemnités de tout genre, les frais de rachat d'alcools et d'installation et les énormes frais généraux de surveillance.

Le milliard du monopole ne paraît donc qu'un ingénieux mirage qui s'évanouit devant un examen attentif.

Conséquences économiques, sociales et politiques. —
Au point de vue économique, la proposition Louis Martin aboutit d'abord à la proscription des eaux-de-vie naturelles au profit des alcools d'industrie, par les conditions tout à fait désavantageuses qu'elle crée à la pro-

duction des eaux-de-vie de cru surtaxées de 7 fr. 80 ;
elle aboutit, en second lieu, au maintien exclusif de tous
les gros commerçants, des barons du commerce, des
grands liquoristes, des grands commerçants et des gros
débitants ; il supprime, en fait, tout le petit commerce,
les petits liquoristes, tués par la concurrence de l'Etat
fabricant, les petits marchands en gros par le monopole
des entrepositaires de l'Etat et la concurrence des eaux-
de-vie du monopole, les petits débitants par l'impossibilité de continuer leur commerce avec un bénéfice trop
réduit.

C'est un organisme important de notre vie commerciale qui disparaîtrait ainsi, créant une foule de mécon-
tens, excitant les passions des petits contre les grands
et aggravant l'état social du pays. L'augmentation de
l'impôt retomberait lourdement sur le grand consommateur d'alcool, la classe ouvrière, absorbant au profit de
l'alcool des ressources nécessaires à l'entretien des ména-
ges. Elle accroîtrait donc encore le malaise social.

Au mécontentement profond de la foule des petits
commerçants expropriés et de tous ceux qui vivent
autour d'eux au nombre de près d'un million, il faudrait
ajouter les colères et la rancune de tous les producteurs
d'eau-de-vie naturelle au nombre de plus d'un million,
qui se verraient à peu près éliminés d'un marché, où ils
espéraient reconquérir leur ancienne situation.

A qui ce million de commerçants et de producteurs
s'en prendraient-ils de leurs déceptions, sinon au gouvernement et aux institutions qui auraient permis leur
spoliation ?

La proposition Louis Martin, dont les avantages fiscaux sont des plus incertains, créerait donc, au point
de vue économique, social et politique, une situation
pleine de dangers. Il paraît inutile d'en dire davantage.

Le projet Guillemet

Il n'a pas paru nécessaire de discuter ici la proposition du monopole présentée en 1899 par M. Ch. Guillemet, ancien député de la Vendée, bien que cette proposition qui tend au monopole de la rectification de l'alcool, ait paru rencontrer une certaine faveur dans les milieux parlementaires

M. Guillemet n'appartient plus au Parlement et personne n'a représenté sa proposition en son nom au cours de la présente législature comme l'a fait M. Louis Martin pour le système Alglave.

Mais ce motif n'eût peut-être pas paru suffisant, s'il n'en avait existé d'autres :

La proposition de M. Guillemet a passé par plusieurs formes successives, en quelques années, l'auteur s'étant attaché, avec une remarquable persistance, à perfectionner son système au fur et à mesure que se produisaient des objections lui paraissant fondées.

Il avait pris pour base, à l'origine, en 1894, une proposition déposée par M. Maujan en 1891, et dont il avait été le rapporteur à la Chambre, et il a successivement modifié cette proposition primitive en 1896, et en 1898 ; celle qu'il a déposée en 1899, diffère elle-même, en quelques points de sa proposition de 1898 ; et il est fort possible que le texte de 1899, après ces quatre dernières années de réflexion, ne représente plus exactement les idées de son auteur. On risquerait donc de discuter dans le vide.

Enfin, M. Maujan, dont la conception du monopole avait inspiré à l'origine M. Guillemet et qui avait laissé son collègue la développer par successives transformations, sans lui opposer aucun autre système, vient de déposer en 1903 une nouvelle proposition, dont les grandes lignes reproduisent dans l'ensemble celles de la dernière proposition Guillemet et qui paraît s'être attachée à éviter les critiques dirigées contre cette proposition.

On peut donc considérer la proposition Maujan comme une forme nouvelle de la proposition Guillemet et il suffit par conséquent de discuter le système le plus récent.

On se bornera, dès lors, à exposer très brièvement le projet Guillemet dans ses grandes lignes, en signalant les points qui prêtent le plus à la critique.

Le système consiste en un monopole de rectification, de dénaturation et de vente en gros des alcools d'industrie combiné avec une augmentation de l'impôt sur tous les spiritueux, une forte majoration sur les droits de douane et une règlementation assez stricte de la production des eaux-de-vie naturelles.

L'Etat se réserve le droit exclusif de vendre au commerce les alcools d'industrie après les avoir rectifiés.

La production des eaux-de-vie naturelles, celle des spiritueux composés et des liqueurs, les commerces de gros et de détail restent libres, mais réglementés.

Le droit de consommation est porté de 220 francs à 450 environ (500 fr. y compris la valeur de la marchandise) pour les alcools d'industrie et 400 fr. pour les eaux-de-vie naturelles. Il est donc doublé dans l'ensemble.

Le *distillateur* d'alcools d'industrie reste libre de produire à sa guise, et il est même excité à le faire par des primes éventuelles, mais il ne peut vendre qu'à l'Etat, de gré à gré ou par adjudication et il ne saura que faire de ses excédents de production, car il ne pourra :

— Ni les vendre au commerce ;

— Ni les exporter, les marchés étrangers lui étant fermés ;

— Ni les dénaturer.

L'achat des flegmes par le monopole se fera pour les 2/3 par marchés directs et le reste par adjudication, il présente tous les inconvénients que l'on a mis en évidence dans l'étude générale : difficultés de déterminer le choix des alcools selon la matière première d'où ils émanent, intrigues et suspicions.

La production d'*eaux-de-vie naturelles* est favorisée par une prime de 50 fr. environ, mais toute la fabrication chez le bouilleur de cru comme dans les distilleries est soumise à une stricte surveillance et le paiement du droit est exigé dès la sortie des usines ou des caves du producteur, ce qui créera des difficultés pour la vente, à cause des avances de fonds que devra faire le commerce.

En outre, le récoltant bouilleur se voit privé de la faculté la pl s importante pour lui, celle de distiller des récoltes avariées et il ne conserve comme compensation que la franchise de la consommation sur 15 litres d'alcool pur.

Les producteurs de *grandes eaux-de-vie* verront leurs débouchés à peu près fermés par les mesures de retorsion que prendront les pays étrangers dont les spiritueux seront frappés, à l'importation en France, de taxes très élevées. C'est la ruine de cette production, qui selon l'heureuse expression de M. Astier constitue la « parure » de notre production nationale de spiritueux.

Les *liquoristes* et fabricants de *spiritueux composés* pourront travailler sous la surveillance de la Régie, mais l'augmentation de leur prix de revient et les tarifs majorés à l'importation sur les liqueurs étrangères auront pour conséquence de ruiner le commerce de l'exportation.

Les *marchands en gros* sont soumis à un régime non défini, paraissant consister, d'une part, en ce qui concerne les alcools d'industrie, dans l'entrepôt à domicile, avec paiement par obligations cautionnées, ce qui paraît être inconciliable, et, en ce qui concerne les eaux-de-vie naturelles, dans le paiement préalable des droits avant l'introduction. S'ils bénéficient du crédit des droits sur les alcools d'industrie, on ne voit pas comment la Régie pourra, après coupages, reconnaître la partie imposée de la partie créditée. Si le commerce de gros ne doit opérer qu'avec des alcools libérés des droits, il lui faudra, aux tarifs prévus par M. Guillemet, d'énormes capitaux ; ce sera la ruine des petits au profit des grands.

Les *débitants* sont libres de vendre à un prix quelconque ; ils auront à subir de nouveau l'exercice de la régie.

Les *industries annexes* qui emploient les alcools, dénaturés ou non, verront augmenter leurs prix de revient. Les alcools dénaturés ne seront préparés qu'avec des alcools *rectifiés*, ce qui augmentera également et *sans aucune utilité* le prix de revient et empêchera l'essor et l'avenir de ces alcools.

Le *consommateur* supportera tout le poids de l'augmentation d'impôt puisque le prix de vente par le commerce n'est pas limité ; il aura à doubler la dépense actuelle consacrée à l'alcool, au détriment des dépenses de première nécessité.

Au *point de vue fiscal*, il est évident que le consommateur ne pourra supporter une surcharge aussi forte et qu'il y aura des mécomptes de ce chef ; la surveillance étroite des opérations des producteurs et surtout des bouilleurs de cru, des liquoristes et fabricants de spiritueux composés, des marchands en gros et des débitants en tous lieux nécessiteront une énorme augmentation de personnel et des frais correspondants.

Le doublement de l'impôt, augmentant d'autant la prime à la fraude, en surexcitera l'ingéniosité, la développera dans les débits, chez le bouilleur de cru et même au domicile du simple particulier et, en définitive, pour tous ces motifs, le rendement fiscal du système demeurera très incertain et bien inférieur aux prévisions de M. Astier.

Au point de vue économique, la protection des intérêts agricoles est contrebalancée fâcheusement par la perspective des difficultés de la surproduction ; et pour les eaux-de-vie naturelles, on opposera à la protection provenant de la taxe différentielle l'interdiction de la distillation des récoltes avariées et les difficultés d'écoulement qui résulteront de l'obligation du paiement des droits au sortir de la propriété.

Au point de vue *social*, le rendement fiscal ne peut être obtenu que par l'accroissement de la consommation de l'alcool ou de très lourdes charges imposées au consommateur actuel. La population ouvrière en fera les frais au détriment de la santé publique ou de son état social.

Au point de vue *politique*, ni le commerce d'exportation ne supportera facilement sa ruine, ni les petits marchands en gros leur suppression de fait, ni les bouilleurs de cru, ni les débitants les mesures de contrôle et de surveillance qui seront inaugurées ou reprises dans leur propriété ou dans leurs établissements.

Il en résultera, un mécontentement général, avec toutes les agitations et tous les inconvénients politiques qui en découlent.

Enfin, abstraction faite de toutes ces difficultés, de tous ces inconvénients, le système Guillemet paraît parfaitement inutile, car n'absorbant ni la production, ni l'industrie, ni le commerce il ne prévoit pas des mesures et ne permet d'obtenir d'autres résultats que ceux que l'on pourrait prendre ou obtenir par une simple réglementation, sans monopole.

Projet Guillemet

Voici le texte de la proposition de loi de M. Guillemet, tendant a établir en France le monopole de la rectification de l'alcool, et à en employer le produit à la création d'une Caisse nationale de retraites en faveur des vieux travailleurs de l'industrie, du commerce et de l'agriculture.

Article premier.

Aucun liquide alcoolique, autre que ceux désignés à l'article 2, ne pourra être mis en vente, livré à la consommation ou employé à des usages domestiques ou industriels, que s'il a été fabriqué avec de l'alcool rectifié provenant des usines fabriquant pour le compte de l'Etat.

Art. 2.

Les eaux-de-vie de vin, de cidre, de marc, de lies et de fruits, ainsi que les liqueurs et boissons dites apéritifs, ne seront pas soumises aux prescriptions de l'article premier, mais elles devront être distillées ou fabriquées, sous la surveillance de l'Etat, dans des appareils agréés et poinçonnés par l'Administration des Contributions indirectes et moyennant l'accomplissement des formalités exigées par cette Administration et le payement des droits à la sortie de l'usine ou des caves du propriétaire. Le mélange de toute substance nuisible est formellement interdit. Ces substances seront désignées par un règlement d'administration publique, après avis de l'Académie de médecine.

La distillation des fruits et des cidres avariés est aussi rigoureusement interdite.

Tous les appareils seront munis d'un compteur agréé par l'Etat et dont celui-ci aura seul le maniement.

Les alambics non agréés par l'Etat devront être mis hors d'usage.

Art. 3.

Chaque litre d'alcool d'industrie à 100 degrés sera vendu 5 francs par l'Etat, qui livrera par quantité minimum de 25 litres dans les usines qui fabriqueront pour son compte.

Les eaux-de-vie naturelles payeront un droit de 4 francs par litre d'alcool à 100 degrés.

Les rhums et tafias des colonies françaises seront assimilés aux eaux-de-vie naturelles. Leur degré d'impureté ne devra pas dépasser un maximum déterminé par l'Académie de médecine.

Art. 4.

Les liquides alcooliques, eaux-de-vie, liqueurs, apéritifs, devront être expédiés dans des bouteilles revêtues du visa de la Régie, ou en fûts plombés par l'Administration des Contributions indirectes, qui exigera sur chaque fût la désignation de la tare, du poids brut en fonction du poids d'un litre de liquide contenu, avec le numéro de ce fût en regard. La nature du liquide alcoolique devra toujours aussi être indiquée sur le récipient. La pièce de régie qui accompagnera reproduira toutes ces désignations.

Art. 5.

Les agents de l'Administration des Contributions indirectes auront le droit de procéder à l'analyse ou à la vérification de tous liquides alcooliques mis en vente, livrés à la consommation ou en cours de route.

Art. 6.

Les agriculteurs qui voudront user pour leur consommation d'alcools provenant de leur propre récolte en vins, cidres, poirés, marcs, lies, fruits, pourront prélever 30 litres d'eau-de-vie à 50 degrés sur la distillation de leurs produits. Cette consommation est uniquement réservée à la famille habitant avec le producteur.

Art. 7.

Tous les flegmes que l'Etat fera rectifier, en vertu du monopole que lui confère la présente loi, seront achetés aux distillateurs français, sauf le cas d'insuffisance constatée, et dirigés sur les usines de rectification. Les deux tiers seront achetés de gré à gré et l'autre tiers par voie d'adjudication.

Art. 8.

Au commencement de chaque trimestre, il publiera un tableau des quantités de flegmes dont il pensera avoir besoin; il fixera à la même époque, et plus souvent, si cela est nécessaire, le maximum et le minimum des prix entre lesquels pourront osciller les prix d'achat de gré à gré.

L'Etat publiera également un tableau du mouvement de ses achats de flegmes et de ses ventes d'alcool rectifié.

Ces achats devront être répartis autant que possible entre tous les producteurs d'alcool proportionnellement à leur production pendant les trois dernières campagnes.

Des primes de fabrication pourront être accordées par l'Etat aux distillateurs agricoles; elles seront déterminées par un règlement d'administration publique.

Lorsque les adjudications n'aboutiront pas, en raison des prix excessifs demandés par le soumissionnaire, le ministre des Finances aura le droit de se procurer les quantités nécessaires au fonctionnement du monopole par des marchés de gré à gré.

Art. 9.

L'Etat devra mettre en adjudication la rectification de ses alcools. Il n'admettra à ces adjudications, qui devront être le plus possible fractionnées, que les usines qui auront les procédés de rectification indiqués par l'Administration et donnant des alcools absolument neutres.

La rectification sera faite sous la surveillance permanente d'un chimiste de l'Etat attaché à chaque usine.

Un règlement d'administration publique déterminera les conditions dans lesquelles seront faites les adjudications.

L'Etat pourra traiter de gré à gré lorsque les adjudications n'auront pas abouti en raison des prix excessifs demandés par les concessionnaires.

Les usines qui rectifieront pour l'Etat devront mettre à sa disposition les locaux nécessaires pour les employés du monopole.

Art. 10.

Les conditions dans lesquelles seront autorisés et exercés les entrepôts à domicile seront déterminées également par un règlement d'administration publique. L'Etat pourra admettre les obligations cautionnées à terme pour les alcools entreposés.

Art. 11.

La pharmacie, la parfumerie, la vinaigrerie, lorsqu'elles emploieront des alcools d'industrie, ne pourront faire usage que de l'alcool rectifié par l'Etat ou d'eaux-de-vie naturelles.

Art. 12.

Tous les alcools dénaturés seront également livrés par l'Etat dans les conditions déterminées par l'Administration des Contributions Indirectes. L'Etat les livrera à son prix de revient, auquel il ajoutera l'impôt actuel.

Les alcools destinés à l'éclairage, au chauffage et à la production de force motrice seront indemnes d'impôt. Ils recevront un dénaturant spécial, déterminé par le omité des Arts et Manufactures.

Les prix des alcools dénaturés seront fixés tous les trois mois.

Art. 13.

Toutes les quantités d'alcools d'industrie existant en magasin au moment de la promulgation de la loi seront achetées par l'Etat au prix d'estimation et envoyées dans les usines de rectification pour y être analysées et rectifiées, s'il y a lieu.

Un inventaire sera adressé chez les négociants et fabricants d'eaux-de-vie naturelles et de liqueurs; les stocks en magasin seront mis en entrepôt.

Une vignette spéciale indiquera que ces eaux-de-vie et ces liqueurs sont d'une fabrication antérieure au monopole de la rectification de l'alcool.

Art. 14.

Les droits de douane sur les alcools sont portés à 525 francs au tarif général et 500 francs au tarif minimum. Les alcools dénaturés payeront le même prix.

Les liqueurs payeront au degré à raison de 550 francs l'hectolitre à 100 degrés au tarif général et 525 francs pour le tarif minimum.

Art. 15.

Les alcools, eaux-de-vie naturelles et les liqueurs pour l'exportation sont exempts de tous droits. Les alcools rectifiés pour l'exportation seront vendus au prix de revient par l'Etat.

Art. 16.

Les fabricants d'alambics ne pourront livrer leurs appareils que lorsqu'ils auront été poinçonnés, numérotés, agréés par l'Etat et que leur état civil aura été établi. Aucun alambic ne pourra circuler sans une feuille d'expédition indiquant le nom de l'expéditeur, celui du destinataire, le numéro et le signalement de l'appareil.

Le fabricant et le destinataire seront solidairement responsables des fraudes et défauts de formalité.

L'état civil des appareils actuels devra être établi par l'Administration des Contributions indirectes, après déclaration des propriétaires. Un règlement d'administration publique, établi après avis d'une Commission scientifique, indiquera ceux qui pourront être agréés par l'Etat.

Art. 17.

Tout délinquant aux dispositions de la présente loi sera passible des tribunaux. Aucune transaction amiable entre le délinquant et l'Administration des Contributions indirectes ne sera tolérée.

Art. 18.

Toute contravention à la présente loi sera punie d'une amende de 500 à 3.000 francs, indépendamment de la saisie des alcools ou liqueurs.

En cas de récidive, l'amende sera de 1.000 à 5.000 francs et une condamnation à un emprisonnement de trois mois à un an pourra être prononcée en outre.

Toutefois, dans les deux cas, l'article 463 du Code pénal pourra être appliqué par les tribunaux.

Art. 19.

Toute personne qui ne se sera pas conformée aux prescriptions de l'article 16 sera punie de la saisie des appareils, indépendamment des peines prescrites par l'article 18.

Art. 20.

5 0/0 des recettes du monopole seront employés à combattre l'alcoolisme dans ses causes et dans ses effets.

Art. 21.

Les produits du monopole devront être employés à la suppression complète des droits sur les vins, cidres, poirés, hydromels, bières, à la suppression de la contribution des portes et fenêtres, à la diminution de l'impôt foncier, des droits de mutation à titre onéreux et de l'impôt des patentes; à la suppression de l'impôt sur les transports et des timbres de quittance.

Art. 22.

Dans le premier budget où il sera fait emploi du produit du monopole, le Gouvernement ne portera plus en recettes les impôts supprimés et proposera le mode de dégrèvement pour les impôts à diminuer.

12

Projet Maujan

Proposition de loi de M. MAUJAN, ayant pour objet l'établissement du monopole de la rectification de l'alcool.

I

EXPOSÉ DES MOTIFS

La Consommation de l'alcool suit en France une marche ascendante

La consommation de l'alcool, qui était, en 1850, de 1 lit. 46 par an et par habitant, s'est élevée, en 1900, à 4 lit. 66 ; elle a donc plus que triplé dans l'espace d'un demi-siècle.

Il y a lieu, en outre, d'observer que le chiffre de 4 lit. 66 précité ne représente pas le total de la consommation réelle par habitant : il faut, en effet, y ajouter les quantités qui, produites par les bouilleurs de cru, ont échappé à l'impôt, et celles qui, transportées en fraude, n'ont pas acquitté les taxes exigibles.

De plus l'importance de la consommation de l'alcool est attestée par ces deux faits :

1° Le nombre des marchands de boissons en gros, était, en 1901, de 28.405 ;

2° Il existait, en 1901, 467.419 débitants. Paris, seul, en comptait 31.121.

Il convient, dès lors, de diminuer, dans la mesure du possible, les dangers que présente la consommation, toujours plus grande, de l'alcool non rectifié ou mal rectifié.

Ni l'augmentation des droits, ni un relèvement de prix ne suffiraient pour obtenir, d'une façon certaine, ce résultat.

Il faut, par suite, chercher dans l'amélioration des produits consommés un remède à l'alcoolisme « qui abaisse la vigueur

de la race et lègue à la patrie des générations sans force
« morale et physique, destinées à disparaître par l'appauvrisse-
« ment du sang et dans les hontes de la criminalité ».

Mais, comment pourront, seules, être livrées à la consommation des boissons de bonne qualité ?

Doit-on s'adresser à l'industrie libre des alcools ? Nous répon-
dons négativement.

Le commerce n'a, en effet, aucun intérêt à livrer de l'alcool
éthylique c'est-à-dire inoffensif ; le buveur lui-même n'exige pas
une rectification parfaite des liqueurs spiritueuses, car les poi-
sons contenus dans ces boissons, imparfaitement rectifiées,
flattent agréablement son palais.

Doit-on organiser une surveillance rigoureuse, exercée par
l'Etat ?

Cette surveillance entraînerait, sans résultats certains, des
dépenses considérables, l'augmentation du nombre des fonctionnaires, l'établissement coûteux d'usines pour les analyses obli-
gatoires et très nombreuses. L'intervention de l'Etat serait donc
absolument illusoire.

Dans ces conditions, nous avons pensé qu'aucun doute n'était
permis. Puisque le commerce ne peut assurer la rectification
absolue et nécessaire, de l'alcool, puisque la surveillance du
Gouvernement ne peut s'exercer d'une façon efficace, il appartient à l'Etat de se charger lui-même de la rectification de
l'alcool.

Ce monopole, attribué à l'Etat et justifié, d'ailleurs, par un
intérêt puissant d'hygiène publique, ne porte aucune atteinte à
l'initiative individuelle et à la liberté commerciale ; *il permet,
en outre, de supprimer totalement le facteur principal de l'alcoolisme : la mauvaise qualité.*

Enfin, tout en sauvegardant la santé publique, tout en modé-
rant la consommation, ce monopole est un merveilleux organe
de réformes fiscales.

II

MODE DE FONCTIONNEMENT DU MONOPOLE DE LA RECTIFICATION DE L'ALCOOL

1°. — *Alcools d'industrie*

En fait, la fabrication des alcools d'industrie se trouve concentrée dans 250 établissements environ, parmi lesquels 200 n'ont
qu'une importance restreinte.

De ces 250 distilleries, 49 seulement ont eu, pendant la

campagne 1899-1900, une production supérieure à 10.000 hecto-litres :

			Hectolit.	Hectolit.
15 ont fabriqué de...............			10.000 à	15.000
7	—	....	15.001 à	20.000
3	—	....	20.001 à	25.000
5	—	....	25.001 à	30.000
2	—	....	30.001 à	35.000
3	—	....	35.001 à	40.000
3	—	....	40.001 à	50.000
	—	....	50.001 à	55.000
2	—	....	55.001 à	60.000
9 ont fabriqué plus de...............			60.000	

__49__

Ces 49 distilleries sont réparties comme suit :

				Hectolit.
Aisne	4 distilleries ayant fabriqué			301.419
Nord	24	»	»	514.700
Pas-de-Calais	8	»	»	260.213
Seine-Inférieure	2	»	»	141.250
Seine-et-Oise	3	»	»	69.762
Autres d.............	5	»	»	153.501
Somme	3	»	»	280.823

Le tableau ci-dessous donne, pour les mêmes années 1899 et 1900, les quantités d'alcool d'industrie produites par toutes les distilleries existant en France :

Produits mis en œuvre	1899 Hectolit.	1900 Hectolit.
Substances farineuses.................	714.774	562.455
Mélasses indigènes.................	652.675	769.509
Mélasses étrangères ou des colonies.....	14.818	27.166
Jus de betteraves.................	1.043.195	967.311
Betteraves coupées ou macérées.........	4.125	5.914
Substances diverses.................	1.544	856
Total général	2.431.131	2.333.211

Liberté du Commerce

Sous le régime du monopole de la rectification de l'alcool, *les industriels* travailleront aussi librement que dans le passé.

Achat de l'alcool par l'Etat

L'alcool produit sera acheté par l'Etat et dirigé sur les usines de rectifications.

Le prix d'achat sera déterminé, chaque année, lors du vote de la loi de finances.

Les alcools, expédiés des distilleries (1), à destination des usines de rectification de l'Etat, seront accompagnés d'un acquit-à-caution bleu.

Tout acquit-à-caution, non régulièrement déchargé, motivera le payement par l'expéditeur, déclaré responsable, du quadruple droit de consommation.

Il en sera de même pour les quantités reconnues manquantes lors de l'arrivée de l'alcool à l'usine de rectification.

On évitera ainsi que les alcools ne soient, en totalité ou en partie, soustraits en cours de route ou détournés de leur destination réelle.

Rectification de l'alcool par l'Etat

Les alcools, achetés par l'Etat aux industriels seront rectifiés à 97 o/o ou 98 o/o dans des usines installées aux centres géographiques de production.

Marchands en gros de boissons

Le monopole de la rectification de l'alcool ne portera nulle atteinte au commerce en gros des boissons; il ne supprimera pas, en effet, les marchands en gros : ceux-ci deviendront les intermédiaires entre l'Etat et les débitants ou les particuliers.

L'alcool, rectifié par l'Etat, sera vendu aux marchands en gros (2).

Le prix par hectolitre, sera le suivant :

1° Remboursement du prix d'achat payé par l'Etat aux distillateurs de flegmes...................... 40 Fr. (prix moyen).
2° Coût de la rectification............ 25 »   —
3° Droit général de consommation perçu au profit de l'Etat.............. 230 »   —

Total....................... 295 Fr.   —

---

(1) Les fûts seront plombés au départ par les employés des Contributions indirectes, attachés à la distillerie expéditrice.
(2) Les achats ne pourront être inférieurs à 10 hectolitres.

A ce total, il y aura lieu d'ajouter le montant du droit d'entrée, perçu au profit de l'Etat, lorsque l'alcool sera introduit dans une ville d'une population de 4.000 habitants et au-dessus.

Ce droit est uniformément fixé à 30 francs.

Au moment même de l'achat, les marchands en gros *rembourseront la somme versée par l'Etat (40 francs par hectolitre d'alcool) et ils payeront le coût de la rectification (25 francs), soit au total : 65 francs.*

Quant au droit perçu au profit de l'Etat (1) il leur en sera fait crédit.

Ce droit sera payé, *à la fin de chaque trimestre,* sur les quantités expédiées aux débitants ou aux particuliers, durant le cours dudit trimestre.

Les alcools, expédiés aux marchands en gros par les usines de rectification de l'Etat, seront introduits en magasin en vertu d'acquits-à-caution rouges.

Les employés des contributions indirectes recenseront les magasins de gros, aussi souvent qu'ils le jugeront utile.

Les manquants constatés en magasin, lors des inventaires, donneront lieu au paiement du droit général de consommation et, le cas échéant, du droit d'entrée.

Tout excédent, quelle que soit son importance, sera saisissable par procès-verbal.

Il sera accordé aux marchands en gros une déduction annuelle de 11 50 o/o, calculée comme il est actuellement procédé au 50 D.

Fabricants d'amers, d'absinthe, de liqueurs de marque, de liqueurs ordinaires, etc.

Les amers, absinthes, les liqueurs, etc..., ne pourront être fabriqués avec de l'alcool rectifié par l'Etat.

Les industriels qui, pour leurs fabrications (2), distilleront des macérations de plantes, de graines d'anis ou de fenouil... etc., ou toutes autres matières, bénéficieront, sur la quantité totale d'alcool mis en œuvre, d'une déduction de 21 50 o/o.

Les industriels ne pourront se servir que d'essences préalablement rectifiées et *dont l'innocuité aura été, au préalable, reconnue.* La rectification de ces essences donnera lieu à une déduction de 2 50 l. o/o.

Les fabricants d'amers, d'absinthes, de liqueurs, etc., qui

---

(1) Il sera fait crédit du droit général de consommation et le cas échéant, du droit d'entrée.

(2) Ils devront faire une déclaration de fabrication à la recette buraliste de leur circonscription.

bénéficient du crédit des droits sur l'alcool en leur possession, sont assimilés aux marchands en gros.

Fabricants de cognacs

Les fabricants de cognacs seront autorisés à procéder à la distillation des vins, sous réserve de faire une déclaration à la recette buraliste de leur circonscription.

Bénéficiant du crédit des droits sur les alcools obtenus, ils seront assimilés aux marchands en gros.

2° Bouilleurs de cru

Les vins, cidres, poirés, marcs, lies, cerises, prunes et prunelles ne pourront être mis en œuvre que dans un local désigné par la Régie et situé au chef-lieu de canton ou par des bouilleurs ambulants opérant pour le compte de l'Etat (1).

Dans ce local, la distillation aura lieu, sous la surveillance d'un employé de la Régie, à l'aide d'un alambic banal.

Il sera payé, pour frais de manipulation, o fr. 10 par litre d'alcool obtenu, l'Etat n'ayant pas à réaliser de bénéfice.

Les droits (droit de consommation, et, le cas échéant, droit d'entrée) seront immédiatement exigibles sur les quantités produites.

Les propriétaires récoltants qui désireraient ne pas acquitter immédiatement le droit général de consommation et, s'il y a lieu, le droit d'entrée, pourront, lorsque la somme due excèdera 50 francs, souscrire un engagement de se libérer dans le délai de six mois, par acomptes mensuels, dont le premier sera exigible au moment même de l'enlèvement de l'alcool fabriqué.

Ils devront, en outre, fournir bonne et solvable caution.

Il sera accordé aux propriétaires récoltants, sur l'alcool obtenu, une quantité de 10 o/o pour consommation de famille. Ladite quantité est exempte du droit général de consommation.

L'allocation précitée n'est pas annuelle. Elle n'est accordée que pour l'année même de la fabrication.

L'Etat n'est nullement obligé d'acheter l'alcool que les bouilleurs de cru auront obtenu par la mise en œuvre des produits de récolte.

---

(1) D'autres locaux pourront être désignés lorsque les bouilleurs de cru seront très nombreux dans le canton.

Débitants

Les débitants vendront au public :

1° Les alcools achetés aux marchands en gros soit aux fabricants d'amers, d'absinthes, de liqueurs, etc. ;

2° Les alcools achetés aux bouilleurs de cru.

Des prélèvements seront opérés chez les débitants par les employés des Contributions indirectes, aussi souvent qu'il sera jugé nécessaire.

Tout alcool, reconnu nocif, donnera lieu à la rédaction d'un procès-verbal.

En cas de contestation, des échantillons seront prélevés et transmis par les verbalisants au laboratoire (1) le plus proche.

Lorsque le laboratoire aura fait connaître le résultat de l'analyse, il ne pourra être procédé à aucune contre-expertise.

Alambics

Nul ne pourra détenir des appareils ou portions d'appareils propres à la distillation en vue de la fabrication ou du repassage d'eaux-de-vie ou d'esprits.

Des exceptions à cette règle pourront toutefois être accordées aux personnes qui justifieront de la nécessité de faire usage desdits appareils pour les besoins de leur profession.

Ceux que leur profession n'obligent pas à détenir des alambics devront, dès la promulgation de la loi, déposer lesdits alambics à la mairie de leur commune.

Vinages

Les vinages devront être faits avec des alcools dont les agents de la Régie auront au préalable, reconnu la pureté.

Boissons dites « apéritifs »

Il en sera de même pour la fabrication des boissons, dites « apéritifs ».

Vinaigres

Les fabricants de vinaigres ne pourront employer que des alcools rectifiés par l'Etat.

---

(1) Liste des laboratoires dépendant du ministère des Finances : Paris, Arras, Bayonne, Belfort, Bordeaux, Calais, Cette, Dunkerque, Le Havre, Lille, Lyon, Marseille, Nancy, Nantes, Nice, Port-Vendres, Rouen, Saint-Quentin, Alger.

Importation des alcools

Afin de protéger l'industrie française, l'Etat devra s'engager à ne pas importer d'alcool.

Toutefois, au cas où la production française serait insuffisante, l'Etat se réserverait le droit d'importer de l'alcool (1). — tout en restreignant au minimum cette importation.

L'Etat pourra, sur les demandes faites par les intéressés, autoriser l'importation d'alcools et de liqueurs, mais il se réservera le droit de vérifier, dès leur arrivée, la qualité de ces alcools et de ces liqueurs dont il permettra ou interdira la vente et la consommation en France.

Exportation des alcools

Pourront exporter des alcools : l'Etat, les marchands en gros, les fabricants d'amers, d'absinthes, de liqueurs et les bouilleurs de cru.

Les alcools exportés seront exempts de tous droits.

Le tableau suivant présente le chiffre annuel de l'exportation des alcools et des liqueurs depuis 1850.

Alcools dénaturés

Il est un écueil qu'il importe d'éviter, sous peine de tout compromettre : c'est celui qui résulte de la diminution des droits sur les alcools soumis à la dénaturation.

Cette diminution de droits — diminution que, dans l'intérêt de certaines industries, *on ne peut pas consentir* — donne lieu à des fraudes très actives et très préjudiciables aux intérêts du Trésor.

Les quantités d'alcool, soumises à la dénaturation, sont d'ailleurs importantes.

Il importe de prendre des mesures très sévères, en vue d'empêcher la fraude.

Ces mesures sont les suivantes :

a) L'alcool sera livré aux dénaturateurs par l'Etat tel que celui-ci le recevra des distilleries.

b) Il sera tenu chez les dénaturateurs un compte très exact des quantités d'alcool introduites, lesquelles quantités auront été accompagnées d'un acquit-à-caution blanc.

c) Les dénaturations devront avoir lieu en présence des employés des Contributions indirectes.

d) Les alcools seront dénaturés selon la formule donnée par le Comité des Arts et Manufactures.

---

(1) L'Etat seul aura ce droit.

e) Après la dénaturation, les alcools seront mis dans des bonbonnes dont la contenance ne pourra excéder 25 litres. Ces bonbonnes seront plombées par les employés ayant assisté à la dénaturation.

f) L'alcool dénaturé circulera, accompagné d'un acquit rose, lorsque le destinataire sera un entrepositaire, et d'un passavant lorsque le destinataire sera un simple particulier.

Pénalités

Des pénalités très sévères doivent être édictées.
Les contrevenants ne seront pas admis à transaction.

Conclusion

Des considérations qui précèdent se dégage nettement cette proposition :
Le monopole de la rectification de l'alcool par l'Etat s'impose au point de vue de l'hygiène publique et des réformes sociales.

C'est pourquoi nous avons l'honneur de soumettre à la haute approbation de la Chambre le projet de loi dont la teneur suit :

Article premier. — Aucun liquide alcoolique, autre que ceux désignés à l'article 2, ne pourra être mis en vente et livré à la consommation que s'il a été fabriqué avec de l'alcool rectifié, provenant des usines de l'Etat.

Art. 2. — Les eaux-de-vie de vin, de cidre, de marcs, de lies et de fruits, ainsi que les liqueurs et les boissons dites « apéritifs, ne seront pas soumises aux dispositions de l'article premier.

Art. 3. — L'alcool sera acheté par l'Etat aux distillateurs et dirigé sur les usines de rectification.

Le prix d'achat de l'alcool par l'Etat sera fixé, chaque année, par la loi de Finances.

Art. 4. — Après avoir été rectifié, l'alcool sera vendu par l'Etat aux marchands en gros.

Ceux-ci ne pourront s'approvisionner par quantités inférieures à 10 hectolitres.

Art. 5. — Les marchands en gros rembourseront à l'Etat, au moment de l'enlèvement des alcools le montant du prix d'achat, versé par l'Etat aux distillateurs; ils payeront, en outre, pour frais de rectification, une somme de 25 francs par hectolitre.

Aucun crédit pour le remboursement de ces sommes ne sera consenti.

Art. 6. — Le droit général de consommation, perçu au profit de l'Etat, est fixé à 230 francs par hectolitre.

Le droit perçu, au profit de l'Etat, à l'entrée des villes ayant une population de 4.000 habitants et au-dessus, est uniformément fixé à 30 francs.

Il pourra être fait crédit de ces droits aux marchands en gros, sous les conditions que déterminera ultérieurement, d'après l'exposé des motifs de la présente loi, un règlement d'administration publique.

Art. 7. — Les agents des Contributions indirectes prélèveront des échantillons d'alcool chez les marchands en gros.

Tout alcool reconnu nocif sera saisi par procès-verbal.

En cas de contestation, les échantillons prélevés seront envoyés au Laboratoire des Finances aux fins d'expertise.

Lorsque le Laboratoire aura fait connaître le résultat de son analyse, il n'y aura pas lieu à contre-expertise.

Art. 8. — Les agents des Contributions indirectes recenseront les magasins des marchands en gros aussi souvent qu'ils le jugeront utile.

Art. 9. — Une déduction annuelle de 1 50 0/0 est accordée aux marchands en gros sur les quantités ayant séjourné en magasin, quelle que soit la nature des récipients (bois, verre, fer, etc.).

Art. 10. — Tout excédent, quelle qu'en soit l'importance, constaté au cours d'un recensement, est saisissable.

Art. 11. — L'acquittement des droits sur les alcools, vendus pendant le trimestre, par le marchand en gros, et le payement des manquants non couverts par la déduction de 1 50 0/0, auront lieu à la fin de chaque trimestre.

Art. 12. — Les amers, les absinthes, les liqueurs et toutes les autres boissons similaires ne pourront être fabriqués qu'avec de l'alcool rectifié par l'Etat et sous la surveillance des employés des Contributions indirectes.

Art. 13. — Les industriels qui, pour la fabrication de leurs produits , mettront en œuvre des macérations de graines, plantes, écorces, fruits, etc., bénéficieront, sur la quantité totale d'alcool employé, d'une déduction de 2 50 0/0.

La rectification des essences donnera lieu à l'allocation d'une déduction de 2 50 0/0.

Art. 14. — Les fabricants de cognac pourront procéder à la distillation des vins, sous la surveillance des agents des Contributions indirectes.

Art. 15. — Les propriétaires récoltants ne pourront procéder à la mise en œuvre des vins, cidres, poirés, marcs lies, cerises prunes et prunelles — cette énumération étant limitative — que dans un local désigné par l'administration des Contributions indirectes et dans lequel sera installé un alambic banal.

La distillation aura lieu en présence des employés des Contributions indirectes.

Sur les quantités obtenues il sera perçu, dès la fin des travaux de distillation, outre les droits dus à l'Etat, une somme de 10 francs par hectolitre d'alcool obtenu, pour frais de manipulation.

Il pourra être fait crédit des droits perçus au profit de l'Etat, lorsque la somme due excédera 50 francs.

L'intéressé souscrira alors un engagement de se libérer, dans un délai de six mois par acomptes mensuels dont le premier sera exigible au moment même de l'enlèvement de l'alcool produit.

Le débiteur devra fournir bonne et solvable caution.

Ar. 16. — Il sera accordé aux propriétaires récoltants, sur l'alcool obtenu, une quantité de 10 0/0, pour consommation de famille.

Ladite quantité sera exempte de tous droits. L'allocation précitée n'est pas annuelle. Elle n'est accordée que pour l'année même de la fabrication.

Art. 17. — Les débitants vendront aux consommateurs :

1° Des alcools achetés soit aux marchands en gros, soit aux fabricants d'amers, d'absinthes, de liqueurs, etc.

2° Les alcools achetés aux bouilleurs de cru.

Tout alcool reconnu nocif sera saisi par procès-verbal.

En cas de contestation, il sera procédé comme il est dit en l'article 7, paragraphes 3 et 4.

Art. 18. — Nul ne pourra détenir, soit dans Paris, soit en tout autre lieu, des appareils ou portions d'appareils propres à la distillation en vue de la fabrication ou de repassage d'eaux-de-vie ou esprits.

Des exceptions à cette règle pourront être accordées, sous forme d'autorisations individuelles, toujours révocables, aux personnes qui justifieront de la nécessité de faire usage d'appareils à distiller pour les besoins de leur commerce.

Ces appareils seront poinçonnés, et, durant les périodes pendant lesquelles il n'en est pas fait usage, déposés dans un local agréé par l'administration des Contributions indirectes.

Les dispenses, prévues par l'arti. 15 de la loi du 31 mars 1903, demeurent maintenues.

Art. 19. — Les vinages ne pourront être faits qu'avec l'alcool rectifié par l'Etat.

Il en sera de même pour la fabrication des vinaigres et des boissons dites « apéritifs ».

Art. 20. — Les alcools, destinés à la dénaturation, seront livrés aux dénaturateurs par l'Etat tels qu'ils auront été reçus des distilleries et au prix payé par l'Etat.

Les dénaturations auront lieu en présence des employés des Contributions indirectes.

Les alcools seront dénaturés selon la formule donnée par le Comité des arts et manufactures.

Après leur dénaturation, les alcools seront mis dans des bonbonnes dont la contenance ne pourra être supérieure à 25 litres. Ces bonbonnes seront plombées par les employés des Contributions indirectes qui auront assisté à la dénaturation.

Les bonbonnes ne pourront être déplombées que l'une après l'autre, pour l'usage courant, sous peine de procès-verbal, emportant saisie.

Art. 21. — L'Etat s'interdit la faculté d'ouvrir des distilleries pour produire des flegmes quelconques.

Tous les flegmes que l'Etat rectifiera, en vertu du monopole que lui confère la présente loi, seront achetés aux distillateurs français.

Art. 22. — L'Etat a, seul, le droit d'importer et d'exporter.

Toutefois, l'Etat pourra autoriser l'importation des alcools et des liqueurs, mais il se réservera le droit d'analyser ces alcools et ces liqueurs, dès leur arrivée en France et, selon le résultat de l'analyse — qui ne pourra donner lieu à une contre-expertise — il en permettra ou en interdira la vente et la consommation en France.

Les rhums et tafias des colonies françaises, importés en France par l'Etat ou par des particuliers, seront assimilés aux eaux-de-vie naturelles. Leur degré d'impureté ne devra pas dépasser un maximum fixé par l'Académie de médecine.

Art. 23. — Toutes les quantités d'alcool d'industrie, *existant en magasin* au moment de la promulgation de la présente loi, seror achetées par l'Etat, au prix d'estimation, et envoyées dans les usines de rectification.

Art. 24. — Un an après la promulgation de la présente loi, *les raffineries d'alcool*, appartenant à des particuliers, seront fermées.

Les sommes que l'Etat devra payer soit comme prix d'acquisition de ces raffineries, soit comme indemnités allouées aux raffineurs, expropriés totalement, ou aux distillateurs-raffineurs, expropriés partiellement seront fixées, le Conseil de préfecture entendu, pendant le courant de l'année qui suivra celle de la promulgation de la présente loi.

Art. 25. — Au commencement de chaque exercice, l'Etat publiera un tableau des quantités de flegmes de chaque nature dont il croira avoir besoin.

Il publiera, en outre, un tableau du mouvement de ses achats de flegmes et de ses ventes d'alcools rectifiés.

Art. 26. — L'Etat établira des magasins et entrepôts d'alcools rectifiés, en dehors de ses usines de rectification.

Art. 27. — La fabrication clandestine d'alcool et la rectification d'alcool dénaturé seront punies d'une amende de 5.000 à 10.000 fr., de la confiscation des appareils, des récipients, des liquides, et d'un emprisonnement de six mois à deux ans.

La peine sera doublée en cas de récidive.

Art. 28. — La détention d'alcool, reconnu nocif, par un débitant, sera punie d'une amende de 3.000 à 10.000 francs. L'alcool et les récipients seront saisis.

En cas de récidive, l'amende sera doublée, une peine d'emprisonnement de six mois à deux ans sera prononcée et le débit sera fermé pendant trois mois au moins.

Art. 29. — La détention d'alcool, reconnu nocif, par un particulier, sera punie d'une amende de 500 à 3.000 francs. L'alcool et les récipients seront saisis.

Art. 30. — S'il est établi qu'un simple particulier détient, pour le compte d'un débitant, de l'alcool reconnu nocif, une amende de 5.000 à 10.000 francs sera prononcée contre chacun des deux délinquants. L'alcool et les récipients seront confisqués.

Le débitant sera, en outre, condamné à un emprisonnement de six mois, au moins. Son débit sera fermé durant un an, au minimum.

Ces peines seront doublées, en cas de récidive.

Art. 31. — La constatation d'un excédent, quelle que soit son importance, chez un marchand en gros, donnera lieu à la saisie de l'alcool et au paiement d'une amende de 1.000 à 5.000 francs.

La peine sera doublée en cas de récidive.

Art. 32. — La détention, soit dans Paris, soit dans tout autre lieu, d'appareils ou de portions d'appareils propres à la distillation en vue de la fabrication ou du repassage d'eaux-de-vie ou d'esprits, sera punie d'une amende de 5.000 à 10.000 francs.

Les appareils ou portions d'appareils seront saisis.

L'amende sera doublée en cas de récidive et il sera prononcé une peine d'emprisonnement de six mois, au moins.

Art. 33. — Le colportage et la circulation d'alcools, reconnus nocifs, seront punis d'une amende de 5.000 à 10.000 francs, de la saisie de l'alcool et des récipients et d'un emprisonnement de six mois, au moins.

La peine sera doublée en cas de récidive.

Art. 34. — Le délai pour la récidive est fixé à six mois, à dater du jour où le jugement de condamnation est devenu définitif.

Art. 35. — L'article 463 du Code pénal n'est pas applicable aux contraventions en matière d'alcool.

Art. 36. — Des transactions ne pourront être consenties par l'administration des Contributions indirectes aux contrevenants qui auront été l'objet de procès-verbaux pour fraude sur les alcools.

Art. 37. — Il sera pourvu par un règlement d'Administration publique, qui s'inspirera de l'exposé des motifs de la présente loi, à toutes les mesures nécessaires pour assurer l'application des dispositions qui précèdent.

Pour évaluer le montant des sommes produites par le monopole de la rectification de l'alcool, nous multiplierons, par le montant des droits, perçus au profit de l'Etat, les qauntités ayant donné lieu, en 1901, au payement des taxes :

En 1901, 1.346.635 hectolitres ont été soumis au droit de consommation. Nous multiplierons donc 1.346.635 par 230, taux du nouveau droit de consommation :

1.346.635 × 230 = ... Fr.   309.726.050

Alcools ayant servi aux vinages et acquitté le droit général de consommation : 64.550 hectolitres.

D'où : 64.550 × 230 = 14.846.500 francs 14.846.500

Alcools qui, ayant servi à la fabrication des vinaigres, ont acquitté le droit général de consommation : 50576 hectolitres.

D'où : 50.576 × 230 = 11.632.480 francs. 11.632.480

Quantités d'alcool ayant acquitté le droit d'entrée : 619.904 hectolitres.

Le droit d'entrée étant uniformément fixé par la présente loi à 30 francs par hectolitre, nous multiplierons 619.904 par 30.

D'où : 619.994 × 30 = 18.597.120 francs 18.597.120

———————

A reporter..   354.802.150

Report...	354.802.150

Payement des droits sur les manquants constatés chez les marchands en gros.

Droits perçus sur les pertes en cours de transport.

Plus-value résultant de l'augmentation du taux des pénalités 185.197.830

Droit de dénaturation.

Droits garantis par les acquits accompagnant les quantités en cours de transport ou en transit au 31 décembre 1901.

Produit de la suppression totale — ou, tout au moins, presque totale — de la fraude, par suite de l'établissement du monopole de la rectification qui permettra d'imposer tous — ou presque tous — les alcools consommés 85.000.000

Produit total du monopole de la rectification de l'alcool 625.000.000

En 1901, le droit sur l'alcool (alcool pur et alcool contenu dans les vins alcoolisés) a produit 324.444.900 francs.

Par l'adoption du monopole de la rectification de l'alcool, l'État encaissera donc une plus-value de 300 millions.

Discussion

L'idée qui domine la proposition de M. Maujan, celle du moins que met en avant l'auteur, à l'exclusion pour ainsi dire, de toutes les autres, consiste dans la nécessité de combattre l'alcoolisme au nom de l'hygiène publique. Le monopole permettra, dit M. Maujan, de supprimer « totalement » le facteur principal de l'alcoolisme, la mauvaise qualité des alcools.

Incidemment il attribue, en outre, à son projet deux autres qualités : d'une part il modérera la consommation ;

D'autre part, il sera un merveilleux organe de réformes fiscales.

A première vue on ne comprend pas très bien comment pourra être réalisé le troisième point ; car du moment où le monopole Maujan aura pour effet de restreindre la consommation, on ne voit pas à priori, où et comment se trouveront les ressources financières indispensables pour réaliser de merveilleuses réformes fiscales.

On verra qu'elles se trouvent dans une augmentation, assez modérée d'ailleurs, de l'impôt.

Comme moyen, M. Maujan emploie le monopole de rectification.

L'Etat achète l'alcool d'industrie aux producteurs, il les livre tel quel aux dénaturateurs, au prix de revient et, après l'avoir rectifié, aux fabricants de liqueurs et de spiritueux composés ainsi qu'aux marchands en gros, en prélevant 25 francs à titre de frais de rectification et un impôt de 230 francs (augmentation de 10 francs sur le tarif actuel) en sus du prix de revient.

Les déductions accordées aux liquoristes et au commerce de gros pour déchets de fabrication et coulage naturel sont réduites.

Le commerce de détail s'approvisionne où il veut. Quant aux eaux-de-vie naturelles elles restent en dehors du monopole, M. Maujan exige seulement que les fabricants de cognacs opèrent sous la surveillance de la Régie et que les bouilleurs de cru viennent distiller à l'alambic banal. Il leur accorde à titre de consommateur de famille le 10 pour cent de leur production et exige le paiement de l'impôt sur le reste, avec un certain délai de paiement.

Tout alcool reconnu nocif, chez un commerçant est saisi, le délinquant frappé de fortes amendes, et même d'une interdiction, sans possibilité de transaction, ni application des circonstances atténuantes.

Le système paraît très simple ; mais il ressort déjà du premier examen que l'on pourrait facilement obtenir les mêmes résultats par une simple réglementation et une augmentation directe de l'impôt.

On examinera maintenant la façon dont se comporte le système à l'égard des intérêts privés et publics.

Avant d'aborder cet examen, une remarque s'impose: le dernier article de la proposition, l'article 37, dit qu'il sera pourvu, par un règlement d'administration publique, aux mesures d'application, et que ce règlement s'inspirera à cet effet de l'exposé des motifs de la proposition ; on doit donc considérer l'exposé des motifs comme un texte de loi supplémentaire, dont les dispositions doivent être examinées en même temps que les articles du projet de loi.

Distillateurs. — L'article 24 dispose qu'un an après la promulgation de la loi, les raffineries d'alcool appartenant à des particuliers seront fermées par expropriation. De même, aux termes du même article, les distillateurs-raffineurs seront « partiellement expropriés », l'Etat seul ayant le droit de rectifier.

Or, la plupart des distillateurs, tous les distillateurs pourrait-on dire, à l'exception des distillateurs agricoles, rectifient leurs propres flegmes ; cette rectification complète l'économie de leur production industrielle ; quelquefois même cette production ne subsiste et ne peut se maintenir que par l'apport de la rectification de flegmes produits par d'autres usines. Supprimer à la plupart des distillateurs le droit de rectifier équivaut donc à les déposséder complètement.

L'Etat achètera l'alcool aux distillateurs à un prix qui sera fixé annuellement par la loi de Finances. On retrouvera ici toutes les difficultés qui ont été précédemment signalées au cours de la discussion générale du monopole de l'alcool et de celle du projet Louis Martin (Alglave). Il paraît d'autant moins utile de les reproduire que la proposition Maujan ne dit pas un mot du mode d'achat, laissant à un règlement d'administration publique la grave responsabilité de remplir le rôle du législateur en cette matière. Or on ne peut rien discuter sur des dispositions qui n'existent pas encore. On se bornera donc à quelques réflexions.

La loi, ni l'exposé des motifs ne fixent aucune limite aux achats de l'Etat ; mais il va de soi que celui-ci n'achètera que dans la mesure de ses besoins.

L'Etat fera donc connaître, au commencement de chaque exercice les quantités de flegmes de chaque nature dont il croira avoir besoin, c'est-à-dire qu'il fixera un contingent général de ses approvisionnements. Or, actuellement, la production industrielle de l'alcool, la production agricole surtout, ne se préoccupe qu'indirectement des exigences de la consommation. Dans un grand nombre d'usines, la production de l'alcool se trouve sous la dépendance d'une industrie parallèle, potasserie ou fabrication des levures, qui fournit à l'industriel le plus clair de ses bénéfices. Le fabricant produit la quantité d'alcool correspondant à la quantité de matières premières qui lui est nécessaire, et la question de savoir si sa production en alcool correspondra ou non aux exigences de la consommation est, pour lui, d'ordre secondaire. D'autre part, la distillerie rurale subit tout autant les lois de la production agricole que celles de la consommation.

Pense-t-on que les fabricants pourront se limiter strictement à la production des quantités nécessaires à l'Etat ? Dans l'affirmative, que deviendra l'excédent des matières premières, dans les années d'abondance ? Dans le cas contraire, que feront les distillateurs des quantités de flegmes qui excèderont le contingent ?

L'excédent de production pourra, d'ailleurs, provenir d'autres causes que d'une fabrication exagérée ; un fabricant qui aura, par exemple, traité avec l'Etat, pourra se voir refuser ses flegmes parce qu'ils ne répondront pas aux conditions du traité. Enfin, quel que soit le mode d'achat employé par le monopole, il pourra arriver soit que le fabricant n'aura pu traiter, soit qu'il n'aura pu bénéficier d'une adjudication. Rien ne l'empêchera de distiller et il devra bien le faire pour utiliser ses matières premières, surtout si c'est un distillateur agricole. Mais alors, que feront les uns et les autres de l'alcool produit ?

Ils ne pourront, comme dans le projet Guillemet, ni les rectifier, puisque l'Etat aura seul le droit de le faire, ni les vendre à un commerçant, ou à un industriel quelconque, puisque marchands en gros, aussi bien que fabricants de liqueurs, d'apéritifs ou de vinaigres, ne pourront employer que des alcools rectifiés par l'Etat ; ni les dénaturer, puisque l'Etat se réserve le droit, par l'article 20, de livrer, lui-même, aux dénaturateurs les flegmes qu'il aura achetés ; ni les exporter, car la proposition Maujan ne leur en reconnaît pas le droit, ni dans le texte de la loi, ni dans l'exposé des motifs. Et, d'ailleurs, comment trouver à l'étranger un débouché pour les flegmes.

Que feront-ils alors de leur production surabondante non acceptée par le monopole ?

La conserveront-ils jusqu'à l'année suivante dans l'espoir de la livrer au monopole ? La difficulté ne fera que se déplacer, car ils ne pourront, l'année suivante, travailler leurs matières premières.

Donc, les producteurs se trouveront exposés à toutes les incertitudes et à toutes les difficultés, sans avoir même l'espoir, que ne leur laisse nulle part M. Maujan dans son exposé des motifs, que l'Etat traitera avec eux à des prix favorables à la production industrielle.

Production des eaux-de-vie naturelles. — Les eaux-de-vie naturelles ne sont pas astreintes à la rectification, mais aucune disposition ne les exempte des conditions de pureté imposées à tous les spiritueux. Quelles seront ces conditions pour les eaux-de-vie naturelles? M. Maujan n'en dit rien, laissant sans doute au règlement d'administration publique le soin de trancher la question.

M. Maujan classe les producteurs en deux catégories : les bouilleurs de cru et les fabricants de cognacs. Les bouilleurs de cru sont les propriétaires récoltants qui distillent exclusivement des vins, cidres, poirés, marcs, lies, cerises, prunes et prunelles. Le bouilleur de cru devra distiller ses récoltes à l'alambic banal, c'est-à-dire dans un alambic commun et public, placé dans un endroit que la Régie désignera et sous la surveillance de cette administration.

Un des grands inconvénients de l'alambic banal consiste en ce qu'il introduit précisément la banalité dans la production en fournissant des spiritueux qui, obtenus dans la même chaudière et par un procédé invariable, se présentent avec un caractère d'uniformité désolante. Ainsi se trouve annihilé le principal caractère des eaux-de-vie de cru, dont la qualité consiste souvent dans la part personnelle que le récoltant a prise dans la fabrication, dans l'emploi d'appareils simples qu'il manie en expert, avec des tours de mains enseignés par une longue expérience et qu'il ne pourra transporter à l'alambic banal.

Le bouilleur, donc, ne pourra plus brûler chez lui, avec ses appareils particuliers ; il devra le faire dans le local et avec l'alambic choisis par l'administration. Ici se pose une question du plus haut intérêt pour le producteur agricole, une question essentielle pour l'économie de son exploitation : où, à quel endroit l'administration placera-t-elle son alambic banal ?

A défaut du texte de loi qui ne dit rien de précis, à ce sujet, l'exposé des motifs spécifie que l'alambic se trouvera « au chef-lieu de canton ». Il existera alors une infinité de producteurs qui auront à effectuer des trajets considérables de leur propriété à l'alambic, à une époque où, souvent, la température ne facilite guère les transports, ce qui les privera, en fait, de la faculté qu'ils posséderont en droit.

Le récoltant pourra, il est vrai, faire brûler ses récoltes par des bouilleurs ambulants opérant pour le compte de l'Etat. On verra alors un nombre important de nouveaux fonctionnaires, présentant cette particularité que leurs fonctions auront une durée très éphémère ! La Régie se bornera-t-elle à accepter pour cet usage des distillateurs ambulants professionnels ? Alors de deux choses l'une : ou bien elle adjoindra à ces fonctionnaires d'occasion d'autres fonctionnaires, chargés de les surveiller, ou bien elle laissera la garantie d'un impôt considérable exposée entre leurs mains.

Il pourrait en résulter des aléas très importants.

Le monopole percevra, pour les frais de distillation, une somme de 10 francs par hectolitre d'alcool obtenu, l'Etat, dit l'exposé des motifs, n'ayant pas à réaliser de bénéfices. Ce chiffre de 10 francs paraît d'ailleurs arbitraire, en raison même de son uniformité, car les frais ne seront pas les mêmes pour les distillations effectuées dans l'alambic cantonnal, installé à demeure et pour celles que pratiqueront les distillateurs ambulants de l'Etat. Le bouilleur ne sera pas tenu d'acquitter immédiatement les droits sur l'alcool sortant de l'alambic ; il pourra, moyennant bonne et solvable caution, obtenir un crédit de six mois, avec acquittement par acomptes mensuels, si le montant des droits sur la quantité fabriquée dépasse 50 francs, c'est-à-dire si la quantité fabriquée atteint 45 litres en alcool pur.

Cette faculté paraît de nature à entraîner pour l'administration du monopole des comptes assez compliqués et très nombreux.

Le système Maujan attribue au bouilleur de cru, pour sa consommation en franchise, le 10 % de sa récolte en alcool ; le bouilleur qui aura produit 500 litres d'alcool aura droit ainsi à 50 litres en franchise soit 100 litres d'eau-de-vie ; on se trouve du coup en arrière sur le régime actuel qui, au moins, limite la quantité allouée aux besoins présumés du bouilleur et de sa famille. La mesure paraît d'ailleurs illogique. Le bouilleur qui brûle quelques litres pour sa consommation et qui consomme réellement le produit de sa récolte, c'est-à-dire le plus intéressant des bouilleurs de cru, celui par exemple qui cherche à obtenir pour sa consommation une vingtaine de litres d'eau-de-vie, n'aura droit à la franchise que pour deux litres. Il paiera donc les droits sur les dix-huit autres litres. Au contraire, le bouilleur plus important qui fabriquera dix hectolitres sera exonéré du droit sur cent litres. Que pourra-t-il bien en faire ? Cette quantité excédant les besoins de sa consommation, pense-t-on qu'il paiera bénévolement et volontairement les droits sur le surplus ? Il cherchera à écouler ce surplus en fraude et ce ne sera pas, en dépit de la rigueur de pénalités, d'une difficulté insurmontable.

Quoi qu'il en soit, l'importante majorité des petits bouilleurs de cru aura de la peine à admettre la combinaison, par laquelle l'égalité apparente devant la loi devient, en fait, une injustice.

Fabricants de cognacs. — Les fabricants de cognacs, dit M. Maujan, pourront procéder à la distillation des vins sous la surveillance des agents des contributions indirectes.

Que faut-il entendre par fabricants de cognacs et comment peut-on et doit-on les définir ? La proposition Maujan n'en dit rien et on n'aperçoit pas bien la différence essentielle qui peut exister entre le fabricant de cognacs et le simple producteur d'eaux-de-vie naturelles. Consiste-t-elle en ce que le second se borne à une distillation pure et simple sans addition d'aucune sorte, tandis que le premier introduirait au cours des opérations un bouquet quelconque ? La chose est possible, mais il semble que du moment où on différenciait les régimes il convenait de définir avec une extrême précision quels sont les cas auxquels sont applicables tel ou tel régime. S'en rapportera-t-on à cet égard à la qualification que prendra le contribuable ou à celle que lui attribuera la notoriété publique ? Ou bien l'Etat pourra-t-il appliquer lui-même arbitrairement la qualification à qui bon lui semblera ?

La question, comme tant d'autres, reste en suspens.

Ce point réglé, il restera à savoir quel sera exactement le régime applicable aux fabricants de cognacs.

M. Maujan se borne à spécifier que les « fabricants de cognacs » pourront procéder à la distillation des vins, sous la surveillance des agents des contributions indirectes. Mais quel sera exactement ce régime de surveillance ? Les fabricants pourront-ils, comme par le passé, diriger leur fabrication comme ils l'entendent, sans que la Régie puisse s'interposer ? Leur imposera-t-on un minimum d'impuretés ? Contrôlera-t-on l'emploi de tels ou tels produits, essences, bouquets, etc., susceptibles d'un emploi quelconque au cours des opérations ? La surveillance de la Régie sera-t-elle permanente ou s'exercera-t-elle par intermittence ? Laissera-t-elle au fabricant quelque latitude, ou bien l'enserrera-t-elle dans une réglementation étroite ? Le texte de la loi proposée n'en dit pas un mot et l'exposé n'est pas plus explicite ; il se borne à dire que les fabricants de cognacs auront à faire une déclaration à la recette buraliste et qu'ils bénéficieront du crédit des droits sur les alcools obtenus.

M. Maujan entend évidemment laisser au règlement d'administration publique le soin de trancher toutes ces questions délicates et le sort des fabricants de cognacs comme celui des fabricants d'alcools industriels resté livré à l'inconnu.

Autres producteurs. — Sous quel régime se trouveront les producteurs d'eaux-de-vie naturelles qui ne seront ni fabricants de cognacs, ni bouilleurs de cru, les distillateurs d'eaux-de-vie de vins, de marcs, de fruits, etc., etc. ?

La proposition Maujan n'y fait aucune allusion ; ils resteront sans doute sous le régime actuel.

Fabricants de liqueurs et de spiritueux composés. — On ne chicanera pas M. Maujan sur la contradiction qui existe entre les articles 1, 2 et 12 de sa proposition ; il semble d'après les deux premiers que les liqueurs pourraient être préparées avec des alcools non rectifiés, ce que contredit l'article 12. Il y a sans doute là une erreur de rédaction, mais il semble établi par l'exposé des motifs que les fabricants de liqueurs ne pourront employer que des alcools rectifiés par l'Etat.

Cette première obligation va augmenter sensiblement leurs prix de revient ; en effet, bien que le texte de la proposition n'en dise rien, il est probable que le monopole leur fera payer son alcool le même prix qu'aux marchands en gros, c'est-à-dire au prix de revient de l'alcool brûlé, augmenté de 25 francs par hectolitre pour frais de rectification. Or, il est sous-entendu que l'Etat achètera ses flegmes aux producteurs à un prix assez élevé et il est certain que le taux de la rectification, fixé à 25 francs dépasse de 20 francs le coût d'une rectification ordinaire permettant de produire des alcools d'une pureté aussi satisfaisante qu'on peut le demander en pratique.

M. Maujan demande-t-il 25 francs parce qu'il compte que l'Etat produira des alcools d'une pureté exceptionnelle, tels qu'on les trouve dans l'industrie en les payant avec une prime élevée au-delà du cours ? Il est bien difficile de le croire !

Quel sera le régime imposé aux liquoristes et fabricants de spiritueux composés ?

La proposition dispose seulement que la fabrication sera placée sous la surveillance des employés des Contributions Indirectes. C'est extrêmement vague: il existe bien des formes de surveillance ; l'administration des contributions indirectes la conçoit, en matière de distilleries par exemple, sous des aspects variés : permanence absolue des agents de l'Etat dans l'usine, ou bien simples visites plus ou moins espacées ; modes de contrôle en rapport avec le mode de surveillance, etc., etc. ?

Le règlement d'administration publique y pourvoira là encore sans doute ; l'exposé des motifs se borne à dire que les liquoristes devront se servir d'essences préalablement rectifiées et dont on aura reconnu l'innocuité.

M. Maujan, en définitive, ne règle dans sa proposition que la question des déchets de rectification et il la règle dans un sens très préjudiciable aux intérêts des fabricants.

Les liquoristes qui procèdent par macérations de graines, plantes, écorces, fruits, etc. bénéficient d'une déduction de 2 fr. 50 0/0 sur la quantité totale d'alcool employé et d'une autre déduction, au même taux, sur la rectification des essences.

On ne possède aucun élément d'appréciation nécessaire pour savoir si les 2,50 0/0 seront suffisants en ce qui concerne la rectification des essences ; l'expérience seule pourrait fournir à cet égard, des indications précises et il semble bien que cette fixation de 2,50 0/0 a été faite à l'aventure.

Le taux de 2,50 0/0 sur l'alcool employé aux macérations peut causer quelque surprise : Le taux des déchets accordés actuellement aux liquoristes a été fixé par les articles 10 de la loi du 16 décembre 1897 et 6 du décret du 29 novembre 1898.

La loi de 1897 dispose que les alcools employés par les liquoristes ont droit, en premier lieu, à la déduction ordinaire pour mouillage, coulage, affaiblissement de degrés, etc., c'est-à-dire à une déduction proportionnelle au temps de séjour en magasin, et calculée à raison de 7 ou de 3 0/0 par an, selon que les alcools sont logés en fûts de bois ou bien en d'autres récipients. En outre, si cette déduction ne suffit pas pour couvrir les manquants, on alloue au liquoriste une déduction supplémentaire pouvant aller jusqu'à 3 0/0.

Or, d'après le texte Maujan, les liquoristes auraient

droit, en tout et pour tout à une déduction de 2,50 0/0 sur l'alcool employé. Sur quels motifs se base une aussi sensible réduction ?

Déjà, en 1897, les liquoristes soutenaient, avec des arguments très sérieux, que la déduction supplémentaire de 3 0/0, *indépendamment de la déduction annuelle ordinaire*, ne suffirait pas pour couvrir tous leurs déchets, naturels ou de fabrication, et, en fixant le déchet supplémentaire à ce taux, l'Etat paraissait passer un compromis dans lequel il conservait encore l'avantage. M. Maujan n'explique pas, dans son exposé, quelles considérations l'amènent à léser à un tel point les intérêts de l'industrie des liqueurs.

Dira-t-on que la fixation à 2,50 du déchet, sur les quantités totales d'alcool employées aux macérations, n'est pas forcément incompatible avec la déduction annuelle ordinaire ? d'où il résulterait que le préjudice ne correspondrait qu'à un taux insignifiant de 0,50 0/0 sur les alcools utilisés ? Mais la déduction annuelle n'est plus d'après le projet Maujan que de 1,50 0/0 au lieu de 3 0/0 et si les anciens taux pouvaient permettre aux liquoristes de compenser dans une certaine mesure ce que la déduction supplémentaire de 3 0/0 avait d'insuffisant, la réduction si considérable du taux de cette déduction annuelle laissera les fabricants tout à fait à découvert.

Les conditions d'exploitation de l'industrie des liqueurs par suite, tant de l'augmentation des prix d'achat des alcools, que de la réduction des déchets et déductions se trouveraient donc profondément modifiées.

Marchands en gros. — L'Etat vendra ses alcools rectifiés aux marchands en gros, par quantités de 10 hectolitres au moins. Il est toutefois sous-entendu que les marchands en gros pourront acheter également des spiritueux transformés, c'est-à-dire autres que de l'alcool simplement rectifié, à tous les producteurs ou industriels qui seront autorisés à produire sous le contrôle de l'Etat, c'est-à-dire aux bouilleurs de cru, aux fabricants de cognacs, aux fabricants liquoristes, aux fabricants d'amers, absinthes, etc., ainsi qu'aux importateurs autorisés par l'Etat.

Quant aux alcools rectifiés par l'Etat, ils seront achetés par les marchands en gros à un prix comprenant à la fois la valeur marchande de l'alcool et le montant de l'impôt, droit de consommation et droits d'entrée, s'il y a lieu.

Les marchands en gros devront payer, *au comptant*, la valeur de l'alcool et pourront obtenir le crédit de la portion du prix d'achat représentant les impôts.

Actuellement, le marchand en gros s'approvisionne d'alcools chez le fabricant, le paiement de la marchandise ayant lieu selon les usages du commerce, c'est-à-dire dans un certain délai ; or, l'Etat ne fera pas crédit pour la valeur de la marchandise ; il en exigera le remboursement *immédiat*, avec cette première circonstance aggravante que le prix d'achat se trouvera sensiblement majoré, et cette seconde aggravation que le marchand en gros ne pourra s'approvisionner que par quantité minimum de 10 hectolitres d'alcool pur.

D'après l'exposé des motifs, le prix d'achat à verser à l'Etat serait, en moyenne, de 40 fr. par hectolitre (prix payé par l'Etat aux distillateurs), auquel il conviendra d'ajouter 25 francs de frais de rectification, aux termes de l'article 5. Cela fait en définitive, de l'alcool à 65 fr. l'hectolitre. Or, le cours actuel oscille entre 35 et 36 francs, avec les coutumières facilités de paiement. Le marchand en gros devra donc payer son alcool deux fois plus cher qu'aujourd'hui et sans aucune espèce de crédit, en déboursant au moins la valeur de 10 hectolitres, c'est-à-dire 650 francs au minimum.

Ainsi, doublement du prix d'achat et suppression du crédit commercial ; voilà la première conséquence de la proposition Maujan. Les conditions d'existence du commerce en gros des spiritueux se trouvent, du coup, profondément modifiées.

Quant à la portion du prix d'achat représentant le montant du droit de consommation, porté à 230 francs, et celui du droit d'entrée, le cas échéant, au taux de 30 francs, l'Etat en accordera le crédit.

Le marchand en gros restera soumis au mode actuel de surveillance : tout excédent constaté dans ses comptes l'exposera à un procès-verbal et il devra payer tous ses manquants, déduction faite d'une allocation de 1.50 0/0 seulement pour pertes naturelles, coulages, ouillages, etc.

La déduction était autrefois de 7 % sur tous les spiritueux, quel que fût leur mode de logement ; l'article 10 de la loi du 16 décembre 1897 réduisit à 3 % la déduction applicable aux alcools logés en récipients de verre, fer, etc. ; il y eut à ce sujet de longues discussions au cours desquelles l'administration soutenait que si la déduction de 7 % n'était pas excessive pour les alcools logés en fûts de bois, un taux de 3 % suffisait pour les spiritueux conservés en récipients d'autre nature. On paraît donc avoir bien reconnu, à ce moment, et les Chambres ont sanctionné cette opinion, que les taux respectifs de 3 et de 7 % représentaient les quotités nécessaires pour que les intérêts légitimes du commerce ne fussent pas lésés. Sur quoi donc se base-t-on pour réduire la déduction au taux uniforme de 1.1/2 % ? Si une déduction de 3 % se justifie pour les alcools logés en verre, fer, etc., la déduction de 1.1/2 % sera insuffisante ; à plus forte raison le sera-t-elle pour les alcools logés en fûts de bois puisque la Régie n'a pas trouvé exagérée une quotité de 7 0/0. Le chiffre proposé par M. Maujan ne suffit donc pas et il aurait pour conséquence de faire payer au commerce de gros les droits très élevés de consommation sur des alcools qui se perdent naturellement et qui, n'étant livrés à la consommation ni ouvertement ni en fraude, doivent être exemptés des droits.

On arrive enfin au moment où le marchand en gros vendra ses spiritueux : il devra acquitter, à l'expiration de chaque trimestre, le montant des droits sur les alcools vendus au cours de cette période. Ainsi, ce n'est plus le débitant qui paiera les droits sur l'alcool reçu, mais le marchand en gros expéditeur, lequel devra facturer ces droits à son client et en faire l'avance. C'est, en somme, la généralisation d'un état de choses qui n'existe, jusqu'à ce jour, qu'à l'état d'exception et dont le commerce de gros se plaint amèrement.

En définitive, l'adoption de la proposition Maujan aboutirait à rendre beaucoup plus difficiles à bien des points de vue, les conditions actuelles d'existence du commerce en gros des boissons.

Détaillants. — Rien ne paraît changer à leur régime actuel ; ils pourront vendre comme aujourd'hui les alcools achetés à des fournisseurs quelconques.

Ils auront seulement à subir les vérifications fréquentes de la Régie, ce qui les replace à peu près sous le régime de l'exercice.

Alcools dénaturés. — L'Etat se réserve le droit de livrer aux dénaturateurs l'alcool qui leur est nécessaire, au prix de revient. Il en résultera un rouage des plus coûteux, puisque tout en cédant les alcools au prix d'achat, l'Etat devra se faire rembourser les frais de transport de la distillerie dans les magasins de l'Etat et les frais de magasinage.

Comme, d'autre part, l'Etat achètera sans doute ses alcools à un prix assez élevé, la consommation des alcools dénaturés se trouvera dans des conditions fâcheuses pour prendre son essor et se développer.

Autres industries. — Les industries qui emploient des alcools non dénaturés, parfumerie, pharmacie, eaux de senteur, pourront-elles s'approvisionner directement en fabrique ou seront-elles obligées de s'adresser à l'Etat pour leurs approvisionnements ? Dans le second cas, à quelles conditions et dans quel état l'Etat leur fournira-t-il ses alcools ? M. Maujan ne le fait pas connaître. Il semble que ces industries verront augmenter sensiblement les prix de revient de leurs alcools, ce qui rendra plus difficile la lutte que certaines d'entre elles, comme la parfumerie, soutiennent péniblement, à l'étranger, contre leurs concurrents.

Importation, exportation. — L'Etat s'engage à ne pas importer d'alcools, à moins d'insuffisance de la production française ; il autorisera néanmoins l'importation de spiritueux par les particuliers, en se réservant le droit d'en contrôler la qualité au moment de l'introduction en France. On peut craindre que les pays étrangers ne profitent de cette situation faite à leurs nationaux chez nous pour prendre à l'égard de nos grandes marques d'eaux-de-vie et de liqueurs des mesures qui porteraient un préjudice considérable à notre exportation.

Consommateurs. — Le consommateur aura à supporter tout le poids de l'augmentation du prix des spiritueux provenant, d'une part, de l'augmentation du prix de revient, d'autre part, des impôts nouveaux dont M. Maujan frappe l'alcool. Cette augmentation ne présentera pas une importance considérable ; elle ne dépassera pas sans doute 25 à 30 francs par hectolitre d'alcool pur et il est à présumer qu'elle ne fera pas fléchir le chiffre de la consommation totale. Le consommateur habituel, la classe ouvrière, en supportera à peu près toute la charge.

La question fiscale. — Quels seraient les résultats fiscaux du monopole Maujan ? Ils se traduiraient probablement, soit par le maintien des recettes actuelles, soit par une augmentation peu sensible du produit de l'impôt.

Les majorations d'impôt que comportent cette proposition ne paraissent pas assez sensibles, a-t-on dit, pour influer sur la consommation; on peut donc considérer que l'augmentation totale correspondrait sensiblement, déduction faite des frais généraux de l'exploitation, au produit des quantités actuellement imposées par le montant des surtaxes.

Ces surtaxes consistent :

— Dans l'élévation du droit de consommation, de 220 francs à 230 francs, soit 10 fr. ;

— Dans la péréquation des droits différentiels d'entrée transformés en un droit au taux unique de 30 fr. ; le droit d'entrée sur les spiritueux a produit environ 13 millions 1/2 en 1901 pour une quantité imposée de 591.270 hectolitres ; sa moyenne ressort à 23 fr. ; l'augmentation du droit sera donc de 7 fr. ;

— Dans le bénéfice que peut laisser le prix de la rectification par l'Etat à 25 fr. alors que l'opération, même en tenant compte du peu d'aptitude de l'Etat à travailler économiquement ne coûtera pas plus de 10 francs ; le profit serait donc de 15 francs environ.

Le bénéfice total serait donc : de 25 francs (10 + 15) sur le total des quantités imposées 1.259.000 hectolitres, soit environ 31 millions; de 7 francs sur les quantités soumises au droit d'entrée, 590.000 hectolitres environ, soit 4 millions.

Il convient d'y ajouter le supplément que pourrait produire la réduction du taux des déductions accordées aux marchands en gros et aux liquoristes : Le bénéfice sur les déchets de rectification, est insignifiant puisque le taux n'est réduit que de 0 50 0/0. Quant aux déductions, dont le taux est ramené à 7 et 3 0/0 c'est à-dire d'une moyenne de 6 0/0 à celle de 1/2 0/0, elles ont couvert en 1902 environ 100.000 hectolitres de manquants. Le bénéfice dont il reste à prouver la légitimité serait de 70.000 hectolitres représentant, à raison de 230 francs par hectolitres, 16 millions.

Au total le projet Maujan ferait donc rentrer 51 millions dans les caisses de l'Etat.

Peut-être M. Maujan a-t-il compté aussi que sa réglementation des bouilleurs de cru rapporterait également des sommes considérables; mais on ne voit pas en quoi cette réglementation diffère assez sensiblement de celle qu'a instituée la loi du 31 mars 1903 pour que cette hypothèse puisse être envisagée. On a vu d'ailleurs, à l'attitude de la Chambre des députés et aux concessions qu'a dû consentir le ministre des Finances, qu'il paraît impossible d'aller au delà et le Monopole ne changerait rien à la situation.

Mais que l'on admette même une plus-value d'une huitaine de millions portant le bénéfice total à 80 millions. Il faut placer en regard les charges qui résulteront du système Maujan.

Il faudrait d'abord exproprier les grandes usines de rectification et indemniser totalement les industriels; indemniser également les distillateurs-rectificateurs. On a vu précédemment combien il serait difficile de faire le départ, dans ces usines, de la distillation et de la rectification, alors que ces deux opérations sont intimement liées dans les usines de l'espèce et que la dépossession de l'une entraînera la ruine de l'autre.

L'indemnité totale ne s'élèvera donc pas bien loin de 100 millions, d'après les évaluations admises et, si l'on admet que l'Etat pourra recourir au système des obligations trentenaires, il n'en existera pas moins une charge annuelle de plusieurs millions.

Il faudra ensuite installer les 7 ou 8 usines de rectification que prévoit M. Maujan et racheter tous les stocks en alcool d'industrie pour les rectifier. Là se présentera, incidemment une énorme difficulté. Quels spiritueux l'Etat rachètera-t-il? La majeure partie des alcools d'industrie se trouvant chez le commerçant à l'état de mélange, de coupage, de spiritueux composés. L'Etat passera-t-il condamnation et laissera-t-il ces spiritueux aux mains des commerçants? Alors que devient la question d'hygiène, qui domine la proposition Maujan? Rachètera-t-il le tout; il faut compter alors sur plusieurs centaines de millions.

Enfin, il y a la question du personnel de surveillance. Dans l'esprit de la proposition Maujan, l'Etat devra exercer une surveillance soutenue et infiniment plus complète que la surveillance actuelle, sur les opérations des marchands en gros, des débitants, des liquoristes, des fabricants de cognacs, des dénaturateurs et même des bouilleurs de cru. Le Monopole livre aux marchands en gros, aux liquoristes et aux débitants un produit purifié; à quoi servirait cette épuration si dans les magasins du marchand en gros ou du débitant, on réintroduisait dans les spiritueux les principes que l'Etat en aura éliminés? Sans doute M. Maujan punit cette infraction par des pénalités extrêmement sévères, encore faut-il qu'elles aient une sanction; si la surveillance de la Régie n'est pas active et incessante, si les prélèvements d'échantillons ne se renouvellent pas très fréquemment, les commerçants s'habitueront vite à ne pas tenir compte de prescriptions restant, en fait, à peu près inappliquées ; si la surveillance est ce qu'elle doit être, c'est-à-dire, si les agents de l'Etat, au lieu d'intervenir une fois par trimestre chez les commerçants, comme ils le font en général aujourd'hui, doivent le faire très souvent, il faudra pour appliquer la loi et en obtenir les effets voulus, doubler ou tripler le personnel de la Régie; ci une dépense de 70 à 100 millions.

On se trouve donc dans cette alternative : ou la loi ne sera pas appliquée sérieusement dans son esprit et alors elle est inutile, ou elle sera appliquée et alors, adieu les bénéfices !

Ce merveilleux instrument de réformes fiscales restera sans effet.

L'intérêt public : l'hygiène. — La préoccupation de l'hygiène publique domine, a-t-on dit, toutes les propositions Maujan. L'auteur, pour arriver à combattre l'alcoolisme, accumule les sévérités contre les délinquants; il donne un pouvoir *absolu* aux experts de l'Etat dont les décisions devront être acceptées sans appel; il punit les infractions, préparation, détention ou vente d'alcools nocifs, de fortes amendes, de la prison, de la déchéance commerciale et il décide qu'il n'y aura ni transactions ni circonstances atténuantes.

Encore faut-il que cette extrême sévérité soit pratiquement applicable.

Or, à moins d'exiger que les eaux-de-vie naturelles soient rectifiées, c'est-à-dire privées de l'arôme qui seul en constitue la valeur, notamment pour les eaux-de-vie de marcs (or M. Maujan exempte les eaux-de-vie de la rectification), on ne voit pas comment l'Etat pourra saisir des spiritueux dont la dose d'impuretés ne dépasserait pas celle, très élevée, que l'on rencontre dans la plupart des eaux-de-vie naturelles. M. Maujan parle d'ailleurs de saisir non pas les spiritueux *impurs*, mais les spiritueux *nocifs*, ce qui n'est pas la même chose et jusqu'à ce que la science soit parvenue à établir le rapport qui existe entre l'impureté et la nocivité, on se trouvera dans les plus grandes perplexités.

Dans l'incertitude, comment les tribunaux se résoudraient-ils à condamner un prévenu à de fortes amendes, à la prison, à la déchéance, quand il s'agira de réprimer un attentat à l'hygiène, dont la réalité demeure si contestée et si contestable ?

D'ailleurs, et même en admettant la nécessité d'une action vigoureuse, le monopole de la rectification ne signifie rien en lui-même, puisque les alcools livrés par l'État peuvent être manipulés après coup et, puisque *toute* la garantie, la *seule* garantie, consiste dans la surveillance des liquoristes, des marchands en gros, des débitants, dans le prélèvement et l'analyse des échantillons, dans l'augmentation du personnel de surveillance, dans la sévérité des répressions, c'est-à-dire, en définitive, dans un ensemble de mesures qui n'ont rien à voir avec le monopole en lui-même et peuvent être adoptées séparément.

La question économique, sociale et politique. — Au point de vue économique, le monopole Maujan place la production industrielle des alcools dans une situation très délicate, par suite de la difficulté qu'elle aura à écouler ses excédents de production.

Bien que M. Maujan affirme qu'il ne porte « aucune atteinte à l'initiative individuelle », il supprime, en réalité, cette initiative en séparant les deux industries de la distillation et de la rectification, qui ont intérêt, au point de vue des progrès industriels, à rester unies.

D'après les idées admises aujourd'hui, le fonctionnement de l'opération de la fermentation des moûts doit constituer la base essentielle pour arriver à la production d'alcools d'une haute pureté, et nos industriels ont réalisé, à cet égard, des progrès considérables, mais incomplets encore. Le travail de la rectification, soigneusement conduit, achève l'œuvre de la fermentation et donne à l'alcool rectifié sa qualité définitive. C'est ainsi que certains alcools peuvent se présenter sur le marché avec des primes très élevées, au-dessous des cours. Le monopole de la rectification arrête tous ces progrès industriels, le fabricant n'ayant plus d'intérêt à soigner particulièrement sa fabrication.

La liquoristerie et le commerce de gros des alcools voient bouleverser et rendre plus difficiles leurs conditions d'existence ; l'avenir des alcools dénaturés est compromis et le commerce d'exportation menacé par des mesures de retorsion que pourront prendre les gouvernements étrangers .

Au point de vue social, les suppléments de recettes que doit donner le système Maujan sont réalisées aux dépens du consommateur, qui, seul, en fera les frais, c'est-à-dire, en définitive, aux dépens de la classe ouvrière, qui devra augmenter ses dépenses pour l'alcool et les réduire sur les objets de première nécessité.

Les gros bouilleurs de cru seront favorisés aux dépens des petits.

Au point de vue politique, on peut croire que le mécontentement des marchands en gros et des débitants soumis à un régime plus sévère, et celui des petits bouilleurs de cru, désavantagés vis-à-vis des gros, pourra avoir des conséquences fâcheuses.

Bref, le produit fiscal demeure des plus incertains, la question d'hygiène ne peut être résolue par le monopole, en général, et par le système Maujan en particulier, et il ne reste que des inconvénients économiques, sociaux et politiques.

Le monopole n'apparaît, en définitive, dans la proposition que comme un moyen indirect d'établir quelques augmentations d'impôt ou quelques mesures de contrôle qu'il est très facile d'adopter, si on en voit l'utilité, par voie de simple réglementation.

Enfin, on doit remarquer que M. Maujan évite de résoudre *toutes* les questions délicates ; il les renvoie toutes à un réglement d'administration publique :

détermination de la nocivité des alcools ;

mode et prix d'achat des matières premières ;

régime de surveillance des liquoristes et des fabricants de cognacs ;

crédit des droits aux négociants ; de sorte qu'en définitive, la volonté et l'opinion du législateur se trouveront éliminées par le règlement de toutes les questions importantes, et que le sort de l'industrie, du commerce et des producteurs se trouvera entièrement à la merci d'un organisme placé sous la dépendance de l'Etat.

On n'insistera pas sur les dangers que peut présenter cette combinaison.

En deux mots, le monopole Maujan paraît aussi dangereux que parfaitement inutile.

Le projet Jaurès

TEXTE

Texte du projet présenté par MM. JAURÈS et Aristide Briand, tendant à établir le monopole de la fabrication de la rectification et de l'importation de l'alcool.

LOI DES FINANCES

Art. 26. — A partir du 1er janvier 1905, l'Etat aura le monopole de la fabrication, de la rectification et de l'importation de l'alcool.

Art. 27. — Toutes les fabriques d'alcool qui, dans le cours des campagnes 1890-1901, auront produit au moins deux fois dix mille hectolitres seront expropriées dans la forme et sous les conditions déterminées par la loi du 3 mai 1841.

Le ministre des Finances est autorisé à pourvoir au moyen d'obligations trentenaires.

Le service de ces obligations sera fait au moyen d'un prélèvement sur le produit annuel du monopole.

En outre, dans tous les départements qui ont produit depuis cinq ans une moyenne d'au moins mille hectolitres d'alcool, l'Etat rachètera les deux distilleries dont la production dans cette période aura été le plus élevée.

Il rachètera de même toutes les usines de rectification. Là où des domaines agricoles, domaines à betteraves où vignobles, sont annexés à une distillerie, l'Etat pourra ou bien racheter seulement l'usine, ou racheter en même temps les domaines appartenant à la distillerie. Il pourra ou exploiter directement ces domaines, ou les affermer à des associations de travailleurs ou aux communes. Il pourra faire aux associations de travailleurs l'avance remboursable en trente ans, sans intérêt, du capital d'exploitation.

Art. 28. — Pour les fabriques n'ayant pas produit deux fois, dans le cours des campagnes 1890-1901, 10,000 hectolitres l'Etat fixera, chaque deux ans, en proportion du chiffre de leur production dans les cinq années antérieures, le contingent de production que chacune devra atteindre et ne devra pas dépasser.

Art. 29. — Ces fabriques ne pourront vendre qu'à l'Etat. L'Etat déterminera le prix d'achat selon le coût moyen de production et le majorera, au profit du chef d'industrie, d'un boni de fabrica-

on calculé sur la base du bénéfice moyen réalisé par les produc-
urs de cette catégorie dans les cinq années antérieures.

Art. 30. — Tout producteur d'alcool pourra exiger le rachat de
n entreprise dans les conditions prévues à l'article 27. L'Etat
ourra également prendre l'initiative du rachat.

Art. 31. — Nul ne pourra ouvrir une fabrique nouvelle d'alcool.
Toutefois, les producteurs de vin, cidre et poiré et les récoltants
e fruits pourront fonder, pour la distillation de leurs produits et
us-produits, des usines coopératives distillant au moins 150 hec-
litres, et travaillant seulement les matières fournies par les coopé-
teurs eux-mêmes. Ces usines seront soumises au même régime
e celles dont il est question à l'article 28.
Un fonds permanent de dix millions sera consacré par l'Etat à
s avances d'établissement pour les usines coopératives agrico-
s. Ces avantages ne pourront excéder la valeur de la moitié de
sine. Elles seront remboursables en trente ans, sans intérêt. Les
mmunes seront autorisées à consentir des avances.

Art. 32. — L'Etat ne pourra mettre en vente que de l'alcool rec-
fié.

Art. 33. — Nul ne pourra détenir un alambic ou un autre
pareil quelconque de distillation qu'en vertu d'un titre no-
inatif et pour un usage professionnel déterminé par un règle-
ent d'administration publique.
L'Etat aura le monopole de la fabrication et de la vente des alam-
cs
Les fabricants d'alambics seront expropriés conformément à la
i du 3 mai 1841. Les distillateurs ambulants recevront une indem-
té déterminée par le juge de paix du canton.

Art. 34. — Aucune remise d'alcool consommable ne sera faite à
s prix spéciaux à aucun citoyen.

Art. 35. — Tout bouilleur de cru dont le revenu net n'est pas
périeur à deux mille francs et dont la récolte aura été distillée
r place au moins cinq fois, de 1890 à 1901, recevra, à l'âge de
ixante ans, une pension de retraite de cent francs, réversible
r moitié sur la veuve. En aucun cas, le sacrifice annuel de
Etat ne pourra dépasser dix millions : il serait, au besoin, ramené
ce chiffre par une réduction proportionnelle.

Art. 36. — L'Etat achètera, tous les ans, aux producteurs de vin,
e cidre et de poiré, une quantité de marcs et de résidus proportion-
és à l'importance moyenne de leur récolte, et dans les limites
axima déterminées tous les deux ans par le ministre des Finan-
s. Le contingent de production réservé aux usines de tout ordre
istillant les produits et sous-produits des producteurs de vin,
dre, poiré et fruits, sera d'au moins 500.000 hectolitres.

Ar. 37. — Pour l'achat des matières à distiller, betteraves, vins
u sous-produits, l'Etat conclura de gré à gré des marchés collec-
fs avec des syndicats de producteurs agricoles ouverts à tous les
roducteurs. Si l'accord ne peut s'établir, il sera procédé à l'adju-
cation par lots aussi réduits que possible.

14

Art. 38. — L'Etat vendra l'hectolitre d'alcool 320 fr. en sus du coût de fabrication et de l'annuité de rachat. Il cèdera au prix de revient l'alcool dénaturé pour les usages industriels.

Discussion

Il est extrêmement difficile de se livrer à une discussion approfondie de la proposition du Monopole déposée par M. Jaurès.

Le texte se résume en effet en 13 articles qui se bornent à établir des lignes générales sans entrer dans les détails d'application. Il n'est, en outre, précédé d'aucun exposé des motifs et il faut, pour saisir le but et les intentions de l'auteur, se reporter soit aux articles qu'il a publiés dans la Presse, soit aux deux discours qu'il a prononcés à la Tribune de la Chambre le 25 et 27 février 1903. Encore ces discours n'ont-ils guère entraîné le grand orateur en dehors des considérations générales.

M. Jaurès ne dissimule pas que le monopole sur l'alcool n'est à ses yeux qu'un cas particulier d'une politique économique et sociale beaucoup plus vaste. Cela suffit à préciser le caractère de sa proposition dont le but paraît être, moins de poursuivre un intérêt d'hygiène ou un intérêt fiscal que de réaliser certaines conceptions économiques ou sociales qui appartiennent au programme d'un parti politique.

Comme résultats immédiats, il cherche le moyen par sa proposition de monopole de supprimer la grosse industrie au profit de la petite et de l'Etat, de favoriser la constitution de syndicats agricoles de petits cultivateurs et de procurer à l'Etat les ressources fiscales nécessaires pour réaliser la constitution des retraites ouvrières.

Pour parvenir à ces buts multiples, M. Jaurès accapare la production des alcools, toute la production, aussi bien celle les eaux-de-vie naturelles que celle des alcools d'industrie, la rectification, l'importation et la vente en gros de tous les spiritueux.

Il accapare également tous les moyens industriels de production, les appareils distillatoires.

Son système est donc un monopole complet de production, de rectification et de vente en gros.

La rigueur du principe comporte d'ailleurs certains tempéraments; ainsi l'Etat ne fabriquera pas lui-même tous les alcools; il permettra à un certain nombre de producteurs de travailler pour le compte du Monopole, soit individuellement, soit en associations.

On examinera maintenant comment le Monopole devrait fonctionner.

Monopole des alambics. — M. Jaurès tranche la question en un article; l'Etat exproprie les fabricants d'alambics et il indemnise à la fois ces industriels et les distillateurs ambulants. Leur rachète-t-il le matériel existant? et rachète-t-il également tous les alambics détenus par leurs propriétaires actuels? Le texte de la proposition laisse la question en suspens. Il se borne à dire que nul ne pourra détenir un appareil distillatoire sans un titre nominatif — ce qui veut dire apparemment une autorisation expresse et pour un usage professionnel déterminé par règlement d'administration publique. Mais les alambics des autres détenteurs? Tous les appareils qui se trouvent en si grand nombre chez les bouilleurs de cru, que deviendront-ils et qu'en feront leurs possesseurs? L'Etat les rachètera-t-il et alors qu'en fera-t-il lui-même? Ou ne les rachètera-t-il pas et alors indemnisera-t-il les possesseurs? Et quelle destination ceux-ci devront-ils leur donner puisqu'ils ne pourront plus en être détenteurs? Premier point qui reste obscur. En second lieu l'Etat fabriquera lui-même les alambics; il devra donc monter des fabriques, acheter la matière première nécessaire et organiser la production; dans quelles conditions fonctionnera ce petit monopole? La proposition n'en dit rien; on ne peut donc pas discuter, on se bornera à dire qu'on ne voit guère l'Etat dans le rôle de fabricant d'appareils et que les progrès de l'industrie n'auront rien à y gagner. Les fabricants d'alambics sont stimulés aujourd'hui par les demandes et les exigences de l'industrie des alcools, qui cherche chaque jour à améliorer sa production, stimulée par l'intérêt personnel, la concurrence et l'émulation. Le monopole de production, même avec des producteurs distillant pour le compte de l'Etat, supprimera tout progrès; les producteurs n'auront aucun intérêt à chercher à améliorer leurs prix de revient, pour l'amélioration des appareils de production, car l'Etat monopolisant la fabrication des appareils serait au courant des efforts tentés et des résultats obtenus et ne manquerait pas de chercher à saisir, par un moyen quelconque, la partie de bénéfices qui paraîtra exagérée.

En outre, il faut faire remarquer que l'industrie de la fabrication des alambics, *pour le monde entier*, est concentrée entre les mains des fabricants français et allemands ; l'Etat étant un déplorable exportateur, nos voisins deviendraient immédiatement les maîtres incontestés du marché extérieur.

La réglementation instituée par la loi du 31 mars 1903 suffit largement à toutes les exigences fiscales et le monopole de M. Jaurès ne présente aucune utilité.

Producteurs d'alcool d'industrie. — M. Jaurès pose en principe le rachat : 1° de toutes les usines qui se bornent à rectifier les alcools; 2° de toutes les fabriques qui ont produit au moins deux fois, de 1890 à 1901, dix mille hectolitres; 3° des deux plus fortes usines dans les départements qui ont produit une moyenne de 1.000 hectolitres d'alcool au moins depuis cinq ans.

L'Etat a d'ailleurs la faculté de racheter toute autre usine, et tout producteur, de son côté, peut exiger le rachat de son entreprise.

Les autres fabriques pourront continuer à distiller pour le compte de l'Etat moyennant un contingent fixé à l'avance et un certain boni accordé au distillateur.

Le rachat des usines pourra présenter de sérieuses difficultés. On a déjà parlé à plusieurs reprises, des distilleries qui utilisent leurs bas produits ou leurs produits secondaires à la fabrication d'autres produits, les potasses par exemple ou les levures, dont la préparation est le plus souvent beaucoup plus profitable au distillateur que l'alcool.

L'Etat rachètera-t-il toute l'exploitation et deviendra-t-il alors fabricant de potasse et de levure? Ou bien ne rachètera-t-il que la distillerie et alors, où l'industriel se procurera-t-il les matières premières nécessaires à son exploitation et qu'il trouvait à pied d'œuvre dans son propre établissement? Toutes les conditions économiques de la production des fabriques annexes se trouveront du coup profondément modifiées.

Quelle sera la situation des producteurs qui continueront à travailler pour le compte de l'Etat?

Le Monopole leur fixera un contingent de production, tous les deux ans, en proportion du chiffre de la production des cinq années antérieures, et la production ne devra pas dépasser ce contingent.

L'Etat paiera les alcools d'après le coût moyen de production augmenté du bénéfice alloué au fabricant d'après le bénéfice moyen réalisé par les producteurs de la catégorie, dans les cinq années antérieures.

Tout cela est peu clair : Le contingent sera-t-il invariable? Que le chiffre de production des cinq années antérieures serve de base pour la première période de deux ans, fort bien. Mais pour les périodes qui suivront? L'Etat devra-t-il maintenir rigoureusement, le contingent sans tenir compte des variations de la consommation? Ou s'il modifie le contingent après une période bisannuelle quelconque, quelle sera la base de la réduction ou de l'augmentation?

La proposition dit bien, d'autre part, que le producteur devra atteindre et ne pas dépasser son contingent. C'est plus facile à prescrire qu'à obtenir, le producteur ne dirigeant pas à sa guise sa récolte ou ses approvisionnements en matière première. Qu'arrivera-t-il en cas d'insuffisance, et qu'arrivera-t-il en cas de surproduction?

L'Etat paiera les alcools d'après leur coût moyen de production. Rien n'est plus délicat que d'évaluer ce coût qui varie d'une usine à l'autre et tel ne pourra travailler au prix moyen, qui procurera à tel autre, au contraire des bénéfices notables.

Enfin le fabricant touchera un boni basé sur le bénéfice moyen des producteurs de cette catégorie pendant les cinq années antérieures. Ce boni sera-t-il donc invariable ? Il ressemblerait fort, dans ce cas, à des appointements fixes qui feraient du producteur une sorte de fonctionnaire n'ayant aucun intérêt à produire mieux.

Une autre difficulté naît de la faculté de rachat accordée pour les usines qui ne seront pas obligatoirement expropriées. Le producteur d'alcool pourra exiger le rachat de son entreprise et l'Etat pourra prendre également l'initiative du rachat. Quand ? A quelle époque ? Est-ce seulement au début de l'application du monopole? Pourra-t-on le faire, au contraire, à un moment quelconque ? M. Jaurès néglige de le faire savoir. La chose a cependant son importance.

Si l'on suppose que le rachat puisse se faire à un moment quelconque, que l'Etat, par exemple, instruit par l'expérience, trompé dans son espoir de bénéfices ou désireux de réaliser des économies se lasse de payer au producteur un boni de fabrication et veuille racheter, quelles seront alors les bases du rachat ? Celles dit l'article, qui sont prévues à l'article 27. Or, cet article n'en prévoit aucune, sinon les conditions générales déterminées par la loi du 3 mai 1841. Mais ces conditions paraissent difficilement applicables en l'espèce : l'Etat prétendra-t-il racheter sans tenir compte de bénéfices d'exploitation qui pouvaient exister autrefois, mais qui n'existent plus actuellement ? Le producteur paraîtra en droit de prétendre que si la situation est devenue mauvaise, la faute en est à l'institution même du monopole, à ses conséquences économiques ou encore à la façon dont l'Etat a organisé la rectification et la vente des produits monopolisés.

Des difficultés analogues, peuvent être envisagées, en sens inverse, si c'est le producteur qui, après quelques années d'exercice, veut réclamer le rachat de son usine.

Bref, M. Jaurès paraît avoir posé des principes ou exprimé des idées générales sans s'être rendu compte des difficultés de tout genre que pourrait présenter leur application.

Enfin, l'Etat pourra, dit M. Jaurès, racheter, non seulement les distilleries, mais encore les domaines agricoles sur lesquels elles sont situées. Ainsi, le fabricant pourra être exproprié au gré de l'Etat, non seulement de son usine, mais encore des domaines agricoles appartenant au distillateur. C'est assurément une conception hardie du droit d'expropriation et l'opinion publique aura de la peine à l'admettre.

Mais que fera l'Etat de ces domaines agricoles qu'il aura rachetés ?

Il les exploitera lui-même et le voilà devenu producteur de blé, d'orge, de pommes de terre, de betteraves, faisant ainsi une concurrence d'autant plus dangereuse à l'agriculture privée qu'il pourra, dans ce cas spécial, produire dans des conditions en apparence plus économiques que les simples particuliers, ses frais généraux se confondant avec ceux du Monopole. Il est probable d'ailleurs que M. Jaurès ne désire pas l'exploitation directe par l'Etat. Il semble vouloir surtout faire un essai de la doctrine socialiste sur le terrain agricole. Aussi spécifie-t-il que l'Etat pourra, s'il ne veut pas exploiter lui-même, affermer ses domaines aux communes ou à des associations de travailleurs ; l'Etat pourra faire à ces associations de travailleurs, en vue de leur exploitation, l'avance du capital d'exploitation nécessaire remboursable en trente ans, sans intérêt. Cette expérience de collectivisme présenterait assurément de l'intérêt. Mais qu'arriverait-il si elle ne réussissait pas ? Et comment l'Etat recouvrerait-il ses capitaux avancés ? Il ne semble pas, en tous cas que l'opinion publique soit bien préparée à accepter des conceptions de cet ordre.

Régime et production des eaux-de-vie naturelles. — M. Jaurès ne fait aucune distinction, au point de vue du régime général, entre les alcools d'industrie et les eaux-de-vie naturelles.

L'Etat s'empare des unes comme des autres et ne livre au public que des alcools rectifiés que ce soit des alcools d'industrie ou des alcools de vin.

A peine M. Jaurès consent-il à admettre qu'en ce qui concerne les cognacs, armagnacs et eaux-de-vie, on réglera cette rectification pour ne pas enlever complètement le bouquet qui leur est propre.

Mais il n'y a pas rien que le cognac et l'armagnac. Il y a toutes les eaux-de-vie de cru, qui n'ont de valeur que par leur arôme spécial, arôme que la rectification fera disparaître. M. Jaurès veut donc faire passer tous les alcools sous le niveau égalitaire de la rectification ?

A elle seule, cette conception suffirait pour enlever au projet Jaurès toute chance de succès.

De même, les fabricants d'alcools de vin, de cidre, de fruits, sont confondus avec les fabricants d'alcools industriels et soumis au même régime. L'Etat les expropriera ou les autorisera à produire pour son compte en leur fixant un contingent de production, contingent qui, en matière d'alcools de vin. sera bien plus difficile encore à atteindre exactement et à ne pas dépasser que lorsqu'il s'agit d'alcools d'industrie. De même enfin, l'Etat pour racheter non seulement les distilleries de vins, mais les domaines appartenant aux distillateurs pour les exploiter lui-même ou les faire exploiter par des groupements de cultivateurs, avec l'aide financière de l'Etat.

Quant aux bouilleurs de cru proprement dits, ils ne pourront plus brûler à domicile. Tout au plus les admet-on à distiller en commun leurs produits ou sous-produits dans des usines coopératives astreintes à la règle du contingent.

L'Etat leur avancera à cet effet des fonds, jusqu'à concurrence de 10 millions par an pour la création de ces usines coopératives, avec remboursement en trente ans, sans intérêt.

On voit donc se poursuivre et se développer l'idée maîtresse du socialisme, et on aperçoit aussi les inconvénients d'ordre fiscal qui en découlent.

M. Jaurès fixe à 500.000 hectolitres, au minimum, le contingent de production réservé aux eaux-de-vie naturelles ; le chiffre est beau, assurément, s'il s'agit d'une quantité exprimée en alcool pur, ce que l'auteur omet de spécifier, mais il paraît un peu illusoire :

Personne n'ignore qu'il n'existe pas une production régulière, constante et normale de ce genre d'alcools, sauf dans certaines régions bien déterminées, qui produisent des eaux-de-vie ou des boissons spiritueuses particulières. D'une façon générale, la production d'alcool de vin sert d'exutoire ou de correction à la production des vins ou des cidres. Des vins viennent-ils à s'avarier, à se piquer, à contracter des défauts quelconques devant nuire à la vente en nature, on les passe à la chaudière. Une année a-t-elle été exceptionnellement abondante, avec une qualité médiocre, la consommation devient impuissante à absorber la totalité des vins produits. Le surplus ira à l'alambic, qui sert ainsi de soupape à la surproduction.

Que fera la viticulture quand le monopole existera ? Et que fera l'Etat lui-même, en présence d'une production qui s'élèvera à 600.000 hectolitres une année, pour retomber à moins de 100.000 l'année suivante, sans que rien ne puisse faire prévoir cet écart assez à temps pour régler la production des alcools industriels en conséquence ?

Chacun sait que l'organisation commerciale d'un monopole d'Etat manque de souplesse ; l'Etat producteur, cherche avant tout à régler sa production sur les besoins de la consommation ; il évite toute surproduction et tout à-coup ; il redoute de constituer des stocks, dont l'entretien compliquerait l'organisation normale du monopole ; une fois les contingents fixés, en tenant compte de l'écoulement probable des produits monopolisés, ces contingents ne varient que dans des limites très, restreintes. Il faut que son matériel et son personnel fonctionnent avec toute la régularité administrative.

L'Etat sera donc peu disposé à suivre la production des alcools de vins dans ses écarts et les intérêts des producteurs risquent donc de se trouver à certains moments, extrêmement compromis.

On remarquera, d'ailleurs, que M. Jaurès ne s'engage pas à acheter aux producteurs tous les marcs et résidus qu'ils passent habituellement à la chaudière. L'Etat n'en achètera, chaque année, qu'une quantité proportionnée à l'importance moyenne de la récolte et dans des limites maxima déterminées tous les deux ans par le ministre des Finances. Cette rédaction est extrêmement vague et prudente, et peu faite pour inspirer confiance aux producteurs.

Ils pourront vendre *une partie* de leurs résidus à l'Etat. Fort bien ! Mais que feront-ils du reste ?

M. Jaurès supprime aux bouilleurs de cru toute allocation en franchise pour consommation de famille. S'ils veulent boire de l'eau-de-vie, ils l'achèteront à l'Etat. Solution très égalitaire, assurément, mais qui provoquera bien des protestations.

Comme fiche de consolation, la proposition fait miroiter aux yeux des petits producteurs la perspective d'une retraite, à l'âge de soixante ans, de cent francs au maximum, étroitement limitée, d'ailleurs, par un maximum de charges annuelles ne pouvant dépasser 10 millions. Combien y en aura-t-il qui pourront profiter de cet avantage ? On a fixé, à cet égard, une double base d'évaluation ; il faudra que le revenu net du bouilleur ne soit pas supérieur à 2.000 francs ; il faudra, en outre, que ce bouilleur ait distillé au moins cinq fois sur place, de 1890 à 1901.

Comment s'assurera-t-on que cette double condition est remplie? Comment l'Etat vérifiera-t-il le chiffre du revenu net du bouilleur et comment le bouilleur lui-même pourra-t-il établir ce chiffre ?

Comment l'Etat saura-t-il, et comment le bouilleur prouvera-t-il que celui-ci a distillé sur place au moins cinq fois de 1890 à 1901, puisque la production des bouilleurs n'a pas été soumise, dans cette période, au contrôle de l'administration ?

On remarquera, enfin, qu'il s'agit là d'une mesure provisoire et d'un effet limité. Car, si des bouilleurs actuels pourront jouir, eux ou leur veuve, d'une pension minime, ce bénéfice n'appartiendra pas aux producteurs à venir, qui se verront privés du droit de distiller, sans aucune compensation.

Production des eaux-de-vie fines. — Toujours dans le même esprit égalitaire, M. Jaurès ne fait aucune distinction entre les eaux-de-vie ordinaires et la production des eaux-de-vie réputées, qu'il s'agisse de cognacs, de kirshs, etc. L'Etat s'emparera de tout et fabriquera les grands cognacs comme les eaux-de-vie ordinaires. Bien plus, M. Jaurès prétend que la réputation de nos grandes eaux-de-vie ne pourra qu'y gagner. Il paraît peu utile de discuter cette opinion paradoxale, que l'orateur est à peu près le seul à soutenir. On s'est expliqué en détail, à ce sujet, dans la discussion générale sur le monopole sur l'alcool, et on n'y reviendra pas.

L'organisation du monopole. — Si l'on suppose les usines expropriées et le sort des producteurs actuels réglé, il restera à l'Etat à organiser son monopole.

Il faudra qu'il monte des usines de distillation et de rectification, et crée des magasins d'entrepôt et de dépôt et qu'il fasse fonctionner les uns et les autres. La première question qui se posera alors, pour lui, sera celle des achats de matières premières.

« Pour l'achat des matières premières à distiller, dit M. Jaurès, betteraves, vins et sous-produits, l'Etat conclura, de gré à gré, des marchés collectifs avec des syndicats de producteurs agricoles ouverts à tous les producteurs. Si l'accord ne peut s'établir, il sera procédé à l'adjudication, par lots aussi réduits que possible. »

On remarquera les lacunes et l'insuffisance de ce texte. Il semble que l'Etat n'achèterait que des betteraves, des vins ou des sous-produits. Et la mélasse ? Et les grains ? Et les cidres ? Et les fruits ? M. Jaurès entend-il donc les éliminer ?

On voit ensuite l'idée socialiste, qui continue à se dérouler : l'Etat n'achètera qu'à des syndicats de producteurs. Si un producteur veut vendre à l'Etat, il faudra qu'il commence par se faire inscrire dans le syndicat. Et s'il se trouve dans une région où il n'existe pas de syndicat ? Alors, il renoncera à l'espoir de tirer parti de sa récolte.

Les achats se feront de gré à gré ; les syndicats bien pensants auront donc de grandes chances de voir préférer les produits de leurs membres ; quant aux autres. ils ne pourront plus distiller.

L'adjudication ne sera admise que dans le cas où l'accord n'aurait pu s'établir avec les syndicats.

On a longuement exposé, dans la discussion générale, tous les inconvénients et toutes les difficultés qui résulteraient nécessairement de l'achat des matières premières par l'Etat : intrigues, suspicions, fonctionnarisme poussé à l'extrême. On n'y reviendra que pour reproduire les paroles prononcées à la tribune de la Chambre des députés, le 26 février, par M. Jaurès lui-même :

« Le jour où l'Etat aura le monopole, c'est lui, c'est l'Etat qui sera l'entrepreneur, qui, avec son alambic, ira de domaine en domaine, et alors, l'agent, au lieu de n'être qu'un agent d'inquisition, de contrôle, de fiscalité, sera une sorte d'associé du producteur paysan ; il lui achètera les résidus, les lies, les marcs en quantité assez forte, il produira, avec cela, une quantité d'alcool qu'il prendra en charge au profit de l'Etat, qu'il paiera d'un prix ferme, déterminé, soustrait à ces prodigieuses fluctuations de la spéculation, qui vont de 25 fr. au prix de 40 fr. »

Hélas ! Si l'agent du fisc devient l'associé du producteur paysan, on peut plaindre le Trésor public ! Et on peut craindre aussi de voir l'agent de l'Etat se doubler surtout d'un porteur de bonne parole politique et de dispensateur des faveurs du gouvernement.

Les stocks. — Il ne suffira pas d'acheter la matière première. Il convient encore de racheter les stocks pour les rectifier et les soumettre à l'impôt nouveau. C'est une redoutable opération à tous les égards.

M. Jaurès n'en dit pas un mot.

Le monopole et le commerce. — Quand l'Etat aura accaparé toute la production, il aura à la faire parvenir au public. Comment, sous quelle forme le monopole le fera-t-il ?

Tout se résume, pour M. Jaurès, dans la formule qui constitue l'article 38 de la proposition :

« L'Etat vendra l'hectolitre d'alcool 320 fr. en sus du coût de fabrication et de l'annuité de rachat. Il cèdera au prix de revient l'alcool dénaturé pour les usages industriels. »

La proposition se termine ainsi, s'arrêtant au bord du terrain de l'application commerciale.

Qu'est-ce à dire ? S'ensuit-il que, pour tout le reste, les réglements actuels restent en vigueur et que rien n'est changé, sinon le tarif de l'impôt, et cette seule obligation que le commerce achètera à l'Etat au lieu de s'adresser au producteur ?

Il faut bien l'admettre, puisque M. Jaurès ne dit pas un mot de plus des relations de l'Etat producteur avec les intermédiaires et le public.

Quel sera le sort des industries diverses qui s'alimentent en alcool ?

L'Etat dénaturera lui-même l'alcool, d'après M. Jaurès, et le livrera au prix de revient pour les usages industriels ; on peut croire que ce prix dépassera les prix actuels et s'opposera, par conséquent, à l'extension si désirable de la vente.

Quant aux industries qui emploient des alcools non dénaturés et qui devront les acheter à l'Etat, elles verront augmenter le prix de cet alcool dans des proportions telles que leur situation deviendra très critique. L'Etat, en effet, leur cèdera son alcool non seulement au coût de la fabrication augmenté de l'impôt, *mais augmenté également de l'annuité de rachat.* Or, cette annuité s'élèvera sans doute à un chiffre extrêmement important, si on tient compte à la fois de l'expropriation des usines, des alambics et du rachat des stocks. La parfumerie, notamment, et l'industrie des liqueurs se trouveront dans l'impossibilité de se défendre à l'extérieur contre les ef-

forts de leurs concurrents, dont les gouvernements se-
conderont l'action au lieu de la contrarier.

Importation. Exportation. — Après avoir spécifié, dans
le premier article de sa proposition, que l'Etat se réserve
le monopole de l'importation, M. Jaurès n'en a dit plus
un mot par la suite. Il est donc impossible de savoir et
de discuter dans quelles conditions l'Etat exercera son
rôle d'importateur.

La proposition ne fait aucune allusion à l'exportation ;
il faut en conclure qu'elle restera libre. On a exposé,
dans l'étude générale, que la mainmise de l'Etat sur la
production des eaux-de-vie naturelles équivaudrait à la
mort de notre commerce d'exportation, et on vient de
dire qu'un sort analogue attendrait notre commerce
d'exportation de la parfumerie et des liqueurs. Il paraît
sans utilité d'y revenir.

Le consommateur. — Quant au consommateur, il supportera, en définitive, toutes les conséquences fiscales
du monopole et tous les frais des faveurs consenties ou
promises aux uns et aux autres par M. Jaurès, car l'Etat,
ne fixant ni ne limitant aucun prix de vente, le commerce se bornera à reporter la surcharge d'impôt sur la
clientèle.

Conséquences fiscales. — Le monopole Jaurès rappor-
tera-t-il à l'Etat, comme son auteur semble l'espérer,
150 à 160 millions ?

Il paraît incontestable que le rachat des usines, des
alambics, des stocks, et les indemnités à verser à tous
les dépossédés constituera, que l'on rembourse en capital ou par voie d'obligations trentenaires, une lourde
charge annuelle d'amortissement pour le monopole ;
mais il semble qu'il n'y ait pas lieu de s'en préoccuper,
en principe, dans la proposition Jaurès, s'il s'agit d'établir la balance des causes de déficit ou d'accroissement.

En effet, M. Jaurès spécifie que le monopole vendra
son alcool au coût de la fabrication, augmenté de l'annuité de rachat et de l'impôt. Si donc l'Etat continue à

vendre la même quantité d'alcool, le produit de la vente servira à la fois à couvrir les frais d'amortissement et les prix de revient et à fournir une majoration du produit de l'impôt correspondante à la majoration de la taxe.

Si l'on suppose, par exemple, que le coût de la fabrication, y compris les frais généraux, s'élève à Fr. 50

Que les frais d'amortissement représentent, par hectolitre d'alcool pur vendu ...., 30
et l'impôt 320

Soit, au total ....Fr. 400

Le bénéfice net de l'Etat sera, sans avoir à se préoccuper des frais particuliers inhérents au monopole, de 100 fr. par hectolitre (l'impôt actuel étant de 200 fr.), si la consommation ne diminue pas. Le monopole donnerait alors, en se basant sur la consommation actuellement taxée, un bénéfice de 126 millions.

Mais que la consommation vienne à baisser d'un quart, par exemple, et l'Etat perd tout son bénéfice, et, si la diminution est plus forte, le monopole sera pour l'Etat une cause de déficit au lieu de profit.

Or, la consommation pourra-t-elle se maintenir ?
Nécessairement elle doit fléchir :
— par l'effet naturel et constant de l'augmentation de l'impôt et du prix de revient ;
— par la fraude :
Le consommateur, sur qui se répercuteront toutes les augmentations, ne peut supporter une aussi lourde surcharge, qui proviendra à la fois de la majoration de la taxe, 100 fr., de l'augmentation du prix de revient, toujours plus élevé si l'Etat fabrique, et accrue encore des frais d'amortissement.

On peut prévoir, de ce chef, une énorme dépression, puisqu'une simple augmentation de 64 fr. seulement en 1000 a fait baisser de 50 0/0 le chiffre de la consommation. Si le monopole Jaurès produit le même effet, et rien ne peut faire croire qu'il pourra se soustraire à la loi constante, sa première année d'exploitation devra se traduire par un déficit important.

Mais, dira M. Jaurès, la consommation taxée s'augmentera de toute la partie qui échappe aujourd'hui aux droits par la fraude, et le déficit apparent se trouvera immédiatement comblé.

Il faudrait croire, pour cela, que le système Jaurès aura la vertu de supprimer la fraude. Or, il semble qu'il ne fera que l'accroître. Sans doute, M. Jaurès supprime radicalement le privilège du bouilleur de cru et accapare toute sa production. Mais il ne le fait *qu'en principe*. En fait, le bouilleur n'admettra jamais, en premier lieu, que l'Etat puisse l'empêcher de fabriquer pour sa consommation personnelle ; et la prime à la fraude augmentée de 100 fr. par hectolitre au minimum lui paraîtra ensuite trop tentante pour qu'il résiste à la suggestion. Si on le prive de son alambic, il n'en brûlera pas moins, par un procédé quelconque, et aura d'autant moins de peine à trouver, dans les débits voisins, l'écoulement de sa production illicite que la proposition Jaurès ne stipule aucun mode nouveau et plus rigoureux de surveillance, ni dans les débits, ni à la circulation, et ne crée aucune pénalité nouvelle. On peut donc renoncer à toute hypothèse d'augmentation notable des quantités consommées provenant de la suppression du privilège.

En définitive, tout fait croire que le monopole Jaurès ne procurera à l'Etat aucune ressource nouvelle, et, si l'Etat a compté sur ces ressources pour engager, sans attendre leur réalisation, la question des caisses de retraites ouvrières, il se trouvera placé dans une situation extrêmement délicate au point de vue fiscal ou politique.

Conséquences économiques, sociales et politiques. — Au point de vue économique, le monopole Jaurès se caractérise surtout par la disparition de la production des eaux-de-vie naturelles, nivelées par la rectification au rang des alcools d'industrie ; par la disparition du commerce d'exportation de nos grandes eaux-de-vie et de nos liqueurs de marque et des articles renommés de notre parfumerie; elle coupe court à tous progrès industriels dans la fabrication de l'alcool et à l'avenir des alcools dénaturés.

Quant à la perspective qu'elle donne à la viticulture, de voir augmenter les débouchés de sa production d'alcool, elle paraît tout à fait illusoire. Il ne suffit pas de dire : « J'achèterai 500.000 hectolitres d'alcool à la viticulture »; encore faut-il pouvoir le faire. Or, le monopole n'y parviendra pas, pour plusieurs motifs : d'abord le prix de revient de cet alcool sera toujours plus élevé que celui de l'alcool d'industrie : il faudra donc le vendre sensiblement plus cher ; le consommateur ne se prêtera pas à la combinaison, en raison du prix et surtout parce que l'alcool de vin sera privé, par la rectification, de tout ce qui pourrait amener le client à le préférer à l'alcool d'industrie.

Le monopole éprouvera donc de la difficulté pour écouler son premier approvisionnement en alcool de vin et il prendra ce prétexte pour réduire le contingent, ne voulant pas s'exposer à conserver des stocks invendus ; enfin, le monopole aura toujours une tendance, sous l'impulsion des nécessités budgétaires, à préférer l'alcool le moins cher.

La viticulture et les producteurs d'eaux-de-vie de cru se trouveront donc, en définitive, privés de leur liberté sans profit.

Au point de vue social, la formation d'association de travailleurs exploitant des domaines culturaux ou des fabriques d'alcool peut paraître intéressante comme essai de collectivisme pratique, mais il paraît contestable que ce soit à l'Etat à en faire les frais et il faut mettre en regard, en perspective, les inconvénients d'ordre social également que peut présenter le monopole Jaurès. A cet égard, on peut croire que la création de cette infinité de fonctionnaires de l'Etat, privés de toute initiative individuelle, qui parcoureront les campagnes pour effectuer des achats et remplir peut-être des besognes moins avouables, n'est pas une entreprise sociale bien recommandable ; si on considère, en outre, que les bénéfices du monopole ne peuvent provenir que de l'augmentation de la consommation de l'alcool, ou tout au moins de l'augmentation des dépenses du consommateur d'alcool, dépenses déjà trop fortes pour ce consommateur, qui est l'ouvrier, on se dira que les bénéfices à retirer de l'organisation de quelques groupements agricoles ne sont pas en rapport avec l'aggravation de l'état social de la foule des ouvriers, consommateurs d'alcool.

Enfin, la promesse de la constitution d'une caisse de retraites ouvrières à l'aide des ressources du monopole constitue presque une duperie pour la classe ouvrière. Il faudrait pour la réaliser, de très grosses recettes et, ces recettes, c'est l'ouvrier lui-même qui les fournirait. C'est lui qui alimenterait indirectement sa caisse de retraites et il supporterait à peu près seul toute la charge de la création et de l'entretien.

Bien mieux, puisque les recettes du monopole ne peuvent venir que de l'ouvrier, c'est lui qui aurait la charge de payer aux industriels leurs indemnités et aux bouilleurs de cru leurs pensions de retraite. Après quoi, s'il restait des bénéfices, on penserait aux pensions de retraites !

Le jour où l'ouvrier aurait bien saisi ces conséquences du monopole Jaurès, on peut imaginer quelle serait sa surprise et sa colère et il en résulterait certainement des inconvénients d'ordre politique. On peut y ajouter d'ailleurs ceux qui proviendraient des bouilleurs de cru dépossédés à la fois de leur privilège et de la franchise de leur consommation de famille.

Parce qu'à l'encontre du but que se propose l'auteur il aurait certainement, au point de vue social, les plus sérieux inconvénients.

Bref, le projet Jaurès, néfaste pour la production des eaux-de-vie naturelles, présentant des difficultés et des inconvénients de tout ordre paraît inapplicable. Il paraît peu probable d'ailleurs que M. Jaurès se soit fait grande illusion sur les possibilités d'application de ce système. Il y aura vu surtout l'occasion d'une manifestation théorique de la doctrine socialiste en matière fiscale.

Pour conclure, le monopole Jaurès engagerait l'Etat dans des entreprises d'ordre social et sur lesquelles on ne pourra revenir, nécessitant des dépenses importantes qui ne pourront être couvertes par les revenus du monopole, incapable de les fournir.

Il est en outre impraticable, parce que c'est un monopole de fabrication et soulève la question extrêmement délicate des achats de matières premières ; parce qu'il englobe les eaux-de-vie naturelles, ce qui accroît l'impossibilité pratique ; parce qu'il prévoit la rectification des eaux-de-vie naturelles, ce qui est inadmissible en France ; parce qu'il supprime, en fait, tout notre commerce spécial d'exportation des eaux-de-vie, liqueurs et parfumeries ; parce qu'il soumet les bouilleurs de cru à un régime de droit commun absolu qu'il paraît impossible de faire admettre par nos Parlements.

Le projet Astier

Texte

Proposition de loi ayant pour objet la création du monopole des alcools, présentée par MM. ASTIER, Chaigne, Ruau, députés.

EXPOSÉ DES MOTIFS

Messieurs,

La question de la création du monopole des alcools a, depuis une quinzaine d'années, fait l'objet de nombreuses études.

Le Parlement a, depuis plusieurs fois déjà, été saisi de propositions d'organisation de ce monopole.

Mais, si quelques considérations tirées des besoins de l'hygiène publique étaient invoquées par les auteurs de ces propositions, il faut bien reconnaître que le but poursuivi était surtout fiscal.

La réforme, apparaissant ainsi comme une mesure d'oppression, ne parvenait pas à s'imposer. Aujourd'hui la situation est à la veille d'être transformée par la récente découverte de l'alcool chimique industriel.

L'alcool de synthèse, en effet, franchissant l'enceinte du laboratoire, semble devoir entrer dans le domaine des applications pratiques. On sait que l'illustre savant M. Berthelot a fait, en 1853, la synthèse de l'alcool. L'opinion générale dans le monde scientifique, était que les difficultés de l'opération rendraient industriellement inutilisable cette belle découverte. Mais les travaux de M. Moissan ont modifié cette opinion.

Enfin, ces jours derniers, il n'est bruit que d'un procédé nouveau permettant de fabriquer chimiquement l'alcool au moyen du carbure de calcium, de baryum ou de strontium.

A l'exposition de l'alcool et de l'automobile, qui a eu lieu l'an dernier à Paris, on a déjà pu voir des lampes alimentées par un produit nouveau qui est fabriqué en Savoie par la Compagnie urbaine d'éclairage par le gaz acétylène. Mais voici que dans un rapport de son Conseil d'administration cette Société se déclare prête à produire « l'alcool chimique dans « des conditions telles de bon marché qu'elle peut en établir « le prix de vente à 12 francs l'hectolitre, alors que l'alcool « industriel agricole se vend entre 30 et 35 francs l'hectolitre « (actuellement 42 francs) ».

C'est là un fait important, dont la gravité n'a pas échappé au monde de la distillerie. De même que la découverte des couleurs d'aniline a porté un coup mortel à la culture et à l'industrie de la garance, de même la production chimique de l'alcool peut causer un préjudice incalculable à la distillerie agricole et, par voie de conséquence, à la culture, à la production des matières premières. Il n'y a pas jusqu'aux alcools fabriqués avec des vins, raisins, marcs, lies, cerises, prunes et autres fruits, qui ne soient menacés par la concurrence du nouveau produit, grâce à l'emploi des bouquets artificiels.

Si l'on n'y prend pas garde, si l'Etat n'oppose pas une barrière solide à l'envahissement du marché français par les alcools chimiques, c'en est fait de l'industrie nationale, si florissante, des crus spéciaux et des liqueurs de marque, appréciés par les consommateurs du monde entier. Les produits d'imitation prendront la place des produits authentiques, grâce au prix infime de la matière première fournie par la synthèse chimique : les producteurs français, découragés par une lutte sans issue possible pour eux, abandonneront leurs cultures, leur industrie, leur commerce. Les conséquences d'une semblable évolution peuvent être néfastes pour la vie économique de la France.

Déjà précédemment, le Parlement, en présence d'une situation analogue, a senti la nécessité de prendre nettement la défense d'un produit naturel contre un produit chimique. L'article 49 de la loi du 30 mars 1902 a interdit l'emploi de la saccharine pour la préparation des produits autres que ceux de la thérapeutique et de la pharmacie. En 1902, il s'agissait de sauver l'industrie des sucres ; le Parlement n'a pas hésité à le faire. Aujourd'hui, il s'agit de sauver l'industrie des alcools naturels ; il ne faut pas hésiter à s'en occuper sans délai.

La solution est d'ailleurs complexe. L'interdiction pure et simple d'employer les alcools chimiques pour tout autre usage que les usages scientifiques, resterait insuffisante si la production, la préparation et le commerce des alcools naturels et industriels n'étaient pas constamment protégés par l'Etat. Il faut que cette protection résulte d'une surveillance incessante : elle ne pourra s'exercer utilement qu'à la faveur d'une véritable mainmise de l'Etat sur toutes les modalités de la production de l'industrie et du commerce des alcools.

Le monopole par l'Etat s'impose. Ainsi les nécessités économiques amènent à la solution déjà préconisée pour satisfaire aux besoins budgétaires.

Mais si le monopole de l'Etat a l'avantage de garantir l'authenticité des produits qu'il met en vente, il pourrait avoir le grave inconvénient de circonscrire dans les étroites limites d'une formule administrative une production et un commerce qui se distinguent aujourd'hui par la diversité, la multiplicité de leurs éléments et de leurs opérations. Pour éviter cette cause possible d'échec, il faut que le monopole soit combiné de façon à conserver l'initiative individuelle en se contentant de lui imposer sa surveillance, mais en lui donnant en retour les garanties de sécurité, de durée qui sont les caractéristiques des entreprises de l'Etat.

· Conçue dans cet esprit, la proposition de loi que nous soumettons à l'examen du Parlement donne satisfaction à tous les intérêts actuels.

Les cultivateurs continueront à trouver dans l'industrie des alcools une voie d'écoulement pour leurs produits.

Les fabricants d'alcool, distillateurs de profession ou bouilleurs de cru trouveront dans l'établissement du monopole l'assurance de voir vivre leur industrie et d'en retirer un bénéfice suffisant et certain.

Les liquoristes, les producteurs de crus spéciaux, les fabricants de produits alcooliques continueront en toute sécurité leur industrie sous la tutelle du monopole, qui, en compensation des ennuis causés par son intrusion dans leurs affaires, leur garantira la propriété de leurs marques et les défendra contre les tentatives d'imitation et de falsification.

Les détaillants seront, il est vrai, assujettis à des formalités étroites de surveillance, mais leur nombre sera limité ; l'Etat les défendra contre la concurrence et ils jouiront d'un véritable monopole de fait.

Les consommateurs, de leur côté, ne pourront qu'applaudir à la création du monopole, car les alcools qui leur seront vendus, aussi bons au goût, seront déchargés de tout ferment nocif et coûteront moins cher, même en maintenant la quotité de l'impôt au taux actuel de 220 francs l'hectolitre. Sous le régime du monopole, en effet, la production sera en rapport plus direct avec la consommation.

L'Etat, enfin, retirera du monopole, sans augmentation de la quotité de l'impôt, un notable accroissement de ses recettes. La distillation clandestine, la fabrication des boissons frelatées où l'alcool est remplacé par des acides ou des décoctions stupéfiantes ne pourront plus s'exercer. La masse de la consommation officielle bénéficiera du chiffre de la fraude ainsi supprimée.

Quand le monopole sera définitivement assis, il appartiendra au Gouvernement d'examiner s'il ne serait pas facile, sans compromettre la consommation, d'élever le prix officiel de l'impôt. Le chiffre des recettes pourrait sans inconvénient, c'est-à-dire sans que le prix officiel dépassât les prix courants du marché actuel, atteindre 800 millions de francs. C'est une réserve précieuse pour les remaniements d'impôt et pour les besoins à venir. Nous y trouvons la possibilité de faire aux communes la remise du principal de l'impôt foncier, tout en allégeant les charges si lourdes qui pèsent sur notre production agricole.

En résumé, notre proposition comporte les avantages suivants :

1° Conservation d'un produit essentiellement national, menacé dans son existence par la fabrication industrielle de l'alcool synthétique ;

2° Meilleure qualité des alcools livrés à la consommation ;

3° Diminution de l'alcoolisme en France ;

4° Diminution du prix de vente de l'alcool ;

5° Augmentation des recettes et plus grande élasticité du budget de l'Etat ;

6° Dégrèvement des charges fiscales par la remise aux communes du principal de l'impôt foncier.

Certes, nous n'avons pas la prétention d'apporter une proposition sans défaut. Dans une pareille question, qui touche à tant d'intérêts d'ordre économique, social et fiscal, la lumière complète ne peut naître que d'un débat approfondi, mais nous avons voulu signaler les conditions nouvelles qui sont faites à une industrie les plus importantes, montrer comment on peut la protéger efficacement et ménager en même temps à nos finances une réserve précieuse. C'est une étude de bonne foi que nous soumettons aux délibérations de la Chambre, convaincu qu'elle peut servir de base à une discussion qui s'impose impérieusement à l'heure actuelle.

PROPOSITION DE LOI

MONOPOLE DE L'ALCOOL

Article premier. — A dater de la promulgation de la présente loi, il ne sera accordé aucune autorisation nouvelle d'ouvrir une distillerie.

Art. 2. — Les restaurateurs, débitants de boissons, cafetiers, etc., régulièrement patentés et exerçant leur commerce à la date du 1ᵉʳ mars 1903, devront faire connaître à l'administration des contributions indirectes, dans un délai de trois mois à partir de la promulgation de la présente loi, s'ils désirent être débitants d'alcool sous le régime du monopole.

Les débitants agréés pour la vente de l'alcool au détail seront assujettis à une licence spéciale, semestrielle et personnelle, dont le prix est fixé à l'article 75 ci-après. Cette licence est distincte de la licence du débitant de boissons hygiéniques, vins, cidres, etc.

Toute demande émanant d'un particulier non débitant au 1er mars 1903 sera provisoirement réservée et ne pourra être accueillie qu'en cas d'insuffisance du nombre de débits existant dans la localité indiquée par l'intéressé pour l'ouverture de son commerce.

Art. 3. — Dès la promulgation de la présente loi, l'administration des contributions indirectes dressera un tableau des produits fabriqués :

1° Par les distillateurs de profession, pendant les dernières années ;

2° Par les bouilleurs de cru, assimilés aux distillateurs de profession depuis la mise en vigueur de la loi du 29 décembre 1900 ;

3° Par les bouilleurs de cru, suivant leur déclaration.

Ne seront compris dans ces tableaux que les distillateurs de profession et bouilleurs de cru ayant travaillé au moins une fois pendant les périodes indiquées. Les tableaux feront ressortir la moyenne de fabrication de chaque intéressé.

Les tableaux seront affichés dans chaque commune pendant trois mois à compter du 1er juillet 1903 pour être portés à la connaissance des intéressés et des contribuables. Les réclamations pour omission, erreur, double emploi, etc., seront examinées par l'administration des contributions indirectes dans la forme indiquée par le règlement d'administration publique prévu à l'article 91 de la présente loi.

Art. 4. — Les industriels, commerçants, propriétaires ou fermiers qui se livrent actuellement à la préparation de liqueurs de marque : absinthes, apéritifs, alcools à bouquet (eau-de-vie, rhums, kirsch, etc.), devront en faire la déclaration à l'administration des contributions indirectes, dans les trois mois de la promulgation de la présente loi, en se munissant d'une licence de liquoriste ou de fabricant d'alcools à bouquet.

Ces licences seront annuelles et personnelles. Le prix en est fixé à l'article 31 ci-après.

Art. 5. — Pendant un délai de six mois à compter de la promulgation de la présente loi, les propriétaires de distilleries, les détenteurs d'alambics ou de portions d'alambics et les propriétaires de stocks d'alcool en approvisionnement pourront traiter à l'amiable avec l'administration des contributions indirectes pour la vente de leurs immeubles, machines, appareils et approvisionnements.

Une loi ultérieure fixera le montant des crédits, ouverts au ministre des Finances pour l'achat des immeubles, de l'outillage et des approvisionnements cédés par les industriels et particuliers.

Art. 6. — A compter du 1er janvier 1904, nul autre que l'État ou ses représentants dûment autorisés et placés sous son contrôle permanent, ne pourra fabriquer, importer, rectifier, transformer, transporter et vendre des boissons alcooliques ou des alcools et produits alcooliques de toute espèce *non dénaturés*.

Art. 7. — La gestion du monopole sera placée dans les attributions du ministère des Finances.

Un service spécial pourra être créé à cet effet au ministère des Finances sous le titre de « Direction générale du monopole des alcools ». Les administrations des douanes et des contributions indirectes prêteront leur concours au monopole des alcools pour la surveillance de la fraude à la fabrication et à la circulation et pour la perception des droits à la frontière.

Art. 8. — Jusqu'à nouvel ordre, la Corse, l'Algérie, les colonies et les pays placés sous le protectorat de la France échappent à l'application de la présente loi. Les alcools originaires de ces pays ne pourront être importés en France que sous le couvert et par l'intermédiaire du monopole.

Art. 9. — La France sera divisée pour l'exploitation et l'administration du monopole en vingt et une régions, qui sont :

1ʳᵉ région. — Paris (Seine, Seine-et-Oise) ;
2ᵉ région. — Reims (Seine-et-Marne, Aube, Marne, Aisne) ;
3ᵉ région. — Nancy (Meuse, Ardennes, Meurthe-et-Moselle, Vosges) ;
4ᵉ région. — Besançon (Haute-Saône, Doubs, Jura, Belfort) ;
5ᵉ région. — Dijon (Haute-Marne, Côte-d'Or, Nièvre, Saône-et-Loire) ;
6ᵉ région. — Lyon (Ain, Rhône, Loire, Haute-Savoie, Ardèche) ;
7ᵉ région. — Grenoble (Savoie, Isère, Drôme, Hautes-Alpes) ;
8ᵉ région. — Marseille (Vaucluse, Bouches-du-Rhône, Var, Alpes-Maritimes, Basses-Alpes) ;
9ᵉ région. — Montpellier (Lozère, Gard, Hérault, Aude, Pyrénées-Orientales) ;
10ᵉ région. — Toulouse (Aveyron, Tarn, Tarn-et-Garonne, Gers, Haute-Garonne, Ariège) ;
11ᵉ région. — Bordeaux (Hautes-Pyrénées, Basses-Pyrénées, Landes, Lot-et-Garonne, Gironde, Lot) ;
12ᵉ région. — Angoulême (Dordogne, Charente, Charente-Inférieure) ;
13ᵉ région. — Clermont-Ferrand (Cantal, Corrèze, Creuse, Allier, Puy-de-Dôme, Haute-Loire) ;
14ᵉ région. — Poitiers (Indre, Vienne, Deux-Sèvres, Haute-Vienne);
15ᵉ région. — Nantes (Vendée, Loire-Inférieure, Maine-et-Loire) ;
16ᵉ région. — Rennes (Morbihan, Finistère, Côtes-du-Nord, Mayenne, Ille-et-Vilaine) ;
17ᵉ région. — Caen (Manche, Calvados, Orne, Eure) ;
18ᵉ région. — Tours (Sarthe, Indre-et-Loire, Loir-et-Cher) ;
19ᵉ région. — Orléans (Cher, Yonne, Loiret, Eure-et-Loir) ;
20ᵉ région. — Amiens (Oise, Seine-Inférieure, Somme) ;
21ᵉ région. — Lille (Nord, Pas-de-Calais) ;

A la tête de chaque région sera placé un directeur assisté de trois inspecteurs chargés respectivement des services technique, administratif et comptable.

Des distilleries nationales seront installées dans les principaux centres de production des matières premières.

Dans chaque région, le monopole disposera de magasins de dépôt et d'entrepôt de dimensions et de nombre suffisants pour assurer le ravitaillement de la consommation.

Art. 10. — L'alcool est fabriqué pour le compte exclusif du monopole :

A). — Dans les distilleries nationales construites ou achetées par l'État et exploitées par le monopole;

B). — Dans les distilleries privées, agréées par le ministre des Finances et exploitées par des industriels munis de licences annuelles et personnelles délivrées aux conditions indiquées ci-dessous :

1" catégorie. — Distillateurs de profession ayant produit plus de 10.000 hectolitres par an pendant les cinq dernières années.. 150 fr.

2° catégorie. — Distillateurs de profession et bouilleurs de cru assimilés ayant produit moins de 10.000 et plus de 500 hectolitres par an pendant les cinq dernières années................... 50 fr.

3° catégorie. — Distillateurs de profession et bouilleurs de cru assimilés ayant produit moins de 500 hectolitres par an pendant les cinq dernières années........................... 10 fr.

4° catégorie. — Bouilleurs de cru distillant pour la vente.. 5 fr.

5° catégorie. — Bouilleurs de cru distillant uniquement pour leur consommation (licence gratuite).

Les licences seront incessibles. Les héritiers ou ayants droits ne pourront continuer l'industrie qu'après avoir obtenu une licence en leur nom.

Art. 11. — Les distillateurs de la première catégorie seront autorisés à fabriquer constamment, sous la surveillance permanente du monopole, avec les appareils reconnus, dosés et poinçonnés par l'administration les quantités d'alcool fixées annuellement par le ministre des Finances dans la limite minima des moyennes de fabrication indiquées au tableau dressé en conformité de l'article ci-dessus.

Les distillateurs de la deuxième catégorie ne seront autorisés à fabriquer chez eux qu'aux époques et périodes fixées par le directeur régional. Pendant les intervalles, les appareils de distillation seront démontés et les organes essentiels seront placés sous scellés par le monopole. La quantité à fabriquer sera fixée par le directeur régional dans la limite minima indiquée au tableau dressé en conformité de l'article 27 de la présente loi.

Les distillateurs des 3°, 4° et 5° catégories ne pourront fabriquer l'alcool que dans les locaux choisis par l'administration, avec les appareils agréés par elle et aux dates fixées périodiquement par le directeur régional.

Art. 12. — L'alcool fabriqué par les distillateurs des quatre premières catégories devra être livré à une force de 90 degrés au minimum.

Toutefois les alcools à bouquet naturel (eaux-de-vie, kirsch, etc.), seront acceptés avec une force de 50 degrés au minimum, mais sans mélange d'alcools de tête ou de queue, en raison des ferments nocifs que contiennent ces produits.

Art. 13. — Le prix d'achat par le monopole sera fixé d'après le prix de revient des qualités similaires produites dans les distilleries nationales. L'Etat consent une majoration d'un cinquième de ce prix de revient pour le bénéfice du fabricant, mais seulement dans la limite de la production moyenne pour laquelle il est inscrit au tableau de l'article 27 ci-dessus. Les quantités fournies, le cas échéant, sur commande, en excédant à cette moyenne, ne donneront lieu qu'à une majoration d'un huitième pour bénéfice.

Art. 14. — Le produit de chaque chauffe ou de chaque journée de fabrication sera logé dans des récipients fermés et scellés par le représentant du monopole. La reconnaissance des qualités et des quantités, pour le règlement du compte, sera faite contradictoirement, après refroidissement complet du produit.

Art. 15. — Les distillateurs de la 4ᵉ catégorie, bouilleurs de cru, pourront être autorisés, moyennant le versement préalable du montant de l'impôt, à emporter le produit de leur fabrication.

Les alcools emportés dans ces conditions devront être logés dans des récipients reconnus et poinçonnés par le monopole et placés dans des locaux ouverts à toute réquisition de l'administration pour les vérifications jugées utiles.

Les bouilleurs de cru traitant uniquement des matières premières provenant de leur propriété, seront, quand ils emportent le produit de leur fabrication, dispensés de prendre une licence de gros prévue aux articles 28 et 55 de la présente loi.

Les distillateurs de la 5ᵉ catégorie, bouilleurs de cru, pourront emporter le produit de leur fabrication sans autre formalité que le payement des droits sur les quantités frappés par la loi.

Dans aucun cas, les bouilleurs de cru ne pourront céder ou vendre à des tiers tout ou partie de leur stock d'approvisionnement sans passer par l'intermédiaire des débitants au détail agréés par le monopole.

Art. 16. — Tous les produits fabriqués par les distillateurs des quatre premières catégories seront immédiatement saisis par le monopole. Ils seront aussitôt pris en compte sous réserve :

1ᵉ Des quantités rétrocédées aux bouilleurs de cru, dans les conditions indiquées à l'article précédent ;

2ᵉ Des quantités destinées à la dénaturation pour les usages industriels. Ces alcools seront placés en entrepôt sous la surveillance du monopole jusqu'à la dénaturation effectuée devant les agents de l'administration.

3ᵉ Des quantités destinées à l'exportation. Ces alcools seront, comme les précédents placés en entrepôt sous la surveillance du monopole jusqu'à leur sortie de France.

Art. 17. — L'importation des alcools originaires de la Corse, de l'Algérie, des Colonies françaises et des pays placés sous le protectorat de la France sera autorisée pour le compte des particuliers munis de licences de liquoristes ou de fabricants d'alcools à bouquet, mais ces alcools devront obligatoirement passer par l'intermédiaire du monopole, qui percevra, à l'entrée sur le territoire, le montant de l'impôt et qui prendra toutes les mesures propres à garantir la circulation de ces alcools depuis le port d'arrivée jusqu'au lieu de destination.

L'importation des alcools d'origine étrangère pour le compte des commerçants industriels ou particuliers, est interdite. Le monopole se chargera d'exécuter les commandes des particuliers et d'entretenir au besoin, dans ses magasins de dépôt, un approvisionnement des alcools et des liqueurs d'origine étrangère demandés par les consommateurs français. Les prix de vente seront fixés par les décisions du ministre des Finances.

Dans aucun cas, les importateurs ne pourront céder ou vendre à des tiers, sans l'intermédiaire des débitants au détail agréés par le monopole, tout ou partie des alcools ainsi importés.

Art. 18. — Les vins d'une force alcoolique supérieure à 16 degrés devront acquitter à l'importation les droits fixés à l'article 24 ci-après, pour chaque degré ou fraction d'un dixième de degrés au-dessus de seize, sans préjudice des droits de douane qui frappent les vins d'origine étrangère.

Art. 19. — Les produits alcooliques, les préparations à base d'alcool non dénaturé ou dénaturé suivant les procédés non reconnus par le monopole, seront astreints, à l'importation, au payement des droits afférents au degré d'alcool qu'ils contiennent, en compte des fractions de dixième degré.

Art. 20. — Il sera interdit à tout particulier ou distillateur de procéder à la rectification des alcools terminés, ou à la revivification des alcools dénaturés.

Les opérations de rectification ou de revivification seront exclusivement réservées au monopole.

Art. 21. — Le degré alcoolique et la quantité des alcools en dépôt chez les bouilleurs de cru, importateurs, liquoristes, industriels munis de licences réglementaires, marchands en gros ou au détail, seront inscrits par l'administration au compte ouvert à chaque intéressé, ou déterminés par les marques, timbres et cachets apposés sur les récipients officiels. Toute modification par relèvement du degré alcoolique, toutes transformations autres que celles résultant des préparations de liqueurs ou produits effectués en présence des agents du monopole et dûment autorisées entraîneront une présomption de fraude contre le détenteur et le rendront passible des pénalités prévues aux articles 60, 61 et 62 ci-après

Art. 22. — Tous les alcools du monopole, autres que les alcools à bouquet naturel (eaux-de-vie, rhums, etc.), seront rectifiés avant d'être livrés à la consommation. Ils seront distillés à 98 degrés au minimum et rendus ainsi absolument neutres.

Les alcools à bouquet naturel préparés par le monopole ne contiendront que les alcools de cœur à l'exclusion des alcools de tête et de queue, qui seront rectifiés pour être débarrassés des impuretés et ferments nocifs, et versés aux alcools neutres.

Art. 23. — Les alcools mis en vente par le monopole se diviseront en deux groupes :

A) Alcools neutres fabriqués avec des matières premières de toute nature et portés, en principe, à 100 degrés à la distillation.

B) Alcools à bouquet naturel, fabriqués avec des vins, raisins, marcs, lies, cerises, prunes, pommes, poires, autres fruits et baies. Pour leur conserver leur arôme apprécié par les consommateurs.

ces-alcools ne seront portés, à la distillation, qu'à une force de 50 degrés au minimum.

Art. 24. — Les alcools du premier groupe, ou alcools neutres seront mis en vente aux prix indiqués ci-après pour six types officiels :

1" type alcools à 100°.............................	Fr.	270	»	l'hectolitre.
2° — 95°		256	50	—
3° — 90°		243	»	—
4° — 80°		216	»	—
5° — 50°		135	»	—
6° — 40°		108	»	—

Les différents types seront obtenus par des coupages faits au moyen d'eau distillée de façon à conserver à l'alcool toute sa pureté.

Le prix de chaque type comprendra le montant de l'impôt et le prix de revient du produit. Ce prix ne sera applicable qu'à la vente en gros qui s'entendra des livraisons de 150 litres au minimum. Toute vente d'une quantité inférieure à 150 litres sera une vente au détail ; elle sera faite aux prix indiqués aux articles 73 et 70 ci-après.

Art. 25. — Les alcools à bouquet naturel seront distillés par le monopole à deux types uniformes :

1° Esprits (75 degrés).

2° Alcools de consommation (50 degrés).

Le prix de vente en gros sera fixé pour chaque qualité d'après le montant de l'impôt, soit deux cent vingt francs par hectolitre d'alcool pur, augmenté du prix de revient de chaque essence.

Art. 26. — Le prix de revient sera déterminé d'après les éléments énumérés ci-après :

1° Prix d'achat des matières premières (vins, marcs, lies, cerises, prunes, fruits divers, baies). Le ministre des Finances, sur la proposition des directeurs, fixera annuellement pour chaque région les quantités de matières premières à acheter par voie d'adjudication publique. En cas d'insuffisance de quantités ou d'exagération de prix, les achats pourront être faits soit en Algérie, en Corse ou dans les colonies françaises, soit à l'étranger;

2° Frais généraux de transport, manutention, salaires du personnel ouvrier, perte et déchet des matières premières;

3° Frais généraux de fabrication et rectification;

4° Majoration de 25 0/0 du montant des trois premiers éléments.

1° Prix d'achat aux lieux de production;

2° Frais généraux de transport, manipulation, déchets de route;

3° Majoration de 25 0/0 du montant des deux premiers éléments;

Les prix de revient ainsi établis serviront de base d'évaluation pour les achats à faire aux distillateurs et bouilleurs de cru.

Les prix de vente en gros seront fixés chaque année par le ministre des Finances.

Art. 27. — Ces prix seront majorés, pour les alcools à bouquet naturel d'un trentième par année d'âge du produit, l'âge étant calculé du 1" janvier au 31 décembre, l'année de fabrication ne comptant pas.

Art. 28. — Les ventes en gros ne seront consenties qu'aux personnes munies de licences de marchand en gros, de liquoriste ou de fabricant d'alcool à bouquet. La licence, dénommée « licence de gros », sera annuelle (du 1er janvier au 31 décembre) et exclusivement personnelle. En cas d'abandon de commerce, faillite, disparition ou décès du titulaire, ses héritiers ou ayants droit ne pourront faire que des actes conservatoires avant d'avoir sollicité et obtenu, le cas échéant, une licence à leur nom.

Art. 29. — Les alcools vendus en gros par le monopole devront être logés *dans des récipients métalliques*, jaugés par l'Administration et scellés en présence des intéressés avant l'enlèvement.

Des instructions du ministre des Finances détermineront la capacité, la forme et le prix de cession de ces récipients qui, après avoir été vidés, seront repris par l'Administration pour leur valeur officielle. L'Administration pourra autoriser les marchands en gros ou liquoristes, présentant les garanties nécessaires, à employer leurs récipients usuels, pourvu qu'ils aient été jaugés et poinçonnés par le monopole.

Les récipients d'une contenance inférieure à 20 litres seront en verre; ils seront, sauf exception autorisée par le ministre, la propriété du monopole, qui les cédera contre consignation de leur valeur, mais aura le droit de les suivre et de les reconnaître entre les mains de ses acheteurs ou de tiers quelconques.

Art. 30. — Nul individu, autre que les titulaires d'une « licence de gros », ne pourra acheter des alcools autrement qu'au détail (moins de 150 litres d'alcool pur). Exception sera faite pour les débitants au détail munis de licences régulières et placés sous le régime de l'exercice ,comme il est dit à l'article 75, ci-après.

Art. 31. — Le prix de la licence de gros sera fixé à 5 francs par 50 hectolitres ou fraction de 50 hectolitres d'alcool traité. Les titulaires de ces licences seront assujettis à l'exercice. Les locaux dans lesquels seront emmagasinés les alcools devront être ouverts à la première réquisition des représentants du monopole, qui auront le droit de procéder, en présence de l'intéressé, à toutes les vérifications de quantité et de qualité qu'ils jugeront utiles, ainsi qu'à la mise sous scellés ou à la saisie, pour plus ample vérification, des liquides jugés douteux comme qualité ou comme force alcoolique.

Art. 32. — Les titulaires d'une « licence de gros » pourront :

Détenir en magasin, *dans les récipients réglementaires*, telles quantités d'alcool qu'il leur conviendra;

Modifier, par coupage ou mélange, la qualité et la force de leurs alcools; ces opérations ne pourront avoir lieu qu'après avis donné à l'Administration du monopole, comme il est dit à l'article 59 ci-après :

Vendre aux débitants au détail, aux prix réglementaires, les quantités et qualités d'alcool du monopole nécessaires à leur commerce;

Loger dans *les récipients du monopole — fûts métalliques, jarres et boutelltes en verre —* leurs propres liqueurs ou produits fabriqués sous la surveillance de l'Administration et agréés par elle pour la consommation;

Revêtir ces récipients de leurs marques commerciales de fabrique, concurremment avec les marques, étiquettes et timbres du monopole;

Vendre ces produits aux débitants au détail, aux prix et conditions qu'il leur conviendra de fixer, mais dans les limites de quantités d'alcool pur autorisées par la loi;

Préparer, sous le contrôle de l'Administration tous les produits industriels à base d'alcool non dénaturé;

Vendre aux particuliers ces produits industriels, à l'exclusion de tout alcool de consommation;

Procéder à la dénaturation des alcools pour la vente à l'industrie dans les conditions indiquées à l'article ci-après :

Faire, *sous la surveillance du monopole*, toutes les autres opérations industrielles et commerciales que comporte l'emploi de l'alcool consommable.

Dans aucun cas de dénaturation ou d'exportation, les droits déjà acquittés ne seront remboursés au titulaire de « licence de gros » pour les opérations faites hors des magasins du monopole.

Art. 33. — Les distillateurs pourront obtenir une « licence de gros », mais les magasins affectés à leur industrie ou commerce de gros devront être distincts de leur usine à distiller. Aucune communication intérieure ne devra exister entre ces divers locaux,

Art. 34. — Des instructions du ministre des Finances fixeront le mode d'installation des magasins de gros, de constatation des approvisionnements d'alcool, de vérification et d'analyse des liqueurs et produits provenant de la transformation des alcools du monopole, de visite des récipients, des étiquettes, timbres et marques, ainsi que les formalités de l'apposition des scellés et de l'oblitération des marques et timbres des récipients.

Art. 35. — Pour donner droit à l'exemption de l'impôt, la dénaturation et la carburation des alcools destinés à l'industrie devra être faite dans les magasins du monopole, en présence des agents de l'Administration et suivant les formules prescrites par la loi.

La dénaturation et la carburation devront toujours porter sur les alcools neutres du deuxième type, à 95 degrés, livrés par le monopole aux industriels au prix de 47 fr. 50 par hectolitre de liquide, les déchets et pertes étant à la charge de l'intéressé.

Les produits de la transformation seront constatés contradictoirement par les agents du monopole et par les intéressés.

Exceptionnellement, conformément aux dispositions de l'article 61 de la présente loi, la dénaturation et la carburation pourront avoir lieu, selon les formules réglementaires et en présence des agents du monopole, dans les locaux de la distillerie d'origine, aussitôt après la fabrication de l'alcool.

Art. 36. — Les alcools dénaturés et les produits liquides ou solides à base d'alcool dénaturé, seront exonérés de toute formalité de surveillance du monopole, sous réserve des pénalités encourues par ceux qui tenteraient de revivifier les alcools dénaturés.

Art. 37. — La fabrication des liqueurs de tout degré, la préparation des alcools à bouquet naturel (eau-de-vie, rhums, etc.) ou artificiel (essence de fine champagne, d'Armagnac, de noyau, etc.), les transformations de toute nature des alcools de consommation ou d'industrie, même par simple coupage ou addition d'eau, pourront être faites par les titulaires d'une « licence de gros », sous les conditions suivantes :

· Déclaration préalable aux agents du monopole indiquant la nature de l'opération projetée, la date du commencement de l'opération, la masse d'alcool pur à travailler; les liquoristes qui fabriquent constamment devront fournir mensuellement une déclaration contenant les indications réglementaires : des déclarations complémentaires pourront être produites en cours du mois;

· Exclusion de tout procédé ou matière pouvant donner au produit des qualités nocives, notamment de toutes les essences minérales;

Production aux agents du monopole de tous les éléments propres à les éclairer sur le procédé de transformation et la qualité du produit;

Prélèvement d'échantillons types destinés aux essais, analysés ou expériences;

Dépôt des produits terminés dans des magasins isolés des locaux de fabrication;

Emploi des récipients du monopole pour le logement des produits destinés à la consommation;

· Séparation complète des produits industriels impropres à la consommation et des alcools ou liqueurs destinés à la consommation, ou pouvant être consommés.

· Art. 38. — Les agents du monopole jouiront de toutes les attributions et de tous les droits conférés par les lois actuellement en vigueur aux agents des douanes et des Contributions indirectes pour la police de la circulation des alcools à la frontière et dans l'intérieur et pour la poursuite des infractions constatées.

· Art. 39. — En plus des formalités actuellement en vigueur pour l'enlèvement et le transport des alcools, le monopole déterminera le type des récipients et apposera ses marques, timbres et cachets sur ces récipients.

L'emploi, pour la circulation, de fûts, barriques, vaisseaux, jarres, bouteilles ou récipients de toute nature autres que ceux du monopole, sera interdit, à moins d'autorisation spéciale du ministre, donnée dans le but de protéger les marques.

· Des instructions du ministre des Finances détermineront les types et modèles réglementaires.

Art. 40. — Les récipients contenant l'alcool en cours de transport seront scellés et revêtus des étiquettes et timbres indiquant le degré alcoolique, la qualité du produit, le lieu de provenance, la date du départ et le lieu de destination, le tout sans préjudice des titres de mouvement, acquits et congés réglementaires.

Les rubans des scellés, les étiquettes et timbres du monopole seront de couleur blanche pour les alcools à bouquet naturel, bleue pour les autres alcools de consommation, rouge pour les alcools neutres, verte pour les alcools d'industrie non dénaturés, jaune pour les alcools destinés à l'exportation. Ces derniers alcools comporteront en outre un second timbre, blanc, bleu, rouge ou vert, suivant leur qualité.

Art. 41. — Les alcools fabriqués dans les distilleries privées seront logés dans les récipients du monopole par les soins et aux risques du distillateur qui, dans les 5 jours de la fermeture des récipients, devra les transporter à ses frais à la plus prochaine gare de chemin de fer ou dans les magasins du monopole si le magasin le plus rapproché se trouve à moins d'un myriamètre de la distillerie.

Art. 42. — Le transport en chemin de fer et la distribution de magasin à magasin seront à la charge du monopole.

Art. 43. — Les alcools déclarés pour l'exportation seront logés en récipients scellés et fermés et seront placés sous le régime de l'entrepôt jusqu'à leur mise en route pour l'extérieur.

Les exportateurs pourront être autorisés à employer, sous leur responsabilité, des récipients autres que ceux du monopole. Dans ce cas, les quantités expédiées seront reconnues au moment de la sortie de l'entrepôt à la frontière. Toute différence en excédent ou en déficit de liquide ou de degré alcoolique constituera une présomption de fraude à la charge de l'exportateur.

Art 44. — Le monopole pourra livrer pour l'exportation, dans ses magasins de frontière, des alcools neutres aux prix suivants, prix du récipient non compris :

1" type alcool à 100°.....................	Fr.	50	»	l'hectolitre.
2° — 95°.....................		47 50	—	
3° — 90°.....................		45	»	—
4° — 80°.....................		40	»	—
5° — 50°.....................		25	»	—
6° — 40°.....................		20	»	—

Le prix d'exportation des alcools à bouquet, du monopole (liqueurs, etc), sera fixé annuellement par des décisions du ministre des Finances, d'après le prix de revient calculé comme il est dit à l'article 50 de la présente loi.

Art. 45. — L'enlèvement et le transport des alcools vendus par le monopole seront à charge des acheteurs.

Art. 46. — L'enlèvement et le transport des alcools achetés par des débitants au détail chez les titulaires de « licences de gros » seront à la charge des acheteurs.

Art. 47. — Les consommateurs pourront se procurer les alcools nécessaires à leurs besoins :
1° En récipients fermés et cachetés :
» A) Aux magasins du monopole;
B) Chez les débitants au détail;
2° Au petit verre :
Chez les débitants au détail seulement.

Art. 48. — Les alcools de consommation destinés par le monopole à la vente au détail seront logés :
En fûts métalliques de 100, 50, 25 et 20 litres;
En jarres en verre de 15, 10 et 5 litres;
En bouteilles en verre de 2 et 1 litre;
En flacons en verre de 0 l. 75, 0 l. 50, 0 l. 25, 0 l. 10.

Les récipients vides seront repris pour la valeur officielle fixée par des décisions du ministre des Finances.

Art. 49. — Le prix de vente au détail dans les magasins du monopole sera fixé d'après :

1° Le prix de gros de chaque qualité;

2° La valeur officielle du récipient;

3° Une majoration de 10 0/0 du total des deux premiers éléments pour les alcools logés en récipients métalliques; — de 15 0/0 pour les alcools logés en jarres et bouteilles; — de 20 0/0 pour les alcools logés en flacons.

Art. 50. — Les débitants au détail qui s'approvisionnent directement aux magasins du monopole bénéficieront d'une remise de cinq pour cent sur les prix officiels du détail.

Art. 51. — Nul ne pourra être autorisé à vendre l'alcool au détail, soit en récipients fermés, soit au petit verre, s'il n'est agréé par l'Administration du monopole et muni d'une licence spéciale, semestrielle et personnelle.

Le coût de chaque licence sera de 1 franc par hectolitre ou fraction d'hectolitre d'alcool pur vendu au débit. Ce prix sera établi d'après la moyenne des ventes du semestre antérieur. Le minimum, pour les débits nouveaux, sera de 5 francs.

En cas d'abandon de commerce, de faillite, de condamnation pour infraction aux lois et règlements sur le régime des alcools, de disparition ou du décès du titulaire de la licence, ses héritiers ou ayant droits ne pourront faire que des actes conservatoires et devront aviser d'urgence le monopole.

Art. 52. — Les restaurateurs, hôteliers, cafetiers, etc., pourront être agréés comme débitants au détail d'alcool.

Dans les établissements similaires dont les chefs n'auront pas été agréés comme débitants au détail, les clients pourront apporter ou faire apporter, en flacons fermés et cachetés, les boissons alcooliques qu'ils désireront consommer, mais les récipients et leur contenu resteront leur propriété. Il sera interdit aux maîtres et employés de l'établissement sous peine d'infraction, comme il est dit à l'article 85 ci-après, de débiter les quantités abandonnées par les clients dans les flacons ouverts par eux.

Art. 53. — Les débitants agréés par le monopole pour la vente au détail devront entretenir leur approvisionnement de manière à être toujours en mesure de satisfaire aux besoins de la consommation locale. Ils devront se conformer aux règlements de l'Administration en ce qui concerne l'installation intérieure des magasins, le mode de conservation des cachets et timbres réglementaires apposés sur les récipients, la visite des stocks d'approvisionnement, le prix de vente des récipients fermés, la dimension des mesures de capacité pour la vente au petit verre et toutes autres prescriptions destinées à garantir le régulier fonctionnement du monopole.

Les prix de vente au détail, en récipients fermés et cachetés, seront fixés pour chaque région par des décisions ministérielles. Ces prix seront affichés dans chaque débit en un endroit apparent et accessible.

Art. 54. — Les acheteurs de l'alcool logé en récipients fermés devront acquitter la valeur des récipients; mais cette valeur devra obligatoirement leur être remboursée au prix officiel, fixé par le ministre des Finances, contre remise du récipient vide. Ou, si les acheteurs le préfèrent, contre rapport d'un récipient vide, ils pourront acheter un récipient semblable plein, au prix net de l'alcool.

Art. 55. — Les prix fixés aux débitants par les décisions ministérielles pour la vente au détail en flacons fermés ne pourront pas être supérieurs au prix de vente au détail par les magasins du monopole majorés d'un cinquième, pour le bénéfice des détaillants.

Cette majoration pourra être portée au tiers au maximum pour la vente en flacons d'une contenance inférieure à un litre.

Le prix de vente au petit verre sera laissé à la discrétion du débitant. L'Administration n'interviendra que pour vérifier la qualité et la force alcoolique des produits débités au petit verre et s'assurer qu'ils n'auront point été falsifiés par coupage ou mélange, ou par simple addition d'eau.

Art. 56. — Les débitants au détail devront exposer en un endroit apparent les récipients mis en vidange pour la vente au petit verre; ils ne devront mettre en vidange qu'un seul récipient pour chaque qualité ou type d'alcool.

Art. 57. — Les débitants agréés pour la vente au détail des alcools du monopole seront autorisés à l'exclusion de tous autres commerçants ou particuliers, à vendre aux consommateurs des liqueurs, alcools à bouquet naturel ou artificiel et toutes autres boissons alcooliques préparées par les titulaires de « licence de gros » (liquoristes, bouilleurs de cru, fabricants d'alcool à bouquet, importateurs d'alcools coloniaux).

Ces alcools seront logés ,sauf autorisation spéciale du ministre des Finances, dans les récipients du monopole; ils seront garantis par les étiquettes et timbres réglementaires. Ils se distingueront des alcools de l'Administration par les marques de fabrique de chaque industriel ou propriétaire, apposées de façon à respecter toutes les indications des étiquettes et timbres du monopole.

Les propriétaires et débitants seront libres de fixer à leur gré le prix de vente de ces spécialités: ils devront déposer, avant la mise en vente, une déclaration indiquant à l'Administration les prix auxquels ils se seront arrêtés pour chaque liqueur ou spécialité. — Dans le cas où les propriétaires auront été autorisés à employer des récipients autres que ceux du monopole, le prix de vente sera brut, sans que la valeur du récipient soit distincte de celle du contenu.

La surveillance de la vente des spécialités, au point de vue de leur qualité et de leur force alcoolique régulière, sera exercée par le monopole dans les mêmes conditions que celle de la vente de ses propres produits. Les falsifications par mélange, coupage ou addition d'eau, seront punissables comme les falsifications des alcools du monopole.

Art. 58. — Le nombre des débitants au détail sera fixé pour chaque localité par des décisions du ministre des Finances, rendues sur la proposition du directeur général, après enquête et sur l'avis des autorités administratives départementales et communales.

Art. 59. — Dans le cas où le nombre des débits excéderait au début le chiffre réglementaire, les débits abandonnés ou fermés pourront être supprimés jusqu'à ce que le nombre total s'en trouve ramené dans chaque localité au chiffre réglementaire.

Si le nombre des demandes de licence dans certaines localités devient insuffisant, des débits officiels seront ouverts par le monopole. Ces débits seront gérés par des agents révocables, choisis parmi les anciens militaires ou fonctionnaires justifiant de services rendus à l'Etat, ou parmi les père et mère, veuves ou orphelins des militaires et fonctionnaires décédés en service. Ces gérants, nommés par le ministre des Finances, recevront comme rétribution les remises réglementaires sur les ventes.

Art. 60. — Le mode de recherche, de constatation, de poursuite et de répression des infractions à la fabrication, à la circulation et à la vente des alcools sera conforme aux règles suivies par le service des Contributions indirectes.

Les agents du monopole seront assermentés; ils procèderont comme ceux des Contributions indirectes.

Les pénalités prononcées par les lois actuellement en vigueur contre les individus convaincus de contravention aux lois et règlements sur l'industrie et le commerce des alcools seront applicables aux infractions aux dispositions de la présente loi.

En outre, les distillateurs ou bouilleurs de cru convaincus d'avoir fabriqué clandestinement de l'alcool, d'avoir soustrait une quantité quelconque des alcools fabriqués sous la sruveillance du monopole, d'avoir falsifié par mélange, coupage ou addition d'eau, les produits terminés et reconnus par le monopole, d'avoir rectifié des alcools terminés ou revivifié des alcools dénaturés;

Les titulaires de licences de gros, convaincus d'avoir introduit clandestinement dans leurs magasins des alcools autres que ceux reconnus par le monopole, d'avoir enlevé sans autorisation des alcools pour la vente, la transformation ou l'exportation, d'avoir fait disparaître ou d'avoir falsifié les marques, étiquettes ou timbres du monopole, d'avoir falsifié par mélange, coupage ou addition d'eau, leurs alcools en magasin, d'avoir rectifié des alcools terminés ou revivifié des alcools dénaturés.

Les débitants au détail, convaincus, d'avoir introduit clandestinement dans leur débit des alcools autres que ceux reconnus par le monopole, d'avoir employé, pour loger leurs stocks, des récipients autres que ceux du monopole ou ceux autorisés par le ministre des Finances, d'avoir volontairement fait disparaître ou adiré, ou déchiré les marques, étiquettes et timbres du monopole, de les avoir remplacés par des marques, étiquettes et timbres enlevés d'autres récipients, d'avoir falsifié ces marques, étiquettes et timbres par des grattages, des surcharges ou des imitations, d'avoir falsifié par mélange, coupage ou addition d'eau les alcools du débit, d'avoir exagéré le prix de vente des alcools livrés en récipients fermés.

Seront, à la première condamnation, déchus pour trois mois de leur licence. Leurs établissements pourront, pendant ce délai, être gérés par des tiers agréés par l'Administration et munis d'une nouvelle licence. En cas de récidive, la déchéance sera prononcée pour six mois et les établissements resteront fermés pendant ce délai. — Les intéressés pourront obtenir de l'autorité judiciaire la transformation de la pénalité de la déchéance en une amende de 5.000 à 20.000 francs. Dans aucun cas, cette amende ne pourra être réduite par une transaction avec l'Administration.

Art. 62. — Les distillateurs et commerçants convaincus d'avoir, par vol ou substitution de produits, fabriqué et mis en circulation des alcools nuisibles à la santé seront déchus définitivement du droit de fabriquer, transformer ou vendre des alcools, sans préjudice des peines correctionnelles ou criminelles par eux encourues.

Leurs établissements seront fermés.

Art. 63. — Les alcools saisis pour fraude et attribués obligatoirement au monopole comme produits hors du commerce, les alcools en dépôt dans les établissements (distilleries, magasins de gros, débits), fermés par mesure répressive ou par mesure administrative (faillite, disparition, mort du titulaire), les alcools en dépôt dans les magasins des industriels ou négociants abandonnant leur industrie ou commerce, seront repris par le monopole et évalués suivant leur qualité et force alcoolique reconnues, au prix officiel de l'exercice en cours.

Art. 64. — Les industriels, commerçants ou particuliers, détenteurs de stocks d'alcool au moment de la promulgation de la présente loi, devront en faire la déclaration à l'Administration des Contributions indirectes.

Cette déclaration devra spécifier :
1° La date et le lieu de fabrication de ces alcools;
2° La provenance, la qualité et la force alcoolique;
3° La quantité en liquide et en alcool pur;
4° La destination probable.

Art. 65. — Aucune poursuite ne sera engagée par l'Administration au sujet des fraudes antérieures que pourraient, le cas échéant, révéler ces déclarations.

Art. 66. — Au vu de ces déclarations, l'Administration fera des offres pour l'achat à l'amiable des stocks disponibles. Si les intéressés refusent de traiter pour tout ou partie de leurs approvisionnements, l'Administration, après vérification, leur remettra une reconnaissance des quantités déclarées et conservées par eux. Après la mise en vigueur du monopole, un délai de trois mois leur sera accordé pour se conformer aux prescriptions de la loi. Pendant cette période la circulation et la vente de ces alcools seront tolérées sans l'accomplissement des formalités de mise en récipients officiels, d'étiquetage et de timbrage par le monopole, sous la seule condition du versement préalable du droit complémentaire, différence entre l'ancien et le nouvel impôt. Après le délai de trois

16

mois, toutes les formalités de la présente loi devront être rigoureu
sement appliquées.

Les détenteurs d'alcool qui n'auront pas observé les prescrip
tions du présent article et n'auront pas déposé leur déclaratio
avant la mise en vigueur du monopole seront considérés comm
fraudeurs s'ils tentent de faire circuler ou de vendre leur alcool.

Art. 67. — Un décret rendu en la forme du règlement d'adminis
tration publique, fixera les délais du fonctionnement du monopole
notamment en ce qui concerne la forme, la contexture et le mod
d'apposition et d'oblitération des timbres fiscaux destinés à cert
fier le payement des droits et à déterminer la qualité des alcools
leur provenance, leur destination, ainsi que la date de leur fabri
cation et de leur mise en circulation.

Art. 68. — Des décrets fixeront ultérieurement la compositio
des cadres du personnel affecté à l'Administration du monopole de
alcools, la hiérarchie, la solde et la répartition des agents de l'Ad
ministration centrale et dans chaque région.

Provisoirement, la direction générale des Contributions indirecte
détachera le personnel nécessaire à l'organisation du monopole.

Art. 69. — Les titulaires de licences de gros et les bouilleurs de
cru pourront être autorisés à conserver dans leurs magasins le
alcools de leur fabrication ou à emporter chez eux les alcools des
tinés à la préparation des liqueurs et autres produits alcooliques, à
la condition de souscrire, au moment de la vérification des quan
tités, qualité et degré alcoolique, et avant liquidation et acquittemen
des droits, une soumission cautionnée, à échéance trimestrielle
renouvelable jusqu'à la limite de dix années, avec obligation pou
les redevables de payer par an un pour 1.000 du montant des
droits liquidés.

Les alcools seront placés sous le régime de l'entrepôt et consi
gnés en garantie du payement des droits; le monopole aura le
droit de vérifier leur existence en magasin par des visites et recen
sements inopinés ou périodiques. Toute fraude dont les redevables
seront reconnus coupables rendra immédiatement exigible le paye
ment de la totalité des droits garantis par les soumissionnaires,
sans préjudice des pénalités encourues pour les faits de fraude.

Les débitants au détail pourront être également autorisés à
souscrire, dans les mêmes conditions, des soumissions cautionnées,
mais à une échéance de trois mois seulement non renouvelable.

Art. 70. — Un arrêté ministériel fixera le mode de répartition de
la remise de un pour mille entre les comptables et le Trésor, ainsi
que le mode de vérification des alcools consignés en garantie du
payement des droits et le chiffre du déchet admis en compte pour
l'évaporation du liquide en magasin et la perte à la manipulation
pour transformation.

Art. 71. — Au moment de leur sortie de l'entrepôt pour la mise
en circulation, les alcools seront reconnus et vérifiés en quantité.
qualité et degré. Les droits seront liquidés et le payement en sera
constaté par l'apposition et l'oblitération des timbres réglementaires.

Art. 72. — Sont maintenues toutes les dispositions des lois en
rigueur, qui ne sont pas contraires aux dispositions des articles
4 à 95 de la présente loi.

Discussion

« Vint un sage et brave citoyen qui offrit de donner
au roi trois fois plus, en faisant payer trois fois moins. »
L'Homme au quarante écus).

MM. Astier, Chaigne et Ruau peuvent être comparés
à ce brave et sage citoyen, car, dans leur proposition
d'apparence paradoxale, ils attribuent à leur système de
monopole le double pouvoir d'augmenter les recettes de
l'Etat et de diminuer le prix de vente des alcools.... sans
compter bien d'autres avantages.

Ils se proposent aussi, en effet, de livrer à la consommation des alcools de meilleure qualité et de faire recu-
er l'alcoolisme, de sauvegarder les intérêts de l'agriculture et de la viticulture et de réaliser un supplément
de recettes permettant, d'ores et déjà, de faire la remise
aux communes du principal de l'impôt foncier.

Par quels moyens se proposent-ils de réaliser un programme aussi vaste et aussi séduisant ?

Par un monopole *complet* comprenant à la fois la fabrication, l'importation, la rectification, la transformation, le transport et la vente de tous les alcools non dénaturés, y compris les eaux-de-vie naturelles.

Le moyen d'action paraît donc aussi considérable que
le programme, puisqu'il consisterait à placer exclusivement entre les mains de l'Etat toutes les formes de
l'existence industrielle et commerciale de l'alcool en
supprimant toute autre industrie et tout autre commerce
que celui de l'Etat.

Mais, en réalité, M. Astier et ses collègues apportent
de nombreux tempéraments à la rigueur du principe ;
leur monopole ne serait complet que de nom et il se limiterait, en fait, à l'importation de tous les spiritueux et à
la rectification des alcools d'industrie. Ils accepteraient,
pour le surplus, la collaboration des producteurs et du
commerce.

M. Chaigne, à la tribune de la Chambre des députés, déclare le 27 février 1903, qu'il ne s'agit pas pour l'Etat « d'être un vendeur, un transporteur ou encore un producteur exclusif d'alcool, mais le témoin constant de toutes les transformations que peut subir l'alcool depuis sa naissance dans l'alambic du bouilleur ou du distillateur, jusqu'au jour où il disparait dans le gouffre de la consommation. »

M. Astier ajoute dans « la Revue Politique et Parlementaire » que le but réel de sa proposition est de conserver au monopole de l'Etat, comme auxiliaires intéressés au succès de son exploitation, les détenteurs actuels des diverses branches de l'industrie et du commerce des alcools. On entend les confirmer dans leurs droits actuels, consolider leurs situations en leur accordant l'appui de l'Etat.

Toutefois, tout en confirmant industriels et commerçants dans leurs droits, le système de monopole Astier en limite très sensiblement l'exercice et prévoit en outre l'établissement et le fonctionnement parallèles d'une industrie et d'un commerce d'Etat.

Voici d'ailleurs comment, d'une façon générale, fonctionnerait le monopole :

L'Etat exploitera directement un certain nombre de grandes distilleries, dites nationales, installées dans les principaux centres de production des matières premières ; à cet effet, il construira lui-même ces établissements ou utilisera des installations déjà existantes qu'il rachètera à leurs possesseurs. Il installera, en outre, des magasins de dépôt de ses produits.

L'Etat pourra autoriser les distillateurs existant aujourd'hui, à fabriquer pour son compte et sous sa surveillance, selon un contingent déterminé pour chaque fabrique.

L'Etat seul pourra importer des spiritueux de tout genre et rectifier les alcools d'industrie. Il se livrera à la préparation des eaux-de-vie à bouquet naturel ou artificiel, cognacs, rhums, etc.

La fabrication des mêmes eaux-de-vie, ainsi que celle des liqueurs et spiritueux composés pourra être pratiquée par tout titulaire d'une licence de gros, à certaines conditions.

Quant aux petits distillateurs et aux bouilleurs de cru, ils ne pourront fabriquer que dans des locaux, avec des appareils et à des dates choisis ou agréés par l'administration et ils ne pourront vendre qu'à l'Etat ou aux débitants.

L'Etat achètera toute la production des fabricants d'alcools d'industrie ; les liquoristes et fabricants d'alcool à bouquet naturel, les marchands en gros et les bouilleurs de cru pourront conserver les alcools de leur fabrication, après le paiement ou avec le crédit de l'impôt ; ce crédit sera accordé de même aux liquoristes, aux marchands en gros et même aux débitants, dans une mesure plus restreinte, pour leurs alcools d'achat.

L'Etat vendra les produits de sa fabrication ou ses alcools d'achat aux marchands en gros et aux débitants, lesquels devront les revendre à des prix déterminés, en gros ou au détail. Toutefois, les commerçants fixeront eux-mêmes les prix de vente des liqueurs ou eaux-de-vie de leur propre fabrication et le prix de la vente au détail au petit verre.

Les marchands en gros et les liquoristes ne pourront vendre qu'aux débitants. Quant au consommateur, il pourra s'adresser, à son choix, soit aux magasins du monopole, soit aux détaillants.

Voilà, résumé, très sommairement, quel serait le fonctionnement du monopole.

On va entrer maintenant dans les détails de l'organisation et examiner ensuite comment se comportera le monopole, à l'égard des intérêts privés et publics.

L'Etat fabricant et commerçant. — Le monopole exploitera lui-même, dans les principaux centres de matières premières, des distilleries nationales qu'il construira ou achètera.

Il achètera, d'autre part, les alcools non rectifiés aux distillateurs autorisés à travailler pour son compte et il soumettra à la rectification, opération à laquelle il aura seul le droit de procéder, tous les alcools industriels.

16.

Enfin, il rachètera la partie des stocks existants pour l'achat desquels il se sera entendu avec les détenteurs.

Il se livrera à la préparation des spiritueux composés et des liqueurs et dirigera sa fabrication sur des magasins de dépôt qu'il installera en tous lieux en nombre suffisant pour assurer le ravitaillement de la consommation. Il livrera ensuite ses produits après les avoir logés en récipients metalliques ou en verre, à tous les commerçants en gros et en détail, ainsi qu'aux consommateurs.

Dans l'application, l'organisation de cette partie du monopole qui paraît très simple et peu coûteuse à M. Astier et à ses collègues, rencontrera de très sérieuses difficultés provenant surtout des expropriations, du rachat des stocks, de l'achat des matières premières, de l'organisation des usines nationales et des magasins et de la manipulation des produits du monopole.

Expropriations. — L'Etat devra exproprier complètement toutes les usines de rectification, soit une quinzaine et partiellement celles qui distillent et rectifient à la fois. S'il ne s'agissait que des premières, la difficulté ne serait pas considérable, mais elle le devient pour l'expropriation des secondes. On a déjà eu l'occasion de dire plusieurs fois, au cours de cette étude, quels liens intimes existent entre la rectification et la distillation dans les usines où les deux opérations se pratiquent et combien il est difficile de séparer l'une sans ruiner l'ensemble de l'exploitation. Le monopole de la rectification équivaudra, dans ce cas, à la dépossession totale dont les conséquences seront examinées ultérieurement.

Le rachat des stocks. — M. Astier, toujours dans l'intention de ne pas engager l'Etat dans des dépenses considérables, ne prévoit pas le rachat total des stocks. Il cherchera à s'entendre à l'amiable avec les détenteurs et donnera à ceux qui n'auront pas voulu accepter ses propositions, un délai de trois mois pour écouler leurs stocks, après quoi ils ne pourront plus ni les faire circuler, ni les vendre.

L'Etat pourrait-il racheter tous les stocks, dans l'hypothèse du monopole Astier ? Evidemment non, car ces stocks sont énormes et dépassent les besoins de la consommation pour plus d'une année peut-être. Il faudrait pour les enmagasiner et pour les travailler une organisation que ne comporte pas la préoccupation d'économie qui domine la proposition Astier. En outre, l'achat total arrêterait dès le début le fonctionnement du monopole de fabrication en empêchant de fixer aux producteurs continuant à travailler pour l'Etat un contingent de production en rapport avec leur matériel et leur production moyenne.

L'Etat ne rachètera donc qu'une partie du stock, la moins importante, celle qui lui sera strictement indispensable pour assurer les besoins de la consommation. Par suite, il restera entre les mains des détenteurs de très fortes quantités d'alcools. Pourront-ils s'en défaire en trois mois, comme on les y oblige ? C'est extrêmement douteux, même en consentant des prix très réduits. Les détenteurs pourront donc éprouver de ce chef un préjudice considérable.

M. Astier compte sans doute que, perte pour perte, ils essaieront, par toutes les concessions possibles, d'obtenir la préférence de l'Etat. Celui-ci ferait ainsi une bonne affaire, mais au détriment d'une foule de personnes qui en conserveraient une rancune tenace à l'égard de tous ceux auxquels elles imputeraient la responsabilité de la mesure.

Les distilleries nationales. — Faut-il croire qu'il suffira de quelques usines destinées à permettre à l'Etat de se rendre compte du prix qu'il conviendra de payer aux producteurs travaillant pour son compte. Le mode de paiement adopté rend indispensable la création de nombreuses usines. Actuellement, les producteurs maintenus, les petits distillateurs agricoles ou de vins, cidres, fruits, etc., emploient les matières les plus diverses : seigles, orges, blés, avoines, pommes de terre, mélasses, vins, cidres, marcs, lies, fruits etc., et les prix, même pour la même espèce de matières, varient d'un centre de production à l'autre. Comment l'Etat pourra-t-il établir son prix de revient, s'il ne distille pas, lui

aussi, toutes les matières premières que mettent en
œuvre les producteurs ? Il faudra donc de nombreuses
distilleries du monopole, placées un peu partout, contrairement à ce que laissent entendre MM. Astier et
Chaigne.

L'achat des matières premières. — Par cela même,
l'achat des matières premières deviendra une question
très complexe et très délicate. On a fait ressortir au
cours de l'étude générale sur le monopole quels inconvénients, quelles difficultés, quelles impossibilités de
tout genre s'attachent à ces achats des agents du monopole.

Il paraît inutile d'y revenir, on n'aura qu'à se reporter
aux explications très détaillées qui ont été données à cet
égard.

Comment M. Astier compte-t-il remédier à ces inconvénients graves, qui constituent peut-être le point le plus
faible de la combinaison ? On cherche vainement des
explications précises ou des détails, tant dans le texte
de la proposition, qui compte pourtant 72 articles, que
dans l'exposé des motifs et dans les explications que les
auteurs ont fournies aussi bien à la tribune de la Chambre des députés qu'à la sous-commission extra-parlementaire du monopole des alcools ou par la voie de la
Presse.

L'organisation des magasins. — L'Etat organisera des
magasins de dépôt, dit le Projet, de dimensions et de
nombre suffisants pour assurer le ravitaillement de la
consommation. Combien faudra-t-il de magasins ? Un
nombre considérable certainement. En effet, la préoccupation de M. Astier paraît être d'orienter le plus possible les consommateurs et les débitants vers le magasin
du monopole. Il autorise expressément le consommateur à le faire et il encourage les débitants, par une
remise supplémentaire, à s'approvisionner plutôt à l'entrepôt officiel que chez les marchands en gros ; ces dispositions n'auraient pas d'objet s'il ne devait exister
qu'un petit nombre d'entrepôts ; il faudra les multiplier
pour les rapprocher du débitant et du consommateur et

faciliter les approvisionnements. Mais alors l'organisation du monopole prendra certainement des proportions que MM. Astier et Chaigne paraissent se défendre d'envisager.

Les manipulations. — Enfin, la principale garantie du produit du monopole consiste aux yeux de M. Astier dans le logement et le transport des spiritueux en fûts métalliques de dimensions moyennes, de 20 à 100 litres et en récipients de vente de toute contenance, depuis dix centilitres jusqu'à 15 litres. Pas un litre de spiritueux ne pourra parvenir aux débitants ou au consommateur sans être passé par les récipients officiels, sinon les alcools que produira le commerce libre.

Cela représente environ 1 million d'hectolitres d'alcool pur, soit 2 millions d'hectolitres d'eau-de-vie ; on peut imaginer à quelles manipulations le monopole devra se livrer pour placer en fûts et en bouteilles tout ce qu'il livrera à la consommation.

Il ne peut donc être question d'une organisation restreinte, mais d'une très grosse entreprise à tous les points de vue, dont il est à peine besoin de faire ressortir les difficultés, moindres évidemment que celles du monopole Alglave, mais extrêmement importantes encore.

Enfin, on verra plus loin que le fonctionnement du monopole nécessitera un personnel considérable.

On pourrait signaler d'autres difficultés encore, sur l'étendue desquelles le laconisme de la proposition et des commentaires de MM. Astier et Chaigne ne permettent pas de se faire une idée précise ; il s'agirait de savoir, par exemple, si l'Etat deviendra fabricant de spiritueux composés. Le texte de l'article 23 ne semble pas le prévoir, car il ne fait allusion qu'aux alcools neutres ou « à bouquets naturels » qui seront vendus par le monopole, mais on ne peut supposer que l'Etat vendra ses alcools neutres à l'état de simple coupage ; il les manipulera, y ajoutera des colorants et des bouquets artificiels, pour les faire accepter par le public, comme l'in-

dique d'ailleurs un exemple placé à la fin d'une brochure de M. Astier.

Tous les alcools que le monopole livrera à l'état d'eau-
de-vie, c'est-à-dire la grande majorité des livraisons,
auront donc été manipulés dans les fabriques, ateliers
ou magasins du monopole, ce qui représente encore une
entreprise considérable avec des difficultés correspon-
dantes. Mais il est impossible, on le répète, de s'en faire
une idée exacte et de les discuter à fond, à défaut de renseignements plus précis.

On examinera maintenant la situation faite par le monopole, aux industriels, aux commerçants et au
consommateur.

Distillateurs de profession. — Aucune distillerie privée ne pourra plus se créer à dater de l'application du
monopole. Des distilleries actuelles, les unes seront ra-
chetées par l'Etat, à l'amiable ou par expropriation, les
autres pourront continuer à travailler pour le compte et
sous la surveillance de l'Etat.

Les distillateurs opérant pour l'Etat paieront une
licence annuelle et strictement personnelle dont le montant qui varie de 10 à 150 francs, sera déterminé par
l'importance moyenne de la production pendant les cinq
dernières années d'exploitation personnelle.

Le projet classe les distillateurs de profession en trois
catégories :

1° *catégorie* : Production de 500 à 1.000 hectolitres.

2° *catégorie* : Production inférieure à 500 hectolitres.

3° *catégorie* : Production inférieure à 500 hectolitres.

Les distillateurs de la première catégorie pourront
fabriquer toute l'année, sous la surveillance permanente de l'administration qui reconnaîtra, dosera et
poinçonnera les appareils.

Ceux de la seconde catégorie ne pourront fabriquer
que pendant des périodes déterminées, avec mise hors
d'usage des appareils pendant les chômages.

Enfin, les autres producteurs ne pourront fabriquer
que dans des locaux, avec des appareils et à des dates
déterminés ou agréés par l'administration (art. 11).

La production annuelle des distillateurs opérant pour le compte de l'Etat sera limitée, chez tous les industriels fabricant en moyenne plus de 500 hectolitres. Le contingent annuel sera fixé par l'administration à un chiffre au moins égal à la production moyenne des cinq dernières années d'exploitation personnelle.

Quant aux distillateurs de moindre importance et aux bouilleurs de cru assimilés, il semble qu'ils pourront fabriquer sans limitation de quantité.

Le monopole achètera aux distillateurs leur production d'après le prix de revient des qualités similaires produites dans les distilleries « nationales », c'est-à-dire celles que l'Etat exploitera lui-même. Comme bénéfice, il accordera au producteur un cinquième en sus du prix de revient, dans les limites du contingent. Si le distillateur est admis exceptionnellement à fournir à l'Etat une quantité supérieure à son contingent, il ne touchera qu'un bénéfice d'un huitième sur l'excédent.

Les distillateurs pourront vendre en gros, dans des magasins complètement séparés de la distillerie.

Les contraventions et les fraudes seront punies de pénalités sévères, allant jusqu'à la déchéance temporaire ou définitive.

MM. Astier et Chaigne estiment que les distillateurs ne peuvent que trouver des avantages à cette combinaison.

Est-ce bien exact ?

La situation de la distillerie paraît assez prospère pour l'instant, après s'être trouvée sérieusement en péril, il y a quelques années ; dans quelles conditions l'Etat procéderait-il au rachat ou à l'expropriation des établissements ? A quelle époque serait-il amené à le faire ? Selon le cas, le rachat pourrait être avantageux ou désastreux pour l'exploitant et il est bien malaisé d'exprimer, *a priori*, une opinion à cet égard, mais on peut croire qu'il sera défavorable, en général, aux distillateurs-rectificateurs, qui seront partiellement dépossédés. Pour beaucoup, ce serait la ruine, surtout pour les plus hardis, les plus intelligents et les plus intéres-

sants qui, en vue d'obtenir des esprits d'une haute
pureté, ont engagé des dépenses considérables pour
améliorer leur matériel de fermentation et de rectification. Seules, les primes que leur procure la pureté de
leurs alcools rectifiés leur assurent un bénéfice. Ils n'auront qu'à disparaître, ruinés, le jour où ils ne pourront
plus rectifier.

Les distillateurs qui continueront à travailler pour
l'Etat, auront-ils du moins à se louer du monopole ?

Le projet leur réserve un contingent qui ne saurait être
inférieure à la moyenne de leur production au cours des
cinq dernières années ; si la transformation devait se
faire dès aujourd'hui, bien des industriels pourraient
faire remarquer qu'ils ont dû restreindre très fortement
leur production pendant les dernières années, par suite
des faibles cours de l'alcool et que, par conséquent, la
moyenne leur sera désavantageuse ; ceux, au contraire.
qui ont pu, grâce à des conditions spéciales, maintenir
leur production, se trouveront favorisés.

Encore faut-il que ce contingent soit assuré ; or, si on
remarque que l'Etat sera obligé de créer de nombreuses
usines en tous lieux, afin de pouvoir établir son prix de
revient sur les alcools de tout genre, la production de
l'Etat représentera une certaine importance et, alors, il
se verra bien obligé de réduire les contingents, d'autant
plus que, déjà, la production dépasse la consommation.

Ou bien, pour éviter cet inconvénient, rachètera-t-il de
nombreuses usines, en tous lieux ? Alors, les frais d'expropriation augmenteront dans des proportions que M.
Astier n'a pas prévues.

Il faut considérer encore que chez un nombre important de distillateurs, la production en alcool n'est
que l'accessoire d'une autre industrie, plus prospère, la
fabrication de la potasse ou des levures, par exemple ;
ces distillateurs règlent donc leur production d'alcool
d'après les besoins de leur fabrication annexe et il leur
est arrivé de distiller en perte, dans les périodes critiques et de pouvoir supporter les crises de l'alcool, parce

que le bon état des cours sur les autres produits leur permettait de continuer l'exploitation générale de leur double industrie. Ces industriels pourront être extrêmement gênés par la limitation du contingent et cette limitation sera de nature à nuire aux progrès d'industries prospères, autres que l'alcool.

Enfin, la fixation d'un contingent, déjà difficile quand il s'agit de petites distilleries agricoles qui peuvent avoir intérêt à livrer leurs betteraves selon leur richesse ou les cours du sucre, tantôt à la sucrerie, tantôt à la distillerie, devient impraticable pour les distilleries de vins, où la production est soumise à des variations bien plus considérables encore, l'abondance ou la qualité des récoltes.

Quant aux prix d'achat, tels qu'ils sont déterminés par la proposition, ils paraissent devoir réserver des bénéfices réels aux producteurs, puisqu'ils sont établis sur la base du prix de revient de l'Etat, majoré de 20 %, et que le prix de revient officiel serait lui-même assez élevé.

L'Etat, en effet, ne saurait produire l'alcool à bon compte ; il achètera cher la matière première et ses frais généraux seront plus élevés que ceux de l'industrie.

Le producteur bénéficiera donc à la fois de la différence entre son prix de revient et celui de l'Etat et du 20 % de ce dernier prix. Mais le tout est de savoir si les beaux sentiments du monopole dureront et si, à un moment donné, les nécessités fiscales ne forceront pas l'Etat à baisser le chiffre du boni.

D'autre part, le projet impose aux distillateurs de la deuxième catégorie, les plus nombreux, apparemment, une fabrication intermittente, dont les périodes d'activité et de chômage seront réglées par l'administration. Il en résultera pour cette catégorie d'industriels une situation d'incertitude énervante et tout à fait contraire, en principe, aux conditions d'exploitation d'une industrie quelconque. Que feront les industriels pendant le chômage ? Comment utiliseront-ils leur personnel ? Trou-

17

veront-ils des ouvriers sérieux décidés à travailler ainsi
par accès ?

Les mêmes réflexions s'appliquent, avec plus de jus-
tesse encore aux distillateurs produisant une moyenne
inférieure à 500 hectolitres et qui, aux termes du projet,
ne pourront fabriquer que dans des locaux, avec des
appareils et à des dates agréés, choisis ou fixés par l'administration.

En définitive, si les prix d'achat spécifiés dans la proposition Astier paraissent devoir réserver aux distillateurs des bénéfices réguliers, si ces industriels gagne-
raient à l'exploitation du monopole une sécurité qui fait
actuellement défaut à leur industrie, la plupart d'entre
eux, c'est-à-dire tous ceux qui produisent annuellement
moins de 10.000 hectolitres, se verraient imposer de telles conditions d'exploitation et de travail que l'équilibre
des avantages et des inconvénients semble rompu à leur
détriment.

Bref, il est au moins douteux que le monopole Astier,
même avec les prix d'achat qu'il laisse entrevoir, soit
réellement favorable à l'industrie de l'alcool.

Un dernier mot enfin : dans son article du 10 mars
1903 dans la *Revue Politique et Parlementaire*, M. Astier
dit que les distillateurs agricoles *seront, en vertu de l'article 11 du projet, invités à choisir le local* où ils travailleront ainsi que l'appareil avec lequel il distilleront.

Or, l'article 11 dit précisément tout le contraire ; il stipule expressément que ce choix appartiendra à l'administration. La différence est essentielle et de nature,
selon le cas, à modifier les conditions d'existence de la
petite production.

Bouilleurs de cru. — Le projet Astier classe les bouilleurs de cru en trois catégories.

1° Les bouilleurs de cru assimilés aux bouilleurs de
profession produisant moins de 500 hectolitres par an ;

2° Bouilleurs de cru non assimilés aux distillateurs et
distillant pour la vente de leurs eaux-de-vie ;

3° Bouilleurs de cru ne distillant que pour leur con-sommation.

Les premiers paieront une licence annuelle de 10 fr. et les seconds de 5 francs ; tous ne pourront fabriquer leurs alcools que dans les locaux choisis par l'adminis-tration, avec des appareils agréés par elle et aux dates fixées périodiquement par le directeur régional du monopole.

En outre, ils ne pourront enlever les alcools du local de la distillation, s'ils ne les vendent à l'Etat, sans payer les droits ou en obtenir le crédit, sous conditions. Au-cune quantité ne leur sera allouée en franchise pour leur consommation de famille et ils ne pourront livrer leurs alcools qu'à l'Etat ou aux débitants. Ceux de la 1ᵉ catégorie auraient, en outre, à subir les visites de la Régie dans leurs caves, à toute réquisition.

Ce serait, en définitive, l'étranglement pur et simple, si l'on devait s'en rapporter au texte de la proposition. Mais il a suffi de quelques jours à MM. Astier et Chai-gne pour se rendre compte de l'effet déplorable des me-sures qu'ils proposaient et ils se sont empressés de re-nier leur texte.

Leur proposition a été déposée le 30 janvier. Dès le 27 février, M. Chaigne déclarait à la tribune de la Cham-bre qu'il laisserait le bouilleur de cru fabriquer dans son domicile, sous la surveillance de l'Etat et M. Astier, accentuait encore la note en disant le 10 mars, dans la *Revue Politique et Parlementaire* que rien ne serait changé à la forme et à l'étendue du privilège consacré par les textes actuellement en vigueur et maintenu par les derniers votes de la Chambre. Alors que reste-t-il du texte de la proposition en ce qui concerne les bouilleurs de cru ? Maintient-on l'interdiction de vendre à tout autre que les débitants ? Devront-ils payer les droits après la fabrication ou en obtiendront-ils le crédit ?

Auront-ils à payer une licence ?

La question reste à élucider et on ne saurait la dis-cuter, jusqu'au moment où M. Astier aura remanié son texte. On saura alors si, oui ou non, le bouilleur de cru retirera des avantages ou des inconvénients du monopole.

Liquoristes et fabricants de spiritueux composés. — M. Astier entend se montrer libéral à l'égard des liquoristes et des fabricants d'amers, absinthes, etc... Il les autorise, dit-il, à continuer leur industrie avec leurs procédés et à mettre leurs produits, à base d'alcool, en circulation sous leurs marques, mais ils les place sous le contrôle étroit du monopole, contrôle hygiénique et fiscal.

La fabrication est subordonnée aux conditions suivantes :

Déclaration préalable des opérations, au fur et à mesure ou mensuellement, selon l'importance de l'industrie ;

Interdiction de l'emploi d'essences minérales ou autres produits nocifs ;

Dépôt des produits terminés dans des magasins isolés des locaux de fabrication et séparation complète des produits propres ou impropres à la consommation ;

Prélèvement d'échantillons-types destinés aux analyses ;

Logement des liqueurs ou eaux-de-vie dans les récipients du monopole, à moins d'autorisation spéciale du ministre ; récipients revêtus d'étiquettes et de timbres officiels, indépendamment des marques de fabrique ;

Enfin : Exclusion des procédés de fabrication pouvant donner au produit des qualités nocives et — il convient de noter spécialement ce point — production aux agents du monopole de tous les éléments propres à les éclairer sur le procédé de transformation et la qualité du produit.

Les liquoristes et fabricants d'alcools à bouquet (eaux-de-vie, rhums, kirsch, etc.) ne pourront vendre leurs produits qu'aux débitants agréés par le monopole ; ils fixeront eux-mêmes leurs prix de vente, en indiquant à l'avance à l'administration les prix fixés pour chaque liqueur ou spécialité.

Les liquoristes et fabricants d'eaux-de-vie pourront

bénéficier du crédit des droits, soit sur les produits de leur fabrication, soit sur les alcools d'achat leur servant de matière première. Ces produits et alcools seront placés sous le régime de l'Entrepôt.

Les alcools et produits en entrepôt bénéficieront d'une déduction pour évaporation et pertes à la manipulation ; le taux de ce déchet sera fixé par arrêté ministériel ; à leur sortie du magasin les alcools seront vérifiés et les droits perçus.

En définitive, les liquoristes et les fabricants d'eaux-de-vie, de rhums, etc., de tous produits de marque en un mot, seront soumis à un régime qui ne différerait pas outre mesure du système actuel s'il ne comportait la mise entre les mains de l'administration du monopole et de ses agents de tous les secrets de fabrication. Ces secrets se trouveraient ainsi à la merci d'une indiscrétion. Un tel système est peu admissible ; les intérêts qui existent à la conservation des secrets de fabrication sont trop importants pour qu'on puisse les exposer à de pareils aléas.

On peut signaler, d'ailleurs, d'autres difficultés ; l'emploi obligatoire de fûts métalliques ou de récipients en verre nuira à bon nombre de liqueurs et surtout d'alcools à bouquet naturel (eau-de-vie, rhums, etc.). qui gagnent à être conservés et à vieillir en fûts.

En outre, le liquoriste aura à payer ses alcools à l'Etat à un prix plus élevé que les prix actuels de l'industrie. Il se trouvera, par suite, dans des conditions bien plus défavorables pour pouvoir lutter à l'étranger contre la concurrence de ses rivaux et pour soutenir le vieux renom de la liquoristerie française.

Enfin, quand il s'agira de la fabrication des liqueurs très fines, il est douteux que le monopole soit à même de lui fournir les alcools surprimés de très haute qualité que produit actuellement l'industrie privée, le caractère général des produits des monopoles français paraissant être l'uniformité dans la médiocrité.

Les marchands en gros. — Le projet Astier n'entend pas supprimer les marchands en gros auxquels on réservera, dit M. Chaigne, « à peu près » leurs bénéfices actuels. Mais on les soumet à un régime qui témoigne, à leur égard, d'intentions peu rassurantes.

Les personnes qui seront *autorisées* à exercer le commerce de marchands en gros de spiritueux, paieront une licence annuelle et « personnelle » fixée à 5 francs par 50 hectolitres d'alcool traité.

Ils seront soumis à l'exercice, en tous lieux, à peu près dans les conditions actuelles et obtiendront le crédit des droits et le régime de l'entrepôt dans les mêmes conditions que les liquoristes.

Le marchand en gros devra acheter les alcools à l'administration du monopole, dans les récipients de cette administration et les transporter à ses frais dans les magasins de gros.

Là, il pourra couper et mélanger ses alcools, mais après en avoir donné avis au monopole et sous sa surveillance.

On l'admet également à préparer des liqueurs et des spiritueux composés, dans les mêmes conditions que les liquoristes. Il peut dénaturer et préparer des produits industriels à base d'alcools dénaturés ou non dénaturés.

Il est tenu de recevoir et de livrer des spiritueux dans les récipients du monopole, fûts métalliques ou récipients en verre, mais l'usage des fûts en bois paraît leur être interdit.

Il ne peut vendre *qu'aux débitants*, et aux prix fixés par le monopole, en récipients plombés et vérifiés avant le départ.

Pour les liqueurs ou spiritueux composés de sa fabrication, l'obligation de la vente exclusive au débitant est maintenue, mais le marchand en gros peut vendre à un prix quelconque et employer, avec l'autorisation du ministre, des bouteilles particulières.

Le prix de vente des spiritueux de l'Etat est fixé de façon à réserver au marchand en gros un bénéfice de 10, 15 ou 20 %, selon la nature du récipient.

Toute infraction est frappée de pénalités sévères, allant jusqu'à la déchéance, provisoire ou définitive.

Ce régime, qui comporte une licence élevée, des déclarations pour le plus petit coupage, et une intervention constante de la Régie, se caractérise surtout par l'inter-diction que l'on fait au marchand en gros de vendre directement au simple consommateur. On le prive ainsi d'un débouché important.

Le préjudice paraît bien plus grave encore, si on con-sidère que le monopole ne réserve même pas au mar-chand en gros la clientèle de la seule pratique qu'il lui permette, le débitant. Celui-ci, en effet, aura la faculté de s'approvisionner non seulement chez les marchands en gros, mais aussi dans les magasins du monopole ; il est même invité à le faire ; on essaye de l'y attirer, en lui accordant une prime, une remise de 5 % sur les prix officiels de vente. Ainsi, l'Etat, tout en interdisant au marchand en gros une autre clientèle que le débitant, s'efforce, par des concessions qu'il est le seul à même de faire, de lui arracher cette unique clientèle.

Dans ces conditions, le commerce en gros des spiri-tueux est appelé à disparaître, par la force des choses. M. Astier paraît bien disposé, d'ailleurs, à hâter cette fin, car il dispose qu'en cas d'abandon de commerce, de faillite, de décès, de disparition d'un marchand en gros, ses héritiers ou ayant droits ne pourront faire que des actes conservatoires avant d'avoir sollicité et obtenu, *le cas échéant*, une licence à leur nom. »

Ainsi, le monopole se réserve le droit de supprimer les commerçants en gros actuels par extinction, dans l'intention évidente de s'emparer peu à peu de la vente en gros, sans avoir eu à verser une indemnité. Le pro-cédé est ingénieux sans doute, mais il provoquerait un mécontentement profond parmi les 23.000 marchands en gros ; et tous ceux, courtiers, voyageurs, maîtres de chais, ouvriers qui vivent du commerce en gros des spi-ritueux prétendraient, avec quelque apparence de rai-son, que l'Etat les a spoliés. Il en résulterait nécessaire-ment une agitation politique et une lutte ardente contre le monopole et ses produits, par des spécialistes fort à même de lui nuire.

Débitants. — La proposition Astier, peu tendre pour les marchands en gros, cherche, au contraire, à ama-douer les débitants. Elle leur promet, sinon une sorte de monopole, du moins une situation en apparence privilégiée, puisqu'elle les débarrasse de la concurrence des marchands en gros auprès du consommateur. Mais M. Astier ne s'empare pas moins d'une partie importante de leurs bénéfices et les soumet à un régime très strict de surveillance, se proposant, d'ailleurs, d'en restreindre le nombre et de les placer de jour en jour plus étroitement sous la dépendance de l'Etat.

En principe, tous les débitants devraient être des fonctionnaires, puisque l'Etat, d'après le projet, se réserve le monopole de la vente. En fait, le monopole agréera comme vendeurs au détail la plupart des débitants actuels.

Ils devront, s'ils désirent continuer leur commerce, faire connaître leurs intentions dans les trois mois de la promulgation de la loi. On n'acceptera pas la création de nouveaux débits, sauf en cas d'insuffisance du nombre de débits dans une localité.

Il en résulte que le choix des débitants et la fixation du nombre des établissements seront laissés à l'appréciation du Gouvernement.

Le nombre des débits, qui paraît trop élevé, devra, en principe, être mis en rapport avec les besoins de la consommation ; dans les localités où il existera un excédent de débits, le nombre en sera ramené au chiffre normal, par extinction, c'est-à-dire au fur et à mesure que des débits seront abandonnés par leurs titulaires ou fermés.

Ce chiffre normal sera fixé par le ministre des Finances, par décisions rendues sur la proposition du directeur général du monopole, après enquête, et sur l'avis des autorités administratives départementales et communales.

Cette disposition paraît être plutôt d'ordre spéculatif que pratique ; on ne voit guère, en certains centres, les autorités départementales et communales appelées à exprimer leur avis ; il y aurait de beaux jours pour les intrigues politiques et pour les marchandanges électoraux ! Et puis, dans quelle situation placerait-on les autorités locales dans les régions où pullulent les débits inutiles ? Conçoit-on un Conseil municipal proposant la suppression du 90 0/0 des débits de sa commune ? Et s'imagine-t-on bien le député de la circonscription, élu au scrutin d'arrondissement, sacrifiant ses meilleurs agents électoraux sur l'autel de l'hygiène publique ?

Si le nombre des demandes de licences devient insuffisant dans certaines localités, le monopole ouvrira des débits officiels, dont il confiera la gestion à des agents révocables, anciens militaires ou fonctionnaires, père, mère, veuves, orphelins de militaires et de fonctionnaires décédés en service. Voici donc apparaître une nouvelle armée de fonctionnaires : les débitants d'alcools. Par la nature de ses fonctions, cette classe de fonctionnaires exercera nécessairement une action politique et on peut croire que les prétextes ne manqueront pas pour trouver le nombre des débits insuffisant, quand il s'agira de récompenser quelques services ou d'accroître des moyens d'action politique.

D'ailleurs, le projet spécifie que dans le cas de cessation de commerce pour un motif quelconque, abandon, faillite, décès, etc., les héritiers ou ayant droits ne pourront faire que des actes conservatoires et que le débit sera géré par un agent du monopole jusqu'au moment où une décision aura été prise. Il pourra donc y avoir, dans ce cas, une sorte d'expropriation de la famille, et il est à présumer que le monopole en profitera, moins peut-être pour ramener le nombre des débits au chiffre normal que pour installer des fonctionnaires.

Mais il faut revenir au point de départ.

Les débitants pourront donc continuer, tout au moins personnellement et provisoirement, leur commerce de vente d'alcools en détail, mais ils ne pourront le faire qu'à certaines conditions.

D'abord, le débitant devra être agréé par l'administration. Nous voilà revenus au régime de l'autorisation administrative préalable, autorisation contre laquelle le parti républicain a tant protesté sous l'Empire et dont on a considéré la suppression comme une reprise de la liberté sur l'arbitraire.

Une fois agréé, le débitant devra payer une licence

17.

spéciale semestrielle, personnelle et indépendante de celle qui s'appliquera aux boissons hygiéniques. Il pourra alors s'approvisionner soit chez le marchand en gros ou le liquoriste, soit chez le bouilleur de cru, soit dans les magasins du monopole, où il bénéficiera de prix de faveur.

Marchands en gros, bouilleurs, ou monopole lui livreront les spiritueux dans des récipients dûment scellés et il devra les revendre dans le même état, aux prix fixés pour chaque région par des décisions ministérielles, prix qui seront affichés dans les débits à un endroit accessible et apparent. Le bénéfice du détaillant sur ce genre de ventes ne pourra pas dépasser le cinquième d'u prix fixé pour la vente au détail au consommateur dans les magasins du monopole, et le tiers de ces prix, pour la vente en flacons de capacité inférieure au litre.

Quant à la vente au petit verre, le projet Astier en laisse le prix à la volonté du débitant, avec interdiction de mettre en vente, au petit verre, plus d'un récipient de la même qualité ou type d'alcool.

Voilà qui sera bien commode dans les grands cafés ! Mais il y aura sans doute des accommodements.

Les débitants seront donc tenus d'avoir un approvisionnement toujours suffisant pour les besoins de la clientèle ; ils seront soumis à des règlements à venir, en ce qui concerne l'installation des débits, la capacité des petits verres, etc.

Enfin, l'exercice des agents de l'Etat dans les débits sera rétabli.

On peut mieux apprécier, après cet exposé, à quoi se résument les avantages offerts aux débitants.

Le seul profit que M. Astier fait miroiter à leurs yeux consiste à leur assurer une sorte de monopole de la vente au détail, par suite de l'interdiction faite, tant aux marchands en gros qu'aux bouilleurs de cru, de vendre directement au consommateur.

On peut éliminer, d'ores et déjà, la question des bouilleurs de cru, puisqu'on ignore, après les dernières déclarations de MM. Astier et Chaigne, ce qui subsiste du régime spécial prévu par leur proposition ; d'ailleurs, l'approvisionnement du consommateur chez le bouilleur de cru se fait surtout litre par litre et en fraude ; et, quel que soit le régime, il sera toujours bien difficile de l'empêcher.

Reste la concurrence du marchand en gros : Or, les marchands en gros ne vendent, ni au petit verre, ni même au litre, à emporter. Ils ne font donc une concurrence réelle, ni à la généralité des débitants qui ne vendent qu'au verre ou au litre, ni aux petites épiceries qui vendent au litre. Quant aux grandes épiceries qui vendent à la fois par litre au consommateur et par quantités plus importantes aux petites épiceries, leur commerce de détail se double presque toujours d'un commerce de gros, de sorte que la concurrence n'existe pas pour eux.

L'avantage que l'on veut réserver au débitant est donc illusoire ; bien mieux, la mesure qui permet au consommateur de s'approvisionner directement dans les magasins du monopole ne peut qu'être néfaste au commerce de détail et surtout aux petites épiceries ; car, du moment où les magasins du monopole seront *très nombreux*, et on a vu qu'ils devront l'être, pour assurer comme le veut le projet Astier, un approvisionnement facile et direct des débits, on ne voit pas pourquoi le consommateur irait payer plus cher dans les débits ou dans les épiceries ce qu'il pourrait se procurer à meilleur compte dans l'entrepôt du monopole, où on lui vendra aussi bien au litre qu'en quantités plus importantes.

Le seul avantage de la proposition Astier se tourne donc en un préjudice ; les autres désavantages, d'ailleurs, ne manqueront pas :

— Il faudra, en premier lieu, que le débitant paie une licence spéciale pour la vente des spiritueux, indépendante de la licence ordinaire qui restera applicable seulement à la vente des boissons hygiéniques ; donc, double préjudice, puisque la première licence, ne s'appliquant plus à l'ensemble du commerce, deviendra exagérée.

— Le débitant devra installer son débit, non plus à sa

guise, mais d'après les convenances de l'administration.

— Il devra s'approvisionner en quantités suffisantes
pour satisfaire aux besoins de la consommation locale.
Qui sera juge de ces nécessités de la consommation ?
Elles sont essentiellement variables, d'un débit à l'autre ; il faudra donc régler la question *pour chaque débit*,
et, en réalité, le monopole sera omnipotent à cet égard ;
tel débit qui se contente aujourd'hui de s'approvisionner en quelques articles de vente courante et s'empresse d'aller chercher, au besoin, à la grande épicerie
du voisinage la boisson spéciale qu'il est à même de débiter par hasard, se verra imposer par le monopole un
stock et des variétés de spiritueux qui immobiliseront,
sans utilité, ses petits capitaux et il se trouvera dans la
position des débits de tabacs, tenus de posséder une diversité de types qui restent invendus.

— Le débitant sera soumis aux exercices de la Régie,
et ces exercices seront incessants ; en effet, pour limiter les inconvénients de la généralisation absolue de la
bouteille fiscale, c'est-à-dire les énormes dépenses de
transport, en bouteilles, de tout l'alcool produit par le
monopole, par les liquoristes et par les marchands en
gros, M. Astier spécifie que les approvisionnements
pourront se faire en fûts de 20 à 100 litres et en bouteilles, depuis 10 centilitres jusqu'à 15 litres. Le débitant
aura donc des fûts et des bonbonnes qu'il devra débiter. Or, on ne suppose pas qu'il puisse débonder, par
exemple, un fût de 100 litres, le laisser entamé, en ti-
rant au fur et à mesure, à la bouteille, les quantités nécessaires à la vente ; le fût deviendrait inépuisable. Il
est donc entendu que, recevant les alcools en fûts ou en
bonbonnes pour la commodité des transports, les débitants devront les transvaser en bouteilles, sous la surveillance de la Régie qui apposerait sur les bouteilles
des scellés ou des étiquettes. Or, même dans les débits
les moins importants, la mise en bouteilles d'une bon-
bonne sera une opération très fréquente et nécessitera
à chaque instant la présence de la Régie, qui en profitera
pour se livrer à ses investigations. C'est donc le réta-

blissement de l'exercice considérablement augmenté, car si la loi de 1816 prévoyait bien ces formalités de mise en bouteilles sous la surveillance de la Régie, en fait; depuis un demi-siècle, sinon plus, la disposition était tombée en désuétude, au moment où la loi de 1900 a aboli l'exercice.

— Le système Astier ne cache pas son intention de réduire sensiblement le bénéfice des débitants, tout en prétendant leur assurer un profit raisonnable ; on peut évaluer approximativement l'importance du préjudice au moyen des résultats de l'enquête officielle de 1896 et des exemples donnés par M¹. Astier à la fin de la brochure qui reproduit son article paru dans la *Revue politique et Parlementaire.*

D'après la brochure, le bénéfice pour 1 litre d'eau-de-vie du monopole à 40 degrés, vendu à emporter, serait de 30 centimes au maximum, et de 50 centimes s'il s'agissait d'eau-de-vie de raisin à 50 degrés, ce qui représenterait environ 40 centimes pour de l'eau-de-vie naturelle à 40°. Mais la vente des eaux-de-vie naturelles est si peu importante, par rapport à celle des autres eaux-de-vie, que la moyenne du bénéfice sur l'ensemble des ventes reste aux abords de 30 centimes.

Or, d'après l'enquête officielle de 1896, le bénéfice du débitant pour un litre d'eau-de-vie à 40°, vendu à emporter, est de 51 centimes. La perte du débitant serait donc de 20 centimes environ sur 50, c'est-à-dire de 40 *pour* 100, pour la vente à emporter.

Pour la vente au petit verre, si on admet que d'après les résultats de la même enquête le litre d'eau-de-vie est débité à raison de 29 petits verres, vendus à 11 centimes 5 en moyenne, le prix de vente du litre débité s'élève à 3 fr. 30. Le bénéfice du débitant qui achètera de l'eau-de-vie à 40° au monopole, d'après M. Astier, à raison de 1 fr. 45, sera de 1 fr. 85. L'enquête de 1896 donnerait, pour le même cas, un bénéfice de 1 fr. 87, d'où il semble résulter que le bénéfice du débitant ne varierait pas sensiblement. Mais l'hypothèse est peu admissible, car elle suppose que le monopole laisserait au débitant à peu près l'intégralité de ses bénéfices, ce qui est contraire à l'économie générale du projet, et on ne voit pas alors quel serait le profit fiscal du monopole.

Il est plus probable que M. Astier s'est trompé dans ses calculs et l'examen de ses chiffres semble le prouver.

D'après lui, le monopole livrerait aux débitants l'eau-de-vie courante à 40° au prix net de 1 fr. 25. Or, ils la paient actuellement au commerce, d'après les résultats de l'enquête de 1896, 1 fr. 30 environ. Il en résulterait que le monopole produira à meilleur compte que le commerce. La chose serait contraire à toute vraisemblance et même à l'opinion que MM. Astier et Chaigne ont eux-mêmes catégoriquement exprimée ; l'erreur provient sans doute de ce que M. Astier évalue à 5 fr. seulement par hectolitre le prix de la transformation et de la manipulation, y compris les déchets, d'un hectolitre d'eau-de-vie à 40°. Cela serait exact peut-être si le monopole bornait son installation à quelques usines et magasins ; mais on a vu que l'hypothèse n'est pas admissible et que les frais généraux dépasseront de beaucoup les prévisions optimistes de M. Astier. La base de son calcul est donc inexacte, car *certainement*, le monopole s'emparera d'une notable partie des profits des débitants ; sinon sa principale raison d'être disparaît.

Si l'État enlève aux débitants une partie de leurs bénéfices, pourront-ils chercher à se rattraper en augmentant les profits de la vente au petit verre, en réduisant, par exemple, la capacité des verres ? Encore faudra-t-il que le monopole ne s'y oppose pas, car le projet prévoit que la dimension des mesures de capacité pour la vente au petit verre sera fixée par l'administration, d'où une entrave de plus à la liberté actuelle des débitants. Auront-ils du moins, des garanties de stabilité et d'avenir ? C'est fort douteux, puisque le monopole se réserve la faculté, en cas de disparition du débitant, pour un motif quelconque, décès, cession de commerce, etc., de reprendre le débit provisoirement ou définitivement, ou de le supprimer, sans indemnité, bien entendu. Ainsi, un débitant ne pourra plus travailler, comme il le fait actuellement, dans l'espoir d'assurer une situation commerciale à ses enfants, ou de laisser, en cas de décès, une ressource stable à sa veuve. Il n'aura jamais la certitude, dans ce cas, que l'État n'expropriera pas ses héritiers pour fermer l'établissement ou s'en emparer. Il ne pourra pas non plus nourrir l'espoir d'un repos dans sa vieillesse, ou en cas d'infirmités, ne sachant s'il sera admis à céder son établissement. Sa condition actuelle se trouvera donc complètement bouleversée et exposée à tous les aléas.

Comment, en définitive, peut-on croire que les débitants, pour l'avantage illusoire de la suppression d'une concurrence qui n'existe pas en fait, accepteront volontiers des atteintes aussi profondes à leurs libertés et à leurs droits ?

Il faut donc prévoir le mécontentement et l'opposition de 477.000 débitants et du personnel qui les entourent, avec tous les inconvénients qui peuvent en résulter.

Les dénaturation des alcools. — La dénaturation des alcools pourra être effectuée, soit par l'administration du monopole, soit par les marchands en gros, soit par les distillateurs travaillant pour le compte de l'État.

Les alcools dénaturés ne paieront aucun droit, seront soustraits à toute surveillance, circuleront et seront vendus librement à la condition que la dénaturation et la carburation auront été faites dans les magasins du monopole, en présence de ses agents et suivant les formules prescrites par la loi.

Ces mesures seraient favorables à l'essor des alcools dénaturés si le projet ne spécifiait que la dénaturation et la carburation ne pourront porter que sur des alcools neutres du type de 95 degrés, vendus 47 fr. 50 par le monopole, tous déchets et pertes étant à la charge de l'intéressé. Or, si le dénaturateur achète l'alcool à 47 fr. 50 et s'il a à supporter le coût du dénaturant, les freintes, déchets et autres pertes, on peut se demander à quel prix il sera à même de revendre l'alcool dénaturé au public. L'alcool dénaturé, on l'a déjà dit, ne deviendra susceptible d'un emploi assez général, pour le chauffage ou l'éclairage tout au moins, qui doivent constituer ses gros débouchés, qu'autant que son prix de vente tendra à se rapprocher de celui du pétrole, sinon à lui devenir inférieur. Or, on se demande comment le dénaturateur pourra arriver à ce résultat s'il achète la matière première à l'Etat, à raison de 47 fr. 50 l'hectolitre, tous autres frais à sa charge.

La proposition Astier peut donc se montrer libérale à bon compte, en accordant toutes libertés de circulation à un produit dont la vente et la circulation resteront forcément à l'état négatif, dans les conditions que le projet Astier fait aux dénaturateurs.

Autres industries. — Pour un motif identique, l'avenir des autres industries qui emploient, soit les alcools dénaturés, soit même des alcools de bon goût, se trouvera compromis. C'est, d'ailleurs, l'inconvénient commun à tous les monopoles de fabrication ou d'achat, et il n'y a pas lieu de reproduire les arguments généraux déjà formulés à cet égard.

Importation. — L'Etat se réserve en principe le monopole de l'importation, comme de toutes les autres formes de transactions commerciales sur les alcools, sauf l'exportation, mais les commerçants, industriels ou particuliers, pourront importer aussi, à la condition de passer par l'entremise de l'administration du monopole.

Ils ne pourront d'ailleurs revendre au public les produits importés que par l'intermédiaire des débitants, le ministre des Finances fixera, par décisions ministérielles, le prix de vente des alcools importés. L'Etat se montrant fort mauvais commerçant, dans tout ce qu'il entreprend dans cet ordre d'idées, il y a gros à parier qu'il paiera fort cher les spiritueux importés, au détriment du consommateur.

Exportation. — L'exportation des alcools n'est pas rangée parmi les opérations commerciales dont l'Etat entend se réserver le monopole. On a reculé, sans doute, devant la perspective des occupations et des responsabilités que l'administration du monopole eût assumées si elle avait voulu se réserver le droit exclusif d'exporter. Aussi, se borne-t-on à spécifier que les alcools déclarés pour l'exportation seront logés en récipients fermés et scellés et seront placés sous le régime de l'entrepôt jusqu'à leur mise en route pour l'extérieur. Les exportateurs (distillateurs et marchands en gros), pourront avoir l'autorisation de loger leurs alcools dans des récipients personnels.

Cette disposition s'applique à tous les négociants, liquoristes, fabricants d'eaux-de-vie naturelles, etc., qui voudront exporter des boissons spiritueuses de leur fabrication. Le monopole pourra livrer, en vue de l'exportation, des alcools neutres de sa fabrication à des prix variant de 20 à 50 francs l'hectolitre, selon le type, et des « alcools à bouquet », liqueurs, eaux-de-vie, etc., à des prix qui seront fixés annuellement par le ministre des Finances, en se basant sur les prix de revient, calculés comme on l'a précédemment exposé.

En fait, notre commerce d'exportation si renommé et si prospère aurait grandement à souffrir de la proposition Astier. La concurrence est extrêmement vive sur les marchés étrangers et, pour arriver à se maintenir, nos liquoristes et fabricants de spiritueux composés sont dans l'obligation de réduire à l'extrême limite leurs frais généraux et le prix de revient des produits exportés. Or, la matière première, l'alcool, leur coûtera sensiblement plus cher, puisqu'ils devront l'acheter au monopole au lieu de le faire directement au distillateur et qu'ils auront à supporter, non seulement les frais particuliers du rouage supplémentaire, frais de transport, manipulation, etc., frais que le peu d'aptitude commerciale et industrielle de l'Etat rendra plus onéreux encore, mais aussi les primes officielles ou dissimulées que recevront les distillateurs sous forme de majoration des prix de vente.

La différence des prix de revient exercera une influence déjà sensible sur l'exportation des liqueurs et des parfumeries fines, mais elle constituera un véritable désastre pour l'exportation des spiritueux à bas prix, vendus aux indigènes de toutes les parties du monde. Si les exportateurs sont obligés d'employer, pour la préparation de ces spiritueux, les alcools de l'Etat, bien rectifiés et onéreux en conséquence, au lieu des produits moins parfaits dont ils se servent aujourd'hui, ils ne devront plus songer à poursuivre à l'extérieur une lutte devenue inutile. Leurs concurrents, favorisés par des gouvernements qui ne feront pas de l'hygiène un article d'exportation, les supplanteront du jour au lendemain.

Consommateur. — M. Astier laisse entendre au consommateur qu'il paiera les spiritueux moins cher parce que le droit n'augmentera pas et que les prix de revient diminueront. La chose est des plus contestables.

Les consommateurs de spiritueux peuvent être rangés en deux catégories :

— Le consommateur aisé, qui s'approvisionne directement à la propriété ou chez le marchand en gros, ou chez le gros épicier et qui consomme accidentellement ou habituellement dans les cafés ;

— Le consommateur modeste, l'ouvrier, le client de l'auberge, du débit ou de l'estaminet qui consomme sur place, au petit verre. C'est, en réalité, le grand consommateur d'alcool, celui qui alimente pour les 2/3 au moins l'impôt sur les alcools.

Le premier paiera-t-il moins cher ? Il lui est interdit de s'approvisionner directement à la propriété et il devra passer par l'intermédiaire de l'Etat ou des débitants; donc, un rouage de plus avec prélèvement obligatoire du bénéfice de l'intermédiaire. Ne pouvant s'adresser au marchand en gros ou au liquoriste, il devra le faire soit à l'Etat, soit au débitant.

Or, d'après les calculs de M. Astier, il paiera l'eau-de-vie à 40°, verre compris, au moins 1 fr. 53 le litre et 1 fr. 74 chez le débitant.

Actuellement, d'après l'enquête de 1896, le prix de vente à emporter dans les débits, impôt de 220 francs compris, serait pour la même eau-de-vie de 1 fr. 90. Le consommateur gagnerait donc, dns ce cas, 15 centimes environ par litre ; mais on a vu que les calculs de M. Astier sont, très probablement, au-dessous de la vérité.

Combien gagnerait-il sur l'achat direct au monople ?

Toujours d'après l'enquête de 1896 et en tenant compte de la majoration de l'impôt depuis cette époque, le débitant paierait aujourd'hui le litre d'eau-de-vie à 40°, au marchand en gros, environ 1 fr. 40, impôt

compris ; si on admet que le marchand en gros majore
ce prix, qui lui réserve déjà un bénéfice normal de
20 % pour la vente au consommateur, on arrive au chiffre de 1 fr. 70, c'est-à-dire que le consommateur gagnerait 15 centimes encore, à s'approvisionner au monopole, toujours sous la réserve de l'exactitude des calculs de M. Astier.

Voilà pour la première classe du consommateur, le
consommateur aisé.

Quant à la seconde classe, la plus nombreuse et la
plus intéressante, on ne voit pas ce qu'elle gagnera, si le
débitant continue à vendre le petit verre à raison de
10 centimes, comme il le fait aujourd'hui.

En résumé, si le consommateur doit retirer un bénéfice de la combinaison Astier, ce bénéfice ne sera que
pour la classe aisée de la population. Ce n'est pas là un
idéal de réforme démocratique.

Enfin, on a fait remarquer que le système Astier
accorderait, en définitive, un avantage de 15 à 20 millions par an à la production industrielle ; il semblait
que, par voie de répercussion, le consommateur aurait
à en supporter les conséquences, car si le monopole
paie 15 à 20 millions de plus au producteur, le prix de
revient de ses alcools augmentera en conséquence. il
les fera payer plus cher aux vendeurs et ceux-ci plus
cher au consommateur, à moins qu'ils ne supportent
eux-mêmes la perte. A cela, M. Chaigne a répondu que
la suppression de la fraude rapporterait à l'Etat 100 à
200 millions (1) et que, par conséquent, le consommateur aurait autant de moins à payer.

On n'aperçoit pas en quoi le consommateur d'alcool
paierait moins cher les spiritueux de l'Etat. Si la fraude
enlève au contrôle de l'Etat les quantités d'alcool représentant les 100 à 150 millions dont parle M. Chaigne et si
réellement ce monopole replacera ces quantités parmi
la consommation taxée (on verra plus loin jusqu'à quel

(1) M. Astier évalue plus modestement le profit à 300.000 hectolitres d'alcool pur, soit 66 millions seulement.

point cette opinion paraît fondée) cela n'aura d'autre effet pour le consommateur d'alcool que de lui faire payer, au tarif du monopole, des alcools pour lesquels actuellement, sans même le savoir ni s'en douter il bénéficie de prix réduits.

En quoi la reprise sur la fraude aurait-elle pour effet de faire baisser le prix des alcools du monopole ? Affecterait-on les recettes supplémentaires au paiement des prix de faveur accordés à la production ? Ce serait contraire aux habitudes et encore faudrait-il que le projet le spécifiât. Or, il n'en dit rien. Donc, que la suppression de la fraude rapporte 100 au 200 millions de plus au monopole, le consommateur n'en paiera pas moins l'alcool au même prix. Mais, dira-t-on, il en profitera indirectement, car la reprise sur la fraude permettra d'ores et déjà de supprimer le principal de l'impôt foncier. Alors, précisément, le grand consommateur d'alcool, l'ouvrier, n'en profitera en aucune façon, car il n'a rien à voir avec l'impôt foncier. Il paiera par répercussion les prix de faveur accordés aux producteurs et la réduction des impôts bénéficiera aux autres.

On ne peut donc s'arrêter à l'argument de M. Chaigne.

Restent à examiner les conséquences fiscales, économiques, sociales ou politiques du projet Astier.

Conséquences fiscales. — Le bénéfice du monopole au point de vue fiscal consistera surtout, d'après les auteurs de la proposition, dans la suppression de la fraude.

Quant au produit que donnera l'augmentation des licences et la reprise d'une certaine portion du bénéfice des intermédiaires, il paraît destiné surtout à couvrir les frais généraux du monopole.

D'après M. Astier, le projet, en respectant les situations existantes, dispense l'Etat de s'engager dans l'inconnu des expropriations, et il semble en résulter que, dans son esprit, les dépenses d'installation et les frais généraux ne seront pas considérables. Que doit-on en croire ?

Il faudra d'abord exproprier les usines de rectification et partiellement celles qui distillent et rectifient à la fois. Cette dépense dépassera certainement les prévisions de M. Astier, car la plupart des dernières usines ne pourront plus subsister si on les prive de la rectification ; elles réclameront l'expropriation complète et il sera de toute justice de la leur accorder.

Si on en juge par ce qui s'est passé au moment de l'installation du monopole des allumettes, on peut croire que les juridictions compétentes abonderont dans ce sens.

On peut évaluer modérément à 50 millions le capital à débourser de ce chef, l'administration évaluant à 100 millions à peu près, d'après les indications données à la Chambre le 25 février 1903, par M. Clementel, rapporteur de la Commission du budget, le total de l'indemnité qu'il faudrait rembourser à tous les distillateurs industriels, en cas d'expropriation complète.

— Il faudrait ensuite racheter les stocks : en admettant même que l'Etat n'en rachetât que la moitié (en plaçant d'ailleurs les détenteurs du surplus dans une situation très délicate), il faudrait compter sur 250 millions encore à débourser, au moins : cela ferait déjà 300 millions.

Que coûteraient les dépenses d'installation des nouvelles usines et des magasins du monopole ? Il est bien difficile de l'évaluer ; mais ce serait certainement une dépense considérable. On ne pourrait se contenter de quelques usines et de quelques magasins ; on a fait remarquer déjà qu'il faudrait au monopole, pour lui permettre de fixer ses prix d'achat en alcools de tout genre, d'après les prix de revient dans les fabriques nationales, des usines nombreuses dans tous les pays de productions. Il faudrait de même, pour faciliter les approvisionnements directs des débitants dans les établissements du monopole, des magasins très nombreux, un au moins par canton, sinon davantage. La dépense de ce double chef serait considérable.

Il faudrait enfin acheter tous les fûts métalliques, toutes les bonbonnes, toutes les bouteilles qui seraient né-

cessaires au monopole pour loger la plus grande partie
de l'alcool livré à la consommation. En Suisse, au début
du monopole, la dépense s'est élevée à 380.000 francs
pour l'achat de fûts en bois destinés au logement des
120.000 hectolitres d'alcool pur livrés au commerce. A
quel chiffre devrait-on évaluer la somme nécessaire pour
loger une quantité de 10 à 15 fois plus forte, partie en
fûts métalliques d'une contenance maximum de 100 litres et le reste en bouteilles de verre de toutes contenances, jusqu'à 10 centilitres ?

L'amortissement de la dépense de première installation représenterait, en définitive, une charge annuelle
très élevée.

Quant aux frais généraux de l'exploitation, ils attein-
draient certainement à un chiffre beaucoup plus important que ne semble le supposer M. Astier. Sans parler
des frais de manipulation et de transport, des ingénieurs, des contre-maîtres et des ouvriers dans les nombreuses usines et les magasins plus nombreux encore,
on aurait à employer des légions d'acheteurs pour par-
courir les campagnes afin de se procurer les matières
premières nécessaires aux distilleries nationales ; il
faudrait surtout un personnel de surveillance extrêmement nombreux et coûteux en conséquence :

Toutes les opérations des intermédiaires devront être
suivies par les agents de l'administration. Il faudra surveiller les producteurs et veiller à ce que tous leurs
alcools soient livrés au monopole, surveiller les opérations des liquoristes et des fabricants de spiritueux
composés, d'alcools à bouquet naturel et artificiel, les
mises en fûts, les mises en bonbonnes et les mises en
bouteilles, cacheter et sceller le tout et vérifier les char-
gements avant la sortie ;

Il faudra assister à tous les coupages chez les marchands en gros et surveiller les mises en récipients et
les sorties, comme chez les liquoristes.

Chez les débitants, les agents de l'Etat devront assister à toutes les mises en bouteilles des alcools reçus en
fûts ou en bonbonnes, cacheter et sceller les bouteilles

d'un litre, d'un demi-litre, de 10 centilitres ! et, chez *tous* les intermédiaires, tenir les comptes du crédit.

S'imagine-t-on bien quel personnel il faudra pour cela ?

Actuellement, le service de la Régie fait, une fois par trimestre environ, un inventaire chez la plupart des marchands en gros et une apparition trimestriellle également chez les débitants. Or, le travail de surveillance que lui imposerait l'application du monopole Astier serait cent fois plus considérable.

On dira que la Régie exerçait déjà les débits autrefois et qu'elle suffisait à sa tâche. Cette tâche était infiniment moins lourde et la Régie y suffisait à peine. Sur 400.000 débitants qui existaient il y a dix ans, elle n'en exerçait que le tiers, 130.000 environ, le reste consistait en abonnés ou en rédimés, affranchis de l'exercice. Chez les débitants exercés, la plupart des boissons étaient en fûts et si la loi de 1816 avait prescrit la transvasion et le cachetage des bouteilles en présence des agents, les circulaires de l'administration constataient déjà en 1856, époque à laquelle le nombre des débitants ne dépassait pas 300.000, que cette disposition était tombée en désuétude. Chez les marchands en gros, la Régie n'assiste ni aux coupages, ni aux expéditions.

Avec le monopole Astier, la Régie devrait se trouver à peu près tous les jours chez 28.000 marchands en gros et liquoristes et chez 477.000 débitants.

On peut apprécier quel énorme personnel serait nécessaire et de quelle dépense annuelle se trouverait chargé le budget du monopole, si on songe que les agents de la Régie sont, en ce moment, au nombre de 12.000 et coûtent 33 millions. Faudrait-il 50.000 employés et une dépense annuelle de 150 millons? On peut admettre toutes les hypothèses, excepté celle de frais modérés. Il semble donc que M. Astier ne s'est pas rendu un compte exact des dépenses qu'entraînerait, à ne considérer que ce cas spécial, l'application de son système de monopole.

En résumé, si l'on ajoute aux frais d'amortissement résultant des expropriations, du rachat de stocks et des installations d'usines et de magasins, les frais d'exploitation et surtout les énormes frais de surveillance, on arrive à un total de dépenses annuelles qui ne serait sans doute pas bien loin de 200 millions.

Veut-on l'évaluer seulement à 100 millions ?

Par quelles recettes compte-t-on pourvoir à la dépense et assurer, par surcroît, un bénéfice permettant de supprimer le principal de l'impôt foncier ?

M. Astier n'augmente pas l'impôt de consommation sur l'alcool et s'il majore les licences des marchands en gros et crée une licence spéciale sur les débitants, pour la vente des spiritueux, on peut escompter à peine, de ce chef, un bénéfice de quelques millions.

M. Chaigne a déclaré, en outre, qu'il laisse aux marchands en gros *à peu près* leurs bénéfices actuels, et on ne peut donc, sur ce point, évaluer à plus de quelques millions encore les profits du monopole.

On a vu, en comparant les calculs de M. Astier avec les résultats de l'enquête de 1896, que les débitants semblent plutôt accroître leurs bénéfices qu'en perdre une partie. Mais si l'on admet qu'il s'est glissé dans les calculs des erreurs d'appréciation, si l'on peut croire que M. Astier en voulant laisser aux débitants des bénéfices raisonnables cherche à leur enlever seulement la moitié de leurs bénéfices actuels (ce qui ameuterait d'ailleurs tout le commerce de détail contre le monopole, le gouvernement et nos institutions même), on ne peut estimer à plus de 50 à 75 millions le profit net qui résulterait de ce chef pour le monopole. Ce serait donc tout à fait insuffisant pour atteindre le double but que l'on se propose. Reste la fraude.

C'est bien par la répression de la fraude que M. Astier compte arriver à ses fins. Il l'a expressément déclaré dans sa brochure, en ajoutant que « la création du monopole permettrait d'atteindre 300.000 hectolitres d'alcool perdus aujourd'hui pour l'impôt. »

A 220 francs par hectolitre, cela fait seulement 66 millions ; on est loin à la fois des 150 à 200 millions dont parlait M. Chaigne à la Commission extra-parlementaire et de la somme qui serait nécessaire pour couvrir les nouvelles dépenses. Encore faudrait-il savoir comment et par quels moyens M. Astier compte arriver à supprimer la fraude ?

La fraude, on le sait, se résume à celle des bouilleurs de cru. C'est la seule fraude qui, à l'avenir, après la réglementation des alambics et la loi du 31 mars 1903, puisse subsister et porter un préjudice de quelque importance à l'Etat.

On aurait donc compris le raisonnement de M. Astier, si maintenant le texte de sa proposition, il avait complètement aboli le privilège des bouilleurs de cru, en les obligeant à distiller dans un local et avec des appareils choisis par l'administration et en établissant ainsi à l'origine l'état civil de toute la production dont les bouilleurs de cru seraient devenus comptables. Et encore, n'aurait-on pas mis fin à la fraude. Mais M. Astier a renoncé à son texte et il tient pour valable le régime inauguré par la loi de mars 1903. Alors, quelle reprise sur la fraude peut-il attendre de sa proposition autre que celle qui résultera de l'application de cette nouvelle loi ? On exercera les débits, dira-t-il, et voilà la garantie ! M. Astier connaît bien peu les débitants et les bouilleurs de cru, s'il imagine que même l'exercice des débitants et même l'abolition des bouilleurs de cru empêcheront la fraude. Aucune législation n'est plus sévère que celle des tabacs, et aucun monopole plus étroitement organisé. Les débits sont sous la main de l'Etat qui les vérifie à chaque instant ; et cependant, la fraude sur les tabacs est toujours très active.

Il n'est donc pas très exact de dire : « La consommation réelle échappant à l'impôt atteint environ 500.000 hectolitres (il faudrait d'ailleurs établir ce chiffre autrement que par une simple affirmation) ; en admettant qu'une franchise de 200.000 hectolitres soit abandonnée aux bouilleurs de cru, la création du monopole permettrait d'atteindre 300.000 hectolitres. » Tout au plus, permettrait-il d'atteindre *une partie* de cette quantité et on devrait s'estimer heureux si le fisc parvenait à en imposer la moitié ou même le tiers.

La reprise sur la fraude ne serait plus alors de 66 millions, mais de 33 ou 22 millions seulement et le but des auteurs de la proposition serait complètement manqué.

Donc, de quel côté que l'on envisage la question, il ne paraît pas possible d'admettre que le monopole Astier puisse donner un bénéfice quelconque et à plus forte raison procurer à l'Etat des ressources importantes.

Les conséquences économiques, sociales et politiques. — On résumera ici, très brièvement, les points que l'on a essayé de faire ressortir au cours de la discussion.

Au point de vue économique, le monopole Astier, en séparant la distillation de la rectification, fait obstacle aux progrès industriels, il entrave l'industrie agricole et celle des industries connexes (potasserie, fabrication des levures, etc.), par la limitation des contingents de production ; il ruine le commerce d'exportation des liqueurs et 'es spiritueux composés, il tend enfin à faire disparaître un des organes importants du commerce des alcools, les marchands en gros.

Au point de vue social, l'hygiène seule peut y gagner, encore a-t-on vu que la question d'une pureté plus grande des alcools consommés n'a qu'une importance secondaire et qu'un progrès sérieux ne peut être réalisé qu'en restreignant la consommation. Or, à ce sujet, M. Astier ne propose que le palliatif tout à fait insuffisant d'une limitation, plus spéculative que réelle, des débits de boissons.

Son projet aboutit, en outre, à une extension considérable du fonctionnarisme, au détriment de l'initiative individuelle, source de tous les progrès économiques et sociaux.

Au point de vue politique, le monopole Astier provoquera un mécontentement général chez les 28.000 marchands en gros, les 477.000 débitants et le million de personnes qui gravitent autour du commerce des spiritueux et qui en vivent.

Conclusion. — En résumé, MM. Astier, Chaigne et Ruau se sont efforcés, dans leur proposition, d'éviter les obstacles où se sont heurtés leurs prédécesseurs. Ils ont cherché à résoudre le problème fiscal en limi-

tant, autant que possible, les charges des indemnités
d'expropriation, des frais d'installation et d'exploitation;
— le problème économique en laissant en apparence à
l'industrie et au commerce une liberté relative, — le problème social, en évitant d'augmenter les dépenses du
consommateur d'alcool par une majoration d'impôt, —
le problème politique, enfin, en ne supprimant aucune
des libertés et aucun des droits essentiels des petits
producteurs et des petits commerçants.

Mais il apparaît qu'ils ne se sont pas rendu un
compte exact des conséquences pratiques de leur système et, à vouloir réaliser la tâche impossible de ménager tous les intérêts, ils ont manqué le but essentiel en
l'espèce, le rendement fiscal qui, seul, pourrait justifier
l'organisation du monopole.

Il semble d'ailleurs qu'ils cherchaient moins un but
immédiat que d'assurer une organisation devant devenir beaucoup plus importante par la suite.

Ils l'ont laissé entendre en disant, dans leur exposé
des motifs, qu'il pourrait devenir facile ultérieurement,
sans compromettre la consommation, d'élever le prix
officiel de l'impôt, de façon à atteindre un rendement de
800 millions.

Encore la majoration du tarif n'est-elle pas sans doute
la seule éventualité qu'ils aient envisagée ; les dispositions qui limitent aux détenteurs actuels le droit de continuer leur commerce, confiant à l'Etat le soin de décider du sort de l'exploitation, en cas de décès ou de
cessation, pour une cause quelconque, laissent suffisamment entendre que le but réel du monopole Astier
est d'arriver, progressivement, à placer complètement
entre les mains de l'Etat, sinon la production, du moins
tout le commerce des spiritueux.

L'augmentation ultérieure de l'impôt, dans une proportion suffisante pour justifier l'espoir d'un rendement de 800 millions rendrait d'ailleurs indispensable
à ce moment de modifier le régime des bouilleurs de
cru, sinon celui de toute la production, et de reprendre
le texte que M. Astier a cru devoir abandonner derniè-
rement. Alors, tout passerait dans l'engrenage et le sys-

tème Astier deviendrait un monopole à peu près complet.

En définitive, dans sa forme actuelle, le projet Astier paraît bien ne constituer qu'une première étape vers une organisation beaucoup plus vaste où se retrouveraient, avec tout leur caractère et dans toute leur intensité, les inconvénients et les difficultés de tout genre, d'ordre fiscal, économique, politique et social que l'on rencontre dans les systèmes complets.

Il aboutirait, comme les autres, à la suppression d'organes importants dans notre vie économique et commerciale, aux dépossessions sans indemnité, c'est-à-dire à la spoliation, aux mécontentements, aux rancunes et aux colères de tous ceux qui se trouveront lésés, à tous les efforts de la fraude et à tous les mécomptes fiscaux.

Il est donc, en fait, sous des apparences moins absolues et plus modérées, aussi dangereux que les autres projets, puisque les inconvénients généraux et particuliers du monopole ne se dissimulent aujourd'hui que pour mieux reparaître dans l'avenir.

En tous cas, il ne pourrait, dans sa forme actuelle, *qu'aboutir aux mécomptes fiscaux les plus graves.*

RÉSUMÉ ET CONCLUSIONS GÉNÉRALES

———

Il semble que l'on peut, de l'étude qui précède, dégager quelques faits précis ; on essaiera, du moins, de le faire :

Le monopole sur l'alcool n'échappe pas aux inconvénients généraux de tous les monopoles ; il en présente, en outre, de particuliers, résultant de l'extrême diversité des sources et des terrains de production, du nombre considérable de producteurs et de commerçants et des difficultés que crée, pour l'application de ce monopole, notre régime politique.

Pour le faire admettre par l'opinion publique, il faudrait que son établissement fût rendu indispensable par un puissant intérêt public et qu'il n'aboutît à aucun mécompte.

On a prétendu qu'il est nécessaire de reprendre au profit de la nation, un monopole constitué de fait à son détriment, pour le seul bénéfice de quelques intérêts particuliers, mais on n'a pas trop insisté sur ce point, car un monopole de fait n'existe pas lorsque l'on compte plus d'un million de producteurs d'eaux-de-vie naturelles, lorsque le nombre des producteurs agricoles d'alcools d'industrie demeure à peu près constant et quand il ne s'opère, entre les autres fabricants, qu'une concentration naturelle commune à toutes les industries, et

18.

que, d'autre part, pas mal de sucreries se transforment en distilleries.

On a invoqué également la nécessité de combattre l'alcoolisme ; mais les savants les plus renommés ont été unanimes à reconnaître que la solution de l'alcoolisme n'est pas dans le monopole.

La preuve expérimentale confirme l'opinion des savants ; le monopole appliqué en Russie et en Suisse n'a eu aucune influence sur l'alcoolisme. *Un seul* système a réellement fait ses preuves à cet égard, le système dit de Gothembourg, appliqué en Suède et en Norvège ; or, les partisans du monopole le déclarent impraticable en France ; à défaut, le monopole n'y peut rien et un seul fait reste acquis : c'est que tout système, monopole ou autre, qui aurait pour effet d'augmenter la consommation de l'alcool, accroîtrait, par cela même, l'alcoolisme et serait néfaste pour la santé publique.

On a dit encore que le monopole est nécessaire pour défendre l'industrie de l'alcool en général contre l'alcool chimique ou de synthèse, la petite production agricole contre la grande industrie et, enfin, la production des eaux-de-vie naturelles contre celle des alcools d'industrie.

On a dû renoncer au premier argument, car l'alcool chimique ne constitue qu'une menace trop vague encore pour justifier le monopole ; d'autre part, il existe des moyens de production plus simples que le monopole : des primes directes, par exemple, pour avantager la distillerie agricole ; enfin, la crise de la distillerie agricole résulte d'un écart de prix trop important entre les alcools de sources différentes pour que le monopole soit à même d'accorder aux alcools naturels, sans compromettre ses recettes, des faveurs suffisantes pour rétablir l'équilibre (1).

----

(1) Le monopole ne peut qu'être néfaste à la viticulture; si on l'organise, les hygiénistes considéreront le fait comme une victoire et, encouragés par ce premier succès, poursuivront avec une nouvelle ardeur, la campagne entreprise contre *toutes* les boissons hygiéniques, le vin, le cidre, la bière, etc., que la plupart poursuivent avec la même ardeur.

Tous ces exemples établissent, d'ailleurs, que, dans tout monopole d'État, l'intérêt fiscal finit toujours par prédominer, au détriment des autres intérêts.

Le monopole sur l'alcool n'apporterait donc pas la solution du problème économique

Il ne reste, en définitive, que l'argument fiscal, la prétendue nécessité de recourir au monopole pour assurer la perception de l'impôt et procurer d'énormes ressources indispensables aux réformes fiscales, économiques et sociales.

Le seul moyen d'assurer une meilleure rentrée de l'impôt consiste à supprimer la fraude. Or, on est allé déjà très loin dans cette voie ; la réglementation nouvelle des alambics, le nouveau régime des bouilleurs de cru vont avoir pour effet de supprimer la grande fraude, la fraude par distillations clandestines, la fraude par grands transports d'alcools enlevés de la propriété. Le gros effort est accompli et il ne reste plus à empêcher que la petite fraude, la fraude par infiltration, de la propriété dans les débits ou chez le consommateur. Cette fraude, le monopole sera tout aussi impuissant à la réprimer que l'est le régime actuel, ou que le serait tout autre régime ; il ne supprimera pas plus toute la fraude sur les alcools que le monopole sur les tabacs n'a supprimé toute la fraude sur les tabacs ; et les bénéfices qu'il pourrait réaliser de ce chef couvriraient à peine ses frais d'organisation et d'exploitation.

D'ailleurs, pour supprimer la fraude, il faudrait que le monopole mît une main vigoureuse à la fois sur le débitant et sur le petit producteur. Or cette mainmise soulève de redoutables problèmes politiques qui, dans l'état de nos institutions ne paraissent pas devoir être résolus de sitôt.

S'agit-il de procurer à l'État par le monopole des ressources nouvelles très importantes, en vue de réaliser de grandes réformes ? Il faut savoir alors où l'on prendra les revenus nouveaux.

On ne peut escompter, a-t-on dit, qu'une reprise peu importante sur la fraude.

Demandera-t-on les revenus au produit de l'impôt, soit qu'en maintenant le taux actuel on espère voir les consommations s'étendre et s'accroître, soit qu'en augmentant le chiffre de la taxe on réclame davantage au consommateur actuel ? Dans le premier cas, le monopole développera l'alcoolisme au lieu de le restreindre ; dans le second, il accomplira un méfait social en poussant le grand consommateur d'alcool, l'ouvrier, à augmenter ses dépenses en alcool au détriment des dépenses de première nécessité. On ne peut donc admettre ni l'une ni l'autre de ces hypothèses.

A qui s'adressera-t-on alors ? Au producteur, ou aux intermédiaires ? Et s'emparera-t-on de leurs bénéfices ? Etablira-t-on à cet effet le monopole à la fabrication et à la vente ou organisera-t-on un monopole complet ?

On se trouve en premier lieu en présence de la situation de notre production, d'une diversité infinie, éparse entre un million de cultivateurs dont la dépossession paraît, en fait, impossible, en présence aussi de producteurs spéciaux, fabricants de grands cognacs ou de grandes liqueurs auxquels il ne semble pas que le monopole puisse se substituer. Il faut donc se limiter à la production industrielle.

Or, ses bénéfices sont relativement modiques, ne dépassent pas quelques millions par an, et leur accaparement ne procurerait pas un profit en regard des frais et des inconvénients qu'entraînerait la dépossession.

L'expropriation du commerce de gros lui-même ne donnerait au monopole qu'un profit très limité puisqu'on évalue le bénéfice net des négociations en gros à 25 millions à peine. Il faut donc en arriver aux débitants pour trouver une source de profit importante, dépassant sans doute 100 millions. On se trouve alors de nouveau devant le problème des débitants.

En résumé, toute la question du monopole aboutit aux bouilleurs de cru et aux débitants, au premier terme de la production et au dernier terme de la vente.

Il faut donc commencer par résoudre le problème du débitant et le problème du bouilleur ; et personne n'a trouvé la solution, jusqu'à ce jour, parce que ce double problème paraît insoluble, dans l'Etat actuel de nos institutions politiques.

Les partisans du monopole et les auteurs de projets parlementaires s'efforcent en vain à chercher des compromis ; ils veulent ménager les uns et ménager les autres et apporter des degrés divers dans les ménagements ; cela les entraîne à des solutions compliquées, dont un examen approfondi démontre l'inanité.

Peut-on croire que d'autres feront mieux ? Cela paraît invraisemblable. Y parviendraient-ils qu'ils se trouveraient en présence d'autres difficultés essentielles, l'impossibilité de comprendre les eaux-de-vie naturelles dans le monopole, l'achat des matières premières ou l'achat des alcools, les énormes frais d'organisation et de surveillance.

Enfin, si on cherche à retirer du monopole des recettes nouvelles de plusieurs centaines de millions, en reprise sur la fraude, les bénéfices des producteurs industriels et ceux des intermédiaires n'y suffiront pas et il faudra en revenir à l'augmentation de l'impôt. On retombera alors dans les impossibilités morales et d'ordre social que l'on a rappelées plus haut.

Bref, on tourne dans un cercle vicieux et la question, encore une fois, paraît insoluble.

Cette étude, enfin, pourrait paraître trop incomplète, si on ne disait quelques mots de l'opinion exprimée par les Commissions parlementaires et extra-parlementaires qui ont eu à s'occuper de la question du monopole.

D'une façon générale, les premières se sont montrées favorables et les autres défavorables au monopole ; mais il semble bien que les Commissions parlementaires, exclusivement composées de députés, ont envisagé la question surtout en principe, et se sont attachées à l'examen des grandes lignes et des conséquences générales, comptant sur la discussion publique pour faire ressortir les possibilités ou les impossibilités d'application.

Les Commissions extra-parlementaires, au contraire, en raison de leur composition même, qui comportait à la fois des hommes politiques, députés ou sénateurs, des fonctionnaires, des savants, des industriels et des commerçants, paraissent s'être plus particulièrement attachées aux questions d'application pratique, et, à cet égard, il peut être intéressant de donner un aperçu des résultats de leurs travaux.

La Commission extra-parlementaire de 1887 comprenait cinq sénateurs, onze députés, huit hauts fonctionnaires, quatre savants, deux économistes et sept industriels ou commerçants.

M. Jamais, rapporteur de la sous-Commission du monopole, concluait à l'impossibilité ou à l'inutilité du monopole de fabrication ou de vente ; et M. Léon Say, rapporteur général de la Commission, déclarait que la Commission s'était déclarée contraire à l'établissement, en France, du monopole de la rectification et de la vente.

La Commission de 1897 se composait surtout d'hommes politiques : onze sénateurs et quinze députés ; de seize hauts fonctionnaires et de treize savants ; le commerce se plaignit très vivement d'y être à peine représenté : il ne comptait que cinq représentants ; la Commission se livra à un travail approfondi et procéda à de nombreuses auditions. Après une discussion générale qui occupa plusieurs séances, elle se divisa en deux sous-Commissions : hygiène, — voies et moyens.

La Commission d'hygiène termina rapidement ses travaux, qui aboutirent au remarquable rapport Duclaux.

La sous-Commission des voies et moyens, après l'étude consciencieuse des deux projets Guillemet et Alglave, employa neuf séances à recevoir les dépositions de soixante-dix personnes, représentant trente-quatre groupes d'intéressés, et des documents écrits au nombre de dix-sept, émanant de Chambres de commerce, de Syndicats et de particuliers :

Les dépositions, tant verbales qu'écrites, se ramenaient aux catégories suivantes :

1° Celles des producteurs agricoles d'alcool ou de matières distillables, qui, par l'organe des délégués de la Société des Agriculteurs de France, déclarèrent qu'ils n'acceptaient pas les divers projets du monopole qui prétendent cependant sauvegarder et même favoriser l'agriculture ;

2° Celles des producteurs industriels d'alcool qui protestèrent unanimement ;

3° Le commerce de gros, par l'organe de ses Syndicats et de Chambres de commerce vint affirmer que le monopole serait pour lui la confiscation et la ruine ;

4° Le commerce d'exportation a exposé l'impossibilité dans laquelle il se trouverait de continuer ses transactions avec l'étranger ;

5° Le commerce des intermédiaires, courtiers, voyageurs, représentants, supprimé fatalement par le monopole, affirma son droit à une indemnité considérable si on lui supprimait son gagne-pain ;

6° Le commerce de détail, par ses Syndicats, représentant des centaines de mille d'intéressés, protesta contre les calculs des auteurs des projets, qui ne leur laissaient pas le moyen de vivre ;

7° L'industrie des transporteurs d'alcool protesta aussi contre leur disparition forcée et posa leurs droits à de grosses indemnités ;

8° Des propriétaires urbains, qui semblaient cependant devoir être, *a priori*, des adeptes du monopole, puisqu'ils étaient au nombre de ceux qui devaient profiter des dégrèvements, tels la suppression des octrois, vinrent attester qu'ils ne croyaient pas à la réalisation de ces promesses ;

9° De savants chimistes déclarèrent que la science avait encore beaucoup à faire pour connaître exactement l'analyse chimique des alcools, que le monopole ne changerait rien à cette situation et que cette étude devait être préalable à toute modification importante de la législation.

10° Les délégués de la Société Française des alcools purs, directement intéressés à l'établissement d'un monopole de rectification, reconnurent qu'ils ne liaient aucunement la question de la rectification obligatoire à celle du monopole, et que l'obligation légale de ne livrer à la consommation que des alcools purs leur paraissait suffisante et compatible avec la liberté industrielle.

La Sous-Commission se trouvant ainsi nantie de dépositions représentant tous les intérêts en jeu, chargea M. de Verninac, sénateur, de faire le rapport. Ce rapport n'a jamais été déposé, mais, sans pouvoir dire exactement quelles en auraient été les conclusions, on sait qu'elles se seraient montrées défavorables au monopole.

Enfin, la Commision extra-parlementaire des alcools, qui fonctionne actuellement, réunit toutes les sommités de la politique de la science, de l'administration, de l'industrie et du commerce. Jamais Commission ne fut si brillamment composée.

La sous-Commission du monopole, qu'elle a nommée, comprend elle-même les spécialistes les plus connus et les plus compétents.

Or, les premières réunions ont abouti déjà à la condamnation unanime du monopole de fabrication et de rectification.

On s'arrête sur cette constatation, avec la conviction que les travaux de la sous-Commission du monopole, se poursuivant dans tout le calme, toute la dignité qui conviennent à une réunion de personnalités aussi éminentes, ne feront que confirmer, en les accentuant, les conclusions de l'étude qui précède.

LA RÉHABILITATION DE L'ALCOOL

———

« L'Alcool aliment, bon aliment, très bon aliment »

Comme complément aux conclusions de cette étude, il est indispensable de signaler une brochure d'une extrême importance qui a paru à la fin de novembre 1903, brochure qui nous a obligé, non pas à modifier nos conclusions, mais à les compléter, car elle a eu pour effet de placer la question de l'alcool sur un terrain nouveau.

Dans cette brochure (1), l'éminent M. E. Duclaux, Directeur de l'Institut Pasteur s'élève avec une vigueur remarquable contre les idées répandues dans le public par les adversaires de l'alcool, hygiénistes ou partisans du monopole, et proclame la nécessité de le libérer à la fois des suspicions et des accusations qui pèsent sur lui et des énormes taxes dont il est frappé au profit de l'État.

Il ne saurait être question ici d'analyser en détail cette brochure, où, sous un faible volume, se condensent tout un monde d'idées. On se bornera donc à énumérer les principaux arguments de M. Duclaux, afin d'en faire ressortir le caractère et l'importance.

L'alcool, dit M. Duclaux, est un aliment ; l'alcool est un bon aliment ; l'alcool est un très bon aliment.

———

(1) *L'Alcool et ses droits naturels*, par E. Duclaux, Directeur de l'Institut Pasteur, chez Masson et Cie, Editeurs, 120, boulevard Saint-Germain.

Il ne s'agit pas là, dit-il, d'une simple affirmation, m.
d'une vérité acquise, qui résulte d'expériences faites
Amérique, dans des conditions de rigueur scientifiqu.
indiscutables, par MM. Atwater et Benedict, d'accor.
avec une Commission de savants et de personnalités in-
fluentes.

« Ces personnalités, dit M. Duclaux, n'auraient pas
été américaines si les questions d'alcoolisme avaient été
absentes de leurs préoccupations. Si, par hasard, on
allait trouver que cet alcool, condamné pour tant de
crimes, était aussi condamné par la science et n'était pas
un aliment ! Mais, malgré cette préoccupation, dans la
Commission, le mot d'ordre était resté viril : « Cher-
chons la vérité ». Et on avait, en effet, cherché de façon
telle que cette enquête est une des plus belles œuvres
du siècle ».

Comment MM. Atwater et Benedict ont-ils opéré ? Se
sont-ils contentés, comme les adversaires de l'alcool en
France de procéder par « à peu près », d'injecter dans
les veines d'animaux quelconques des boissons spiritueuses, au risque d'aboutir à des conclusions viciées
dans leur origine ? Non ; ils ont pris trois jeunes gens
bien portants dont deux n'avaient jamais consommé
une goutte d'alcool ; ils les ont soumis pendant un certain temps à un régime alimentaire normal et hygiénique maintenant le poids du corps dans une constante
égalité ; puis ils ont supprimé de l'alimentation le beurré
et la graisse et ont remplacé ces aliments par de l'alcool
venant du vin ou de l'eau-de-vie.

Quel a été le résultat? C'est qu'en substituant au
beurre et la graisse une quantité d'alcool dégageant dans
un fourneau ou lampe autant de chaleur que le beurré
et la graisse supprimés, les sujets continuèrent à se
porter aussi bien et leur poids ne variait pas. Venait-
on à augmenter la dose d'alcool, les sujets engraissaient
et ils maigrissaient si on leur en donnait moins.

Ainsi l'alcool prenait, dans l'alimentation, *exactement* la place du beurre et de la graisse, ce qui démon-
trait péremptoirement sa valeur alimentaire.

L'alcool est donc un aliment.

Pourquoi l'alcool est-il un aliment ? Parce que dans la nature, les aliments parfaits sont tous presque une seule et même chose ; ils sont tous à peu près totalement du sucre déguisé, sous diverses formes ;

« Nous ne sommes que des magasins de sucre, dit M. Duclaux... Notre sang et nos muscles sont du sucre ; notre cerveau est du sucre ». Nous absorbons, bien entendu, ce sucre sous des formes variées et complexes, à l'état plus ou moins parfait ; mais l'élaboration se complète ou s'achève dans les digestions : Le sucre, sous diverses formes, est donc l'aliment principal, l'aliment essentiel et la matière principale du travail de la digestion.

Or, qui dit digestion, dit fermentation et décomposition et l'alcool est le produit direct de la fermentation des sucres. Donc, même les abstinents les plus obstinés, ceux qui repoussent avec horreur l'ingestion directe de l'alcool en élaborent à leur insu et en vivent en réalité.

L'alcool est plus qu'un aliment, c'est un bon aliment, c'est un très bon aliment, ajoute M. Duclaux, car, du moment où c'est un aliment, matière d'un travail de digestion, « il n'est pas d'aliment en mesure de lui disputer le premier rang comme puissance nutritive et il dépasse même les sucres sous ce rapport ».

L'alcool est supérieur au sucre parce que, à poids égal, il contient plus d'aliments.

Le sucre par la fermentation digestive ne donne qu'environ 50 % d'alcool ; le reste est surtout de l'acide carbonique qui s'en va dans l'air, sans aucune utilité pour nous. C'est donc du poids mort. L'alcool, au contraire, est débarrassé de ce poids mort et, comme matière alimentaire, il vaut deux fois environ son poids de sucre.

Voilà donc une vérité qui paraît démontrée : l'alcool serait un aliment et un très bon aliment. Or, on ne le représentait guère que comme un poison. On voit à quel point la question change d'aspect.

Est-ce à dire que cet aliment ne présente pas d'inconvénients ou de dangers ? M. Duclaux ne le prétend pas, mais il soutient qu'il ne mérite pas, en tous cas, les reproches qu'on lui adresse couramment à cet égard :

« Qu'est-ce, dit-il, sinon de parler à l'imagination pour l'effrayer, que de dire : l'alcoolisme et la tuberculose s'accompagnent et vont de pair, quand on *sait* que tous les cas d'alcoolisme du monde ne pourraient donner un bacille tuberculeux et qu'il n'y a aucun rapport entre les maladies ? »

Qu'un alcoolique, placé dans un milieu ouvert à la tuberculose devienne plus facilement tuberculeux parce qu'il est affaibli par son vice et n'offre pas au bacille une force de résistance suffisante ? C'est incontestable, mais il en est de même pour les prédispositions ou les chances de contagion de tout genre, qu'il s'agisse de tuberculose, de syphilis ou de toutes autres maladies qui tendent à emporter leur homme. On doit donc se borner à dire que l'alcoolisme est une déchéance nouvelle qui superpose ses effets à ceux des autres et qui doit être traitée pour elle-même, « sans tenir compte de toute la rhétorique déposée à ses pieds ».

Quelle conséquence faut-il tirer de cette vérité nouvellement apparue ?

« La question change de face, dit M. Duclaux, le jour où l'alcool apparaît comme un aliment, ayant ses qualités et ses défauts. Il est *quelqu'un* ; on n'a plus le droit de le traiter uniquement comme un agent de plaisir. Du moment qu'il est utile, il représente une part de la fortune du pays. »

On ne suivra pas M. Duclaux dans toutes les considérations qui l'amènent à faire ressortir la difficulté de distinguer entre les diverses formes de l'alcool, de proscrire tels ou tels alcools ou telles ou telles essences et à conclure en faveur du dégrèvement total des droits sur les alcools et à la suppression de la Régie ; cet examen entraînerait beaucoup trop loin et bien en dehors du cadre de cette étude.

Ce qu'il importait de dégager, c'est cette constatation que la question de l'alcool-aliment paraît avoir fait réellement un pas décisif et que, dès lors, les principaux arguments des partisans du monopole cessent d'exister ; il devient, dès lors, impossible de proscrire ou de combattre l'alcool au nom de l'hygiène en le représentant comme une boisson à la fois néfaste et inutile; on ne peut non plus accepter à l'avenir la théorie qui le représente comme un simple support d'impôt, comme un article de *luxe* que l'on peut impunément surcharger sans porter atteinte à des intérêts essentiels. Du moment où il est établi que l'alcool est un aliment et un bon aliment, il convient de le ménager et d'étudier la question à un point de vue tout nouveau, et, alors, le monopole semble bien n'avoir plus aucune raison d'être.

La brochure de M. Duclaux contient donc en puissance latente, toute une révolution. C'est ce qu'il importait de faire ressortir.

INDEX

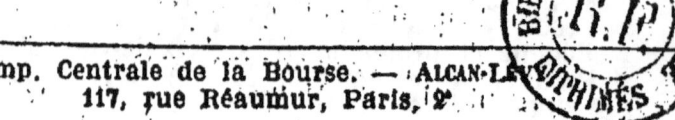

Imp. Centrale de la Bourse. — ALCAN-LÉVY, IMPRIMÉS
117, rue Réaumur, Paris, 2e